BASTEI LÜBBE

JASON DARKS SONDERAUSGABEN IM TASCHENBUCH-PROGRAMM:

Paperback
73500 Hexenküsse

Jumbo-Bände
73 952 Die Hölle auf Erden
73 953 Grüße aus dem Fegefeuer
73 955 Jenseits der Angst
73 956 Wenn aus Freunden Monster werden
73 957 Hexen – Geister – Teufelsdiener
73 958 Wenn die Hölle dich verschlingt
73 959 Rückkehr aus dem Reich der Toten
73 960 Baphomet II
73 961 Das Schicksal des Templers
73 962 Im Namen des schwarzen Tods
73 963 Hexenfluch
73 964 Der dunkle Gral
73 965 Morganas wilde Meute

Kultausgaben
73 966 Wie alles begann
73 967 Die Conollys
73 968 Suko und Shao
73 969 Jane Collins – Privatdetektivin
73 970 Die Hexe Jane Collins
73 971 Glenda Perkins
73 972 Kommissar Will Mallmann
73 973 Mallmann und der schwarze Tod
73 974 Mallmanns letzte Fälle
73 975 Myxin, der Magier
73 976 Die Schöne aus dem Totenreich
73 977 Arkonada und der Planet der Magier

JASON DARK

Die Welt des

JOHN SINCLAIR

DOKTOR TOD

VIER SPANNENDE KULTGESCHICHTEN

BASTEI
LÜBBE

BASTEI LÜBBE TASCHENBUCH
Band 73 978

1. Auflage: Mai 2009

Vollständige Taschenbuchausgabe

Bastei Lübbe Taschenbücher
in der
Verlagsgruppe Lübbe

Lektorat: Rainer Delfs
Titelbild: Panther Media
Umschlaggestaltung: Tanja Østlyngen
Satz: Wildpanner, München
Druck und Verarbeitung:
Norhaven A/S
Printed in Denmark
ISBN 978-3-404-73978-3

Inhalt

DOKTOR TOD

Die nackte Leiche lag auf einem langen Tisch!

Zwei Punktstrahler knallten das Licht auf den weißen Körper, zeichneten jede Hautfalte in fast brutaler Deutlichkeit nach.

Ein Teil des Gewölbes lag im Dunkeln. Irgendwo tropfte ein Wasserhahn. Überlaut drang das Geräusch der zerplatzenden Tropfen durch die Stille.

Plötzlich tauchten die Konturen eines Mannes aus der Finsternis auf. Seine Schritte waren kaum zu hören, nicht einmal ein leises Schleifen hätte das geübte Ohr vernommen. Der Mann geriet in den Lichtkreis der Strahler und blieb neben dem Tisch stehen.

Lange, aber dennoch kräftige Finger strichen über die nackte Leiche. Liebkosend, wie es schien.

Ein seltsamer Ring blitzte im Schein der Lampe auf. Der Mann trug ihn am Mittelfinger seiner rechten Hand. Der Ring hatte eine viereckige rubinrote Oberfläche, auf die ein weißer Totenkopf eingraviert worden war. Je nach Stimmung des Mannes strahlte der Totenkopf ein seltsames Licht aus. Dieses Phänomen hing wiederum mit der Körperwärme und der psychischen Verfassung des Unheimlichen zusammen.

Einen Augenblick verharrten die Hände auf dem Gesicht des Toten. Die Fingerspitzen drückten leicht gegen die Augenlider, schoben sie hoch.

Die Augen der Leiche waren verdreht. Überdeutlich trat das Weiße hervor.

Doktor Tod nickte zufrieden. Ja, das würde klappen.

Er wandte sich um und tauchte wieder ein in das Dunkel des Gewölbes.

Ein Eishauch blieb zurück. Der Hauch von Vernichtung, Angst und Grauen.

Doktor Tod, wie er sich selbst nannte, war zurückgekehrt. Niemand wusste, woher er kam. Niemand kannte seinen Namen, sein Aussehen.

Er war einfach da. Und er hatte nur ein Ziel.

Er wollte die Menschheit vernichten. Dazu war ihm jedes Mittel recht.

Doktor Tod hatte das Zeitalter der Hölle eingeleitet!

Schon einmal hatte er einen Versuch unternommen. Vor vielen, vielen Jahren. Doch damals hatte es nicht geklappt. Er war noch zu schwach gewesen, um sich gegen das Gute zu behaupten. Aber mittlerweile hatte er sich Asmodis, dem Höllenfürsten, verschworen und durch ihn die Fähigkeiten erhalten, die er brauchte. Er war der erste Diener des Satans geworden.

Doktor Tod hatte den Zeitpunkt seiner Rückkehr genau abgepasst. Den Menschen fehlte heute das Zusammengehörigkeitsgefühl. Jeder dachte nur noch an sich, war nur auf seinen eigenen Vorteil bedacht.

Und das war der ideale Nährboden für einen Mann wie Doktor Tod.

Unerkannt konnte er zwischen den Menschen leben, ihnen seinen Willen aufzwingen und somit die Erde in das absolute Chaos stürzen.

Immer wieder kreisten diese Gedanken im Schädel des Unheimlichen. Die Vorstellung, einmal der Herr der Welt zu sein, ließ ihn alles andere vergessen.

Doktor Tod lachte hässlich. Überlaut hallte das Gelächter wider und vermischte sich mit dem Echo zu einem schaurigen Geheul.

Minuten verstrichen. Dann näherte sich Doktor Tod wieder dem Holztisch.

Lampen blitzten auf, tauchten das Gewölbe in ein kaltes, beinahe grelles Licht.

Das Gewölbe war riesig. Es lag tief unter der Erde und war nur durch einen Geheimgang zu erreichen. Überall standen moderne elektrische Apparaturen, die mit Skalen, Schaltern und Monitoren ausgestattet waren.

An einer Wand waren zwei große Labortische befestigt. Moderne chemische Messgeräte standen darauf. Die Regale darüber waren mit Chemikalienflaschen vollgestellt.

In einer Ecke des Gewölbes stand ein riesiger Bottich. Er war angefüllt mit einer klaren, dickflüssigen Substanz. Dünne Schwaden stiegen von der Oberfläche gegen die Decke.

Doktor Tod öffnete seine rechte Hand. Ein kleines Fläschchen kam zum Vorschein. Durch das weiße Glas schimmerte eine rote Flüssigkeit.

Doktor Tod öffnete die Flasche. Ein ätzender Geruch zog in seine Nase. Er drehte den Kopf zur Seite und beugte sich über die Leiche.

Seine Hände zitterten kein bisschen, als er etwas in die Augen der Leiche tröpfeln ließ. Wie ein dicker Vorhang legte sich die rote Flüssigkeit über die Pupillen.

Doktor Tod verschloss die Flasche, steckte sie ein und betrachtete zufrieden sein Werk.

Der Anfang war gemacht.

Dann trat der Unheimliche an einen der in der Wand eingebauten Schränke, zog eine Schublade heraus und entnahm dieser zwei runde Lederstücke, die er der Leiche über die Augen legte.

Jetzt konnte nichts mehr passieren.

Der Unheimliche griff nach dem Toten. Er hob ihn mit fast spielerischer Leichtigkeit hoch. Dabei war er von der Statur her noch nicht einmal ein kräftiger Mann.

Doktor Tod war beinahe schmächtig. Doch auf seinem schmalen Körper thronte ein schon übergroßer haarloser Schädel. Die Augen standen dicht beieinander und lagen tief in den Höhlen. Wie eine Klippe sprang die scharf geschnittene Nase hervor. Die Lippen waren messerscharf und schienen mit der straffen, faltenlosen Haut zusammenzuwachsen. Die Gesichtsfarbe war blass, fast weiß, und es fiel besonders auf, dass dieser Mann keine Augenbrauen hatte.

Doktor Tod bevorzugte schwarze Kleidung. All dies gab seinem Aussehen einen unheimlichen Ausdruck.

Es gab Menschen, die schon bei seinem Anblick das Fürchten bekamen.

Doktor Tod wandte sich um.

Die Leiche lag über seinen ausgestreckten Armen. Mit gemessenen Schritten ging er auf den Bottich zu, in dem die Flüssigkeit dampfte.

Der Bottich hatte Heizspiralen, die in das Mauerwerk eingebaut worden waren und eine Hitze ausstrahlten, die selbst Metall zum Schmelzen brachte.

Doktor Tod tunkte die Leiche mit dem Kopf zuerst in die kochend heiße Flüssigkeit.

Ein paar Blasen stiegen träge an die Oberfläche.

Der Bottich war groß genug, dass die ganze Leiche hineinpasste.

Doktor Tod wandte sich ab. Mit ruhigen Bewegungen streifte er sich ein Paar Gummihandschuhe über.

Dann ließ er zehn Minuten verstreichen und schaltete schließlich die Heizung des Bottichs aus.

Wieder trat Doktor Tod an das große Gefäß. Diesmal zog er den Toten an den Füßen zuerst aus dem Bottich.

Tropfen fielen auf die Erde.

Innerhalb kurzer Zeit überzogen sich die Tropfen mit einer Kruste, wurden hart.

Wie Wachs.

Und genau das hatte sich in dem Bottich befunden. Flüssiges Wachs, das jetzt wie eine zweite fingerdicke Haut über der Leiche lag.

Doktor Tod zog die wärmeabstoßenden Handschuhe aus und wartete, bis sich die Leiche abgekühlt hatte.

Der erste Teil seines Planes war gelungen.

Nun kam die schwierigste Aufgabe.

Der Tote musste wieder lebendig werden!

Aber das lag nicht in seiner Hand. Das war einzig und allein Asmodis' Sache.

Nur er hatte die Macht, dieser Kreatur ein neues, teuflisches Leben zu geben.

Doch dazu brauchte er einen Menschen. Damit die Seele dieses Lebenden in den Körper des Toten überwechseln konnte.

Es war ein Experiment, wie es sich nur der Satan selbst ausdenken konnte.

Die U-Bahn-Station East Putney liegt südlich der Themse, nicht weit entfernt vom Richmond Park.

Die Station selbst ist ziemlich alt. Sie stammt noch aus den Anfängen des U-Bahn-Netzes. Außerdem gehörte sie zu einer Nebenstrecke, und die Stadt hatte kein großes Interesse, die Station noch zu renovieren. Hauptsache, die Betriebssicherheit war gewährleistet.

Betrieb herrschte hier nur in den Morgen- und Abendstunden. Doch nach dreiundzwanzig Uhr sagten sich auf der kleinen Station Hase und Fuchs Gute Nacht. Es kam wohl noch gegen Mitternacht ein Zug, aber das war auch alles.

Insgesamt war die Station ein stiller Ort.

Das wusste auch Jimmy, der Penner. Er hatte schon manche Nacht auf der schäbigen Wartebank verbracht, stets eingerollt in Zeitungen.

Auch an diesem Abend saß Jimmy wieder auf einer Parkbank. Aus rot umränderten Augen stierte er auf die großen Reklameschilder an den gefliesten Wänden. Eine Whisky-Werbung fiel ihm besonders ins Auge.

Jimmy leckte sich die spröden Lippen und schielte zu der halb leeren Ginflasche hin, die neben ihm auf der Bank stand.

Der billige Gin war ein Sprit von der übelsten Sorte.

Trotzdem nahm Jimmy einen Schluck und rülpste dann kräftig. Besser Gin als Wasser.

Jimmy schlug den Korken in die Flaschenöffnung und verstaute die Buddel in der Tasche seines abgetragenen Mantels.

Für heute hatte er eigentlich genug. Mittlerweile war es so spät geworden, dass er sich hinlegen konnte.

Zeitungen hatte er. Es handelte sich diesmal um zwei Ausgaben des Daily Mirror.

Jimmy legte sich lang und blinzelte gegen die gekrümmte Decke.

Das kalte Leuchtstoffröhrenlicht brannte Tag und Nacht. Jimmy fluchte, weil es ihm immer in die Augen stach und ihn am zeitigen Einschlafen hinderte.

Doch auch diesmal tat der Alkohol seine Wirkung. Jimmy schlummerte ein.

Wie lange er gelegen hatte, wusste er nicht. Er wurde nur plötzlich wach. Sein jahrelanger Instinkt hatte ihn gewarnt.

Jimmy setzte sich auf.

Da hörte er das Geräusch.

Es waren Schritte.

Sie kamen die Treppe hinunter, die zu der U-Bahn-Station führten.

Vielleicht ein Fahrgast. Aber um diese Zeit fuhr keine Bahn mehr.

Jimmy verspürte plötzlich Angst. Aus weit aufgerissenen Augen starrte er zu dem Eingang hin.

Ein Schatten tauchte auf.

Für einen Augenblick stockten die Schritte.

Dann sah Jimmy den Mann – und konnte nur mit Mühe einen Schrei des Entsetzens unterdrücken.

Der Mann hatte einen völlig kahlen Schädel und war ganz in Schwarz gekleidet.

Das grelle Licht ließ jede Einzelheit seines Gesichtes erkennen. Es erinnerte Jimmy an eine Totenkopfmaske.

Auf einmal wusste Jimmy, dass es der Mann nur auf ihn abgesehen haben konnte.

Aber weshalb? Er war nur ein Penner, und etwas zu holen gab es weiß Gott nicht bei ihm.

Der Unheimliche blieb zwei Schritte vor der Bank stehen, mit dem Rücken zu den Gleisen.

Jimmy versuchte ein Grinsen, das jedoch misslang.

Sekundenlang starrte ihn der Unheimliche an. Dann sagte er: »Komm mit!«

Jimmy schüttelte entschieden den Kopf. »Nee, Mister, ich bleibe hier!«

»Du wirst mitkommen. Ich brauche dich!«

»Und wenn Sie einen Kasten Whisky gratis dazugeben, ich will nicht.« Jimmy konnte manchmal sehr störrisch sein. »Außerdem sind Sie mir nicht ganz geheuer.«

Doktor Tod lachte. Urplötzlich schoss seine Hand vor und umklammerte Jimmys Arm.

Der Penner schrie wütend auf. Er hatte das Gefühl, zwei Stahlklammern würden seine Muskeln zusammendrücken.

Doktor Tod zog den Penner von der Bank hoch.

Jimmy merkte, dass er der Kraft dieses relativ schmächtigen Mannes nicht gewachsen war, und reagierte deshalb in wilder Panik.

Er riss die Flasche aus der Manteltasche und schlug sie mit voller Wucht auf Doktor Tods Kopf.

Der Unheimliche stieß eine Verwünschung aus und ließ Jimmy los.

Der Penner rannte auf den Ausgang zu.

Diesen Schlag konnte der Kerl nicht verkraftet haben. Der hatte ihn bestimmt ins Reich der Träume geschickt. Vielleicht war er auch tot.

Dieser Gedanke jagte Jimmy einen heißen Schreck ein. Er wandte den Kopf – und brüllte in wilder Panik auf.

Der Unheimliche war nur wenige Schritte hinter ihm. Er musste einen Schädel aus Eisen haben. Noch nicht einmal eine Platzwunde war auf seinem Kopf zu sehen.

Jimmy hetzte weiter.

Da tauchten die Stufen auf. Unendlich lang kam ihm die Treppe vor. Er keuchte jetzt schon.

Jimmy sprang die erste Stufe an.

Mitten im Sprung erwischte ihn der Unheimliche. Wie ein Fallbeil knallte der Schlag in seinen Nacken.

Jimmy sah in rasender Geschwindigkeit die Stufen auf sich zukommen und schlug mit dem Gesicht auf eine Kante.

Gleichzeitig mit dem Schmerz kam seine Bewusstlosigkeit.

Aus kalten Augen sah Doktor Tod auf ihn hinab.

Warum hatte sich dieser Idiot auch gewehrt?

Doktor Tod bückte sich, packte den Penner und warf ihn sich über die rechte Schulter.

Das war genau ein Opfer, wie er es brauchte. Um einen

Penner kümmerte sich niemand. Den kannte keiner, deshalb wurde er auch nicht vermisst.

Leichtfüßig stieg Doktor Tod die Stufen hoch.

Es wurde dunkler. Das Licht reichte längst nicht bis nach oben.

Doktor Tod hastete auf die Straße. Er sah sich schnell um und unterdrückte einen Fluch.

Dort hinten näherten sich drei Männer. Jugendliche, wie es schien. Sie unterhielten sich ziemlich laut.

Doktor Tod lief schnell zu seinem Wagen.

Es war ein Leichenwagen!

Schwarz lackiert und mit weißen Kreuzen an den Seitenwänden versehen.

Kein anderer Wagen hätte besser zu ihm gepasst.

Doktor Tod öffnete die Ladeklappe.

Ein schwarzer Sarg wurde sichtbar. Er war offen. Der Deckel lag daneben. Schnell verstaute Doktor Tod den Penner in dem Sarg. Den Deckel schob er so weit vor, dass noch genügend Luft in den Sarg drang.

Die drei Jugendlichen waren schon fast heran. Ihre Lederjacken glänzten im Licht der Straßenlaternen.

Doktor Tod schlug die Klappe zu. Dann hastete er zum Führerhaus, stieg ein.

Der Motor kam sofort.

In diesem Augenblick hatten die Jugendlichen den Wagen erreicht.

»Mensch, sieh mal, ein Leichenwagen!«, brüllte einer.

»Und da sitzt noch einer drin.«

Die drei stellten sich vor die Kühlerhaube und machten die Bewegung des Halsabschneidens.

Es war klar, sie wollten ihren makaberen Spaß haben.

Doch nicht mit Doktor Tod.

Ein gefühlloses Lächeln umspielte seine strichdünnen Lippen.

Urplötzlich gab er Gas. Die Jugendlichen konnten gar nicht so schnell reagieren.

Die breite Kühlerhaube des Leichenwagens erfasste zwei von ihnen, schleuderte sie zur Seite.

Der dritte schaffte es soeben, rechtzeitig zurückzuspringen. Haarscharf radierten die Vorderräder an seinem Kopf vorbei.

Einer seiner Kumpane brüllte auf. Ein Hinterrad war über seine Beine gefahren.

Doktor Tod stieß ein lautloses Kichern aus. Diese Typen hatten es nicht anders gewollt. Im Rückspiegel sah er, dass einer losrannte. Wahrscheinlich suchte er eine Telefonzelle.

Sollte er. Die Polizei würde ihm kaum gefährlich werden.

Doktor Tod ließ London hinter sich. Er fuhr zügig, aber nicht übermäßig schnell.

Die Fahrt ging in Richtung Südosten, der englischen Küste zu. Sein Ziel war der Ort Tonbridge, eine verschlafene Kreisstadt am Rand einer karstigen Bergkette.

Dort hatte Doktor Tod sein Domizil errichtet.

Wagen begegneten ihm kaum.

Zwei Stunden später stand er wieder in seinem unterirdischen Reich.

Doch diesmal hatte er das Laboratorium nicht betreten. Er war in einen anderen Raum gegangen. Hier befand sich die Kultstätte des Unheimlichen.

Das Verlies war nicht einmal groß. Es war kreisrund angelegt und die Wände mit violetten Tüchern bespannt. Ein einfacher Steinaltar stand in der Mitte des Raumes. Flankiert wurde er von zwei hohen Schalen, in denen seltsame Kräuter schwelten und einen betörenden Duft verbreiteten.

Doktor Tod dämpfte seine Schritte, als er den Raum betrat. Zum ersten Mal spürte er so etwas wie innere Spannung – denn hier war das Reich des Teufels.

Auf dem Altar lag die mit Wachs überzogene Leiche. Die Arme hingen zu beiden Seiten hinab.

Doktor Tod legte den Penner vor den Altar. Der Mann war noch am Leben.

Dann warf sich der Unheimliche auf den Boden und berührte mit der Stirn die kalten Steine.

Doktor Tod begann zu sprechen. Es waren seltsame Laute, die aus seinem Mund drangen. Beschwörungsformeln, die in keinem Buch standen und aus den Urzeiten der Welt stammten. Die Kräuter in den Schalen begannen stärker zu qualmen.

Wie ein dichter Vorhang legte sich der Rauch über den Raum.

Konturen eines Gesichtes erschienen. Es war eine Höllenfratze. Abstoßend und hässlich. Asmodis selbst war aufgetaucht, um seinen ersten Diener zu erhören.

Etwas Schreckliches geschah.

Asmodis nahm das Opfer an. Er entfernte die Seele aus dem Leib des Bewusstlosen, um sie dem Monster einzugeben.

Jimmy krümmte sich unter grässlichen Schmerzen. Er schrie, bäumte sich auf und fiel dann tot zusammen.

Doktor Tod hatte schon längst nichts mehr gesagt. Noch immer hatte er seine Stirn gegen den Stein gedrückt.

Nur langsam hob er den Kopf.

Der Rauch hatte sich verzogen. Der Unheimliche konnte alles klar und deutlich erkennen.

Er sah den toten Jimmy. Sein Blick glitt höher, saugte sich an dem Altar fest …

Das Unmögliche war eingetreten.

Der mit Wachs überzogene Tote bewegte die Arme.

Er lebte!

Asmodis hatte ihm die höllische Glut eingegeben.

Das Grauen nahm seinen Anfang …

Über London stand eine strahlende Frühlingssonne.

Die Millionenstadt – oft grau und düster – schien wie aus einem Dornröschenschlaf erwacht zu sein.

Die Straßen wirkten heller, freundlicher, und selbst die ältesten Häuserfassaden sahen nicht mehr so abstoßend hässlich aus.

Aber auch mit den Menschen war eine Verwandlung vor sich gegangen. Die meisten hatten gute Laune. Sie redeten wieder mit dem Nachbarn, und sogar in den großen Büros wurde nicht mehr dumpf vor sich hingebrütet.

Doch das Grauen lag schon auf der Lauer.

Aber davon merkte kein Einwohner der Millionenstadt etwas. Es war ein Feiertag, und das einen Tag vor dem Wochenende. Wer frei hatte, war König.

Nick und Helen hatten frei. Die beiden Achtzehnjährigen saßen in einer Pizzeria, ihrem Stammlokal, und nuckelten Cola. Außer ihnen befanden sich nur noch drei Gäste in dem kleinen Lokal.

Helen, ein blondes Girl, das viel von Popmusik und wenig von BHs hielt, schaute ärgerlich zur Uhr. Dabei bildeten sich immer mehr Falten auf ihrer kleinen Stirn.

»Wenn die beiden anderen nicht bald kommen, dann gehen wir alleine.«

Nick grinste nur. »Wohin denn? Wir haben doch keinen Wagen.«

Daraufhin warf ihm Helen einen bitterbösen Blick zu.

Helen war ein quirliges Geschöpf mit kurzen blonden Haaren und einer unwahrscheinlichen Stupsnase. Nick sagte immer »Pass nur auf, dass es bei dir nicht reinregnet«, worauf grundsätzlich ein Krach folgte.

Nick mochte jedoch seine Helen. Er nahm auch gerne ein paar Fehler in Kauf. Irgendwann in diesem Jahr wollten sie sich verloben. Helen fand das zwar altmodisch, doch Nick hatte es verstanden, sie zu überreden.

»Noch eine Cola!«, rief Helen dem schwarzhaarigen Kellner zu. »Langsam werde ich aber sauer, Nick. Wenn die beiden …«

Die Glastür der Pizzeria wurde schwungvoll aufgestoßen.

»Na, schon lange gewartet, ihr beiden?«, rief ein hoch geschossener, unwahrscheinlich dünner junger Mann Helen und Nick zu.

Er ließ die anderen gar nicht erst zu Wort kommen. »Hallo, Gino, uns auch zwei Cola. Mensch, ist das ein Wetter!« Der Neuankömmling – er hieß Hank – warf sich neben Helen auf den Stuhl und streckte seine langen Gehwerkzeuge aus.

»Ist für mich auch noch Platz da, du Strickstock?«, rief eine Mädchenstimme und schob Hanks Beine kurzerhand zur Seite.

»Jill hat heute wieder ihren Energischen!«, rief Hank lachend und schob seiner Freundin einen Stuhl hin.

»Ihr seid natürlich zu spät«, konnte sich Helen nicht verkneifen zu sagen. »Deshalb müssen wir schnell entscheiden, was wir heute unternehmen.« Helen sah jeden an. »Vorschläge, los!«

Lange Gesichter, selbst Hank zuckte mit den schmalen Schultern. Jill, ein zierliches Persönchen mit Pferdeschwanz und strahlend blauen Augen, hob den Kopf. »Wie wäre es mit einer Fahrt aufs Land?«

»Um Kartoffeln zu pflanzen, was?«, knurrte Nick.

»Quatsch. Ich meine eine richtige irre Landtour. So mit allem Drum und Dran.«

»Und 'ner Nummer im Heu!«, schnappte Hank.

Dafür kassierte er einen Tritt.

Die anderen lachten.

»Spaß beiseite, Kinder«, sagte Helen. »Wo soll's denn hingehen?«

»Ich habe heute eine Reklame in der Zeitung gesehen«, sagte Jill. »In Tonbridge, das ist irgendwo südlich von London, ist schwer was los. Sie haben da einen ganz irren Jahrmarkt aufgezogen. Mit Geisterbahn und Gruselkabinett.«

»Gruselkabinett?«, schrie Nick. »Mensch, Hank, da brauchst du dich nicht mal zu verkleiden. Dich können sie so reinstellen.«

Hank sprang auf und schob die Oberlippe hoch. »Haaa«, grunzte er, »sehe ich nicht schon aus wie Dracula?« Er beugte sich über Jill. »Ich werde dein Blut aussaugen. Ich werde …«

Jill konnte sich vor Lachen kaum halten. »Hör auf, Hank. Es reicht, wenn ich gleich Vampire zu sehen bekomme.«

Hank setzte sich wieder hin. Seine Augen strahlten. Dieser Vorschlag war genau nach seinem Geschmack. »Nun, was meint ihr?«, sprach er die beiden anderen an.

»Wir sind einverstanden«, sagte Helen schnell.

»Worauf warten wir dann noch? Los!« Hank sprang auf.

Die vier Leute stürmten lachend nach draußen. Bezahlt hatten sie schon.

Vor der Pizzeria parkte Hanks Wagen. Ein alter 2 CV. Er war bunt angestrichen und für ihn genau der richtige fahrbare Untersatz.

Unter großem Gelächter wurde der Wagen geentert.

Hank saß hinter dem Lenkrad. »Kennst du überhaupt den Weg?«, fragte Helen von hinten.

»Nee.«

Jill kramte unter dem Beifahrersitz herum und fand eine Karte. »Da. Lesen kannst du ja.« Sie warf ihrem Freund die Karte auf den Schoß.

Die Strecke war schnell gefunden. Und dann ging es ab.

Jill schaltete das Autoradio ein. Bald war das Innere des Wagens vom Rhythmus heißer Popmusik erfüllt.

Die Laune der vier jungen Leute stieg ständig.

Noch ahnten sie nicht, dass sie in ihr Verderben fuhren.

Nach zwei Stunden gemütlicher Fahrt – unterbrochen von einigen Pausen – erreichten sie Tonbridge.

»Sollen wir sofort auf den Jahrmarkt gehen?«, fragte Nick.

Die anderen waren dagegen. Man beschloss, den Abend abzuwarten und sich die Zeit so lange mit Spaziergängen zu vertreiben.

Die Gegend um Tonbridge war hügelig. Es gab sogar einige höhere Berge, die mit Wald bewachsen waren und zum Spazierengehen einluden.

Die Stunden vergingen wie im Flug.

Kurz bevor die Dämmerung eintrat, kehrten die vier wieder nach Tonbridge zurück.

Schon von Weitem hörten sie die Musik.

»Mensch, da scheint ja sagenhaft was los zu sein!«, rief Hank begeistert. Unwillkürlich beschleunigte er seine Schritte.

»Langsam, wir kommen ja gar nicht mit.« Jill war ärgerlich. »Hat ja nicht jeder so lange Stelzen wie du.«

Hank wandte sich wieder um und spielte Vampir.

Die anderen mussten lachen, ob sie wollten oder nicht.

Der Jahrmarkt tauchte auf.

Karussells, Buden, Schießstände – alles gab sich hier ein Stelldichein. Es roch nach gebrannten Mandeln, Popcorn und Malzbonbons. Es herrschte ein sagenhafter Betrieb. Stimmengewirr brandete durch die einsetzende Dunkelheit.

Aus den Lautsprechern jaulten die Hits des Monats.

»Da ist die Geisterbahn!«, rief Jill plötzlich. »Los, wer fährt mit?«

»Alle!«, schrie Helen.

Sie stürmten auf die Kasse zu. Schnell waren die Karten gelöst, und dann ging es ab.

Schmatzend schlugen die Türen hinter dem ersten Wagen zu.

Monster, Skelette, Tote – sie tauchten in rascher Reihenfolge auf und verschwanden ebenso schnell.

Manchmal mussten die Frauen wirklich im letzten Augenblick einen Schrei unterdrücken, wenn plötzlich eine kalte Hand über ihre Gesichter fuhr oder ein Monster besonders schlimm aussah.

Dann war die Fahrt zu Ende.

Die Wagen zischten auf der anderen Seite wieder nach draußen.

»Na, war das nicht klasse?«, fragte Hank und streckte beide Arme weit aus. »Mindestens zehn Vampire habe ich umgebracht und genauso viele Monster. Ich bin der Größte.«

Hank war wirklich ein Spaßvogel.

»So«, sagte er. »Und jetzt geht es ins Horror-Kabinett. Na, ist das ein Vorschlag?«

Man stimmte begeistert zu.

Hank warf einen Blick in die Runde. »Ja, wo ist denn dieser komische Laden?«

»Wir können ja mal fragen«, meinte Nick.

»Machen wir auch. Aber komisch ist es schon. Alle Buden und Karussells haben wir gesehen, nur diesen seltsamen Laden nicht.«

Hank hielt ein junges Pärchen an, das eng umschlungen über den Rummelplatz ging.

Die beiden erklärten ihm den Weg.

Kopfschüttelnd kam Hank zu den anderen zurück. »Komisch, das Kabinett befindet sich so ziemlich am Ende des Jahrmarktes. Na ja, ist auch egal. Wir werden es schon finden.«

Zehn Minuten später standen sie davor. Es lag wirklich am Ende der Kirmes. Genau an der Grenze zu dem großen Wohnwagenplatz.

Der Platz lag ziemlich im Dunkeln. Nur vereinzelt brannte vor einem der Wagen eine trübe Laterne.

Die beiden Mädchen fröstelten unwillkürlich, als sie dort hinüberblickten. Es kam ihnen alles nicht ganz geheuer vor.

»Wollt ihr da einschlafen?«, rief Hank und winkte mit beiden Armen. »Ich lade euch ein zu einer Runde im Horror-Kabinett.«

Helen und Jill liefen lachend auf ihre Freunde zu.

Etwa zwanzig Menschen standen vor der Fassade des Horror-Kabinetts. Viele trauten sich wohl nicht, hineinzugehen. Dies war etwas anderes als eine Geisterbahn.

Die Fassade war düster, beinahe drohend. Ab und zu blitzte ein violettes Licht auf. Dann wurden für einen Augenblick grässliche Fratzen aus der Dunkelheit gerissen. Alle bekannten Vertreter der Horror-Literatur waren versammelt. Dracula, Frankenstein, das Phantom der Oper und viele andere.

Aus versteckt angebrachten Lautsprechern drang Heulen und Wehklagen, unterbrochen von spitzen Frauenschreien.

Unwillkürlich fasste Jill nach Hanks Arm.

»Angst?«, fragte der junge Mann und lächelte.

»Ein bisschen schon«, erwiderte Jill. »Aber du bist ja bei mir.«

»Und ob. Man nennt mich schließlich nicht umsonst den Monster-Killer!«, prahlte er.

Helen und Nick standen ein paar Schritte abseits. Auch Helen hatte sich an Nicks Arm geklammert. Sie schien die gleiche Furcht zu spüren wie ihre Freundin.

Nick ließ seinen Blick nach links wandern. Nur in dem kleinen Kassenhäuschen brannte Licht. Nick sah den Umriss des Kassierers.

Der Mann hatte einen Buckel. Ob er echt war, konnte Nick aus der Entfernung nicht feststellen.

Die Geräusche aus dem Lautsprecher verstummten.

Der Bucklige in dem Kassenhäuschen griff zum Mikrofon. Erst rauschte es, dann klang seine Stimme auf.

»Ladies and Gentlemen, wir laden Sie ein zu einer Tour ins Grauen. Sie werden den Schrecken kennenlernen und hinterher wissen, was Ihre Nerven wirklich aushalten.«

Der Bucklige lachte.

»Aber seien Sie vorsichtig. Unser Horror-Kabinett ist nichts für ängstliche Besucher. Was würden Sie machen, wenn plötzlich Graf Dracula vor Ihnen stünde? Hätten Sie Angst? Nein – das brauchen Sie nicht. Graf Dracula will nichts von Ihnen. Er will Ihnen sogar etwas geben. Die Unsterblichkeit. Seine Zähne werden sich in Ihren Hals boren, er wird Ihnen das Blut aus dem Körper saugen, und Sie werden ein nie gekanntes Glücksgefühl erleben. Was ist? Wollen Sie diesen Versuch wagen? Für zehn Shilling sind Sie dabei. Für diese lächerliche Summe erleben Sie die Welt des Schreckens. Fassen Sie sich ein Herz. Überwinden Sie Ihre Angst. Wagen Sie einen Besuch bei uns!«

Der Mann redete noch weiter, pries immer mehr Vorzüge dieser Gruselkammer an.

Jill wandte den Kopf, sah Hank ins Gesicht. »Sollen wir da wirklich reingehen?«

»Was denkst du denn? Komm.«

Hank stieß seinen Freund Nick in die Seite. »Los, du alter Schwede. Zeig mal, dass du ein Mann bist.«

Die vier jungen Leute gingen die paar Stufen zu dem Kassenhäuschen hoch.

Sie lösten die Karten.

Der Bucklige riss die Karten von der Rolle ab und hob den Kopf.

Hank, der schon das Geld in der Hand hielt, zuckte zurück. Hinter sich hörte er Nick gepresst atmen.

Der Bucklige hatte sich eine Maske übergestreift. Sie sah aus, als würde sie leben. Sie bewegte sich synchron mit den Gesichtsmuskeln.

Das linke Auge hing fast auf der Wange. Das rechte war überhaupt nicht vorhanden. Stattdessen gab es eine klaffende, originalgetreu nachgebildete blutrote Wunde.

Die Stimme des Buckligen klang dumpf unter der Maske hervor. »Ich bin noch der Harmloseste, der Sie bei uns erwartet.«

Hank schob ihm schweigend das Geld zu. Er bekam dafür die Karten und konnte gehen.

Durch einen Kontakt öffneten sich vor den vier jungen Leuten die zwei Schwingtüren des Horror-Kabinetts.

Ein finsteres Loch tat sich dahinter auf.

»Dann wollen wir mal«, sagte Nick. Seine Stimme klang belegt.

Sekunden später schlug die Tür hinter den beiden Pärchen zu. Jetzt gab es kein Zurück mehr …

Ein unmenschliches Stöhnen drang plötzlich durch die Dunkelheit.

»Nick!«, flüsterte Helen.

Im selben Augenblick durchbrach ein Lichtstrahl die Finsternis. Es gab ein knirschendes Geräusch, und dann rollte der Kopf eines Hingerichteten vor ihre Füße.

Gelächter folgte.

Der Kopf war verschwunden.

»Ist doch alles nur Trick!«, zischte Hank. »Komm, wir gehen weiter.«

»Nein!« Jill hatte jetzt schon genug. »Ich will hier raus!« Sie wandte sich um, tastete nach der Tür und …

Sie war zu.

»Mein Gott, Hank, wir sind gefangen. Wir kommen nicht mehr raus. Wir …«

»… wir müssen weitergehen«, sagte Hank. »Da, die anderen beiden sind schon vorgegangen.«

Es war wieder dunkel geworden. Schritt für Schritt tasteten sie sich vorwärts.

Plötzlich schimmerte vor ihnen ein schwaches rotes Licht. Es reichte aus, um Helens und Nicks Konturen erkennen zu können.

Die beiden hatten sich angefasst und gingen nur zögernd weiter.

»He, geht mal schneller!«, rief Hank. »Wir wollen auch noch …«

Die weiteren Worte wurden ihm von den Lippen gerissen. Ein grässlicher Sturm brandete plötzlich auf. Der Boden unter ihm begann sich zu bewegen, schaukelte und senkte sich nach vorn.

»Jill!«, schrie Hank. Gleichzeitig warf er sich zurück.

Doch seine Freundin rutschte schon in die Tiefe.

Hank warf sich vor, bekam Jills Pullover zu fassen, doch im selben Augenblick begann sich die schiefe Ebene zu drehen.

Hank musste loslassen.

In rasender Geschwindigkeit rutschte Jill in die Tiefe.

Der Boden hob sich wieder.

Schweißgebadet kam Hank auf die Beine.

Dunkelheit!

»Jill!«, rief er. »Jill, wo bist du? So melde dich doch!«

Keine Antwort.

Hank ging in die Knie. Seine Finger tasteten über den Boden. Er suchte nach einem Mechanismus oder irgendeinem Hebel, um den Boden wieder in Bewegung setzen zu können.

Vergebens.

Hank stand wieder auf. Sein Atem ging schnell und keuchend. War das alles noch normal, was er hier erlebte? Gehörte das zu den Illusionen des Gruselkabinetts?

Hank glaubte nicht mehr daran.

Er ging weiter. Vorsichtig setzte er seine Schritte, immer darauf gefasst, eine neue Überraschung zu erleben.

Plötzlich legte sich eine Hand auf seine rechte Schulter.

Hank wirbelte herum.

Ein Gerippe starrte ihn an. Angeleuchtet von einem weißen Lichtstrahl.

Im ersten Augenblick schloss Hank die Augen. Dann verlor er die Nerven. Mit einem Wutschrei schlug er auf das Skelett ein. Die Knochen schlugen klappernd gegeneinander.

Dann war das Skelett verschwunden.

Hank stöhnte gepresst. Er wischte sich über die Stirn und fühlte, dass sie schweißnass war.

Er ging weiter. Musste weitergehen, um seine Freundin oder vielleicht Helen und Nick zu finden.

Die Dunkelheit lichtete sich. Es wurde heller. Hank konnte einzelne Konturen erkennen.

Er befand sich in einem Gang. An beiden Seiten waren Spiegel angebracht, die seinen Körper verzerrten. Einmal sah er sich übermäßig dick, dann wieder dürr wie eine Bohnenstange.

In einer anderen Situation hätte Hank vielleicht gelacht. Doch jetzt nicht.

Die Spiegel verschwanden. Der Gang machte einen Knick.

Es wurde noch heller.

Das Licht musste von irgendwelchen Lampen kommen, die er nicht sehen konnte.

Das Angstgefühl verschwand etwas.

Hank blieb stehen, formte seine Hände zu einem Trichter vor den Mund und rief laut den Namen seines Freundes.

»Nick …«

Das Echo geisterte durch das Horror-Kabinett.

Noch einmal rief Hank.

Wieder erhielt er keine Antwort. Sollte den anderen das gleiche Schicksal widerfahren sein wie seiner Freundin?

Hank schluckte.

Er fühlte sich mutterseelenallein. Und wo waren überhaupt die anderen Menschen geblieben, die das Horror-Kabinett betreten hatten? Hank konnte sich erinnern, dass zwei Männer direkt hinter ihnen gestanden hatten, als sie die Karten lösten.

Er konnte jedoch nicht wissen, dass er und seine Freunde durch einen raffinierten Trick in die Irre geführt worden waren. Denn auf sie hatte man es abgesehen. Sie sollten die Opfer sein. Für Doktor Tods grausame Experimente.

Der Gang, durch den Hank ging, erweiterte sich zu einem kleinen Saal. Die Wände waren unterteilt von schmalen hohen Türen.

Hank blieb stehen. Langsam drehte er sich im Kreis, starrte die Türen an.

Der Raum war in schummriges Rotlicht getaucht. Etwas klatschte vor Hank auf den Boden.

Ein Tropfen.

Hank bückte sich, fuhr mit dem Finger über die Flüssigkeit.

Sie klebte.

Hank lief plötzlich ein Angstschauer über den Rücken. Was er hier zwischen den Fingern spürte, war Blut.

Im selben Augenblick öffnete sich hinter seinem Rücken eine der vielen Türen.

Hank wirbelte herum.

Das grässliche Knarren hatte ihn gewarnt.

Eine Hand tauchte auf, ein Arm – und …

Hank schluckte. Seine Augen weiteten sich entsetzt. Er wankte zurück, stieß gegen eine Tür.

Sein Verstand weigerte sich, das zu akzeptieren, was er sah.

Vor ihm stand Nick, sein bester Freund.

In seiner Brust steckte ein Dolch …

Vor Schreck war der blonden Jill die Kehle wie zugeschnürt. Instinktiv rollte sie ihren Körper zusammen, legte beide Arme um den Kopf.

Ihr Fall wurde abrupt gebremst.

Jill landete weich.

Sie blieb erst einmal liegen, versuchte, sich über ihre Lage klar zu werden.

Jill war ein nüchtern denkendes Mädchen. Dass diese Rutschfahrt nicht zu den Scherzen des Horror-Kabinetts gehörte, war ihr klar. Vielleicht hatte sie auch aus Versehen einen Mechanismus ausgelöst, oder aber man hatte sie in eine Falle gelockt.

Bei diesem Gedanken schauderte sie.

Aber warum gerade sie? Und was war mit Hank und den anderen geschehen?

Jill bekam Angst. Hundsgemeine Angst, die sich nicht unterdrücken ließ.

Sie stand auf.

Es war stockdunkel um sie herum. Jill bückte sich und stellte fest, dass sie auf einem Kissen gelandet sein musste.

Sie hob den Kopf, versuchte, ihren Weg zurückzuverfolgen.

Kein Lichtschimmer drang von oben herunter.

Jill schluckte. Sie hatte die Hände zu Fäusten geballt und versuchte vergeblich, das Panikgefühl niederzukämpfen.

Vielleicht war alles gar nicht so schlimm, war es doch nur ein Scherz dieses Kabinetts.

Jill machte ein paar vorsichtige Schritte. Der Boden unter ihren Füßen war hart wie Stein. Sie hielt die Hände ausgestreckt, suchte in der Dunkelheit nach irgendwelchen Gegenständen.

Ihre Fingerspitzen berührten etwas Weiches.

Im ersten Augenblick zuckte Jill zurück, doch dann fasste sie nach.

Sie runzelte die Stirn. Das fühlte sich an wie – ja, wie Stoff. Sie fasste fester zu. Genau, das war Stoff, aber einer der besseren Sorte. Nämlich Samt.

Sofort dachte Jill an den Begriff Vorhang. Was wird sonst aus Samt hergestellt?

Sie ging weiter und hielt ihre Hände dabei immer an dem Vorhang. Sie spürte, dass der Samt Falten warf. Eventuell gab es hier sogar einen Durchschlupf wie auf einer Bühne.

Dieser Gedanke beflügelte Jill. Ihre Arme brachten den Vorhang in Bewegung, dann hob sie ihn hoch.

Er war schwer, und es kostete sie eine ungeheure Anstrengung.

Jill kroch darunter hinweg.

Im nächsten Moment schrie sie schmerzhaft auf. Hinter dem Vorhang befand sich eine Holzwand. Sie war mit dem Kopf dagegen gestoßen.

Jill schluchzte. Wo sie auch hinfasste, überall nur die Holzwand.

Erst jetzt kam dem Girl die Ausweglosigkeit ihrer Lage voll zu Bewusstsein.

Sie war gefangen. Einem unbekannten Schicksal ausgeliefert.

Und ihre Freunde? Würden sie sie hier je finden?

Hoffnungslosigkeit keimte in Jill auf.

Sie kroch wieder zurück, setzte sich auf das Kissen.

Minutenlang saß sie unbeweglich. Die Stille zerrte an ihren Nerven. Sie hörte sogar das leise Ticken ihrer Armbanduhr.

Plötzlich stand Jill auf. Sie warf sich gegen den Vorhang und trommelte mit beiden Fäusten gegen die dahinter liegende Wand.

»Ich will hier raus!«, gellte ihre Stimme. »Ich will hier raus!«

Immer wieder schlug sie die Fäuste gegen die Wand, bis sie anfingen zu schmerzen.

Ihre Schreie wurden von den Vorhängen verschluckt. Niemand würde sie hier hören.

Jill wankte zurück. Tränen liefen über ihr Gesicht. Das junge Mädchen begann zu beten. Es war das Einzige, was ihr in der Verzweiflung einfiel.

Jills Lippen bebten, sie zitterte am ganzen Körper.

Das Mädchen war mit den Nerven fertig.

Und darauf hatte Doktor Tod gewartet. Er hatte sie schon die ganze Zeit aus einem Versteck heraus beobachtet. Ein Nachtsichtgerät machte die Dunkelheit in dem Gefängnis zum Tag.

Doktor Tod wandte sich um. In einer Ecke stand der mit Wachs überzogene lebende Tote.

»Geh jetzt!«, zischte Doktor Tod.

Der Tote setzte sich in Bewegung. Seine Augen, die Doktor Tod mit der roten Flüssigkeit beträufelt hatte, glühten teuflisch.

Aber von diesen Vorgängen ahnte Jill nichts, die in dumpfer Verzweiflung in ihrem Gefängnis hockte.

Sie hatte sich wieder beruhigt. Ihr Tränenstrom war versiegt.

Und da hörte sie das Geräusch. Es klang wie das Knarren einer Tür.

Jill sprang auf. Kam man ihr zu Hilfe oder …

Wenn nur nicht diese Dunkelheit gewesen wäre!

»Hallo?«, rief Jill. »Ist dort jemand?«

Scharf drang das Knarren der Tür durch die Stille.

»So sagen Sie doch etwas. Bitte!«

Keine Antwort.

Jill biss sich auf die Lippen. Es war ihr unmöglich, festzustellen, aus welcher Richtung das Knarren kam.

»Melden Sie sich doch!«, rief Jill. »Ich …«

Sie verstummte. Ein Lichtschimmer geisterte in ihr Verlies. Er drang unter dem Vorhangspalt hervor.

Jill schöpfte Hoffnung. Ihre Augen waren auf den Vorhangsaum gerichtet, der ein Stück über dem Boden schwebte.

Zwei Füße tauchten auf.

Jill erschrak. Die Füße waren hell, fast weißgelb. Es sah aus, als hätte der oder die Person keine Schuhe an.

Doch Jill sah keine Zehen.

Was kam dort auf sie zu?

Jill wich zurück, bis sie den gegenüberliegenden Vorhang im Rücken spürte.

Ihre Augen waren starr auf den Lichtschimmer gerichtet.

Der Vorhang geriet in Bewegung. Ein ratschendes Geräusch! Für Augenblicke sah Jill etwas blitzen.

Ein Messer?

Mein Gott, wenn das wahr wäre ...

Jills Gedanken zersplitterten.

Aus dem Vorhangspalt schob sich eine Hand. Eine weiße Hand. Wie das Paar Füße.

Es folgte ein Arm, eine Schulter – und ...

Jill zweifelte plötzlich an ihrem Verstand.

Vor ihr stand ein Monster! Eine lebende Wachsfigur!

Blutrot glühten die Augen in dem Gesicht. In der rechten Hand hielt die Wachsfigur ein Messer.

Die Schneide war armlang und blitzte.

Jill war unfähig, sich zu bewegen.

Das Monster kam näher, hob den Arm mit dem mörderischen Messer.

Und plötzlich begann Jill zu lachen. Schrill und gellend. Sie bekam nicht mehr mit, was sich hier abspielte. Sie hatte einen Schock erlitten, der ihren Verstand völlig verwirrt hatte.

Plötzlich fuhr das Messer durch Jills linke Brust ...

»Nick, mein Gott – ich ...«

Hank stöhnte in tiefer Verzweiflung. Wie ein Schwamm saugte er das Bild, das sich seinen Augen bot, ein.

Er hatte plötzlich das Gefühl, in einer Zentrifuge zu sitzen. Der Raum, die Türen – alles drehte sich. Nur im Unterbewusstsein nahm er wahr, wie Nick zusammenbrach und auf der Seite liegen blieb.

Hank schwankte.

Mit Gewalt riss er sich zusammen, wischte sich mit dem Handrücken über die Augen.

Weit riss der junge Mann die Augen auf.

Das grässliche Bild blieb!

Nick, sein bester Freund, war tot. Das Messer steckte tief in seiner Brust.

Er hielt den Griff mit beiden Händen umklammert. Eine schmale Blutspur lief über sein Hemd. Der Mund stand halb offen. Blutiger Schaum lag auf seinen Lippen.

Hank näherte sich seinem Freund, ging neben ihm in die Knie.

Behutsam drehte er Nick auf den Rücken.

Gebrochene Augen sahen ihn an.

Kein Zweifel, Nick war tot. Das war kein Spuk, keine Illusion, das war alles echt.

Hanks Finger berührten das Messer.

Dann packte er fester zu, zog die Stichwaffe mit einem Ruck aus der Brust des Toten.

So, jetzt konnte er sich wenigstens verteidigen.

Hank war in den letzten Sekunden ein anderer geworden. Er wusste, hier ging es um sein Leben, und er war entschlossen, es zu verteidigen.

Hank begann sich im Kreis zu drehen. Die Türen schienen ihn höhnisch anzuglotzen, zu locken. Komm hier rein, hier ist ein Ausweg für dich. Er führt nach draußen. Er …

Hank grub seine Fingernägel in den Handballen. Ich darf jetzt nicht durchdrehen!, schrie es in ihm. Ich muss die Nerven behalten. Irgendwie werde ich schon herauskommen. Ich muss nur …

Sein Gedankenfluss stockte.

Deutlich sah er, wie sich die Türen öffneten. Langsam und mit knarrenden Geräuschen.

Sie kamen Hank vor wie Höllentore. Schreckliche Geräusche drangen an seine Ohren.

Und dann kamen die Monster!

Sie quollen aus den Türöffnungen. Ein Albtraum wurde für Hank Wahrheit.

Spinnenmonster mit Menschenköpfen drangen auf ihn ein, mörderische Gestalten aus dem Schattenreich, riesige Echsen, Skelette, übergroße Fledermäuse.

Arme tasteten nach dem jungen Mann. Mäuler wurden aufgerissen, und Nick blickte in riesige Schlünde.

Da drehte er durch.

Der Arm mit dem Messer fuhr durch die Luft. Wild und unkontrolliert stach er auf die Monster ein.

Er schrie sich die Lunge aus dem Leib. Immer und immer wieder hieb er mit dem Messer zu.

Plötzlich waren die Monster verschwunden.

Nur noch der Tote lag auf dem Boden.

Hank hielt inne. Er stand gebückt da, sein Atem ging keuchend, seine Augen waren blutunterlaufen und verdreht.

Plötzlich begann Hank zu kichern. »Sie sind weg, sie sind weg!«

Er freute sich wie ein kleines Kind und ahnte nicht, dass Doktor Tod schon seine Krallen nach ihm ausgestreckt hatte.

Langsam beruhigte sich Hanks Atem. Er betrachtete das blutverschmierte Messer, sah dann auf den toten Freund hinab und wandte wieder den Kopf.

Nein, dieser Anblick war zu grausam.

Plötzlich fiel Hank auf, dass alle Türen verschlossen waren.

Bis auf eine!

Und durch diese Tür war Nick gekommen. Sollte das für Hank ein Zeichen sein, damit er den gleichen Weg benutzte? Aber wohin führte ihn dieser? Auch in den Tod?

Hank hatte keine andere Wahl. Er musste durch die offen stehende Tür gehen. Alle anderen waren verschlossen.

Vorsichtig setzte sich Hank in Bewegung. Den Arm mit dem Messer hielt er ausgestreckt.

Wenn ihm jetzt jemand entgegenkam, dann …

Es kam niemand.

Finster lag der Gang vor ihm.

Hank beschleunigte seine Schritte. Er war fest entschlossen, das Rätsel dieses Horror-Kabinetts zu lösen.

Da sah er den Lichtschimmer. Er war noch ziemlich weit weg, ließ jedoch neue Hoffnung in Hank aufkeimen.

Dann hatte es der junge Mann geschafft. Er stand in einem riesigen Gewölbe.

Staunend sah er sich um.

Die große Steinhalle war wie ein Labor eingerichtet. Überall gab es Apparaturen und Messgeräte, die Hank aus dem naturwissenschaftlichen Unterricht kannte.

Immer wieder schüttelte der junge Mann ungläubig den Kopf. Mit allem hätte er gerechnet, nur damit nicht.

Wo war er nur hier gelandet? In Frankensteins Hexenküche? Fast sah es so aus.

»Na, gefällt Ihnen mein Reich?«, hörte er plötzlich eine Lautsprecherstimme.

Hank warf den Kopf in den Nacken.

Ein spöttisches Gelächter folgte seiner Reaktion. »Nein, mein Freund, sehen können Sie mich nicht, noch nicht.«

Hank nahm allen Mut zusammen. »Dann sind Sie also der Mann, der für den Mord an meinem Freund verantwortlich ist!«

»Ja, das will ich nicht leugnen.«

Für einen Augenblick war Hank über diese Reaktion verblüfft. Dann riss er den Arm mit dem Messer hoch und schrie: »Los, zeigen Sie sich, Sie feiges Schwein, Sie Meuchelmörder! Ich möchte Ihnen von Angesicht zu Angesicht gegenüberstehen. Ich werde Ihnen den Dolch, mit dem Sie meinen Freund umgebracht haben, ins Herz rammen ...«

»Sie werden unsachlich«, sagte wieder die kalte Stimme. Nicht eine Spur Erregung schwang darin mit. »Drehen Sie sich mal lieber um, junger Mann.«

Hank wandte den Kopf. In der nächsten Sekunde drohte ihm der Herzschlag auszusetzen.

Ein Monster kam auf ihn zu. Ein mit Wachs übergossener Mensch. Eine lebende Wachsfigur!

Aber das war es nicht, was Hank so erschreckte. Das Monster trug etwas auf den Armen.

Ein Mädchen.

Jill!

Seine Jill!

Hank konnte das Grauen kaum fassen.

Plötzlich blieb die Wachsfigur stehen, senkte die Arme.

Der tote Körper des Mädchens fiel zu Boden und rollte genau vor Hanks Füße ...

Bei Hank riss der Faden.

Mit einem gurgelnden Schrei stürzte er sich vor, riss den

Arm mit dem Messer hoch und stieß die Klinge gegen die Brust des Monsters.

Der Stahl prallte ab!

Und dann erhielt Hank einen mörderischen Schlag ins Gesicht, der ihn gegen einen Labortisch warf, vor dem er stöhnend zusammensackte.

Für einen Augenblick trat Hank weg.

Als er wieder klar sehen konnte, stand ein Mann vor ihm.

Hank sah in ein grausam verkniffenes Gesicht. Eine Hand schob sich in sein Blickfeld. Am Mittelfinger der Hand blitzte ein seltsamer Ring.

Er war dunkelrot, und auf der Fläche befand sich ein weißer Totenkopf.

Der Mann verzog das Gesicht zu einem bösen Lächeln.

»Wer – wer sind Sie?«, ächzte Hank.

»Der Mann, dem Sie ein Messer in die Brust rammen wollten und in dessen Gewalt Sie sich jetzt befinden. Wie ist es jetzt mit Ihrem Vorhaben?«

Hank erschrak bis ins Mark. Sein Blick zuckte in die Runde. Das Messer lag neben ihm auf dem Boden. Mit dem Fuß schob es ihm der Unheimliche näher heran.

»Nun?«, fragte er.

Hank schüttelte den Kopf. »Wo ist Jill?«, flüsterte er.

»Das Mädchen?« Doktor Tod lachte. »Sie wird ihr Grab finden. Ich brauche sie nicht mehr. Sie diente nur zur Demonstration meiner Macht. Genauso hätte es dich treffen können.«

Hank fragte nicht nach den Motiven dieses Mannes. Er begriff nichts mehr. Sein Denken war auf einmal völlig ausgelöscht. Zu stark war der Einfluss des Bösen.

»Ich will, dass du der Welt sagst, was du hier erlebt hast. Die Leute sollen wissen, was demnächst auf sie zukommt, dass Doktor Tod reagieren wird und es keine Rettung mehr gibt. Das Zeitalter des Satans ist angebrochen. Ich lasse dich und deine Bekannte entkommen. Denk an meine Worte.«

Der Unheimliche ging zurück. Hank sah die Beine aus seinem Blickfeld entschwinden.

Die Worte des Unheimlichen hatten sich in sein Gehirn eingemeißelt. Keine Silbe würde er vergessen.

Hank stand auf.

Er wunderte sich, wie leicht auf einmal alles ging. Er machte einige Schritte und schien zu schweben.

Hank sah den Unheimlichen. Ganz dicht stand er vor ihm und blickte ihm tief in die Augen.

Doktor Tod hatte seine zweite Macht ausgespielt. Die Macht der Hypnose.

Hank war plötzlich alles egal. Doktor Tod bewegte die Lippen. Hank hörte kein Wort und wusste doch, was der Unheimliche befahl.

Folgen sollte er ihm, folgen …

Sie gingen durch das Labor, betraten eine kleine Kammer.

Eine Liege stand darin. Und auf der Liege lag ein Mädchen.

Helen!

Hank lächelte, als er sie erkannte. Er trat neben sie, berührte sie mit der Hand.

Helen wandte den Kopf.

Auch sie lächelte, schien ihn erkannt zu haben.

Doktor Tod stand am Kopfende der Liege, beobachtete die beiden Menschen aus funkelnden Augen.

Dann streckte er die Arme aus. Seine Lippen murmelten magische Formeln.

Hank hatte plötzlich das Gefühl zu schweben. Der Boden unter ihm tauchte weg, und er geriet in einen reißenden Strudel, der ihn höher und höher zog.

Dann wusste er nichts mehr …

Zuerst spürte Hank die Kälte.

Sie drang wie mit eisigen Fingern in seinen Körper, erreichte das Gehirn und …

Hank erwachte. Er stöhnte auf und öffnete die Augen.

Seine rechte Hand war gefühllos, unterkühlt. Hank zog vorsichtig den Arm an, bewegte die Finger.

Er hörte ein leises Plätschern.

Plätschern? Wasser? Hank hatte keine Ahnung, wo er sich befand.

Mühsam wandte er den Kopf. Da sah er den kleinen Bach, in dem sein rechter Arm gelegen hatte.

Über Hank spannte sich das Laubdach eines Waldes. Vereinzelte Sonnenstrahlen fielen wie glitzernde Speere auf den mit Moos und Humus bedeckten Boden und kitzelten Hanks Nase.

Der junge Mann musste niesen.

Es schien, als ob ihn dieses Geräusch endgültig aus der Bewusstlosigkeit gerissen hätte.

Hank setzte sich auf.

Und dann kam die Erinnerung. Klar und deutlich standen die Schreckensbilder vor seinen Augen. Die grässlichen Monster fielen ihm wieder ein, sein toter Freund – und Jill.

Aber hatte er das nicht alles nur geträumt?

Hank hoffte es. Er drehte den Kopf. Im selben Augenblick verengten sich seine Augen.

Ein paar Meter weiter lag Helen. Direkt vor einem großen Farn.

Sie lag auf dem Rücken. Das Sonnenlicht zauberte ein Muster auf ihre Bluse.

Helen rührte sich nicht. War sie tot?

Ein heißer Schreck zuckte in Hank hoch. Er stand auf und hielt sich eine Sekunde später an einem Baumstamm fest.

Alles drehte sich vor seinen Augen.

Verdammt, was hat man nur mit mir gemacht?, dachte er.

Der Schwindelanfall ging vorbei. Und als Hank neben der ohnmächtigen Helen in die Hocke ging, war ihm auf einmal klar, dass er nicht geträumt hatte.

Dass die schrecklichen Ereignisse Wirklichkeit gewesen waren.

Helen war blass wie ein Leichentuch. Hank streichelte ihre Wange, um sie aufzuwecken.

Sie bewegte sich nicht einmal, aber ihre Brust hob sich unter schwachen Atemzügen.

Hank konnte auch keine Verletzung an ihr feststellen, nur der Pullover war am Ärmel zerrissen.

Hank stand auf und ging zu dem schmalen Wasserlauf, der sich durch den Wald schlängelte.

Der junge Mann schöpfte Wasser mit der hohlen Hand, lief wieder zurück und benetzte Helens Gesicht.

Das half.

Schon bald schlug Helen die Augen auf. Hank legte seine Hand unter ihren Kopf und hob ihn ein wenig hoch.

Verwirrt blickte Helen den jungen Mann an.

»Hank – du?«

Hank nickte. Er konnte nicht sprechen. Ein Kloß saß ihm auf einmal im Hals.

»Wo – wo bin ich hier?«

Hank blickte an ihr vorbei. Er musste sich erst räuspern, ehe er antworten konnte. »Ich weiß es selbst nicht, Helen.«

»Was ist denn mit den anderen? Mit Jill und Nick?«

Hank schluckte. Sollte er ihr wirklich die Wahrheit sagen? Lieber nicht, sie würde es nicht verkraften.

»Ich weiß es nicht«, wiederholte er sich.

»Du lügst, Hank. Die beiden sind tot, nicht?«

Hank zuckte zusammen. Die brutale Deutlichkeit dieses Mädchens traf ihn bis ins Mark.

»Wie – wie kommst du denn auf so etwas?«, krächzte er.

»Sie sind tot. Glaub mir.« Helens Stimme klang leise und monoton. »Es war kein Traum, was ich erlebt habe. Wir sind in dieses Horror-Kabinett gegangen, und plötzlich war Nick verschwunden. Ich ging weiter, suchte den Ausgang. Dann hat man mich gepackt. Eine Wachspuppe. Sie brachte mich zu einem Mann. Er trug einen scheußlichen Ring am Finger. Der Mann blickte mich an, und von da an weiß ich nichts mehr. Nur einen Satz habe ich noch behalten. Deine Freunde sind tot. Der Mann sprach so bestimmt, dass ich ihm glaubte.«

Helen verstummte.

Hank lauschte noch ihren Worten nach. Er blickte starr geradeaus, vernahm das Zwitschern der Vögel und hörte es doch wieder nicht. Eine Leere hatte sich in ihm ausgebreitet. Als er antwortete, geschah dies rein mechanisch.

»Du hast recht, Helen, es war kein Traum. Ich habe fast das Gleiche erlebt. Nur …«, Hank stockte, »… ich habe sie gesehen. Jill und Nick, meine ich. Sie waren beide nicht mehr am Leben. Man hat sie einfach umgebracht.«

Helen stand auf. »Wir müssen gehen, Hank.«

»Und wohin? Wir wissen ja nicht einmal, wo wir uns befinden. Und wie sind wir überhaupt hierhergekommen?«

»Irgendwo wird der Wald zu Ende sein. Komm jetzt.«

Auch Hank stand auf. Mechanisch folgte er dem Mädchen.

Nach einigen Minuten Fußmarsch stießen sie auf einen schmalen Weg. Ihn gingen sie weiter.

Plötzlich hörten sie Glockengeläut.

Helen blieb stehen. »Heute ist Feiertag«, sagte sie. »Jetzt ist es nicht mehr weit bis zum Ort.«

Die Bäume links und rechts des Weges wurden spärlicher, machten Buschwerk Platz.

Die jungen Leute hatten freie Sicht.

Vor ihnen lag Tonbridge.

Eine kleine Stadt, eingebettet in der ersten Frühlingssonne. Hanks Blicke wanderten nach links.

Da lag der Rummelplatz. Deutlich konnte man das Riesenrad erkennen.

Helen fasste nach Hanks Hand. »Lass uns weitergehen.«

»Wir müssen zur Polizei«, sagte Hank.

Helen schüttelte den Kopf. »Aber nicht hier. In dieser kleinen Stadt würde man uns nicht glauben. Nein, wir werden nach London fahren und zu Scotland Yard gehen. Die sollen sich um die Sache kümmern.«

Die ersten Häuser tauchten auf. Alte Bauten und einstöckig. Die bunt bemalten Fensterläden wirkten freundlich.

Menschen begegneten ihnen. Manche sahen die jungen Leute erstaunt an, die an ihnen vorbeigingen, ohne zu grüßen.

Sie erreichten das Zentrum des Ortes.

»Hier irgendwo muss unser Wagen stehen«, sagte Hank.

Helen blickte sich um. »Ja, dort ist der Rummelplatz.«

Das Gelände wirkte verlassen. Einige Kinder sprangen um die Buden herum und versuchten durch einen Schlitz in den zugezogenen Rollläden einen Blick in das Innere zu erhaschen.

Den 2 CV hatten sie in einer kleinen Seitenstraße abgestellt. Er stand immer noch an seinem Platz.

Hank suchte in den Taschen nach den Wagenschlüsseln. Er fand sie.

Die beiden jungen Leute stiegen ein.

Bevor Hank anfuhr, legte er seine Hand auf Helens Arm. Das Mädchen blickte ihn an.

»Was ist, Hank?«

Hank setzte zweimal an, ehe er sprechen konnte. »Wie – wie sagen wir es den Eltern?«

Helen zuckte mit den Schultern. »Ich weiß es nicht. Es ist mir auch irgendwie gleichgültig. Bitte, fahr.«

Hank war über die Reaktion des Mädchens zutiefst entsetzt. War Helen wirklich so gefühlskalt, oder war es nur der Schock, der sie so reagieren ließ?

Hank hoffte auf die zweite Möglichkeit.

Sie fuhren über die Ausfallstraße in Richtung London. Beide sprachen kaum ein Wort.

Helen sah stur aus dem Fenster.

Hank dachte an den gestrigen Tag, an dem sie noch alle zusammen gewesen waren, Spaß gehabt hatten – und …

Hank biss die Zähne zusammen. Gewaltsam musste er die Tränen unterdrücken.

Eine Menge Spaziergänger kamen ihnen entgegen. Sie strebten Tonbridge zu, wollten wahrscheinlich auf dem Rummelplatz etwas erleben.

Hank war versucht, anzuhalten und auszusteigen, um die Menschen zu warnen, damit sie nicht in ihr Verderben rannten.

Er ließ es bleiben. Wer hätte ihm schon geglaubt?

Langsam näherten sie sich London. Der Verkehr wurde dichter. Hank musste sich konzentrieren und seine Gedanken verscheuchen.

»Warst du schon mal beim Yard?«, unterbrach Helen plötzlich das Schweigen.

»Nein. Du?«

»Auch nicht. Vielleicht lassen sie uns gar nicht vor.«

»Sie müssen, Helen.«

»Ob man uns glauben wird?«

Hank zuckte mit den Schultern. »Wohl kaum. Die Geschichte klingt auch zu unwahrscheinlich.«

»Und was machen wir dann?«

»Das ist nicht unsere Sache, was anschließend geschieht. Was können wir denn schon tun?«

»Pass auf, die nächste Straße, da musst du rechts ab.«

Hank ordnete sich ein, und wenige Minuten später hielten sie auf dem yardeigenen Parkplatz.

Wie eine Dolchspitze reckte sich das neue Gebäude in den strahlend blauen Himmel. Die Fenster warfen das Sonnenlicht in Tausenden von Reflexen zurück.

Die beiden jungen Menschen schritten auf das große gläserne Eingangsportal zu.

Die Türen schwangen automatisch zurück.

Eine Halle tat sich auf. Die große Portierloge war besetzt. Dort mussten sie erst einmal hin.

Der Mann an der Auskunft war ein älterer Beamter, der sie freundlich anlächelte.

»Was kann ich für Sie tun?«

»Wir möchten einen Ihrer Beamten sprechen«, sagte Hank.

»In welcher Angelegenheit?«

»Das sagen wir ihm selbst.«

Der Auskunftsbeamte schüttelte den Kopf. »Das geht nicht. Ich kann Sie bei Totschlag nicht zu einem Inspektor der Rauschgiftabteilung schicken.«

»Ja«, sagte Hank, »das verstehen wir.«

Er überlegte einen Moment und meinte dann: »Wir kommen in einer etwas komplizierten Sache. Es geht um Mord und um …«, Hank stockte, suchte nach den richtigen Worten, »… ja, und um Geister.«

Klar und deutlich hatte er das letzte Wort ausgesprochen. Der Auskunftsbeamte riss die Augen weit auf. Dann beugte er sich etwas vor. »Ich hoffe, Sie treiben keine Scherze mit mir. Wollen Sie einen Mord melden?«

»Ja und nein.«

»Was heißt das?«

Hank begann zu schwitzen. Er hatte geahnt, dass es Ärger geben würde. Er warf Helen einen Hilfe suchenden Blick zu.

Das Girl ging plötzlich einige Schritte vor, bis es dicht vor dem Glaskasten stand.

»Ich will Ihnen mal was sagen«, sagte Helen. »Zwei unserer besten Freunde sind von einem Monster, von einer Wachsfigur, bestialisch ermordet worden. Es ist etwas geschehen, was es gar nicht geben kann. Verstehen Sie jetzt? Der Satan kommt zurück. Er hat schon seine Diener auf die Erde geschickt. Es war Doktor Tod, der uns diese Worte gesagt hat. Doktor Tod – ahhh …!«

Helen bäumte sich auf einmal auf. Bevor Hank sie auffangen konnte, brach sie zusammen.

Erst jetzt war die Reaktion auf dieses grässliche Erlebnis eingetreten.

Hank wandte sich um und sah den Auskunftsbeamten an, der bereits zum Telefonhörer gegriffen hatte, um einen Arzt zu alarmieren.

»Begreifen Sie jetzt, dass wir keinen Spaß machen, Sir?«

Der Beamte nickte stumm.

Mit einem Druck seines Zeigefingers schaltete Superintendent James Powell das laufende Tonband aus.

Er lehnte sich in seinem Schreibtischsessel zurück und blickte Inspektor Sinclair fordernd an.

»Das sind also die Aussagen des Mädchens«, sagte Superintendent Powell.

»… die sie während des Schocks gemacht hat«, vollendete John Sinclair den Satz.

»Sie ist zwischendurch immer aus ihrer Bewusstlosigkeit erwacht«, fügte Powell erklärend hinzu.

John zündete sich eine Zigarette an. »Und ihr Freund?«

»Sagt im Prinzip das Gleiche.«

Der Inspektor kannte natürlich die Geschichte der beiden jungen Menschen. Superintendent Powell hatte ihn schnell und umfassend informiert. Der Fall Akte P2, wie er im Schriftgebrauch betitelt worden war, war sofort auf Powells Schreibtisch gelandet. Superintendent Powell war der Leiter einer Sonderkommission, die sich nur mit übersinnlichen Fällen beschäftigte.

Er hatte an sich nur einen Agenten. Und das war John Sinclair. Die anderen Mitarbeiter arbeiteten in den Labors und Kommissionen. Inspektor John Sinclair war gewissermaßen die Feuerwehr. Der Kämpfer an der Front. Schon manches Mal war er nur haarscharf mit dem Leben davongekommen.

John Sinclair war ein sportlicher Typ mit kurz geschnittenen blonden Haaren und blauen Augen. Um seine Mundwinkel lag meistens ein kleines Lächeln, und man wäre nie im Leben darauf gekommen, John für einen Geisterjäger zu halten.

»Tatsache bleibt, Inspektor, dass zwei junge Menschen verschwunden sind. Ihre Leichen haben wir bisher nicht gefunden.«

»Dann besteht also die Möglichkeit, dass sie noch leben«, sagte John.

James Powell schüttelte den Kopf. »Glaube ich nicht. Dieser Doktor Tod hat selbst mit der Ermordung der beiden geprahlt. Deshalb werde ich veranlassen, dass wir das Horror-Kabinett auf den Kopf stellen, bis kein Brett mehr an seinem Platz liegt.«

John winkte ab. »Davon würde ich abraten. Was hätten wir gewonnen?«

»Wir können diesen Doktor Tod einbuchten.«

John lachte. »Falls Sie ihn kriegen. Und dann müssen Sie

ihm auch noch einiges beweisen. Nein, diese Aufgabe ist ein Ein-Mann-Job à la John Sinclair.«

Um Superintendent Powells Lippen spielte ein süffisantes Lächeln. »Mit Ihrer Reaktion hatte ich beinahe gerechnet, Inspektor.«

Der alte Fuchs wusste genau, wie er seinen besten Mann packen konnte.

John musste lächeln, doch er wurde schnell wieder ernst.

»Ich verstehe nur eins nicht«, sagte er, »weshalb hat Doktor Tod die beiden laufen lassen? Wahrscheinlich in einem Anflug von Größenwahn, so auf die Masche ›mir kann keiner‹.«

»Durchaus möglich«, gab Superintendent Powell zu. »Er fühlte sich eben unbesiegbar.«

»Vorausgesetzt, die Geschichte stimmt«, schränkte John ein. »Aber das werde ich ja sehen. Sind übrigens die Eltern der beiden Vermissten benachrichtigt?«

»Ja.«

Inspektor Sinclair drückte seine Zigarette aus. Es war Wochenanfang, und über London lag ein strahlend blauer Frühlingshimmel. Eigentlich ein Wetter zum Faulenzen, dachte John.

»Was haben Sie als Erstes vor?«, riss ihn Powells Stimme aus den Gedanken.

»Ich werde zu diesem Hank fahren. Wie heißt der Junge eigentlich mit Nachnamen?«

»Dillinger. Das Mädchen heißt Helen Clay.«

»Was schätzen Sie, Sir, wie lange Miss Clay noch unter ärztlicher Aufsicht bleiben muss?«

»Einige Wochen werden noch vergehen.«

»Dann bin ich also auf Hank Dillingers Aussagen angewiesen.«

»Vorläufig ja.«

»Da kann man nichts machen.« John stand auf. »Sie hören dann von mir, Sir.«

Superintendent Powell nickte und nahm einen Schluck Mineralwasser, das ihn von seinen Magengeschwüren befreien sollte. Bis heute hatte es nicht geholfen.

Johns Wagen, ein silbergrauer Bentley, stand auf dem Parkhof des Yard-Gebäudes.

Der Wagen war frisch überholt und gewaschen worden. Jetzt wartete er darauf, wieder ausgefahren zu werden.

John Sinclair hatte sich Hank Dillingers Adresse geben lassen. Der junge Mann lebte noch bei seinen Eltern. Die Familie wohnte in Southwark, einem alten Londoner Wohnbezirk.

John erreichte das Gebiet über die London Bridge und überquerte die Bahngleise.

Dann musste er sich links halten.

Die Häuser machten einen sauberen und gepflegten Eindruck. Es war alles Eigentum und wurde dementsprechend instand gehalten. In den kleinen Vorgärten blühten die ersten Frühlingsblumen. Hier war die Welt – wenigstens nach außen hin – noch in Ordnung.

Das Haus, in dem die Familie Dillinger wohnte, war ein Eckhaus. John fand einen Parkplatz und schritt über einen mit Platten belegten Weg auf die Haustür zu. Sie war mit kleinen Butzenscheiben bestückt.

Der Inspektor klingelte.

Wenig später öffnete ihm eine etwa fünfundvierzigjährige Frau, die ein Tuch über den Kopf gebunden hatte. Anscheinend hatte John sie beim Putzen gestört.

»Mrs. Dillinger?«

»Ja.« Die Augen der Frau wurden schmal.

»Mein Name ist John Sinclair, Scotland Yard. Ich hätte gern mit Ihrem Sohn gesprochen.«

John präsentierte seinen Ausweis.

Das Misstrauen im Gesicht der Frau verschwand. »Kommen Sie rein, Inspektor. Ihr Kollege ist schon oben.«

»Kollege?«, fragte John.

»Etwa vor fünf Minuten ist jemand gekommen, der ebenfalls mit meinem Sohn reden wollte. Deshalb wunderte ich mich vorhin.«

In John Sinclair schlugen die Alarmglocken an. »Wo ist das Zimmer Ihres Sohnes?«, fragte er schnell.

»Oben im ersten Stock. Aber warum ...?«

»Stellen Sie jetzt keine Fragen!«, rief der Inspektor und huschte an der verdatterten Frau vorbei ins Haus.

Die schmale Treppe war mit einem braunen Läufer belegt.

John nahm mehrere Stufen auf einmal. Er gelangte in einen Flur. Vier Türen zweigten ab.

John riss die erste auf.

Es war ein Schlafzimmer.

Die zweite Tür.

Da war er richtig.

Im ersten Augenblick blieb John wie festgenagelt stehen. Innerhalb von Sekundenbruchteilen brannte sich das Bild, das er sah, in seinem Gehirn fest.

Hank lag auf dem Bett. Mit beiden Händen hielt er den Griff eines Messers umklammert.

Die Spitze zeigte auf seine Brust.

Hank Dillinger war dabei, seinem Leben ein Ende zu bereiten ...

John Sinclair flog durch das halbe Zimmer. Seine Fäuste stießen gegen Hanks Arme, fegten sie zur Seite.

Hank brüllte auf. John war hart auf dem Jungen gelandet.

Doch sofort warf sich der Inspektor herum und riss Hank das Messer aus der Hand.

Der Junge starrte ihn an. Sein Blick war seltsam leer und entrückt.

John sah das offene Fenster, lief hin und beugte sich nach draußen.

Von dem »Polizisten« war nichts zu sehen.

Der Inspektor wischte sich den Schweiß von der Stirn. Da war er gerade noch rechtzeitig gekommen. Eine Minute später, und alles wäre vorbei gewesen.

Plötzlich stand Mrs. Dillinger im Zimmer.

Sie schrie erstickt auf, als sie ihren Sohn sah.

Die Frau wollte auf Hank zulaufen, doch John hielt sie zurück.

»Später«, sagte er. »Zuerst muss ich mal mit ihm reden. Lassen Sie uns bitte allein.«

Mrs. Dillinger ging. John hörte sie auf dem Flur schluchzen.

Dann setzte er sich zu Hank aufs Bett. Der Blick des Jungen war immer noch verschleiert und entrückt. Hank Dillinger lag in tiefer Hypnose.

Da war vorerst nichts zu machen.

John schloss das Fenster und ging auf den Flur.

Mrs. Dillinger blickte ihm aus verweinten Augen entgegen.

»Haben Sie Telefon?«, fragte John.

»Ja. Unten im Wohnzimmer.«

»Danke.«

John rief einen Psychiater vom Yard an. Der Kollege versprach, sofort zu kommen.

Dann informierte der Inspektor seinen Chef.

»Doktor Tod will wohl seine Zeugen jetzt beseitigen, nachdem sie ihre Pflicht getan haben«, vermutete Powell. »Ich werde auch das Mädchen unter Bewachung stellen lassen.«

»Unbedingt, Sir«, erwiderte John.

Er legte auf.

Mrs. Dillinger war ihm gefolgt. »Was ist eigentlich geschehen?«, fragte sie.

John beschloss, ihr nicht die ganze Wahrheit zu sagen.

»Dieser Kollege, Mrs. Dillinger, war in Wirklichkeit ein Verbrecher!«

»Mein Gott«, rief die Frau. »Und – und er wollte Hank umbringen?«

»Nein. Er hat ihn hypnotisiert.«

»Aber weshalb?«

»Hank sollte vergessen, was er gesehen hat.«

Mrs. Dillinger gab sich mit dieser Auskunft zufrieden. John hatte jedoch noch einige Fragen an die Frau.

»Mrs. Dillinger«, sagte er, »können Sie uns den angeblichen Polizeibeamten beschreiben?«

Die Frau zuckte mit den Schultern. »Mein Gott, was soll ich

da sagen? Er war kleiner als Sie und hatte einen Regenmantel an und einen Hut auf. Sein Gesicht war kaum zu erkennen. Halt, da fällt mir etwas ein. Er hatte keine Augenbrauen. Es war alles glatt, wissen Sie? Und Handschuhe hat er getragen. Ich habe noch nichts mit der Polizei zu tun gehabt, und deshalb dachte ich, die Leute sehen so aus. Man sieht ja auch immer wieder im Fernsehen diese Typen.«

»Leider!«, knurrte John. »Und was hat der Mann gesagt?«

»Dass er mit Hank sprechen müsse.«

»Wie klang seine Stimme? Hell, dunkel?«

»Normal, würde ich sagen. Vielleicht etwas knapp und scharf. So genau habe ich darauf nicht geachtet. Aber was geschieht jetzt mit Hank? Wollen Sie ihn wirklich mitnehmen?«

»Wir müssen, Mrs. Dillinger. Es ist besser für ihn.«

Die Augen der Frau wurden groß. »Man – man will ihn umbringen, nicht wahr?«

»So schlimm ist es nicht«, sagte John. »Auf jeden Fall brauchen Sie sich keine Sorgen zu machen. Wir werden den Fall schon über die Runden kriegen. In ein paar Tagen ist alles vorbei.«

John gab sich optimistischer, als er in Wirklichkeit war. Denn in diesen paar Tagen konnte verdammt viel geschehen. Und nach allem, was er gehört hatte, schien Doktor Tod ein Mann zu sein, der ihm zumindest ebenbürtig war. Wenn nicht sogar überlegen …

Der Leichenwagen rollte mit mäßiger Geschwindigkeit durch London. Doktor Tod war unterwegs.

Er hatte es gerade noch geschafft, aus dem Fenster zu entkommen. Ein Sinn für Gefahr hatte ihn gewarnt. Hauptsache, der Junge hatte sich selbst umgebracht.

Doch Doktor Tod war nicht restlos zufrieden. Da gab es noch ein Problem.

Er brauchte Leichen. Sogar dringend, um seine Truppe ausbauen zu können.

Natürlich hätte er leicht Menschen umbringen können. Schließlich kamen zahlreiche Besucher in sein Horror-Kabinett. Doch das hätte zu viel Aufsehen erregt. Bei den vier Jugendlichen war das Risiko genau einkalkuliert gewesen.

Der Junge war inzwischen erledigt, und das Mädchen würde noch in dieser Nacht an die Reihe kommen.

Aber das wollte er nicht selbst übernehmen. Diese Aufgabe wollte er einem seiner Diener überlassen.

Das Monster lag schon bereit. Doktor Tod hatte es in dem Sarg hinten auf der Ladefläche des Leichenwagens versteckt.

Doktor Tod war ein Mann, der nichts dem Zufall überließ und weitreichende Beziehungen hatte. Von seinem Kontaktmann hatte er damals auch den Tipp bekommen, wo er Jimmy finden konnte.

Doktor Tod stoppte den Leichenwagen wenige Meter vor einer Telefonzelle.

Als er ausstieg, sahen ihn die Passanten ängstlich und scheu an. Manch einer zog den Rücken zusammen, als er einen Blick auf den Leichenwagen warf.

Doktor Tod kicherte lautlos. Sie hatten Angst – jetzt schon. Doch dieses Gefühl würde sich in den nächsten Tagen in grenzenlose Panik verwandeln, wenn er sich anschickte, die Weltherrschaft zu übernehmen.

Doktor Tod betrat die Telefonzelle. Die Nummer kannte er auswendig. Er redete drei Minuten, dann verließ er zufrieden das kleine Häuschen. Es lief alles wie geplant.

Das Obdachlosenasyl lag in der Nähe des Hafens. Es war ein Backsteinbau, dessen Fassade außen genauso trist und trostlos war wie das Innere. Hier hausten die Gestrandeten der Gesellschaft. Die Penner, die Ausgeflippten. Für ein paar Münzen konnten sie schlafen und bekamen auch etwas zu essen.

Nur Alkohol gab es nicht. Aber der wurde immer wieder eingeschmuggelt.

Der Verwalter und Hausmeister des Asyls hieß Jeff Turpin. Turpin sah aus wie ein Pirat. So weit er zurückdenken konnte, trug er immer schon die schwarze Klappe über dem linken Auge. Sein Haar war schwarz und hing ihm strähnig am Kopf herunter. Einige lichte Stellen zeigten an, dass Turpin nicht mehr der Jüngste war.

Turpin verbrachte fast den ganzen Tag in einer Kammer, direkt hinter der Eingangstür des Asyls. Von hier aus konnte er auch den Türöffner betätigen und immer wieder sehen, wer kam und ging.

Bezahlt wurde er von der Stadt. Das mehr schlecht als recht. Deshalb war er auch nie abgeneigt, einen kleinen Nebenjob zu übernehmen. Im Laufe der Zeit war er sogar zu einer lokalen Größe geworden, denn es hatte sich in der Unterwelt herumgesprochen, dass man bei Turpin Leichen gut verschwinden lassen konnte.

Unter dem Gebäude floss nämlich ein Abwasserkanal direkt zur Themse hin. Eine nahezu ideale Möglichkeit, von der Jeff Turpin fleißig Gebrauch machte.

Eines Tages hatte er Doktor Tod kennengelernt. Dieser Mann hatte Turpin sofort in seinen Bann gezogen. Es dauerte nicht lange, und er war ein williges Werkzeug.

Leider klappte der Leichennachschub in letzter Zeit nicht so gut. Die Londoner Unterwelt hatte gewissermaßen eine Feuerpause eingelegt, und Turpins Geschäfte gingen zurück.

Das ärgerte ihn, denn gerade jetzt hätte er Leichen gebraucht.

Heute war ein Anruf gekommen, der ihn aus seiner Ruhe geschreckt hatte.

Doktor Tod wollte kommen und Leichen abholen. Sechs Stück hatte er bestellt, drei konnte Turpin nur vorweisen. Eine verdammte Sache.

Turpin war so nervös, dass er schon bei Beginn der Dämmerung draußen vor dem Gebäude stand.

Die Gasse, in der das Asyl lag, war mit Kopfsteinen gepflastert. Der milchige Schein einiger Gaslaternen überzog sie mit einem matten Glanz. Nervös qualmte Turpin eine Zigarre.

Die ersten Penner trafen ein, und Turpin kassierte die Gebühr. Er vergaß sogar, die Leute zu filzen.

Es wurde kühler. Vom Hafen her zog Dunst auf, der sich bald zu Nebel verdichtete.

Einmal kam eine Nutte vorbei. Sie machte Turpin ein Angebot.

Er scheuchte die Hafenschwalbe mit einem Tritt weg.

Sie fluchte noch fünf Minuten später.

Wagen fuhren so gut wie keine in die Gasse. Wozu auch? Es gab keinen Ausgang. Eine Mauer riegelte das Gebiet zu den Kais ab.

Das Tuten der Schiffe wurde durch den Nebel gedämpft. Aber Turpin hörte die Geräusche schon gar nicht mehr.

Und dann weiteten sich seine Augen.

Am Eingang der Gasse waren zwei milchige Flecke aufgetaucht, die sich schnell näherten.

Ein Wagen!

Das musste Doktor Tod sein!

Er war es. Schon bald schälten sich die Konturen des Leichenwagens aus dem Nebel.

Turpin lief immer eine Gänsehaut über den Rücken, wenn er das Gefährt sah.

Der Wagen stoppte.

Die rechte Tür schwang auf, und Doktor Tod stieg ins Freie. Er verschloss die Tür wieder sorgfältig, ehe er sich dem Asylverwalter zuwandte.

Turpin ging ihm entgegen. Er wollte etwas sagen, doch Doktor Tod schnitt ihm mit einer Handbewegung das Wort ab.

»Hier nicht!«

Die Männer betraten das Backsteingebäude.

Turpin schloss die Tür zu dem großen Aufenthaltssaal ab. So waren sie ungestört.

In dem Gang brannte eine trübe Lampe. Turpin konnte von

Doktor Tod nicht mehr als den hochgestellten Mantelkragen erkennen und den tief in die Stirn gezogenen Hut.

»Es – es sind nur drei Leichen«, sagte der Hausverwalter.

Doktor Tod zischte einen Fluch durch die Zähne. »Ich habe dir doch gesagt, du sollst dich darum kümmern.«

»Tut mir leid, Sir. Aber ich habe nicht mehr bekommen. Die Unterwelt hat eine Pause eingelegt.« Er grinste schmal.

Doktor Tod nickte. »Besser drei Leichen als keine. Komm, zeig sie mir.«

»Sofort, Sir.«

Turpin war froh, dass alles so glimpflich abgelaufen war. Er hatte schon höllische Angst um sein erbärmliches Leben gehabt.

Zum Leichenkeller führte eine alte Holztreppe hinunter.

Jeff Turpin machte Licht.

Der Boden des Kellers war aus Stein und wies an manchen Stellen kraterartige Löcher auf.

Die Leichen lagen in einer Ecke.

Turpin hatte noch eine Taschenlampe mitgenommen, mit der er jetzt die Leichen anleuchtete.

Es waren alles Männer.

Turpin gab einige Erklärungen.

»Der da ist King Keene. Man nannte ihn den König von Soho«, sagte er und wies mit einem leisen Lachen auf den rechts außen liegenden Toten.

»Mir ist egal, wie man ihn nannte«, gab Doktor Tod zurück. »Hauptsache, er lebt nicht mehr.«

Doktor Tod war froh, dass er seine Experimente jetzt auch ohne Asmodis' Hilfe durchführen konnte. Der Höllenfürst hatte ihm die Kraft gegeben, durch bestimmte magische Sprüche die Toten wieder ins Leben zu rufen. Doch dabei mussten bestimmte Voraussetzungen erfüllt werden.

Er konnte nicht einfach hingehen, sich vor ein Grab stellen und den Toten aus der Erde kommen lassen. Das ging nicht. Dazu war seine Macht noch zu klein.

Aber vielleicht würde es ihm eines Tages gelingen.

Jeff Turpin sah Doktor Tod erwartungsvoll an. »Wollen Sie die Leichen schon mitnehmen oder warten, bis ich alle zusammen habe?«

»Ich nehme sie mit.«

»Gut.«

Turpin ging ein Stück zur Seite und schleifte aus der Ecke eine Kiste heran.

»Die wird reichen«, sagte er.

Doktor Tod nickte. »Pack sie hinein.«

Jeff Turpin machte sich an die Arbeit. Er empfand nichts dabei, er war im Laufe der Zeit abgestumpft.

»So, fertig«, sagte er.

Der Unheimliche griff in die Tasche und zog drei Zehn-Pfund-Noten hervor.

Er drückte sie Turpin in die Hand.

Der Verwalter bedankte sich überschwänglich.

Dann transportierten die beiden Männer die Kiste nach oben.

Schon auf der Treppe hörten sie die dumpfen Schläge gegen die Haustür.

»Verdammt«, fluchte Turpin, »ausgerechnet jetzt.«

»Schicken Sie den Mann weg«, sagte Doktor Tod.

Turpin ging entschlossen los. Doch auf halbem Wege stoppte ihn Doktor Tods Stimme.

»Nein, ich habe es mir anders überlegt. Lassen Sie den Kerl hereinkommen. Vier Leichen sind besser als drei.«

Turpin schluckte. Ein Mord war nicht nach seinem Geschmack. Er handelte zwar mit Toten – aber so was …

»Machen Sie schon!«

»Ja, ja, natürlich, Sir.«

Turpins Hände zitterten, als er die Tür aufschloss.

»Willst du mich hier erfrieren lassen?«, grölte eine Stimme.

Ein unrasierter Kerl mit fettigen schwarzen Haaren taumelte an Turpin vorbei in den Vorraum.

Der Verwalter schloss hinter ihm die Tür.

Der Penner kramte in den Taschen. Doktor Tod, der sich im Schatten hielt, hatte er noch nicht bemerkt.

»Hier ist das Geld!«, sagte der Neuankömmling und hielt Turpin die offene Hand hin. »Schnaps habe ich auch nicht. Ich bin noch von gestern voll.«

Turpin nahm die Münzen.

»Und jetzt will ich an der Matratze horchen«, sagte der Penner und drehte sich um.

Da sah er die Kiste.

»Oh, was ist das denn?«

Neugierig trat er näher.

Nach zwei Schritten prallte er zurück. Seine Augen wurden starr vor Schreck.

»Allmächtiger, das sind ja …« Er wandte Turpin das Gesicht zu. »Leichen sind das.«

»Genau, mein Freund!«, meldete sich in diesem Augenblick Doktor Tod. »Das sind Leichen, und du wirst bald daneben liegen.«

Der Penner kreiselte herum.

Doktor Tod löste sich aus dem Schatten. Lautlos kam er auf den Penner zu. In seiner behandschuhten Rechten funkelte ein Dolch.

Der Penner begriff. Er machte auf dem Absatz kehrt und wollte zur Tür rennen.

Da klammerten sich zwei Hände hart wie Schraubbacken um seine Oberarme.

Jeff Turpin hatte zugepackt.

Der Penner kam nicht einmal dazu, einen Schrei auszustoßen. Er sah noch das Aufblitzen der Klinge, und dann spürte er den alles verzehrenden Schmerz, der seine Brust auseinanderzureißen drohte.

Der Penner war schon tot, als er noch in Turpins Griff hing.

Doktor Tod zog seelenruhig das Messer aus der Wunde und wischte die blutige Klinge an der Kleidung des Penners ab.

»Wirf ihn zu den anderen«, sagte er zu Turpin gewandt. »Und vergiss nicht, das Blut aufzuwischen.«

Turpin ließ die Leiche in die Kiste fallen. Dann schloss er wieder die Tür auf.

Erst einmal warf Turpin ein paar vorsichtige Blicke nach draußen. Die Luft war rein.

Durch die vierte Leiche war die Kiste noch schwerer geworden. Die beiden Männer hatten ordentlich zu tragen, bis sie endlich an der Ladeklappe des Leichenwagens standen.

Doktor Tod schob den Sarg ein Stück zur Seite, damit die Kiste Platz hatte. Dann wuchteten sie sie gemeinsam hoch.

Mit einem schmatzenden Geräusch schloss die Klappe. Von draußen konnte man nicht in das Innere des Leichenwagens blicken. Selbst die Ladeklappe war mit einer Milchglasscheibe versehen.

Doktor Tod schloss die Fahrertür auf. Er sprach kein Wort mehr, startete den Motor und rollte rückwärts die Gasse hoch. Wenden konnte er hier nicht.

Jeff Turpin starrte dem Wagen nach. Er hatte auf einmal schreckliche Angst ...

Helen Clay lag in ihrem Bett. Die Spritze hatte ihre Wirkung getan.

Vor den Fenster des Guy-Hospitals lauerte die Nacht. Die hohen Bäume schluckten den größten Teil des Verkehrslärms der Hauptstraße. Auf den Gängen draußen klappten hin und wieder Türen. Sonst war alles still.

Helen lag in einem Einbettzimmer. Direkt über ihr an der Wand befand sich der Rufknopf für die Nachtschwester. Neben dem Bett stand eine kleine Kommode. Eine Leselampe streute ihr Licht in den Raum.

Vor der Tür des Krankenzimmers hockte ein Polizist. Er empfand diesen Job als äußerst angenehm, besonders deshalb, weil es hier viele hübsche Krankenschwestern gab.

Seine Augen hatten heute Feiertag. An Gefahren dachte er nicht im Traum. Außerdem hatte man ihn nicht eingeweiht. Er nahm an, er hätte eine Geistesgestörte zu überwachen. Und bei seiner Statur wurde er damit immer fertig.

Im Zimmer wurde Helen plötzlich unruhig.

Sie legte das Buch, in dem sie geblättert hatte, zur Seite und wandte ihren Kopf dem Fenster zu.

Helen sah nichts.

Nach wie vor überschattete die Dunkelheit das Land.

Aber irgendetwas war geschehen. Helen spürte es. Etwas musste sich im Zimmer befinden.

Helens Blicke tasteten durch den Raum.

Sie bemerkte nichts.

Trotzdem …

Abermals griff sie nach dem Buch, doch schon nach wenigen Sekunden legte sie es wieder weg. Sie konnte sich einfach nicht konzentrieren. Ihre Gedanken wurden laufend gestört.

Aber wodurch und von wem?

Helen setzte sich auf, lauschte.

Ja, jetzt hörte sie es klar und deutlich. Es war eine Stimme in ihrem Innern.

Steig aus dem Bett, lockte die Stimme. *Komm zu mir, komm …*

Helen gehorchte. Sie schwang die Beine über den Bettrand.

Das Girl trug nur ein hauchdünnes Nachthemd. Automatisch griff Helen nach dem Morgenrock, zog ihn über.

Das Fenster lockte sie mit beinahe magischer Gewalt. Ja, dort wollte sie hin. Nur dort konnte sie raus, um der Stimme zu folgen.

Helen machte einen zögernden Schritt auf das Fenster zu.

In diesem Augenblick wurde die Tür geöffnet. Der Polizist, der alle dreißig Minuten nach ihr zu sehen hatte, kam ins Zimmer.

»Aber, Miss Clay!«, rief er. »Was machen Sie denn dort am Fenster?« Der Beamte schloss die Tür.

Helen wandte sich um. »Ich – ich …« Sie stockte, wusste nicht mehr, was sie sagen sollte.

»Legen Sie sich wieder hin. Bestimmt haben Sie geträumt.«

Helen zögerte. Sie kam sich auf einmal unheimlich blamiert vor. Weshalb war sie nur aufgestanden?

Doch plötzlich war die Stimme wieder da.

Diesmal viel lauter, deutlicher.

Du musst hier verschwinden, du musst!

Helens Gesicht verzerrte sich. Hart traten ihre Wangenknochen hervor.

Der Polizist bemerkte die Veränderung, die mit dem Mädchen vorgegangen war.

»Stimmt etwas nicht, Miss Clay? Soll ich den Arzt rufen?«

Helen zuckte zusammen. »Nein, nicht den Arzt«, sagte sie. »Ich bin schon in Ordnung.«

Der Beamte runzelte die Stirn. Verflucht, die Sache kam ihm nicht geheuer vor.

»Ich werde doch lieber gehen«, sagte er.

Fieberhaft suchte Helen nach einem Ausweg. Wenn der Polizist jetzt den Arzt holte, war alles vorbei. Dann musste sie hierbleiben, konnte dem Ruf nicht mehr folgen.

Sie streckte den Arm aus.

»Kommen Sie zu mir!«

Helen setzte ihr verführerischstes Lächeln auf. Mit einer scheinbar unbeabsichtigten Bewegung löste sie die lose Schlaufe des Morgenmantels.

Rückwärts ging sie zum Bett, setzte sich hin.

Der Beamte bekam eine trockene Kehle. Zum Teufel noch mal, er war schließlich ein junger Mann, und außerdem hatten ihn die Krankenschwestern in ihren engen Kitteln genug aufgereizt. Und ein Kuss konnte bestimmt nicht schaden.

»Wenn ich jetzt zu Ihnen komme, versprechen Sie mir dann, sich wieder ins Bett zu legen?«

»Ja«, hauchte Helen.

Sie lehnte sich ein wenig zurück.

Das Nachthemd schmiegte sich eng an ihren Körper, ließ deutlich jede Einzelheit erkennen.

Dann war wieder die Stimme da.

Du musst endlich kommen! Brich aus diesem Gefängnis aus!

»Ja!«, stöhnte Helen.

Der junge Beamte fasste dies als Aufforderung auf. Mit seiner Beherrschung war es vorbei.

Zwei Schritte brachten ihn zu dem Mädchen. Er fiel auf die Knie, versuchte, die Lippen des Girls zu küssen.

Helen bog ihren Oberkörper zurück. In ihren Augen lag ein kalter Glanz.

Auf der Kommode stand eine schwere Kristallkaraffe. Sie war zur Hälfte mit Wasser gefüllt.

Helens Finger schlossen sich um den gläsernen Griff. Gleichzeitig spürte sie die Hände des Polizisten über ihre Brüste gleiten, hörte sein schweres Atmen.

Da schlug sie zu.

Es gab einen dumpfen Laut, als die Karaffe auf dem Schädel des Mannes landete.

Der Polizist stöhnte und bäumte sich auf. Mit einem glasigen Blick starrte er Helen an.

Das Mädchen hatte jetzt beide Hände um die Karaffe geklammert. Sie sah, dass der eine Schlag nicht gereicht hatte.

Da riss sie die Arme noch einmal herunter.

Diesmal schmetterte sie die Karaffe gegen die Stirn des Beamten.

Der letzte Rest Wasser schwappte heraus.

Schwer fiel der Polizist zu Boden, wo er reglos liegen blieb.

Helen machte sich um sein Schicksal keine Sorgen. Ihr war es egal, auch wenn er tot war.

Das Andere in ihr war stärker.

Doktor Tods Fernhypnose hatte ihre Wirkung gezeigt.

Noch immer lockte die Stimme. Ein nie gekannter Drang erfasste Helen, so rasch wie möglich aus dem Zimmer zu gelangen.

Schnell huschte sie zum Fenster, riss es auf.

Ein kühler Nachtwind fuhr in das Zimmer.

Helen schauderte.

Dann beugte sie sich weit über die Brüstung.

Ihr Zimmer befand sich im zweiten Stock. Die Fassade des Hauses war glatt. Es gab keine Vorsprünge, an denen sie hätte hinabklettern können.

Dunkel lag der Park vor ihr. Die Baumwipfel rauschten im Wind.

Plötzlich sah sie eine Gestalt.

Im ersten Moment zuckte Helen zusammen, doch dann erkannte sie die Wachsfigur aus dem Horror-Kabinett.

Geschmeidig, fast wie ein Mensch, schlich die Wachsfigur durch die Büsche.

Unter Helens Fenster blieb sie stehen.

Jetzt hob das Monster beide Arme. Deutlich erkannte Helen die rot glühenden Augen.

Und dann war wieder die Stimme da.

Spring aus dem Fenster! Los, spring!

Ohne zu zögern, kletterte Helen auf die schmale Fensterbank. Mit der rechten Hand hielt sie sich an dem Rahmen fest.

Unter ihr breitete die Wachsfigur beide Arme aus.

Helen lächelte.

Ja, dort unten würde man sie auffangen. Angst brauchte sie nicht zu haben.

Helen beugte ihren Oberkörper ein wenig vor und spannte die Muskeln.

Der Wind spielte mit ihrem Haar.

Noch einmal sah sie in die Tiefe.

Unbeweglich stand die Wachsfigur unter dem Fenster.

Jetzt!, schrie es in Helen.

Das Mädchen stieß sich ab.

In derselben Sekunde wurde die Tür aufgerissen …

John Sinclair war auf dem Weg zum Guy-Hospital. Der ganze Nachmittag war mit Verhören draufgegangen. Doch ein konkretes Ergebnis war nicht herausgekommen.

Und das ärgerte John.

Hank Dillinger war beim Yard untergebracht worden. Dort war er vor Doktor Tods Angriffen sicher. John wollte nichts riskieren, was das Leben des jungen Mannes gefährden könnte.

Jetzt war der Inspektor auf dem Weg, um Helen Clay abzuholen. Auch sie sollte unter den direkten Schutz des Yards gestellt werden.

Man hatte ihr zwar einen Polizisten vor die Tür gestellt, doch John wusste, dass dieser Mann im Ernstfall für Doktor Tod kein Hindernis war.

Das Guy-Hospital war ein älteres Gebäude. Es lag in einem kleinen Park und sollte in den nächsten Monaten aufgelöst werden. Der Unterhalt war einfach zu teuer.

Die Straße zum Portal des Hauses war gut ausgebaut. John stellte seinen Bentley auf dem kleinen Parkplatz ab und ging die breite Treppe hoch.

Ein Schild fiel ihm ins Auge. Es war aus Messing. Ein geknickter Pfeil zeigte um die Ecke. Lieferanteneingang, stand unter dem Pfeil.

John Sinclair ahnte nicht, dass nahe des Lieferanteneingangs an der Rückseite des Gebäudes bereits das Drama seinen Anfang nahm.

Der Schwester an der Anmeldung präsentierte er seinen Dienstausweis.

»Ich möchte zu Miss Helen Clay.«

Die Schwester, durch das amtliche Dokument eingeschüchtert, nannte ihm sofort die Zimmernummer.

»Zweiter Stock«, sagte sie noch.

John bedankte sich.

Es roch genau wie in jedem anderen Krankenhaus der Welt auch. Der Boden war blank gescheuert, und eine breite Steintreppe führte in die oberen Stockwerke.

John nahm zwei Stufen auf einmal. Dann musste er sich erst wieder orientieren.

Das Zimmer, in dem Helen lag, befand sich auf der linken Seite des Ganges.

John musste durch eine gläserne Flügeltür, ging ein paar Schritte weiter und stutzte.

Der Stuhl, auf dem eigentlich der Polizist sitzen sollte, war leer.

Blitzschnell stieg der Ärger in dem Inspektor hoch. Aber gleichzeitig machte sich auch eine seltsame Unruhe breit.

John lief die paar Meter zur Zimmertür.

Er klopfte gar nicht erst an, sondern riss die Tür auf.

Einen Herzschlag später erstarrte er zur Salzsäule. Der Polizist lag auf dem Boden, und auf der Fensterbank kauerte Helen Clay.

Ehe John eingreifen konnte, sprang das Mädchen in die Tiefe …

Für einen Moment sah John den Körper des Girls noch in der Luft.

Dann war er verschwunden.

John Sinclair atmete tief durch. Das Gefühl, versagt zu haben, brach wie ein Sturm in seinem Innern los.

Der Inspektor wartete auf das klatschende Geräusch des Aufpralls.

Nichts geschah.

Drei, höchstens vier Sekunden waren seit dem Sprung des Mädchens vergangen. Normalerweise müsste Helen schon längst …

John spurtete zum Fenster, beugte sich nach draußen.

Da sah er das Monster.

Die lebende Wachsfigur!

Helen lag wie eine Puppe in den Armen des Schrecklichen. Und John sah das Messer in der Hand der Wachsfigur blitzen.

Das Monster wollte Helen töten.

Aber warum hatte es sie dann erst aufgefangen? Einen Sturz hätte sie bestimmt nicht überlebt.

Tatsache war, dass sich Helen in größter Gefahr befand.

John schrie die lebende Wachsfigur an. Der Kopf ruckte herum.

John sah in die kleinen roten Augen. Gleichzeitig zog er seine mit Silberkugeln geladene Beretta.

Das Monster ließ Helen fallen.

John sah genau in die roten Augen. Er spürte die Strahlen, die von ihnen ausgingen und sich wie kleine Speere in sein Gehirn bohrten.

Doch John Sinclair war nicht umsonst Scotland Yards bester Mann.

Er gewann das Duell.

Das Monster senkte den Kopf.

Da zog der Inspektor den Abzug durch.

Die Kugel raste auf den Kopf des Monsters zu – und prallte ab.

Die Wachsschicht war hart wie Eisen.

John stieß einen lautlosen Fluch durch die Zähne. Damit hatte er nicht gerechnet.

Er sah, dass sich Helen bewegte. Sie lag auf dem Boden und wollte wegkriechen.

Das Monster packte sie brutal. Es hob den Arm mit dem Messer.

Deutlich sah John Sinclair die lange Klinge.

Jetzt gab es nur noch eine Möglichkeit, Helen zu retten.

Er musste mit seiner Kugel das Messer treffen.

John umklammerte mit seiner Linken das rechte Handgelenk, zielte genau.

Alles ging in rasender Schnelligkeit vor sich, dass es kaum zu schildern ist.

Der Schuss peitschte.

John Sinclair traf!

Die Silberkugel klatschte mit ungeheurer Wucht gegen die Klinge des Dolches, schleuderte die Waffe dem Monster aus den Fingern.

Die Wachsfigur fuhr mit einer wütenden Bewegung herum.

Im nächsten Moment stand John Sinclair schon auf der schmalen Fensterbank.

Hinter ihm wurde die Tür aufgerissen. Die Schüsse waren gehört worden.

»Kümmert euch um den Polizisten!«, rief John den ins Zimmer stürmenden Ärzten und Schwestern zu.

Dann sprang er.

John hechtete waagrecht durch die Luft. Er hatte ein Stück vom Fenster entfernt den starken Ast eines Baumes gesehen.

Der Ast kam mit rasender Geschwindigkeit näher.

John warf die Arme noch einmal vor, bekam den Ast zu packen …

Ein mörderischer Ruck ging durch seine Armgelenke, als der Flug so abrupt gebremst wurde.

Der Inspektor schwang hin und her. Er hangelte sich weiter, dem Baumstamm zu. Von unten hörte er die Angstschreie des Mädchens.

John schluckte. Hoffentlich kam er nicht zu spät.

Er ließ sich fallen, fasste nach dem nächsten größeren Ast.

Jetzt konnte er den Rest der Strecke springen.

John flog durch die Luft, landete weich auf dem Rasen und rollte sich über die Schulter ab.

Das Monster ließ Helen los. Sie war inzwischen ohnmächtig geworden.

John sah, dass sie am Kopf blutete.

Fenster wurden aufgerissen. Lichtschein fiel nach draußen. Angstverzerrte Gesichter beobachteten, wie das Monster auf John Sinclair zutappte.

»Polizei! Wir müssen die Polizei holen!«, brüllte eine Stimme.

John hörte das Geschrei im Unterbewusstsein. Er konzentrierte sich auf die lebende Wachsfigur.

Der Inspektor hatte schon viel mit Monstern und Dämonen zu tun gehabt. Aber gegen eine Wachsfigur hatte er noch nicht gekämpft. Konnte er sie überhaupt besiegen?

Kugeln waren wirkungslos, prallten an dem Panzer ab wie Hagelkörner.

John Sinclair stand leicht geduckt da.

Übergroß kamen ihm die Augen des Monsters vor.

Die Wachsfigur griff an. Etwas ungelenk schlugen die Arme in Johns Richtung.

Der Inspektor wich aus, entging dem Schlag um Haaresbreite.

Dann warf er sich vor. John prallte gegen die Beine der Wachsfigur, krallte seine Hände um den kalten weißen Überzug.

Das Wachs war glatt und glitschig.

Mit einem Ruck brachte John das Monster zu Fall.

Schwer stürzte es auf den Rücken, hob beide Arme und umklammerte John Sinclair, der auf dem Bauch des Monsters lag, wie ein Schraubstock.

John wurde die Luft aus den Lungen gepresst.

Das Gesicht des Inspektors verzerrte sich vor Schmerz. Die Arme waren wie stählerne Reifen.

Es war unmöglich, den Griff zu sprengen.

John spannte alle Muskeln, versuchte sich aufzubäumen.

Der Griff lockerte sich nicht.

Es war nur noch eine Frage von Sekunden, dann würde ihm das Monster die Rippen brechen.

Noch einmal mobilisierte John Sinclair alle Kräfte. Es gelang ihm, den rechten Arm freizubekommen.

Dicht vor sich sah John die grässlichen roten Augen. Sie sahen aus wie mit Blut gefüllte Krater.

Die Augen!

Wie ein Blitz zuckte der Gedanke durch Johns Gehirn. Herrgott, warum hatte er nicht früher daran gedacht?

Es gelang John, seine rechte Hand unter das Jackett zu schieben. Die Fingerspitzen berührten das Metall der Pistole.

Noch ein Stück.

John konnte schon nicht mehr atmen.

Da umklammerten seine Finger die Waffe, zogen sie hervor.

Aus Johns Mund drang ein verzweifeltes Ächzen. Mit einer ungeheuren Anstrengung hob er den Arm, brachte die Mündung der Pistole dicht vor das Auge des Monsters und drückte ab.

Der Schuss hallte in seinen Ohren. Tief drang die Kugel in das rechte Auge der Wachsfigur.

Sofort lockerte sich der gnadenlose Griff. Wild schlugen die Arme des Monsters um sich.

John Sinclair rollte sich reaktionsschnell von dem Körper der Wachsfigur.

Neben ihm krachten die Arme des Monsters auf den Boden.

John blieb erst einmal liegen. Bei jedem Atemzug schmerzten seine Rippen. Noch immer hielt er die Pistole in der Hand.

Das Monster stand auf. Es torkelte im Kreis, schlenkerte mit den Armen und lief dann davon.

Es wollte fliehen.

Das konnte John auf keinen Fall zulassen. Er musste die Wachsfigur einfangen, um einen Beweis für die Existenz dieser mordenden Bestie zu bringen.

John richtete sich an einem Baumstamm auf. Das Jaulen von Polizeisirenen drang an Johns Ohren.

Die Beamten würden das gesamte Gelände absperren. Die Wachsfigur hatte keine Chance zur Flucht mehr.

In einiger Entfernung hörte John das Bersten von Zweigen. Das Monster musste mit Urgewalt durch die Büsche brechen.

John nahm die Verfolgung auf. Seine rechte Hand hatte er auf die schmerzenden Rippen gepresst.

Befehle gellten durch die Nacht. Die Polizeibeamten waren dabei, einen Ring um das Krankenhausgelände zu ziehen.

Plötzlich sah John die Wachsfigur auftauchen. Der helle Körper schimmerte durch die Dunkelheit.

Das Monster prallte gegen einen Baumstamm. Er musste die Orientierung verloren haben.

John Sinclair holte auf.

Der schrille Ton einer Trillerpfeife schnitt durch die Nacht. Sekunden später warfen Scheinwerfer ihre breiten Lichtbahnen durch den Park.

Die Helligkeit kam von allen Seiten. Lichtfinger strichen über John hinweg – und …

»Da, da ist es!«, brüllte eine heisere Stimme.

Die Scheinwerfer ruckten herum, konzentrierten sich voll auf die lebende Wachspuppe.

Das Monster stand im Schnittpunkt der Kegel. Unkontrolliert schlug es um sich.

Dann peitschten die Schüsse.

John warf sich auf den Boden.

Über ihn pfiff das heiße Blei hinweg.

»Idioten!«, keuchte der Inspektor. Wie leicht hätte er getroffen werden können!

Schuss auf Schuss jagten die Beamten gegen den Körper des Unheimlichen. Doch sämtliche Geschosse prallten ab.

Eine Maschinenpistole ratterte. Das Blei spritzte gegen den Panzer. Das Monster blieb unbeschädigt.

Eine Feuerpause entstand.

»Nicht schießen!«, gellte Johns Stimme.

Der Inspektor sprang auf die Beine. Er winkte mit beiden Armen. Lichtkegel blendeten ihn.

»Macht die Scheinwerfer aus!«

Sie erloschen bis auf einen. Und dieser kam von John aus gesehen von der rechten Seite, blendete ihn nicht.

Der Lichtstrahl bannte das Monster auf der Stelle.

John lief auf die Wachsfigur zu. Er griff frontal an. Den Arm mit der Pistole hatte er weit vorgestreckt.

Drei Schritte vor dem Monster entfernt blieb er stehen.

John schoss in das andere Auge.

Das Monster stieß keinen Laut aus. Wie vom Blitz getroffen, brach es zusammen.

John ließ den Arm mit der Waffe sinken.

Sekunden später hörte er die Schritte. Etwa zwanzig Beamte tauchten neben ihm auf.

Ein Zivilist befand sich unter den Uniformierten.

Inspektor Dennison. John kannte ihn recht gut.

Dennison lief sofort auf den Geisterjäger zu. »Mensch, Sinclair, was machen Sie denn hier?«

»Muss ich Ihnen das noch erklären?«, fragte John und zeigte auf die leblose Wachsfigur.

Dennison grinste. »Eigentlich nicht. Es hat sich ja mittlerweile herumgesprochen. Wenn Sie auftauchen, sollte man nach Möglichkeit das logische Denken vergessen.«

Dennisons Worte waren ironisch gemeint. John kannte das. Es gab so etwas wie Futterneid unter seinen Kollegen.

Denn wenn es hart auf hart kam, konnte sich John Sinclair des gesamten Fahndungsapparates des Yards bedienen. Die Sondervollmacht hatte ihm der Innenminister persönlich ausgestellt. Dann waren selbst diensthöhere Beamte dem Inspektor unterstellt.

Die anderen Polizisten starrten das Monster wie ein Weltwunder an.

John las in manchen Augen Misstrauen, Skepsis und Angst. Sie waren mit einer Sache konfrontiert, die sie nicht begreifen konnten.

»Haben Sie eine Erklärung, Sinclair?«, fragte Dennison.

»Noch nicht.« John trat mit dem rechten Fuß gegen die Wachsschicht. »Hart wie Stahl.«

Dennison beugte sich vor. »Ist das Wachs?«

»Ja.« John zündete sich eine Zigarette an. »Wir müssen die Wachshaut schmelzen.«

»Oder aufsägen«, meinte Dennison.

»Ist auch eine Möglichkeit. Aber das würde zu lange dauern. Wir transportieren das Monster zum Yard. Unten in den Labors wissen die Kollegen schon, was sie mit dem Kameraden machen.«

Dennison gab die entsprechenden Anweisungen. Vier Beamte trugen das Monster weg. In ihren Gesichtern stand zu lesen, dass sie über diese Aufgabe nicht gerade erfreut waren.

John wandte sich ab, ging in Richtung Krankenhaus.

»He, wollen Sie nicht mit, Sinclair?«

»Ich komme später nach. Ich habe noch etwas zu regeln.«

In dem Hospital herrschte helle Aufregung. Viele der nicht gerade Schwerkranken hatten sich auf den Gängen versammelt und diskutierten das Geschehene. Die Leute, die das Monster gesehen hatten, waren natürlich die Stars.

John kümmerte sich nicht um das Gerede. Er suchte den diensthabenden Oberarzt.

John fand ihn inmitten einer Gruppe Kollegen auf dem Flur.

Die Mediziner starrten den Inspektor an.

John ging den Fragen, die sich auf das Monster bezogen, aus dem Weg und erkundigte sich nach Helen und dem Polizisten.

»Das Mädchen hat außer einigen Prellungen keine weiteren Verletzungen erlitten. Um den Beamten steht es allerdings schlecht. Er wird gerade geröntgt. Wir hoffen jedoch, ihn durchzukriegen.«

»Vielen Dank, Doktor«, sagte John und verabschiedete sich.

Draußen in seinem Bentley blieb er fünf Minuten ruhig sitzen.

Er brauchte diese kurze Ruhepause. Danach fuhr er los. In Richtung New Scotland Yard.

Die Wachsfigur lag in einer feuerfesten Wanne.

Dr. Brennan, einer der Wissenschaftler beim Yard, schwenkte die Flamme des Schweißbrenners über den Körper.

Der Brenner war nicht voll aufgedreht. John sah die blasse Flamme hin und her zucken.

Der Wissenschaftler schob seine Schutzbrille hoch. »Da haben Sie uns ja was Schönes angeschleppt, Inspektor.«

John grinste schmal. »Ich suche mir meine Leichen auch nicht selbst aus.«

Dr. Brennan lachte und machte weiter.

Langsam begann das Wachs zu schmelzen.

»Die Schicht ist ganz schön dick«, sagte der Wissenschaftler.

»Sie hat ja auch einiges ausgehalten«, meinte John.

»Ja, ich habe schon davon gehört. Die Bleihummeln sind weggespritzt wie Hagelkörner. Da, Inspektor, sehen Sie mal.«

John beugte sich vor.

Der Teil eines Gesichtes war unter der zerlaufenden Schicht zu erkennen.

John sah einen weit aufgerissenen Mund, den Teil einer Wange und das Auge, wo seine Kugel getroffen hatte.

Dr. Brennan machte weiter.

Stück für Stück von der Wachsschicht schmolz dahin. Bald konnte John das ganze Gesicht erkennen.

Der Inspektor kannte den Mann nicht. Es musste einer von den Personen sein, die in London immer spurlos verschwanden, ohne dass sich jemand groß darum kümmerte.

»Hoffentlich haben sie den armen Teufel nicht bei lebendigem Leib mit Wachs übergossen«, sagte John leise. »Können Sie eigentlich noch feststellen, wann der Tod eingetreten ist?«

Der Wissenschaftler nickte, ohne seine Arbeit zu unterbrechen. »Das wird sich machen lassen. Versprechen Sie sich etwas davon, Inspektor?«

»Vielleicht. Man könnte immerhin Rückschlüsse ziehen, wie lange Doktor Tod schon sein Handwerk ausübt.«

»Doktor Tod?«, fragte der Wissenschaftler. »Wer ist das denn? Ein Spinner?«

»Ich wünschte, er wäre es. Aber Doktor Tod ist ein gefährlicher Verbrecher, der sich mit dem Satan verbündet hat.«

Dr. Brennan lachte leise. »Um einen Menschen mit Wachs zu überziehen, brauche ich mich nicht mit dem Satan zu verbünden.«

»Sie vergessen, dass diese Wachspuppe gelebt hat.«

»Zum Teufel, Inspektor, Sie haben recht.«

»Und noch eins, Doc. Behalten Sie über das, was ich Ihnen erzählt habe, Stillschweigen.«

»Wer bin ich denn, Inspektor?«

»Gut.« John verabschiedete sich.

»Den genauen Bericht schicke ich Ihnen noch zu«, rief Dr. Brennan, als der Inspektor schon an der Tür war.

»In Ordnung, Doc.«

John Sinclair fuhr mit dem Lift nach oben. Er wollte sich in seinen Wagen setzen und nach Hause fahren. Morgen würde er dem Horror-Kabinett einen Besuch abstatten.

John hörte die keifende Frauenstimme schon, als er noch im Lift war.

»Und ich sage Ihnen, ich will einen Ihrer Bullen sprechen, Mann!«

Die Lifttüren öffneten sich.

John musste unwillkürlich grinsen. Vor dem Nachtdienstbeamten an der Auskunft stand eine der Londoner Bordsteinschwalben. Sie schimpfte wie ein türkischer Mauleseltreiber.

»Da kommt man schon freiwillig zu den Bullen, und dann wird man noch fertiggemacht! Geben Sie mir jetzt irgendeinen von den Oberbullen, oder ich schlage Ihnen den Laden zusammen!«

Der Beamte an der Auskunft warf John einen Hilfe suchenden Blick zu.

Die Frau hatte ihn wohl bemerkt, denn sie wandte sich um.

»Ist das einer von denen?«

»Inspektor, ich ...« Der Beamte rang die Hände.

John winkte ab. »Kann ich irgendetwas für Sie tun, Miss ...?«

»Polly. Nennen Sie mich einfach Polly. Ja, Sie können was für mich tun. Ich komme ja sonst nie freiwillig, aber diesem Kerl, dem will ich doch eins auswischen.«

»Wenn Sie Ihren Zuhälter meinen, dann sind Sie bei mir falsch. Ich werde Inspektor ...«

»Quatsch, Zuhälter. Denken Sie, ich arbeite mit 'nem Loddel? Nee, meine Scheine kann ich allein ausgeben. Aber dieser verdammte Turpin hat mich doch tatsächlich in den Arsch – oh, ich meine in das verlängerte Hinterteil getreten.«

»Und deshalb kommen Sie zur Polizei?«, fragte John, dem die gute Polly mittlerweile auch auf die Nerven ging.

»Lassen Sie mich doch mal ausreden, Mann! Denn dieser arrogante Fatzke macht nebenbei gute Geschäfte. Und wissen Sie womit, Inspektor? Er verscheuert nämlich Leichen. Jetzt sind Sie platt, was?«

Doktor Tods Gesicht war hassverzerrt. Er hatte aus sicherer Entfernung die Vernichtung der Wachspuppe miterlebt. Und er hatte sich das Gesicht des Mannes, der dies zu verantworten hatte, genau eingeprägt. Er würde es nie vergessen.

Doktor Tod ahnte instinktiv, dass dieser Mann ein ernst zu nehmender Feind war. Dass der ihm sogar gefährlich werden konnte. Und er musste damit rechnen, dass die beiden jungen Leute sein Versteck verrieten.

Aber das war eingeplant.

Bestimmt würde dieser Mann kommen – und dann …

Für ihn hatte sich Doktor Tod eine ganz besondere Art zu sterben ausgedacht.

Der Unheimliche saß hinter dem Steuer seines Leichenwagens. Auf der Ladefläche lagen noch immer die vier Leichen. Noch heute Nacht wollte er sie präparieren, zu mordenden Monstern machen, um so schnell wie möglich wieder zuzuschlagen.

Der dunkle Leichenwagen raste über die Ausfallstraße in Richtung Tonbridge.

Die Hände des Mannes, die das Lenkrad umklammert hielten, zuckten hin und wieder. Heiß tobte die Erregung in Doktor Tod. Diese erste Niederlage machte ihm zu schaffen, drückte aber gleichzeitig den Stachel des Hasses noch tiefer.

Er würde gewinnen! Er, Doktor Tod!

Der Unheimliche erreichte Tonbridge, fuhr um den Ort herum und stellte den Leichenwagen hinter seinem Horror-Kabinett in einen Schuppen.

Auf dem Jahrmarkt war noch immer Betrieb. Carlo, sein Diener, lockte an der Kasse die Menschen an. Sie wollten alle etwas erleben, wollten einmal in ihrem Leben mit dem Schrecken konfrontiert werden.

Noch mussten sie dafür zahlen. Aber bald würden die Menschen unter Angst und Grauen ersticken.

Dafür garantierte Doktor Tod …

John brauchte genau zwei Sekunden, um seine Überraschung zu verdauen.

Polly hatte sich in Positur gestellt, kostete ihre Schau voll aus.

»Na, Inspektor, das hätten Sie wohl nicht gedacht, dass unsereins auch mal was für die Bullen tut.«

John grinste. »Mein Dank wird Ihnen ewig nachlaufen und Sie nie erreichen. Aber jetzt fahren wir am besten rauf in mein Büro. Dort können Sie mir einiges erzählen.«

Er fasste Polly am Arm und strebte mit ihr dem Lift zu.

Der Beamte an der Anmeldung schaute nur kopfschüttelnd hinterher.

Polly mischte die muffige Aufzugsluft mit ihrem aufdringlichen Parfüm.

John rümpfte unwillkürlich die Nase.

Polly zuckte mit den Schultern. »Was will man machen, Inspektor? Manche Kerle riechen das eben gerne.«

Polly war wirklich bemerkenswert. Nicht nur mit ihrer großen Klappe, sondern auch in ihrer Figur.

Viel fehlte nicht mehr an zwei Zentnern. Die gefärbten hellblonden Haare hatte sie zu einem Turm frisiert. Unter der schwarzen Lederjacke trug sie einen grünen, bis zum Bersten gefüllten Pullover. Der Rock war rot und endete weit über den Knien. Strümpfe trug Polly auch. Dazu noch mit einer dicken Naht. Außerdem waren ihre Schuhabsätze bleistiftdünn.

Polly erzählte noch, wie schwer sie es eigentlich hatte, als sie Johns Büro betraten.

»Also ehrlich, Inspektor«, sagte Polly ein paar Sekunden später, »hier möchte ich auch nicht arbeiten. Die Büros sind ja noch trockener, als ich dachte.«

»Das lässt sich ändern«, erwiderte der Inspektor und holte eine Whiskyflasche aus dem Schreibtisch.

Auf Pollys Gesicht ging die Sonne auf.

»Mensch, Bulle, Sie werden mir ja direkt sympathisch.«

John zog die Vorhänge zu. Polly hatte inzwischen zwei Wassergläser aufgetrieben und sich einen anständigen Schluck eingeschüttet.

»Teufel, Inspektor, mir wird ganz warm.« Polly sah sich um. »Richtig gemütlich hier. Bei Ihnen würde ich noch nicht mal Geld nehmen.«

»Nein, nein.« John winkte lachend ab. »Ich bin in festen Händen.«

»Das ist eben immer mein Pech.«

Polly nahm noch einen Schluck. John ließ sie gewähren. Sie würde schon allein anfangen zu erzählen. Und richtig, nach einigen Minuten war es dann so weit.

»Dieser Jeff Turpin ist ein Schweinehund. Ich will Ihnen mal was sagen, Inspektor, ich lasse ja vieles mit mir machen. Aber so mir nichts, dir nichts einfach in den verlängerten Rücken treten, nee, das ist bei Polly nicht drin. Und deshalb habe ich mir gesagt, Polly, das zahlst du ihm zurück.«

Die Hafenschwalbe goss sich noch einen Whisky nach. Dann fuhr sie fort. »Ich bin nach dem Tritt nur bis zur Ecke gelaufen und habe gewartet. Ich wusste, dass Turpin was vorhatte. Und was soll ich Ihnen sagen, Inspektor, da kam plötzlich ein Leichenwagen an. Ein richtiger Leichenwagen, schwarz und so. Ich habe vielleicht 'nen Schreck gekriegt, als der vor Turpins Bude hielt. Ich wusste ja, dass er für die Unterwelt Leichen verschwinden lässt, aber dass er sie verschachert, war mir neu.«

»Haben Sie gesehen, dass er sie verkauft?«, stellte John eine Zwischenfrage.

»Lassen Sie mich doch erst mal ausreden, Inspektor. Ich habe also gewartet. Auf der gegenüberliegenden Seite der Gasse habe ich mich versteckt. Und auf einmal kamen die Kerle zurück.«

»Wer sind die Kerle?«, fragte John schnell.

»Turpin und der Fahrer des Leichenwagens.« Polly zündete sich eine Zigarette an. Dann beugte sie sich vor und sprach im Verschwörerton weiter. »Und wissen Sie, was die beiden mitschleppten? Eine Kiste mit Leichen. Die haben sie in dem Leichenwagen verstaut.«

»Moment mal, Polly«, sagte John. »Woher wollen Sie denn so genau wissen, dass es Leichen waren? Schließlich war es neblig, und Sie standen ja auch nicht gerade daneben.«

»Wenn ich sage, da waren Leichen drin, dann stimmt das. Außerdem baumelte noch ein Arm an der Außenwand der Kiste herunter. Und dieser Mann, zu dem der Arm gehörte, ist kurz vorher in das Haus gegangen. Da haben sie ihn sofort kirre gemacht.«

»Das sind natürlich schwerwiegende Beschuldigungen, die Sie da aussprechen«, sagte John. »Wir werden der Sache auf den Grund gehen und fahren sofort zu diesem Jeff Turpin. Wo wohnt er eigentlich?«

»Am Hafen. Er ist der Verwalter eines Obdachlosenasyls. Aber muss ich unbedingt mit, Inspektor?«

»Es ist besser.«

Polly war sauer. »Teufel auch. Jetzt bereue ich es schon, dass ich gekommen bin. Turpin macht mich zu Hackfleisch.«

»Keine Angst«, sagte John lächelnd. »Wenn es tatsächlich stimmt, was Sie ihm vorwerfen, wird er niemandem mehr etwas tun. Wenigstens in den nächsten zehn Jahren nicht.«

»Sie haben mich überzeugt, Inspektor.« Polly stand auf und reckte sich. »Dann wollen wir mal.«

Sie nahmen Johns Bentley.

»Schmucker Wagen«, sagte Polly. »Sie müssen ganz schön verdienen. Oder hat Sie irgendein Gangsterfürst gekauft?«

John lachte. »Meinen Preis kann niemand bezahlen.«

»So habe ich Sie auch eingeschätzt, Inspektor.«

Je näher sie dem Hafen kamen, umso dunstiger wurde es.

»Am besten, Sie lassen den Wagen oben an der Gasse stehen«, sagte Polly, »sonst müssen Sie hinterher rückwärts rauskutschieren.«

John nickte.

Sie fuhren durch schmale Straßen. Vorbei an Lagerhäusern und Firmengebäuden.

Um diese Zeit war alles ruhig. Kein Mensch ließ sich auf der Straße blicken.

Doch der äußere Eindruck täuschte. In den winkligen Gassen und Ecken drückte sich genügend Gesindel herum. Sie fuhren auch durch einige Straßenzüge, in denen Bar neben Bar lag.

»Das ist mein Bezirk«, sagte Polly stolz und zeigte nach draußen.

Fast reihenweise standen die Bordsteinschwalben an den Hauswänden. Manche verhandelten, andere wieder stierten dumpf vor sich hin.

Sie ließen den Rotlichtbezirk schnell hinter sich. Es wurde wieder einsamer.

»Links, dann rechts und wieder links«, sagte Polly. »Da ist es dann. Soll ich nicht doch lieber vorher aussteigen?«

»Ich dachte, wir hätten einen Pakt geschlossen?«

»War ja nur 'n Vorschlag.«

John ging mit dem Tempo herunter. »Wie sah der Mann eigentlich aus, der diesen Leichenwagen gefahren hat?«

»Von dem habe ich nicht viel gesehen. Der trug ja einen Hut und hatte den Mantelkragen hochgestellt. Nee, beim besten Willen nicht, Inspektor.«

»Die Nummer des Wagens haben Sie sich nicht zufällig gemerkt?«

»Konnte ich ebenfalls nicht erkennen. Außerdem hat mich die Kiste viel zu sehr beschäftigt.« Polly streckte den Arm aus und zeigte durch die Frontscheibe. »Am besten, Sie halten hier an, Inspektor.«

John stoppte. Sie stiegen aus.

»Und schließen Sie den Wagen gut ab, Inspektor. Hier in der Gegend ist alles möglich.«

»Danke für den Rat.«

Polly ging schon vor. Der Nebel hatte noch zugenommen. Dick hing er zwischen den schmalen Straßen und Gebäuden.

Irgendwo aus der Dunkelheit ertönte ein Pfiff. Unwillkürlich tastete John nach seiner Waffe.

Polly lachte. »Keine Bange, Inspektor, die legen Sie nicht um. Höchstens einen Schlag über den Schädel, das ist alles.«

»Da bin ich aber beruhigt«, meinte John grinsend.

Vor dem Obdachlosenasyl schaukelte eine trübe Laterne. Sie konnten sie erst sehen, als sie dicht davor standen.

Plötzlich hörte John in seinem Rücken eine zischende Stimme.

»Keine Bewegung, Buddy, sonst schnitze ich dir ein Loch in die Figur. Ich will nur deine Mücken.«

Ehe John reagieren konnte, übernahm Polly die Initiative. »Mensch, das ist 'n Bulle vom Yard! Hau ab, und sag das auch deinen Kollegen!«

Ein Fluch war zu hören und dann Schritte, die sich schnell entfernten.

»Man muss nur den richtigen Ton treffen«, sagte Polly.

»Sie erlauben, dass ich nicht Ihrer Meinung bin«, erwiderte John Sinclair. Seine Augen suchten die Wand ab und entdeckten den verrosteten Klingelknopf.

John legte seinen Daumen darauf.

Ein hohles Scheppern hallte durch das Obdachlosenasyl.

Polly hatte sich eng gegen die Hauswand gedrückt. Sie hatte Angst, dass man sie zu früh sehen konnte.

Wieder schellte John.

Diesmal hörte er Schritte. »Wer sagt's denn?«, sagte er und verlagerte ein wenig sein Körpergewicht.

»Wer ist da?«, brüllte eine raue Stimme.

John packte Polly am Arm und zog sie zu sich heran. »Antworten Sie ihm«, sagte er leise.

Polly nickte.

»Ich bin's, Polly!«, rief sie zurück.

»Was willst du, Nutte?«

»Ich muss dich sprechen, Jeff, es ist wichtig.«

»Komm morgen wieder, du Dreckstück.«

»Nein, es ist wichtig.« Und leise fügte sie hinzu: »Das Dreckstück kriegt er zurück.«

Ein Schlüssel wurde im Schloss gedreht.

John trat etwas zur Seite.

Dann ging die Tür auf.

Jeff Turpin, der einäugige Gangster, sah Polly an. Er öffnete den Mund, wollte etwas sagen, doch da sprang John gegen die Tür.

Es krachte, und Turpin wurde in den Flur geschleudert.

Ehe er sich wieder aufrappeln konnte, waren John und Polly schon drin.

Trotz der miesen Beleuchtung erkannte John die Angst in dem Gesicht des Einäugigen.

»Sie sind Jeff Turpin?«

»Ja.«

»Ich bin Inspektor Sinclair. Scotland Yard.«

John hatte das letzte Wort noch nicht ganz ausgesprochen, als Turpin aufsprang und Polly an die Kehle wollte.

»Du Aas hast mich in die Pfanne gehauen! Glauben Sie dem Miststück kein Wort, Inspektor. Alles, was die sagt, ist Lüge.«

Turpin hob die Faust, um sie Polly ins Gesicht zu schmettern. Doch da kam er bei der Hafendirne gerade richtig. Blitzschnell riss sie ihr Knie hoch.

Turpin wankte heulend zurück.

»Das war für das Dreckstück!«, zischte Polly.

Ehe es zu weiteren Auseinandersetzungen kommen konnte, mischte sich John Sinclair ein.

»Los, Turpin, stellen Sie sich nicht so an. Wir werden jetzt eine kleine Spazierfahrt zum Yard unternehmen.«

»Verdammt noch mal. Was wirft man mir überhaupt vor?«

»Geschäfte mit Leichen!« Johns Stimme klang metallen.

Von einer Sekunde zur anderen veränderte sich Turpins Haltung. Er kam John auf einmal vor wie ein in die Enge getriebenes Raubtier.

»Sieh mal an, Inspektor. Sie werfen mir also Geschäfte mit Leichen vor. Sie sind sehr mutig, das muss ich Ihnen sagen!« Turpin wandte den Kopf und stieß einen schrillen Pfiff aus.

Es war das Zeichen für die Penner.

Nicht einmal drei Sekunden später wurde die Tür des Schlafsaales aufgestoßen, und etwa zwanzig Leute quollen in den Flur. Sie hielten alle möglichen Schlaggegenstände in den Händen.

»Los, Freunde, zeigt es ihm. Der will mich fertigmachen!«, schrie Turpin. »Brecht ihm sämtliche Knochen …!«

Selten hatte John seine Pistole so schnell gezogen wie in diesem Augenblick.

Die Waffe schien ihm förmlich in die Hand zu springen.

Wie eine lebende Mauer standen die Penner vor dem Inspektor. John sah in finstere Gesichter.

Viele der Männer hielten Knüppel in den Händen. Sogar zwei Messer blinkten.

Turpin war zur Seite gesprungen. Er hatte in dem Pulk der Penner Deckung gefunden.

Polly hatte sich hinter Johns breiten Rücken verzogen. Sie kreischte nur immer wieder: »Ich habe damit nichts zu tun. Lasst mich am Leben!«

John stieß Polly zur Seite. Er brauchte freie Bahn. »Macht keinen Unsinn, Männer. Ich bin Scotland-Yard-Beamter. Schätze, ihr seid die Letzten, die sich Ärger mit der Polizei erlauben können!«

»Polizei?«, schrie Turpin. »Lasst euch nur nichts vormachen. Der Kerl ist ein Schnorrer. Einen Fischzug wollte er hier machen. Uns die letzten Pfund auch noch wegnehmen.«

Gemurmel wurde laut. Die Penner, durch Johns Worte erst verunsichert, schwenkten wieder um. Sie glaubten dem Wirt mehr als dem Inspektor.

Polly hatte sich inzwischen in Richtung Tür abgesetzt. Blitzschnell war sie in dem draußen herrschenden Nebel untergetaucht.

Da flog der erste Knüppel. Einer der Kerle aus der hinteren Reihe hatte ihn geworfen. John konnte gerade noch mit einer raschen Bewegung den Kopf einziehen. Fingerbreit nur pfiff das Wurfgeschoss über seinem Scheitel hinweg.

Dieser Wurf war das allgemeine Signal zum Angriff. Die Penner stürmten los.

John schoss, setzte die Kugel über die Köpfe der Männer in die Decke.

Für Sekunden geriet der Angriff ins Stocken. Doch dann brandeten die Penner wieder heran, stürzten sich schreiend und brüllend auf den Inspektor.

John steckte blitzschnell seine Pistole ein. Er hätte sowieso nicht auf diese Menschen geschossen.

Eine Massenschlägerei begann. In dem Vorflur war es eng, und die Penner behinderten sich gegenseitig.

John Sinclair – in vielen Kampfarten perfekt – wich den meisten Schlägen aus oder blockte sie ab.

Er selbst teilte auch ordentlich aus. So mancher Zahnarzt hätte seine Freude daran gehabt.

Wie ein Berserker kämpfte sich John durch das Gewühl.

Und plötzlich stand der Penner mit dem Messer vor ihm. Wer weiß, wo er die Waffe aufgetrieben hatte, auf jeden Fall war es ein höllisch gefährliches Ding.

Der Kerl stieß sofort zu.

John rammte ihm gedankenschnell die Handkante gegen den Ellbogen und trat ihm gleichzeitig die Beine weg.

Der Penner legte sich flach.

John hatte freie Bahn, sah dicht vor sich die Tür zu dem Gemeinschaftssaal.

John hechtete hindurch. Hinter ihm schlugen sich die Penner gegenseitig k. o. Für sie war die Keilerei mal wieder eine willkommene Abwechslung.

John sah sich schnell in dem Schlafraum um.

An der Decke brannte eine alte Funzel und beleuchtete ein unbeschreibliches Chaos. Verdreckte Hemden, Socken, Unterwäsche, die förmlich nach Wasser schrien, alles lag kunterbunt durcheinander.

Nur Jeff Turpin fehlte.

Er hatte es vorgezogen, in dem allgemeinen Wirrwarr zu verschwinden.

John fluchte leise.

Sein Blick fiel auf das offene Fenster. Da musste Turpin hinaus sein.

John Sinclair sprang über zwei eiserne Bettgestelle und erreichte das Fenster.

Draußen lag der Nebel dicht wie Watte.

Hier jemanden zu finden war unmöglich.

Trotzdem stieg John nach draußen. Es war etwa ein Meter bis zur Erde.

John sprang und hatte Glück, dass er nicht auf einer Bananenschale ausrutschte, die direkt unter dem Fenster lag.

Der Lärm der Keilerei drang nur noch schwach an seine Ohren.

Der Inspektor schlich durch den Nebel. Die Waffe hielt er schussbereit.

Nicht weit von sich entfernt hörte er das Schmatzen der Wellen, die in ewiger Monotonie gegen die Kaianlagen klatschten.

John hielt sich links, wollte eine Gasse finden, die wieder nach vorn zur Straße führte.

Das Einzige, was John fand, war eine Brandmauer. Mannshoch und aus rauen Steinen gebaut. An die Mauer schloss sich ohne Übergang das nächste Gebäude an.

Es half nichts. John musste über die Mauer.

Er schaffte es mit einem Klimmzug.

Jetzt befand er sich wieder in der Gasse, wo auch sein Wagen parkte.

Bestimmt hatte Turpin den gleichen Weg genommen. Es sei denn, es gab einen geheimen Ausgang.

John schlich weiter.

Die Penner schlugen sich noch immer. Ab und zu flog mal einer auf das Kopfsteinpflaster. Er warf sich dann noch wütender in das Schlachtgetümmel.

John Sinclair huschte an dem Obdachlosenasyl vorbei. Seine Augen versuchten den Nebel zu durchdringen. Es war ein sinnloses Unterfangen.

Plötzlich blieb John wie angewurzelt stehen.

Ein ersticktes Röcheln war an sein Ohr gedrungen. John kannte diesen Laut nur zu gut.

So reagierte nur ein Mensch, der sich in höchster Lebensgefahr befand.

Der Inspektor konnte nicht genau ausmachen, aus welcher Richtung das Röcheln gekommen war.

Da hörte er das Kichern.

Es kam von oben. Über seinem Kopf.

John riss den Kopf in den Nacken. Im selben Augenblick sauste etwas auf ihn zu.

Instinktiv sprang er zur Seite.

Dicht vor seinen Füßen klatschte ein lebloser Körper auf das Pflaster.

Blitzartig ging John in die Hocke.

Es war eine Frau, die vor ihm lag.

Polly, die Hafendirne, mit einem Messerstich im Hals.

Jeff Turpin hatte grausame Rache genommen.

Polly war tot. Das sah John mit einem Blick.

Der Inspektor fühlte ein Würgen im Hals. Sicher, Polly war eine Frau gewesen, die ihren Körper für Geld verkauft hatte. Aber dennoch ein Mensch.

Ein Mensch, der von einer reißenden Bestie umgebracht worden war.

John zog Polly in den Schatten der Hausmauer. Dabei stieß er gegen eine Tür, die sich quietschend öffnete.

Sofort sprang John zur Seite, holte seine Bleistiftlampe hervor und knipste sie an.

Der dünne Strahl geisterte über brüchiges Mauerwerk und alte Stahlträger, die verrostet und feucht waren. Durch die kleinen Fenster drangen Nebelschwaden. Das Dach war zur Hälfte eingestürzt. Eine Treppe ohne Geländer führte auf den heilen Teil des Daches.

Dort oben musste sich Turpin befunden haben.

John riskierte es und ging die Stufen hoch. Er hatte Angst, die Treppe würde unter seinem Gewicht zusammenbrechen.

Doch sie hielt.

Auf dem Dach packte der Nebel John sofort in dicke Watte. Vielleicht befand sich Turpin noch in der Nähe. Heruntergekommen war er auf keinen Fall.

Schritt für Schritt ging der Inspektor weiter. Dreck knirschte unter seinen Schuhsohlen.

Er erreichte den Rand des Daches.

Obwohl das Haus nicht sehr hoch war, konnte er nicht einmal das Straßenpflaster erkennen.

Der Inspektor kehrte wieder um, ging den Rand des Daches ab.

Turpin blieb verschwunden. Es musste irgendeine Möglichkeit geben, ungesehen von hier zu verschwinden.

John Sinclair stieg die Treppe nach unten in die Halle hinab, durchquerte sie und trat wieder auf die Straße.

Polly lag noch immer auf dem feuchten, schmutzigen Pflaster.

John Sinclair ging zu seinem Wagen. Er schnappte sich das Mikrofon und ließ sich über die Yard-Zentrale mit dem für dieses Gebiet zuständigen Revier verbinden.

Er schilderte den Vorfall und wartete das Eintreffen der Beamten ab.

John Sinclair wollte eigentlich erst am nächsten Tag diesem geheimnisvollen Horror-Kabinett einen Besuch abstatten. Doch sein Entschluss hatte sich in den letzten Minuten geändert.

Denn diese Nacht war noch lange nicht zu Ende …

Jeff Turpin hockte in der leeren Halle. Wie ein Tier hatte er sich verkrochen, nachdem er John die Frauenleiche vom Dach aus vor die Füße geworfen hatte.

Turpin lachte lautlos bei diesem Gedanken. Es war sein erster Mord gewesen, aber seltsamerweise hatte er keine Gewissensbisse. Es ging um ein viel größeres Ziel. Was bedeutete da schon ein Menschenleben.

Turpin hockte in der Ecke hinter einem Schutthaufen. Von hier aus konnte er die Halle gut überblicken.

Er sah, wie sich die Tür öffnete.

Turpin hielt den Atem an.

Ein dünner Lichtstrahl zerschnitt die Finsternis. Schritte klangen auf.

Der Inspektor ging geradewegs auf die Treppe zu, zögerte einen Moment und stieg dann die Stufen hinauf.

Turpin wartete, bis die Tritte nicht mehr zu hören waren, dann tauchte er aus seinem Versteck auf.

So leise es ging, huschte er auf die Eingangstür zu. Wenig später hatte der Nebel den Mörder verschluckt.

Turpin war ein Kind des Hafens. Er kannte die Gegend besser als seine eigene Mutter. Selbst bei völliger Dunkelheit fand er sich zurecht.

Zuerst musste er mal aus diesem Viertel verschwinden. Der Inspektor würde bestimmt Himmel und Hölle in Bewegung setzen, um ihn zu finden.

Für Turpin gab es eigentlich nur eine Möglichkeit unterzutauchen. Das war bei Doktor Tod. Er musste ihn für die nächsten Tage verstecken. Ein wenig schauderte er bei dem Gedanken, mit diesem Kerl unter einem Dach zu hausen, aber er hatte keine andere Wahl.

Wie ein auf der Flucht befindliches Raubtier schlich Jeff Turpin durch die engen Hafengassen. Trotz des Nebels nutzte er immer noch jede Deckung geschickt aus.

Einmal hörte er in der Ferne Polizeisirenen. Bestimmt hatte der Inspektor seine Hilfskräfte alarmiert.

Wo Doktor Tod lebte, wusste Turpin nicht. Er hatte nur eine Telefonnummer, unter der er ihn erreichen konnte.

Turpin fand schnell eine Zelle.

Seine Finger zitterten, als sie die Nummer wählten. Immer wieder sah sich der Mörder nach allen Seiten um. Doch durch die Glasscheiben schien die Nebelwand noch dicker zu sein.

Es dauerte endlos lange, bis jemand am anderen Ende der Leitung abhob.

»Ja?«

»Ich bin's, Turpin. Hören Sie, Doktor. Ich stecke in Schwierigkeiten. Scotland Yard war bei mir. Sie haben das Haus durchsucht und mich für morgen vorgeladen. Ich habe ihnen gesagt, dass ich komme. Als sie wieder weg waren, bin ich dann abgehauen. Die Sache stinkt, Doktor. Kann ich nicht für ein paar Tage bei Ihnen untertauchen?«

Turpin lief der Schweiß wie Wasser am Körper herab. Er biss sich vor Erregung die Lippen blutig. Hoffentlich würde ihm Doktor Tod diese Geschichte abnehmen.

»Hör zu, Turpin«, knarrte die Stimme. »Ich habe Verständnis für deine Situation. Du kannst zu mir kommen. Sofort. Ich gebe dir meine Adresse.«

»Na, da bin ich aber froh.« Turpin atmete erleichtert auf.

Er wiederholte die Angaben und hängte dann ein. Das leise Lachen des Unheimlichen hörte er nicht mehr.

Turpin verließ die Telefonzelle und überlegte seine nächsten Schritte. Zuerst brauchte er mal einen Wagen. Das war kein Problem. Schließlich standen genug herum.

Turpin orientierte sich in Richtung Londoner City. Je weiter er sich vom Hafen entfernte, umso dünner wurde der Nebel. Vor einer Bar entdeckte Turpin das, was er brauchte.

Ein dunkler Austin, der war genau richtig.

Turpin sah erst nach, ob die Luft rein war, und machte sich dann an die Arbeit.

Er hatte aus seinen früheren Zeiten noch nichts verlernt. Innerhalb kurzer Zeit knackte er den Wagen und schloss ihn kurz. Ein Blick auf die Tankuhr zeigte ihm, dass noch genug Sprit für eine längere Fahrt vorhanden war.

Turpin grinste zufrieden.

Nach dreißig Minuten hatte er London hinter sich gelassen. Der Nebel war zu einem feinen Dunstschleier geworden. Zügig ging es weiter in Richtung Tonbridge.

Der kleine Ort war wie ausgestorben. Kein Mensch befand sich mehr auf den Straßen.

Turpin fuhr durch bis zu dem Jahrmarkt und ließ den Wagen in einer kleinen Seitengasse stehen. Den Rest des Weges ging er zu Fuß.

Es war schon ein komisches Gefühl, über den verlassenen Rummelplatz zu schleichen. Überall hörte er Geräusche. Das Holz der Buden knisterte und ächzte.

Jeff Turpin grinste verzerrt. Immer wollte er hier auch nicht wohnen.

Plötzlich hörte er hinter sich ein Geräusch. Sofort blieb Turpin stehen.

Ein hässliches Kichern erreichte sein Ohr.

»Seit wann bist du ängstlich, Turpin? Oder hast du ein schlechtes Gewissen?«

Turpin wandte den Kopf. In der Dunkelheit konnte er nicht viel erkennen. Er sah die Konturen einer Gestalt zwischen zwei Buden auftauchen.

»Komm zu mir!«

Turpin zögerte. Am liebsten wäre er jetzt weggelaufen. Aber, zum Teufel, er war auf diesen Doktor Tod angewiesen.

»Wo bringen Sie mich hin?«, fragte er raunend.

»Wo du hinwolltest«, antwortete die Stimme. Wieder kicherte der Mann hämisch.

Als Turpin dichter vor dem Unbekannten stand, wandte sich dieser um.

»Folge mir«, sagte er nur.

Die beiden Männer schlichen durch ein Wirrwarr von Buden und Karussells.

»Wohin bringen Sie mich?«, wiederholte Turpin seine Frage.

»Wir sind gleich da.«

Vor einer einstöckigen großen Holzbude blieben sie schließlich stehen.

Der Unbekannte schloss die Tür auf.

Die Männer betraten das Innere des Horror-Kabinetts. Sie gelangten in einen langen Gang, an dessen Ende sich eine Tür befand.

Der Gang wurde von einer roten Lampe beleuchtet.

Carlo, Doktor Tods Diener, blieb vor der Tür einen Moment stehen. Dann drehte er sich um.

Zum ersten Mal sah Turpin Carlos Gesicht ganz deutlich.

Der Mörder zuckte unwillkürlich zurück. Eine rötliche, fleischige Masse, aus der zwei Augen lugten, starrten ihn an.

»Mein Anblick gefällt dir wohl nicht, was?«, zischte Carlo.

»Aber du wirst dich daran gewöhnen, so wie andere vor dir auch. Es gab auch welche, die wollten sich einfach nicht mit mir vertragen. Sie liegen jetzt auf dem Friedhof.«

Turpin sagte nichts. Aber innerlich machte er sich Vorwürfe, diesen Weg eingeschlagen zu haben. Doch jetzt gab es kein Zurück mehr.

Carlo führte ihn eine Steintreppe hinunter in den Keller. Summende Geräusche drangen an Turpins Ohren.

Sie stammten von den Maschinen, die Doktor Tod für seine Experimente benutzte, aber das wusste Turpin zu diesem Zeitpunkt noch nicht.

Er war nur erstaunt über das Labyrinth von Gängen und Verliesen, das sich hier unten befand.

Sie gelangten in einen kleinen Raum. Er war beinahe gemütlich eingerichtet. Zwei Sessel, ein Tisch, Teppiche, gedämpftes Licht.

Sogar Zigaretten gab es. Sie befanden sich in einer Dose, die auf dem Tisch stand.

Carlo verschwand durch eine Seitentür.

Turpin blieb allein zurück. Unschlüssig sah er sich um. Nur mühsam konnte er seine Erregung unterdrücken.

Er zündete sich eine Zigarette an.

»Na, gefällt es dir hier unten?«, fragte plötzlich eine Stimme.

Die Zigarette wäre Turpin beinahe aus der Hand gefallen, so hatte er sich erschrocken.

Unhörbar war Doktor Tod eingetreten. Er war aus der Tür gekommen, hinter der auch Carlo verschwunden war.

»Nimm ruhig Platz, Jeff Turpin«, sagte Doktor Tod. »Du bist einer der wenigen, die mein Reich hier unten gesehen haben. Wie bist du eigentlich hergekommen?«

»Mit einem Wagen.«

»Deinem eigenen?«

»Nein.«

»Also gestohlen.«

Turpin nickte.

Doktor Tod hatte sich ebenfalls hingesetzt. Fast im Plauderton sprach er weiter.

»Ich muss das nämlich genau wissen, damit ich hinterher alle Spuren beseitigen kann.«

Turpin hatte das Gefühl, als hätte ihm jemand einen Elektroschock versetzt.

»Soll das heißen, dass ich für immer hier – hier unten bleiben muss?«, fragte er stockend.

»An sich nicht. Du kannst natürlich auch diese Region verlassen. Allerdings nicht als Mensch, sondern …«, Doktor Tod machte eine kleine Kunstpause, »… als Monster. Genauer gesagt, als Wachsfigur.«

Die brennende Zigarette fiel Turpin aus der Hand und versengte den Teppich. Ungläubig starrte der Mörder sein Gegenüber an. Die Worte kamen ihm erst jetzt richtig zu Bewusstsein.

»Ich soll als – Wachsfigur …?«

»Was dachtest du denn? Denkst du, ich lasse dich aus lauter Menschenfreundlichkeit hierherkommen? Nein. Schließlich brauche ich Ersatz. Eines meiner Geschöpfe hat man vernichtet.«

»Nein!«

Turpin sprang auf und wollte sich auf Doktor Tod stürzen.

Doch wie von einer unsichtbaren Schnur gezogen, öffnete sich die Tür.

Vier Wachsfiguren betraten den Raum.

Turpin blieb gebannt stehen.

Doktor Tod lachte hässlich. »Diese vier Wachsfiguren waren vor Kurzem noch die Leichen, die du mir besorgt hast. Du wolltest doch immer wissen, was ich damit vorhabe. Jetzt siehst du es selbst.«

Die Monster hatten sich im Raum verteilt. Turpins Blick irrte zwischen den grässlichen Gestalten hin und her. Angstschauer jagten über seinen Rücken.

Vier rote Augenpaare starrten ihn an. Lange Messer blinkten in den Händen der lebenden Figuren.

»Sieh dir meine Freunde genau an!«, sagte Doktor Tod. »Bald wirst du einer von ihnen sein und nur mir gehorchen.«

Jeff Turpin schüttelte in panischer Angst den Kopf. Der Mann, dem es nichts ausgemacht hatte, eine unschuldige Frau umzubringen, verlor die Nerven.

Er warf sich gegen die Tür, rüttelte an der Klinke.

Die Tür war verschlossen.

»Ihr Schweine!«, heulte Turpin. »Ihr dreckigen Schweine! Was macht ihr mit mir? Ich will hier raus, raus – raus ...!«

Turpin warf sich herum.

Im nächsten Augenblick brüllte er unmenschlich auf.

Die vier Wachsfiguren standen dicht vor ihm.

Und dann rasten die Messer auf ihn zu ...

Es war drei Uhr morgens, als John Sinclair in Tonbridge eintraf. Noch immer konnte er die Handlungsweise seines Gegners nicht verstehen. So wie Doktor Tod sich benahm, musste er zwangsläufig die Polizei auf seine Spur hetzen.

Oder war das beabsichtigt? Steckte etwa mehr dahinter? Wollte er John Sinclair und den Yard bewusst provozieren?

John wusste noch nicht, ob sein Gegner nur ein Mensch oder ein Dämon war. Im Prinzip war es jedoch egal. Beide waren gefährlich.

Der Inspektor fuhr langsam durch den verschlafenen Ort. Tonbridge war eine Kleinstadt mit allen Vor- und Nachteilen. Die Menschen hier lebten noch in Ruhe und Zufriedenheit, getreu nach dem Motto: Hier ist die Welt noch in Ordnung.

Einzelne Laternen brannten. Ihr Schein fiel auf saubere Bürgersteige und Straßen. Autos parkten kaum am Straßenrand, fast jeder Fahrzeugbesitzer hatte eine Garage.

Um auf den Rummelplatz zu gelangen, musste John den Ort durchqueren. Die Wegbeschreibung hatte ihm Hank Dillinger gegeben.

Die Straße wand sich schlangenförmig durch Tonbridge. Die Kurven waren eng und spitzwinklig.

Dann hatte John das Ortsende erreicht. Rechter Hand erkannte er einen großen Platz. Das dunkle Gerüst einer Achterbahn glänzte im Mondlicht.

John stoppte. Bevor er ausstieg, nahm er noch eine Taschenlampe aus dem Handschuhfach. Er hängte sie sich an den Gürtel. John trug dunkle Kleidung.

Dumpf schnappte die Wagentür ins Schloss. John sah sich kurz um, bevor er weiterging.

Niemand hatte seine Ankunft beobachtet.

Es war eine empfindlich kühle Märznacht. Die Fensterscheiben der Häuser waren beschlagen.

John betrat das Gelände des Rummelplatzes. Unter seinen Füßen knirschte die schwarze Asche.

Der Inspektor hatte das Gefühl, dieses Geräusch würde man meilenweit hören können.

Soviel er wusste, lag das Horror-Kabinett am Ende des Rummelplatzes. Es war quasi die letzte Attraktion. Ein grauenvoller Ausklang.

John hielt sich immer im Schatten der Buden. In den schmalen Gassen zwischen den einzelnen Ständen ballte sich die Nacht.

Eine Katze huschte über den Weg. Ihre grünen Augen leuchteten in der Dunkelheit.

Irgendwo klapperte ein Schild. Es schlug im ewigen Rhythmus gegen einen Holzbalken. Noch hing ein letzter Duft von Popcorn, gebrannten Mandeln und Bratwürsten in der Luft.

John war konzentriert wie immer. Wieder einmal stand er allein gegen die Mächte der Finsternis.

Er spürte das leichte Ziehen in der Magengegend, das sich immer dann einstellte, wenn Gefahr drohte.

Schon sah John die Umrisse der Wohnwagen. Die metallenen Verkleidungen glänzten im Mondlicht.

Der Inspektor hatte das Ende des Rummelplatzes erreicht.

Auf der rechten Seite liegt das Horror-Kabinett, hatte Hank Dillinger gesagt.

John blieb stehen.

Groß und wuchtig ragten die Umrisse einer einstöckigen Rummelplatzbude vor ihm hoch.

Das musste das Horror-Kabinett sein!

John löste die Taschenlampe von seinem Gürtel, knipste sie an.

Der starke Lichtschein riss die Fassade aus der Dunkelheit. John sah grässliche Gestalten. Vampire, Monster, Werwölfe. Sie waren auf das Holz gemalt worden.

Die Gesichter konnten einen Mann wie John Sinclair nicht erschrecken. Dafür hatte er schon viel zu viel erlebt.

Einen Eingang gab es hier nicht. Die gesamte Vorderfront wurde durch große Holzklappen verschlossen.

Blieb nur die Rückseite.

John schaltete die Lampe aus. Im Dunkeln suchte er sich einen Weg um das Gebäude.

Einmal stieß er gegen eine Konservendose. Mit einem scheppernden Geräusch rollte sie über den Boden.

John Sinclair zerbiss einen Fluch.

Das Horror-Kabinett war nicht sehr breit. Etwa acht Meter.

Auf einmal hatte John das Gefühl, nicht mehr allein zu sein. Er kreiselte herum.

Zwei glühende Augen starrten ihn an.

Eine mordende Wachsfigur.

Doktor Tod hatte seine teuflischen Puppen auf die Reise geschickt.

Die Figur hatte sich unhörbar angeschlichen. Wie ein Schemen war sie aufgetaucht.

Unwillkürlich wich John zurück.

Die Wachsfigur kam auf John zu. Staksig – aber unbeirrbar.

Der Geisterjäger zog seine Waffe. Sechs Silberkugeln steckten in dem Magazin. Zwei Reservemagazine trug John noch in den Taschen.

Der Inspektor hob den Arm mit der Waffe, stützte seine rechte Hand ab.

Sein Finger krümmte sich um den Abzug.

Da erhielt John einen Stoß in den Rücken.

Der Schlag war mit großer Wucht geführt worden. John fiel auf den Boden, reagierte jedoch in Sekundenschnelle und verwandelte den Sturz in eine Rolle, gelangte somit aus der Reichweite des Monsters.

Sofort war John wieder auf den Beinen. Und jetzt sah er auch die langen Messer, die die mordenden Wachsfiguren in den Händen hielten.

Die Klingen waren verschmiert.

Blutverschmiert!

John Sinclair lief ein eiskalter Schauer über den Rücken. Er dachte an die ahnungslosen Menschen, die in ihren Wohnwagen schliefen. Wenn die Monster über sie herfielen, gab es keine Rettung.

Die beiden Wachsfiguren versuchten, John in die Zange zu nehmen.

Die Arme mit den Messern wischten durch die Luft.

Zum Glück waren die Bewegungen nicht so schnell, und John konnte immer noch rechtzeitig ausweichen.

Doch zum Schuss kam er nicht. Er brauchte dazu ein paar Sekunden Zeit, um in Ruhe zielen zu können.

Die Wachsfiguren gaben ihm keine Chance.

Schließlich ergriff John Sinclair die Initiative. Er schlug einen Bogen und gelangte mit ein paar langen Sätzen in den Rücken der Monstern.

John stieß sich ab.

Eine Sekunde später hing er einer Wachsfigur auf dem Rücken. John schlang den rechten Arm um den Kopf und drückte die Mündung der Pistole gegen das rechte Auge der Wachsfigur.

Laut peitschte der Schuss.

Sofort setzte John die Waffe gegen das linke Auge, drückte wieder ab.

Das Monster wankte.

John sprang ein paar Meter weg.

Schon kam die zweite Wachsfigur.

John hechtete mit einem Panthersatz gegen die Hüfte des Monsters, brachte es aus dem Gleichgewicht.

Die mordende Wachsfigur knallte auf den Boden.

Für einen Augenblick war sie wehrlos.

John presste seinen Fuß auf den bewehrten Arm mit dem Messer, zielte kurz und jagte zwei Kugeln in die Augen der Bestie.

Das Monster verendete.

Alles war sehr schnell gegangen, hatte nicht einmal fünfzehn Sekunden gedauert.

Doch die Schüsse waren gehört worden.

Türen klappten. Licht flammte auf. Menschen stürzten aus ihren Wohnwagen.

Stimmen schrien. Erregt, heiser.

Und plötzlich gellten die Schreie.

John Sinclair ahnte, was geschehen war.

Es waren noch mehr Monster unterwegs, und die hatten jetzt die Menschen entdeckt.

Eine Scheibe ging klirrend zu Bruch.

Gewehrschüsse peitschten.

John rannte los. Auf die Wohnwagenansammlung zu.

Ängstliche, erschreckte Gesichter starrten ihn an. Die Menschen waren nur leicht bekleidet. Sie waren mitten aus dem Schlaf gerissen worden.

»Gehen Sie in Ihre Wagen!«, schrie John im Laufen.

Wieder hörte er Schüsse.

John rannte weiter, stolperte über einen Eimer, fiel hin, raffte sich wieder auf – und blieb wie angewurzelt stehen.

Seinen Augen bot sich ein Bild des Grauens. John konnte alles deutlich erkennen. Aus den Fenstern der Wohnwagen fiel genügend Licht.

Zwei Monster wüteten erbarmungslos.

Eins hatte sich den Mann mit dem Gewehr gepackt. Die andere Wachsfigur hatte eine Gruppe von fünf Menschen gegen die Wand eines Wohnwagens gedrängt.

Aus Johns Kehle drang ein heiserer Schrei. Seine Arme flogen hoch. Die Fäuste knallten unter den Messerarm des Monsters.

Der tödliche Messerstich ging ins Leere. Die Klinge rutschte an der Aluminiumhaut des Wohnwagens vorbei und hinterließ eine tiefe Furche.

»Verschwinden Sie!«, brüllte John. »Weg hier!«

Seine Stimme überschlug sich.

Die Menschen begriffen nicht, blieben wie angewurzelt stehen.

Die Wachsfigur wandte sich John Sinclair zu. Der Inspektor sah die grässlichen roten Augen und feuerte.

Zweimal.

Die Kugeln bohrten sich in die Augenhöhlen, töteten die Höllenkreatur auf der Stelle.

»Vorsicht!«

Die Stimme eines Mannes gellte auf.

John ließ sich einfach fallen.

Die mörderische Messerklinge fuhr über seinen Kopf hinweg.

Er rollte sich zur Seite, hob den Arm, wollte schießen, da fiel ihm ein, dass er keine Kugeln mehr im Magazin hatte.

Der Inspektor schnellte zur Seite, weg aus dem unmittelbaren Gefahrenbereich.

Noch im Liegen fuhr seine Hand in die Jackentasche. Mit einem Hebeldruck ließ John das leere Magazin aus dem Pistolengriff gleiten und schob das gefüllte hinein.

Da war das Monster schon heran.

John sah die blutige lange Klinge dicht vor seinen Augen.

Der mit Wachs überzogene Körper des Monsters schimmerte hell.

Mit unheimlicher Wucht fuhr die Messerhand nieder.

John riss seinen rechten Arm hoch. Das Metall der Pistole schrammte über das Wachs, brachte den Arm des Monsters aus der eigentlichen Stoßrichtung.

Dicht neben Johns Kopf bohrte sich die Klinge in die Erde.

Ehe die Wachsfigur dazu kam, das Messer wieder herauszuziehen, hatte John Sinclair zweimal abgedrückt.

Sterbend brach das Monster zusammen.

Dicht neben John fiel der Körper zu Boden.

Das Monster starb lautlos.
Stille senkte sich über den Platz.

John Sinclair stand langsam auf. Automatisch wischte er sich den Schmutz von der Kleidung.

Sein Blick fiel auf die toten Wachsfiguren, während er die verschossenen Kugeln ersetzte.

Die Menschen starrten ihn an. Panik und Grauen lag in ihrem Blick.

Der Inspektor zuckte hilflos mit den Schultern. Was sollte er ihnen sagen? Genaue Erklärungen? Nein, es war besser, dass diese Leute nichts davon erfuhren. Zu viel Schreckliches war schon auf sie eingestürmt.

Ein mittelgroßer Mann löste sich aus der Gruppe. Langsam kam er auf John Sinclair zu.

»Sie haben diese – diese Gestalten erledigt«, sagte er mit schwerer Stimme. »Ich möchte mich auch im Namen meiner Kollegen dafür bedanken.«

Der Mann wandte den Kopf und blickte auf die beiden Leichen, die die Monster hinterlassen hatten.

»Warum musste das sein? Warum mussten sie sterben?«

John legte dem Mann die Hand auf die Schulter. »Ich werde es Ihnen sagen. Verlassen Sie sich darauf. Aber später. Jetzt habe ich noch etwas zu erledigen.«

»Steht das mit diesen Monstern in Verbindung?«

»Ja.«

»Dann möchten wir Ihnen helfen.«

John schüttelte den Kopf. »Nein, ich komme schon allein zurecht. Muss allein zurechtkommen. Wenn Sie mir helfen wollen, dann gehen Sie bitte in Ihre Wohnwagen und verhalten sich ruhig.«

»Sind noch mehr Monster unterwegs?« Die Stimme des Mannes klang ängstlich.

»Ich weiß es nicht genau. Aber sicher ist sicher. Und bringen Sie bitte die Toten weg.«

Der Mann wandte sich um. Mit schleppenden Schritten ging er zurück zu seinen Leuten. Mit leiser Stimme gab er ein paar Anweisungen. Einige Männer lösten sich aus dem Menschenring und hoben die Toten auf. John hörte aus den geflüsterten Gesprächen, dass es ein Ehepaar ohne nahe Verwandte gewesen war.

Die Leute schafften für John eine Gasse. Er wurde angesehen wie ein Held.

John Sinclair lachte bitter. Diese Leute ahnten nicht, was ihm noch alles bevorstand.

John verließ den Wohnwagenkomplex. Mit langen Schritten ging er auf das Horror-Kabinett zu. Er wollte so schnell wie möglich die Entscheidung herbeiführen …

Doktor Tod zuckte zusammen, als er die Schüsse hörte. Nur ganz schwach waren die Detonationen zu vernehmen.

Die Finger des Unheimlichen ballten sich zur Faust. Seine Augen glichen schmalen Sicheln.

Doktor Tod ahnte, dass seine Geschöpfe in einem mörderischen Kampf verwickelt waren. Und plötzlich hatte er das Gefühl, dass sie diesen Kampf verloren hatten.

Carlo, sein Diener, stand neben ihm. Sein schreckliches Gesicht zuckte.

»Jetzt haben die Monster es geschafft!«, flüsterte er.

Doktor Tod wirbelte herum. »Gar nichts haben sie!«, schrie er. Er schlug mit den Fäusten auf eine Tischplatte. »Sie haben verloren. Ich weiß es genau. Dieser John Sinclair ist mächtiger gewesen als sie!«

Ruckartig wandte Doktor Tod den Kopf. Lange starrte er seinem Diener in die Augen.

Carlo zuckte unwillkürlich zurück. Diesem Blick konnte er nicht länger standhalten.

»Aber ich werde ihn erledigen!«, zischte Doktor Tod. »Er soll nur kommen. Darauf habe ich lange gewartet. Asmodis hat mich schon vor diesem Mann gewarnt. Ich wusste, dass ich mit ihm zusammentreffen würde. Jetzt ist die Zeit reif. Carlo – du wirst ihn erwarten. Schaff ihn her zu mir.«

Carlo nickte ergeben. In seinem Gesicht zuckte es. Nachdem er einmal in eine Feuersbrunst geraten war, hatte sich die Haut nie wieder regeneriert. Seit dieser Zeit war er ein Ausgestoßener. Ein Mann, über den alle lachten oder Angst vor ihm hatten.

Nur Doktor Tod nicht. Er hatte ihn bei sich aufgenommen und zu seinem Diener gemacht. Carlo hatte sein Selbstvertrauen zurückgewonnen. Er war wieder ein Mensch geworden.

Auf keinen Fall wollte er Doktor Tods Vertrauen enttäuschen …

Der starke Lampenstrahl zuckte über die Rückseite des Horror-Kabinetts.

John Sinclair ging die gesamte Front ab. Irgendwie musste er ja in das Innere gelangen.

Plötzlich blieb John stehen.

Er hatte an der Rückwand eine Fuge entdeckt. Er ging einige Schritte vor. Jetzt erst sah er die Tür. Sie verschmolz fast mit dem Holz der Wand.

John sah das Metall einer Klinke schimmern.

Er drückte sie nieder.

Die Tür war offen!

Vorsicht! Das ist eine Falle! Augenblicklich machte sich dieser Gedanke in John Sinclair breit.

Eine dunkle Öffnung gähnte ihm entgegen. Sie erschien wie ein Tunnel ins Grauen.

John hob den Arm mit der Lampe. Vor ihm lag ein langer, schmaler Gang, der dort, wo der Lichtstrahl schwächer wurde, einen Knick machte.

Auf Zehenspitzen ging der Geisterjäger weiter. Er wusste, dass in einem Horror-Kabinett unliebsame Überraschungen auf ihn warten konnten.

Unliebsame – und tödliche.
Unangefochten erreichte der Inspektor die Stelle, wo der Gang in eine Kurve bog. Eine kleine Treppe lag vor ihm.
John nahm die erste Stufe, die zweite.
Plötzlich gellte ein grausiges Gelächter in seinen Ohren. Er musste wohl mit dem Fuß einen Kontakt berührt haben, der dieses Gelächter ausgelöst hatte.
John ging weiter.
Das Gelächter verstummte.
Welche Überraschungen hielt man wohl jetzt für ihn parat?
John ließ seine Lampe aufblitzen.
Im selben Augenblick tauchte wie aus dem Boden gewachsen ein Ungeheuer vor ihm auf.
Stinkender Atem fuhr in Johns Gesicht. Eine Qualmwolke quoll auf.
Dann war alles vorbei.
John grinste verzerrt. Teufel auch, dieses Horror-Kabinett steckte tatsächlich voller Überraschungen!
Der Inspektor ging weiter. Er befand sich jetzt in einem breiteren Gang, der auf beiden Seiten mit Türen gespickt war.
Hin und wieder sprang eine Tür auf. Jedes Mal kam ein Monster zum Vorschein, das grässliche Laute ausstieß, dann aber schnell wieder verschwand.
Langsam hatte der Geisterjäger genug von diesen Scherzchen. Schließlich war er gekommen, um einen gefährlichen Verbrecher zu stellen, und nicht, um einen Spaziergang durch das Horror-Kabinett zu machen.
Aber vielleicht gehörte das zu Doktor Tods Taktik. Vielleicht wollte er nur seinen Gegner nervös machen, um dann ganz plötzlich zuschlagen zu können.
John beschloss, weiterhin höllisch auf der Hut zu sein.
Auf einmal begann der Boden unter Johns Füßen nachzugeben.
Eine Alarmklingel schrillte in seinem Gehirn.
Zu spät.

Die Falltür war auf einmal da, und ehe sich John versah, fiel er in die Tiefe.

Der Aufprall war hart, wurde jedoch gemildert, da John sich rechtzeitig und gekonnt über die Schulter abrollte.

Einige Sekunden blieb er liegen.

Die Dunkelheit hatte ihn eingeschlossen. Zum Glück hatte John noch seine Taschenlampe.

Er knipste sie an.

Vor Überraschung hätte der Inspektor bald einen lauten Ruf ausgestoßen.

Der Raum, in dem er sich befand, war rund. Lange Vorhänge hingen bis zum Boden.

Ansonsten war der Raum leer.

John setzte sich auf. Er konnte nicht wissen, dass er sich in dem gleichen Raum befand, in dem das Mädchen Jill den Tod gefunden hatte.

Langsam stand der Inspektor auf.

John tastete den Vorhang ab. Der Samt glitt zwischen seine Finger – und …

John Sinclair zerbiss einen Fluch.

Hinter dem Vorhang befand sich eine Holzwand. Er war also gefangen.

John tastete genau die Wand hinter dem Vorhang ab. Sie war stabil. Eine kleine Tür oder einen Durchschlupf gab es nicht.

Der Inspektor fasste sich in Geduld. Irgendetwas musste ja geschehen. Er wollte seinen Gegenspieler, Doktor Tod, aus der Reserve locken.

Minuten vergingen. Nichts passierte. John kam sich vor wie eine Katze, die vor dem Mauseloch lauerte und darauf hoffte, dass sich das Opfer hervorwagen würde.

John hatte die Lampe ausgeschaltet. Er wollte die Batterie schonen.

John wusste nicht, wie lange er so in der Dunkelheit gesessen hatte, als er plötzlich über sich ein kratzendes Geräusch hörte. Sekundenbruchteile später erhellte ein Lichtstrahl die Dunkelheit.

Der Kegel knallte förmlich auf John Sinclair.

Der Inspektor senkte den Kopf, um nicht geblendet zu werden.

Von oben her erklang ein teuflisches Kichern. »Damit hatten Sie wohl nicht gerechnet, was, Inspektor?«

John zuckte ergeben mit den Schultern. Obwohl er sich über diese unangenehme Überraschung ärgerte, behielt er wenigstens nach außen hin die Ruhe.

»Wenn ich mich nicht irre, spreche ich mit Doktor Tod«, erwiderte er.

»Sie irren sich nicht, Inspektor. Und diesmal, mein Lieber, haben Sie keine Chance. Sie sind mein Gefangener. Ich kann Sie von hier oben mit ein paar Kugeln abknallen, und Sie könnten gar nichts dagegen tun. Aber ich habe feinere Methoden, um mich meiner Gegner zu entledigen. Ich werde ein Experiment an Ihnen durchführen, das seinesgleichen sucht. Die Hölle wird mir dankbar sein.«

Doktor Tod hatte eine lange Rede gehalten, und John Sinclair war klar, dass dieser Mann nicht bluffte. Aber noch hatte er eine Chance. So geschockt, wie Doktor Tod annahm, war er nun doch nicht.

Blitzschnell warf sich John Sinclair zur Seite, wollte aus dem grellen Lichtkegel raus. Gleichzeitig riss er den Arm mit der Pistole hoch.

Er ahnte das pfeifende Geräusch mehr, als er es wahrnahm.

Etwas flog auf ihn zu, erwischte ihn am Kopf. Ein höllischer Schmerz zuckte durch Johns Schädel, dann sackte der Geisterjäger bewusstlos zusammen.

Triumphierend blickte Carlo auf den leblosen Körper. Er war es gewesen, der sich durch die Geheimtür geschlichen hatte. Sein Totschläger hatte ganze Arbeit geleistet.

»Gut gemacht, Carlo!«, dröhnte Doktor Tods Stimme. »Und jetzt bring den Kerl in unser Labor …«

Das Wachs in dem großen Bottich war kochend heiß. Die Oberfläche glänzte ölig. Winzige Bläschen stiegen vom Grund des Gefäßes auf und zerplatzten.

Doktor Tod hatte seine Hände auf den Rand des Bottichs gelegt. Der weiße Totenkopf in seinem Ring sandte ein ungewöhnliches Licht aus.

Doktor Tod spürte die fieberhafte Spannung, die ihn ergriffen hatte. Jetzt, in wenigen Minuten würde es sich entscheiden, wer stärker war.

John Sinclair oder Asmodis.

Aber eigentlich hatte der Inspektor keine Chance mehr. Gefesselt lag er in der Ecke. Doktor Tod hatte darauf verzichtet, ihm auch noch die Beine zu binden. Er würde sich sowieso nicht mehr wehren können.

Doktor Tod wandte den Kopf. Neben dem bewusstlosen John Sinclair standen seine beiden Diener. Carlo, der Gesichtslose, und die einzige noch existierende Wachsfigur.

Unter der glänzenden Schicht verbarg sich ein Mann, der einmal zu Doktor Tods Helfern gehört hatte.

Jeff Turpin!

Vier Messerstiche hatten ihn getötet und ihn so zu einem Dämonenopfer gemacht.

John Sinclair war anscheinend noch immer bewusstlos. Der Schlag musste verflixt hart gewesen sein.

Doktor Tod sah ungeduldig auf seine Uhr. Ihm dauerte das alles zu lange.

»Bring ihn wieder zu sich!«, herrschte er Carlo an.

Carlo verschwand. Als er wieder zurückkehrte, hatte er einen Eimer mit Wasser in der Hand.

Mit einer schnellen Bewegung kippte er die Flüssigkeit über Johns Kopf.

Der Inspektor, der schon seit einigen Minuten wieder klar war und sich nur verstellt hatte, prustete. Die Schmerzen in seinem Schädel wurden durch den Wasserguss wenigstens ein wenig gelindert.

Verbissen hatte John in der ihm zur Verfügung gebliebenen

Zeit an seinen Handfesseln gearbeitet. Er hatte versucht, sie ein wenig zu lockern.

Eine Hand tauchte in Johns Gesichtsfeld auf.

Der Inspektor sah die weiße Wachsschicht und schauderte unwillkürlich zusammen.

Die Finger packten zu. Fast spielerisch leicht wurde John Sinclair angehoben.

Die Wachsfigur stieß ihn vor sich her. Johns Knie waren noch weich. Er konnte sich kaum selbst auf den Beinen halten.

Dicht vor Doktor Tod blieben sie stehen. Zum ersten Mal sah John das Gesicht des Verbrechers genauer. Er sah den kahlen Schädel, die eng zusammenstehenden Augen und die glatte, fast weiße Haut.

Auch der Ring fiel John ins Auge. Der Totenkopf in dem Rubin leuchtete.

Doktor Tod öffnete die strichdünnen Lippen. Seine tief liegenden Augen funkelten.

Die Wachsfigur ließ John Sinclair los. John schwankte, hielt sich aber auf den Beinen.

Doktor Tod bemerkte wohl seinen Schwächeanfall, sagte jedoch nichts. Stattdessen zeigte er auf die Wachsfigur. »Es ist meine neueste Schöpfung, Inspektor. Und wissen Sie, wer sich dahinter verbirgt? Niemand anderes als Ihr Freund Jeff Turpin. Er war für mich zu einer Gefahr geworden, und da ich momentan knapp an Leichen bin, musste er eben dran glauben.«

Doktor Tod lachte hässlich. Dann wandte er sich wieder an John Sinclair.

»Und jetzt will ich Ihnen das große Geheimnis Ihres Todes verraten, Inspektor. Sie werden ebenfalls zu einer Wachsfigur werden.« Doktor Tod deutete über seine rechte Schulter. »Sehen Sie den großen Bottich dort? Ihn habe ich extra für Sie reserviert. Er ist bis zum Rand mit flüssigem Wachs gefüllt. Aber jetzt kommt der Clou, Inspektor. Bis heute waren die Wachsfiguren vor der Behandlung Leichen. Bei Ihnen mache ich jedoch eine Ausnahme. Sie werden bei lebendigem Leib in das flüssige Wachs getaucht!«

Die letzten Worte spie Doktor Tod dem Inspektor hasserfüllt ins Gesicht.

John konnte nicht verhindern, dass seine Knie anfingen zu zittern. Diese Mordmethode war so grausam, wie sie sich nur ein krankes Hirn ausdenken konnte – oder ein Mann, der mit dem Satan im Bunde stand.

Und Letzteres traf auf Doktor Tod zu.

»Sie sagen ja nichts, Inspektor«, höhnte Doktor Tod. »Hat es Ihnen die Sprache verschlagen?«

John biss die Zähne zusammen, dass sie knirschten. »Noch haben Sie nicht gewonnen!«, zischte er.

Über Doktor Tods Gesicht flog ein Schatten. Er stieß den rechten Arm vor. »Packt ihn!«, schrie er seinen Helfern zu. »Und dann werft ihn in den Bottich!«

Einen Herzschlag später fühlte John die Hände des Monsters wie Schraubstöcke an seinen Oberarmen.

Hilflos hing John in dieser gnadenlosen Klammer.

Doktor Tod lachte. »So habe ich mir Sie immer vorgestellt, Sinclair. Gefesselt und mir ausgeliefert. Sie glauben gar nicht, was dies für ein Triumph ist. Die Hölle besiegt ihren großen Feind!«

John verzog das Gesicht. »Noch lebe ich!«, keuchte er.

Der Inspektor wusste selbst nicht, woher er den Mut nahm, dies zu sagen. Man hatte ihm die Hände vor seinen Körper gefesselt. Die Stricke waren fachgerecht geknotet. Bisher hatte John die Fesseln kaum lockern können. Doch unentwegt drehte er die Handgelenke hin und her. Ein Knoten war schon geplatzt.

Doktor Tod und sein Diener waren zurückgetreten. Sie beobachteten genussvoll, wie die lebende Wachspuppe John Sinclair immer mehr auf den mit heißem Wachs gefüllten Bottich zuschob.

John stemmte sich mit beiden Füßen gegen den Boden. Vor Anstrengung traten seine Adern an der Stirn dick hervor.

Es half nichts. Das Monster besaß unheimliche Kräfte. Nahezu spielerisch leicht schob es John vorwärts.

Die Pistole hatte man dem Inspektor abgenommen. Carlo, der Gesichtslose, hatte sie eingesteckt.

John versuchte, seinen Oberkörper zur Seite zu drehen. Es gelang ihm nicht. Zu fest war der Griff des Monsters.

John hatte kaum noch Gefühl in den Oberarmen. Der Schweiß lief ihm wie Wasser vom Gesicht. In seinen Ohren dröhnte das hämische Lachen der beiden Männer.

John Sinclair riss an den Stricken. Wenn er sie losbekommen konnte, hatte er noch eine Chance.

Vielleicht noch zwei Meter bis zum Bottich. John sah schon den leichten Rauchfilm, der über dem heißen Wachs schwebte.

Noch einen Meter.

Da versuchte es John mit einem Trick. Er stieß sich plötzlich mit beiden Füßen gegen den Rand des Bottichs.

Waagrecht hing der Inspektor in dem Griff des Monsters, das von dieser Gegenwehr überrascht wurde. John benutzte die Beine als Hebel und drückte sein Körpergewicht nach hinten.

Gleichzeitig riss er mit aller Macht an den Fesseln.

Die Knoten platzten!

Es war eine Energieleistung ohnegleichen.

John spürte auf einmal, dass er die Arme wieder frei bewegen konnte, zog seine Beine an, kam mit den Füßen auf den Boden und warf die Arme nach hinten.

Alles hatte sich innerhalb weniger Sekunden abgespielt.

Johns Hände packten den Nacken der Wachsfigur. Er klammerte seine Finger ineinander, bückte sich und schleuderte mit einem Ruck das Monster über seinen Kopf hinweg.

Die Bestie wirbelte durch die Luft, knallte auf den Rand des Bottichs, bekam das Übergewicht und versank in dem kochend heißen Wachs.

Sofort kreiselte John Sinclair herum.

Doktor Tod und Carlo standen wie festgenagelt auf der Stelle. Sie konnten nicht glauben, was sich eben vor ihren Augen abgespielt hatte.

Doch dann reagierte der Gesichtslose. Er riss Johns Pistole aus seinem Gürtel hervor und legte auf den Inspektor an.

John hechtete halbhoch über den Boden, knallte in dem Moment mit dem Kopf in Carlos Magengrube, als dieser abdrückte.

Die Silberkugeln fauchten über John hinweg und klatschten in irgendwelche Apparaturen an der Wand.

Etwas zersplitterte. Blitze zuckten auf. Draht begann zu schmoren.

John war mit Carlo zu Boden gekracht. Ineinander verkrallt rollten sie ein paarmal um die eigene Achse.

Dem Inspektor gelang es, Carlos Pistolenhand zu fassen. Er bog den Arm zurück, so weit er konnte.

Schreiend öffnete Carlo die Finger. Plötzlich riss er sein Knie hoch und rammte es John in den Unterleib.

Schmerzverkrümmt rollte sich der Inspektor auf die Seite.

Carlo sprang sofort auf, hechtete auf die Pistole zu.

John spannte seine Beine an und kickte die Waffe weg.

Carlo griff ins Leere. Er brüllte wütend auf.

Aber auch John stand schon wieder.

Als Carlo angriff, schmetterte er ihm seine Rechte mitten in die grässliche Fratze.

Doktor Tods Diener taumelte zurück, flog auf den Bottich zu, aus dem gerade die Wachsfigur stieg.

Aber was war mit ihr geschehen?

Die roten Augen waren zugeklebt. Eine dicke Wachsschicht hatte sich darüber gelegt.

Das Monster konnte nichts mehr sehen!

Rasend vor Wut stand es vor dem Bottich – und bekam Carlo zu fassen.

Dann ging alles so schnell, dass John nicht mehr eingreifen konnte.

Das Monster packte den völlig entsetzten Carlo, hob ihn hoch und warf ihn in das kochend heiße Wachs.

Carlos gellender Angstschrei endete in einem Gurgeln.

John Sinclair hatte mit einem langen Satz die Pistole erreicht. Nur damit konnte er den Amoklauf des Monsters stoppen.

John feuerte.

Er hatte versucht, die mit Wachs überzogenen Augen zu treffen, doch die Kugel prallte ab und sirrte als gefährlicher Querschläger durch den Raum.

Die Wachsfigur wurde dadurch nur noch wütender. Sie war so gut wie unverwundbar. Es gab keine Stelle mehr, an der John sie hätte treffen können.

Plötzlich gab es einen Krach. Dann zuckte ein Blitz auf.

Die Apparatur, die von den Kugeln durchschlagen worden war, fing Feuer. Bläuliche Flammen leckten aus dem Drahtgewirr hervor.

Wieder blitzte es.

Ein armlanger Feuerstrahl drang aus dem zerstörten Kasten, berührte den Rücken der Wachsfigur.

Das Wachs schmolz.

Rauch und Qualm zogen durch den Raum. Johns Augen tränten. Für einen Augenblick sah er unter der Wachsschicht den nackten Rücken einer Leiche.

Und das Feuer griff um sich, fand reichlich Nahrung. Ein Tisch stand auf einmal in Flammen.

Der Rauch wurde immer dichter. Es stank erbärmlich.

John hatte vorhin an der einen Seite eine Tür entdeckt. Darauf taumelte er zu. Er hielt die Hand schützend vor die Augen. Halb blind erreichte er die Tür.

Und da tauchte das Monster vor ihm auf!

Es war ein Torso. John sah die Arme wie Windmühlenflügel durch die Luft wischen und hatte Glück, dass er nicht getroffen wurde.

Die Flammen hatten in der Wachsfigur ihr Opfer gefunden. Das Wachs war zum Teil geschmolzen, es lief in dicken Schlieren an dem Körper hinab.

Die Leiche darunter wurde wieder sichtbar. John sah für einen kurzen Moment ein grässliches Gesicht.

Immer mehr schmolz das Wachsgesicht des Monsters.

Plötzlich brach es zusammen. Dicht vor Johns Füßen knallte es auf den Boden. Arme und Beine zuckten konvulsivisch. Noch einmal bäumte sich das Monster auf. Es kroch weg.

Genau auf die Flammenwand zu!

John riss die Tür auf.

Weg hier! Nur weg!

Der Inspektor tauchte in einen Gang, knallte die Tür wieder hinter sich zu.

Hier war die Luft besser. John konnte wieder frei atmen.

Aber wo war Doktor Tod?

John sah von dem Gang mehrere Räume abzweigen. Er riss die Türen auf, sah in jedes dahinter liegende Zimmer.

Von Doktor Tod keine Spur.

John Sinclair hetzte weiter. Fand eine Treppe, die nach oben führte.

Plötzlich hörte er hinter sich ein höllisches Gelächter!

Eine Gänsehaut lief über Johns Rücken.

Es war im wahrsten Sinne des Wortes ein Höllengelächter. Asmodis, der Höllenfürst, hatte es ausgestoßen!

Für ihn war es ein Triumph. Denn sein Diener, Doktor Tod, war entwischt!

Irgendwie schaffte es John, aus dem Horror-Kabinett zu kommen. Draußen hatte sich eine große Menschenmenge versammelt. John erkannte die Gesichter der Schausteller.

»Alarmiert die Feuerwehr!«, schrie John den ängstlichen Leuten zu. »Das Horror-Kabinett brennt!«

Zwei Männer liefen weg.

»Da ist vorhin einer rausgerannt!«, rief jemand.

Das konnte nur Doktor Tod gewesen sein.

John sah eine Chance, diesen Verbrecher doch noch zu bekommen.

»Wo ist er hingelaufen?«

»Auf den Rummelplatz zu!«

John Sinclair spurtete los.

Er erreichte eine Art Kreuzung. In der Mitte stand der Komplex eines Autoskooters. John sah die Umrisse der bunt lackierten Wagen auf der Bahn stehen.

Im selben Augenblick hörte er das Brummen eines Automotors.

Johns Kopf zuckte herum.

Zwei grelle Lichtfinger zerschnitten die Dunkelheit, erfassten den Inspektor.

John warf sich zur Seite und rollte sich sofort ab.

Der Wagen raste auf ihn zu.

John kam auf die Knie, feuerte.

Blitzschnell hintereinander jagte er die Kugeln aus dem Lauf. Hielt zwischen die Scheinwerfer.

Dann hechtete er mit einem Panthersatz aus dem Gefahrenbereich.

Gerade noch rechtzeitig.

Nur einen halben Meter entfernt radierten die Reifen an seinem Kopf vorbei.

Dreck und kleinere Steine spritzten in Johns Gesicht.

Noch einmal hörte John das teuflische Gelächter. Dann brach es ab.

Der Fahrer des Wagens – es konnte nur Doktor Tod sein – hatte die Gewalt über das Fahrzeug verloren.

John hörte noch das Kreischen der Bremsen, und dann gab es einen mörderischen Knall.

Der Wagen war in eine Schaubude gerast.

Holz knirschte, Glas splitterte, eine Flammenwand loderte in den Nachthimmel.

John rannte auf den Wagen zu. Er wollte Doktor Tod aus dieser Flammenhölle retten.

Doch plötzlich blieb der Inspektor wie angewurzelt stehen.

Es gab weder eine Leiche noch einen Verletzten!

Der Wagen war leer. Niemand hatte hinter dem Steuer gesessen.

Oder …?

John wischte sich über die Augen.

Da vernahm er hinter sich wieder das teuflische Gelächter.

John wirbelte herum.

Für eine Sekunde sah er Doktor Tods Gestalt vor sich. Klar und deutlich zeichneten sich die Konturen ab.

John riss die Pistole hoch.

Doch ehe er schießen konnte, war Doktor Tod verschwunden. Und von irgendwoher aus der Unendlichkeit der Dimensionen dröhnte eine Stimme, die John erschauern ließ.

»Ich komme zurück, Inspektor Sinclair! Das war erst der Beginn einer großen Auseinandersetzung. Irgendwann werden wir uns wieder begegnen. Und dann werde ich der Sieger sein!«

Und John wusste, dass der Kampf erst am Anfang stand.

John Sinclairs Laune hatte sich noch nicht gebessert, als er seinem Chef gegenübersaß.

John fand bei seinem Vorgesetzten – den er fast immer nur als brummig kennengelernt hatte – volles Verständnis.

»Wir müssen also mit weiteren Aktionen dieses Mannes rechnen«, sagte Powell.

John nickte düster.

»Diese Sache, Inspektor, bleibt unter uns. Es war sowieso schon fast unbegreiflich, dass Sie jeden Fall gelöst haben. Und eines Tages werden Sie Doktor Tod auch noch schaffen. Davon bin ich fest überzeugt.«

In diesem Augenblick schwor sich John Sinclair, dass er Doktor Tod, wenn es sein musste, bis in die Hölle verfolgen würde. Dieser Verbrecher hatte ihm den Kampf angesagt.

Er sollte ihn haben!

ENDE

DER SEE DES SCHRECKENS

»Und jetzt pass mal auf, Shirley!«

Ted Bulmer stand auf dem weit vorspringenden Baumast. Wie poliertes Silber schimmerte unter ihm die Wasseroberfläche des Sees.

Ted wippte noch ein paarmal, beugte dann seinen Körper vor und stieß sich kräftig mit den Füßen ab.

Für einen winzigen Augenblick schwebte der sonnenbraune Körper waagerecht in der Luft, dann zischte er wie ein Pfeil der Wasseroberfläche entgegen und verschwand. Kaum ein Spritzer flog hoch.

Shirley Adams klatschte begeistert Beifall.

Schon tauchte Ted wieder auf, warf mit einer Kopfbewegung seine nassen Haare aus dem Gesicht, lachte, winkte – und …

Plötzlich drang ein gurgelnder Schrei aus seinem Mund. Teds Gesichtszüge verzerrten sich. Etwas umklammerte seine Beine und zerrte ihn gnadenlos in die Tiefe …

Shirley Adams bekam den grässlichen Vorgang so schnell gar nicht mit. Sie hörte noch den Schrei, und auf einmal war Ted verschwunden.

Ted Bulmer, der beste Schwimmer! Sportskanone Nummer eins! Unmöglich!

Shirleys Gedanken kreisten wie ein Mühlrad.

… er ist ein guter Schwimmer … Herzschlag … mein Gott, man muss was tun …

Sie tat nichts, starrte aus weit aufgerissenen Augen auf die Wasseroberfläche.

Ein paar Luftblasen stiegen hoch, zerplatzten.

Das war alles.

Und Ted tauchte nicht wieder auf. Wie festgeleimt stand Shirley am sandigen Ufer. Immer noch begriff sie nicht, was geschehen war. Immer noch hoffte sie, Ted würde irgendwann auftauchen und ihr sagen …

Shirleys Gedanken stockten.

Das Wasser geriet plötzlich in Bewegung. Genau dort, wo Ted eingetaucht war.

Sollte er wieder auftauchen?

Erregung packte das Mädchen.

Ein Strudel entstand. Das Wasser schäumte. Der unheimliche Strudel bildete einen Trichter, der bis auf den Grund des Sees zu reichen schien.

Plötzlich war ein gewaltiges Pfeifen zu hören. Eine schwarze Wolke schob sich vor die Sonne. Es wurde dunkel – und kalt.

Gebannt starrte Shirley auf den Wassertrichter, aus dessen unauslotbarer Tiefe eine grässliche Gestalt stieg.

Ein Monster!

Riesengroß und über und über mit Tang und Schlick bedeckt. Grüngraue Haare hingen in dicken Strähnen am Kopf des Monsters herab, bedeckten fast völlig das entstellte Gesicht.

Ein grauenhaftes Maul tat sich auf, aus dem urplötzlich ein schauriges, Nerven zerfetzendes Heulen drang.

Das kalte Entsetzen fuhr Shirley Adams bis ins Mark. Sie sah die beiden unförmigen Arme des Monsters, auf denen ein Mensch lag.

Ein Mensch, den sie kannte.

Ted Bulmer!

Noch einmal heulte das Monster auf. Dann verschwand es mit dem Körper des jungen Mannes in der Tiefe des Sees.

Shirley Adams Augen waren geweitet. Die Nerven bis an die äußerste Grenze belastet.

Dann kam der Schock.

Auf einmal drehte sich alles vor ihren Augen. Der Wald, das Wasser, die Wolken.

Einige Herzschläge später stürzte Shirley Adams bewusstlos auf den weichen Sandboden. Ihr rechter Arm war weit vorgestreckt, und die auslaufenden Wellen umspielten ihre Finger.

Das Monster aber war verschwunden. Der See lag ruhig und spiegelglatt in der heißen Mittagssonne. Ein Bild des Friedens.

Doch in der Tiefe lauerte das Verderben …

»Sie kommt zu sich. Endlich!«

Wie aus weiter Ferne hörte Shirley Adams die Männerstimme. Sie hatte das Gefühl, über einem Abgrund zu schweben, wie auf riesigen Händen getragen. Doch plötzlich ließen sie diese Hände los und …

Shirley öffnete die Augen.

Ein rosiges Gesicht mit einem buschigen Schnäuzer zwischen Oberlippe und Nase sah sie an.

Etwas zu dicke Lippen verzogen sich zu einem sparsamen Lächeln. »Wieder da, Miss?«

Shirley wollte sich aufrichten, doch sofort begann sich alles vor ihren Augen zu drehen. Sie spürte, dass sie trotz der Sonnenstrahlen fror. Feucht klebte ihr knapper Tanga am Körper. Die zwei Stoffstücke verbargen nichts von ihren ausgereiften Formen.

Shirley wandte den Kopf. Sie sah einen Rettungswagen. Zwei Männer in weißen Kitteln lehnten daran. Die beiden betrachteten sie ungeniert. Einer stieß hastig den Rauch einer Zigarette durch die Nasenlöcher aus.

Shirley blickte zur Seite. Wieder sah sie die Augen über sich.

»Ich bin Dr. McGrath«, stellte sich der Mann mit dem Schnurrbart vor.

Shirley öffnete den Mund, um etwas zu sagen, doch ihre Kehle war wie zugeschnürt. Ein anderer Mann trat in ihr Blickfeld. Er trug eine Uniform, war demnach Polizeibeamter.

Der Uniformierte wandte sich an den Arzt. »Hat sie irgendwas gesagt?«

»Noch nicht.«

»Na ja, wird schon werden.«

»Helfen Sie mir hoch, Doc, bitte«, flüsterte Shirley. »Außerdem friere ich.«

»Holt mal eine Decke«, fuhr der Arzt die beiden Männer an.

Einer verzog sich, kramte in dem Rettungswagen herum und breitete wenig später eine Decke über Shirleys Körper aus.

Der Arzt und der Polizist halfen Shirley auf die Beine. Sie mussten das Mädchen stützen, denn augenblicklich setzte wieder das Schwindelgefühl ein.

»Was ist denn geschehen?«, fragte der Polizist, während sie zu dem Rettungswagen gingen.

Diese Frage wirkte bei Shirley wie ein Startschuss. Sie ruckte herum, umfasste mit ihren Fingern den Arm des Polizisten.

»Ted, Sie müssen ihn retten! Er ist ertrunken. Er ist …« Shirleys Stimme versagte.

»Nun mal langsam«, sagte der in Ehren ergraute Sergeant, schon seit Jahren Polizeigewaltiger des Ortes. »Was ist genau geschehen?«

»Ted Bulmer, mein Freund, er ist in den See gesprungen. Da, von diesem Ast dort.«

Die Männer wandten unwillkürlich die Köpfe.

»Er sprang in das Wasser und tauchte nicht mehr auf. Bis das Monster plötzlich kam.«

»Das Monster?« Die Frage des Sergeants klang eher lauernd als überrascht. »Was für ein Monster?«

Shirley zitterte wie Espenlaub. »Es sah schrecklich aus. Übergroß, mit Tang und Schlick behangen. Und dann die strähnigen Haare. Es hielt was in den Armen. Ted! Meinen Ted. Er war tot, ertrunken. Ich weiß nicht. Vielleicht auch nicht, ach, es ist alles so schrecklich. Ich bin völlig durcheinander.«

»Weiter, Miss …«

»Adams, Shirley Adams.«

»Schön, Miss Adams. Was geschah dann?«

»Dann bin ich ohnmächtig geworden. Das heißt, nachdem das Monster wieder untergetaucht war.«

Nach diesem Bericht war es für eine Weile still. Der Arzt warf dem Polizeibeamten bedeutsame Blicke zu. Anscheinend wussten die Männer mehr, als sie zugaben.

Shirleys Atem ging schnell. »Ja, so unternehmen Sie doch was! Sie können doch nicht einfach nur herumstehen. Sie müssen den See absuchen. Vielleicht ist Ted irgendwo angeschwemmt worden. Und er lebt noch. Möglich ist doch alles.«

»Beruhigen Sie sich, Miss Adams. Wir werden alles tun, was in unseren Kräften steht. Aber jetzt werden wir Sie erst mal ins Hospital bringen.«

Shirley schüttelte entschieden den Kopf. »Nein, ohne mich. Von einer Ohnmacht stirbt niemand. Ich will dabei sein, wenn die Rettungsarbeiten beginnen.«

»Das ist unmöglich, Miss Adams.«

»Warum nicht?« Shirley sah den Polizisten mit flammendem Blick an.

»Weil – weil – nun, Doc, so sagen Sie doch auch mal etwas«, stotterte der Sergeant.

»Weil es für Sie vielleicht einen Schock geben kann, wenn wir die Leiche Ihres Freundes bergen. Ich will damit nicht gesagt haben, dass er tot ist, aber …«

»Sparen Sie sich die Ausreden, Doc. Eine Leiche habe ich schon öfter in meinem Leben gesehen. Ich bin Krankenschwester und in gewissen Sachen nicht gerade zart besaitet. Ich merke aber genau, Sie verbergen etwas. Ich soll nicht dabei sein, unter keinen Umständen. Was ist der Grund?«

»Es gibt keinen Grund«, sagte der Sergeant scharf. »So, und jetzt ziehen Sie sich an. Wo sind Ihre Sachen?«

»Sie liegen dort hinter dem Baum.«

»Bitte schön.«

Shirley ging los. Sie spürte fast körperlich die Blicke der Männer in ihrem Nacken. Sie dachte an Ted. Seltsamerweise konnte sie nicht weinen, obwohl ihr Ted doch einiges bedeutet hatte. Aber dieser Unfall, der kein Unfall war – nein, hier stimmte was nicht. Hier sollte etwas verborgen werden. Und sie würde es auch herausfinden.

Shirley schlüpfte in Jeans und Pulli. Aus ihrer gebückten Haltung heraus sah sie, dass die Männer in ein angeregtes Gespräch vertieft waren.

Schließlich wandte sich der Sergeant um und kam auf sie zu. »Wir brauchen Ihre genauen Personalien, Miss Adams. Und auch die Pension, in der Sie hier wohnen.«

»Ich wohne in keiner Pension«, sagte das Girl. »Ted und

ich, wir haben gezeltet, am Südufer des Sees. Auf dem großen Campingplatz.«

»Und weshalb sind Sie hier baden gegangen? Dort am Campingplatz gibt es doch ein tadelloses See-Schwimmbad.«

»Das meistens überfüllt ist«, antwortete Shirley lakonisch.

Ihr Blick glitt über den See. Einige Boote kreuzten auf der leicht gekräuselten Wasseroberfläche. Die bunten Segel wirkten wie farbige Tupfer. Der See war schmal, aber sehr lang. Man konnte das gegenüberliegende Ufer gut erkennen. Dort lag Aweshire, der Touristenort. Aweshire war in den letzten Jahren aus dem Boden gestampft worden und heute eine Hochburg des schottischen Touristenverkehrs.

Shirley spürte plötzlich eine Gänsehaut über ihren Rücken laufen. »Sie brauchen mich ja doch nicht mehr«, wandte sie sich an den Sergeant.

»Im Moment nicht, Miss Adams. Aber halten Sie sich weiter zur Verfügung.«

»Ja, natürlich.« Shirley bückte sich und hob Teds Sachen auf.

»Wollen Sie zu Fuß zum Campingplatz laufen?«

»Nein. Unser Wagen steht oben, direkt an dem kleinen Spazierweg.«

»Ist es der knallrote Mini-Cooper?«

»Ja.«

»Dann sehen Sie zu, dass sie wegkommen. Die Streichholzschachtel parkt nämlich verbotswidrig.«

Shirley überhörte das Wort Streichholzschachtel und kletterte den Hang hoch. Wenig später war sie im Wald verschwunden.

Dr. McGrath hatte sich eine Zigarette angezündet. »Was hältst du von der Sache, Tim?«

Tim Riordan, der Sergeant, antwortete mit einer Gegenfrage. »Denkst du das Gleiche wie ich?«

»Wahrscheinlich.«

»Dann rechne mal damit, dass der alte Fluch wahr geworden ist. Ausgerechnet jetzt, wo Aweshire zu einem Touristenzentrum angewachsen ist. Verdammt, verdammt. Aber eins sage ich dir, Doc. Das darf nicht an die große Glocke gehängt werden. Dem Jungen ist nicht zu helfen. Wir werden pro forma eine Rettungsaktion organisieren, mehr auch nicht. Denn wenn erst einmal die Touristen spitzkriegen, was hier geschehen ist, packen sie ihre Koffer, und wir können sehen, wo wir bleiben.«

Dr. McGrath stimmte da völlig mit dem Polizeibeamten überein. »Wenn uns nur das Mädchen keinen Ärger macht«, sagte er. »Das ist eine von den energischen Typen. Hast du dir übrigens die Namen der beiden Spaziergänger aufgeschrieben, die uns alarmiert haben?«

»Ja. Sind aber harmlose Leute. Ein Rentnerehepaar aus London.«

»Dann ist ja alles gut. Wenn du mich brauchst, ich bin in meiner Praxis.«

Der Arzt tippte an eine imaginäre Hutkrempe und stieg mit den beiden Gehilfen in den Rettungswagen.

Sergeant Riordan ging zu seinem Motorrad, das er an einen Baum gelehnt hatte. Während er startete, fluchte er leise vor sich hin. Er sah einigen Ärger auf sich zukommen.

Der Sergeant sollte sich nicht geirrt haben, denn Aweshire war auf dem besten Weg, zu einer Hölle zu werden …

Urplötzlich kam der Schock.

Die Welle der Verzweiflung lief wie ein Stromstoß durch Shirleys Körper. Es war ihr unmöglich, das Lenkrad zu halten und sich zu konzentrieren.

Shirley Adams bremste.

Tränen traten in ihre Augen, und das graue Asphaltband der Straße verschwamm in einem milchigen Schleier.

Shirleys Kopf fiel nach unten. Mit der Stirn knallte sie gegen das Lenkrad. Sie spürte den Aufprall gar nicht.

Ein verzweifeltes Schluchzen schüttelte ihren Körper. Einige ältere Spaziergänger, die vorbeikamen, blickten verwundert in den Wagen und gingen dann kopfschüttelnd weiter. Niemand wollte sich mit den Problemen des anderen belasten.

Nach einer Viertelstunde war der Anfall vorbei. Shirley setzte sich wieder auf. Im Innenspiegel sah sie ihr verquollenes, vom Weinen stark gerötetes Gesicht. Ihre Handtasche stand auf dem Beifahrersitz. Shirley zog ein Taschentuch hervor und putzte sich die Nase.

Mit der Zeit gewann sie wieder an Sicherheit und Selbstvertrauen.

Ted Bulmer war tot. Daran konnte sie nichts mehr ändern. Aber sie konnte seinen Tod rächen, den oder die Mörder fassen. Shirley dachte an das Monster und daran, wie schwer ihre Aufgabe war. Doch das spielte keine Rolle. Irgendwie würde sie es schon schaffen. Der Polizei traute sie nicht viel zu. Die konnten höchstens einen Hühnerdieb schnappen, große Aktivitäten würde der Sergeant sowieso nicht entfalten, allein schon, um den Ruf dieses Erholungsortes nicht zu gefährden. Nein, von der Seite konnte sie keine Hilfe erwarten.

Der Mini-Cooper setzte sich langsam wieder in Bewegung. Shirley wollte nicht zum Campingplatz fahren, sondern in den Ort hinein.

Während der Fahrt rauchte sie eine Zigarette.

Shirley Adams war zweiundzwanzig Jahre alt und mit allen Vorzügen der Natur ausgestattet. Ihr Haar trug sie zur modernen Lockenfrisur gedreht. Ihr Gesicht war rund, und die Nase hatte einen leichten Schwung nach oben, was Shirley ein etwas puppenhaftes Aussehen verlieh. Shirleys Lippen waren voll, und der Mund ein wenig zu klein, fand sie.

Aber niemand konnte sich malen, und die ideale Frau musste erst noch geboren werden.

Shirley Adams drückte die Zigarette aus. Sie war inzwischen um den Campingplatz herumgefahren und näherte sich Aweshire.

Die Straße wurde breiter. Wagen kamen ihr entgegen, und eine Horde Rocker überholte sie mit lautem Getöse. Auch diese Typen gab es hier.

Shirley parkte ihren Mini auf dem Marktplatz direkt neben einer Anschlagsäule.

Als sie ausstieg, fingen einige Typen, die sich um einen kleinen Springbrunnen versammelt hatten, zu pfeifen an.

Shirley kümmerte sich nicht darum. Sie schloss ihren Wagen sorgfältig ab und ging durch die wärmende Nachmittagssonne in Richtung See.

Aweshire bestand praktisch aus zwei Teilen. Einmal das Touristenzentrum und zum anderen die eigentliche Altstadt.

Das Touristenzentrum, bestehend aus Hotels und Geschäften, die zumeist am Ufer des Sees standen, war erst vor einigen Jahren aus dem Boden gestampft worden. Vorher galt Aweshire praktisch als das Ende der Welt.

Jenseits der Uferpromenade standen die Verkaufspavillons. Es waren Läden, in denen man alles kaufen konnte, zu erhöhten Preisen, versteht sich. Da der See von Bergen umgeben war, waren die Hotels und Pensionen am Hang gebaut worden. Mit Blick auf den Loch Awe. Man sagt den Schotten zwar nach, dass sie geizig sind, aber die Hoteliers geizten hier wirklich nicht mit ihren Preisen.

Die Altstadt war noch so ursprünglich wie vor Hunderten von Jahren. Hier schien das Leben manchmal stillzustehen. Selbst die vielen Touristen hatten kein Interesse, durch die engen Gassen zu schlendern. Außerdem gab es kaum Kneipen. Selbstverständlich dehnten sich die Hotels immer mehr aus, aber bisher hatten es die Einwohner verstanden, den Rummel von sich fernzuhalten.

Shirley stieg die große Treppe hinunter, die zur Promenade führte.

Spaziergänger bevölkerten die breite Allee. Hohe Bäume warfen Schatten. Alle Bänke waren besetzt. Es war ein friedliches Urlaubsbild, wie es die Prospekte immer versprachen.

Mit schnellen Schritten näherte sich Shirley Adams der Pavillonkette. Dir Ziel war ein Geschäft, das ganz am Ende der Promenade lag, dicht neben dem kleinen Hafen, in dem die Segel- und Motorboote dümpelten.

Die großen Panoramascheiben blitzten im Sonnenlicht, als Shirley vor dem Schaufenster stehen blieb. Allerlei Sportartikel waren ausgestellt. Vor allen Dingen aber Geräte, die dem Wassersport dienten.

Shirley betrat das Geschäft.

Sie war nicht die einzige Kundin, und so musste sie einige Zeit warten und hatte Zeit, sich die Gegenstände genau anzusehen.

Taucherausrüstungen interessierten sie.

Shirley hatte mal einen Tauchkurs mitgemacht und auch mit Erfolg bestanden. Deshalb war dieses Gebiet kein Neuland für sie.

»Kann ich Ihnen helfen, Miss?«, fragte eine ölige Stimme hinter ihrem Rücken.

Shirley wandte den Kopf und sah sich einem verschwitzten Verkäufer gegenüber.

»Ja«, sagte sie, »ich möchte gern eine Taucherausrüstung kaufen.«

»Oh, da kann ich Ihnen einiges zeigen. Bitte folgen Sie mir.«

Sie gingen in den Keller, und nach einer halben Stunde hatte Shirley alles, was sie brauchte. Sogar vier Sauerstoffflaschen.

Shirley bezahlte mit einem Scheck.

Man hatte ihr die Ausrüstung so gut es ging eingepackt. Trotzdem war es doch eine unbequeme Schlepperei für das Mädchen. Aber sie hatte ja nicht weit zu gehen. Bis nebenan zu dem Bootsverleiher.

Der Verleiher war ein mickriges Männchen mit einer Nickelbrille. Er wollte Shirley natürlich ein teures Boot andrehen, doch sie entschied sich für ein Schlauchboot mit Außenbordmotor.

Das Mädchen bezahlte die Leihgebühr und ging mit dem Vermieter zur Anlegestelle.

Das Boot war ein gelbes Etwas, was auf den Wellen hin und her schwang.

Der Vermieter probierte den Motor aus. Er lief.

Shirley bedankte sich und packte ihre Sachen in das Boot.

Dann knatterte sie los. Das kleine Boot ließ sich gut lenken, und Shirley war sehr zufrieden.

Sie fuhr bis an eine einsame Stelle des Sees und wartete den Anbruch der Dämmerung ab. Sie wollte dann tauchen, wenn kein Betrieb mehr auf dem See war. Sehen konnte sie auch in der Dunkelheit, dafür hatte sie sich einen Scheinwerfer mitgenommen.

Doch Shirley stellte sich alles zu einfach vor, denn die Mächte der Finsternis streckten schon ihre Fühler nach der jungen Frau aus …

Sergeant Riordan schloss hastig die Haustür hinter sich ab. Mit langen Schritten hetzte er die Holztreppe hoch und verschwand in seinem Schlafzimmer.

Er war nass geschwitzt. Das Hemd klebte ihm nur so an seinem Körper. Auch die Uniformjacke wies dunkle Schwitzflecken auf. Riordan zog beides aus.

Sein Blick fiel in den Spiegel. Ein faltiges, von der Sonne gerötetes Gesicht starrte ihn an. Immer mehr wurde dem Beamten bewusst, dass er die fünfzig schon überschritten hatte. Längst waren seine rötlich blonden Haare weißgrau geworden, und mit den Jahren hatte er Speck angesetzt. Sergeant Riordan war nie verheiratet gewesen und hatte auch jetzt kein Interesse mehr daran. Außerdem war er keine Schönheit. Sein Gesicht wirkte ziemlich brutal, und die dicke knorpelige Nase war nach zweimaligem Bruch nicht mehr richtig zusammengewachsen.

Riordan ließ sich auf das Bett fallen. In seiner Jacke suchte er nach Zigaretten, fand aber keine.

Der Beamte knurrte wütend und zog die Nachttischschublade auf. Das Reservepäckchen lag neben einem dicken Bündel Geldscheinen.

Beim Anblick der Scheine leuchteten Riordans Augen auf. Schlagartig fiel ihm der Mann ein, den er jetzt eigentlich anrufen musste.

Sergeant Riordan griff zum Telefon. Die Nummer kannte er auswendig.

»Ja?«, fragte nach einigen Sekunden eine metallene Männerstimme.

»Ich bin es, Riordan. Hat alles geklappt?«

Der Sergeant wand sich. »Ja und nein.«

»Was heißt das?«

»Der junge Mann ist verschwunden. Das Monster hat jedoch übersehen, dass es einen Zeugen gegeben hat. Die Freundin des Jungen. Sie ist ziemlich wütend.«

Für einen Augenblick war der Mann auf der anderen Seite still. Doch dann begann er zu fluchen, und Riordan trat ein noch dickerer Schweißfilm auf die Stirn.

Schließlich sagte der Mann: »Das Mädchen muss weg. Verstehen Sie?«

Riordan nickte, obwohl er seinen Gesprächspartner nicht sehen konnte.

»Hören Sie mir überhaupt noch zu, Riordan?«

»Ja, ja, natürlich.«

»Machen Sie nur keinen Mist. Sie dürfen die Sache nicht gefährden. Das Monster und ich würden uns furchtbar rächen. Ich habe bewusst diesen Ort ausgesucht, und Sie sind einer der wenigen, die nicht sterben werden. Alle anderen sind dem Tod geweiht. Sieben Opfer braucht das Monster. Das wievielte war es jetzt?«

»Das fünfte.«

»Gut, dann sind es ja nur noch zwei!« Der Mann lachte. »Ist auch niemandem etwas aufgefallen?«

»Bis jetzt nicht. Es lagen ja immerhin einige Wochen dazwischen. Und deshalb meine ich, sollte man mit dem nächsten Opfer warten.«

»Nein, Riordan!«, erklang die metallische Stimme. »Ich will nicht länger warten. Die Menschheit soll endlich von mir erfahren. Das nächste Opfer wird das Mädchen sein.«

»Ja, ganz wie Sie wünschen«, sagte Riordan. »Aber da ist noch etwas.«

»Reden Sie.«

»Wir müssen heute Abend eine Rettungsaktion durchführen. Das heißt, Rettungsaktion ist der falsche Ausdruck. Ich habe dem Mädchen versprochen, nach der Leiche ihres Freundes suchen zu lassen. Leider unter Zeugen, und deshalb muss ich so tun, als ob.«

»Sie machen aber auch in letzter Zeit nur Mist«, knurrte der Mann. »Können Sie das nicht abwimmeln?«

»Ich will es versuchen.«

»Oder nein, lassen Sie nur. Außerdem ist es nachts sowieso Unsinn, nach einer Leiche zu suchen. Dann ist es dunkel.«

»Ich weiß, aber am Tage kriege ich die Mannschaft nicht zusammen. Das habe ich dem Mädchen zu verstehen gegeben.«

Der Mann am anderen Ende der Leitung schwieg einige Sekunden. Dann hörte Riordan wieder seine Stimme. Und diesmal klang sie sanft. Tödlich sanft.

»Riordan, Sie machen mir in der letzten Zeit zu viele Fehler. Passen Sie nur auf, dass Sie nicht das siebte Opfer werden. Und blasen Sie diese dämliche Rettungsaktion ab. Ich will das Mädchen! Nur sie.«

»Ja«, krächzte Riordan.

Er wollte noch etwas sagen, doch sein Gesprächspartner hatte aufgelegt.

Sergeant Riordan ließ sich auf sein Bett sinken. Jetzt zündete er sich die Zigarette an. Er befand sich in einem Teufelskreis. Aus purer Neugierde hatte er sich mit einem Mann eingelassen, der einen grauenhaften, uralten Fluch Wirklichkeit werden lassen wollte. Und Riordan hatte sich einfangen lassen, seine Ehre verkauft.

Nervös sog er an seiner Zigarette. Einmal nur hatte er den Mann gesehen. Aber das war in einem Raum gewesen, in dem nur ein Teil erhellt gewesen war. Eben der, wo er gestanden hatte. Der Unbekannte jedoch hatte sich im Dunkeln gehalten. Und bei diesem Unbekannten liefen alle Fäden zusammen. Ein

Mann, den niemand kannte und der doch der größte Feind der Menschheit war.

Denn es war kein Geringerer als Doktor Tod!

Doktor Tod! Eine Person, die alles hasste, was menschlich war.

Nach seiner letzten Niederlage in Tonbridge in Südengland hatte er zu einem neuen Schlag ausgeholt. Hier oben in Schottland hatte er einen idealen Nährboden für seine Verbrechen gefunden.

Wieder war ihm Asmodis, der Höllenfürst, zu Hilfe gekommen. Er hatte ihn in diese Gegend geschickt. Und überall gab es Menschen, die mit dem Satan paktierten und die für Geld alles taten.

Wie zum Beispiel Sergeant Riordan, von dessen Doppelspiel niemand etwas ahnte.

Der größte Feind dieses unheimlichen Verbrechers war Inspektor John Sinclair von Scotland Yard. Doch noch wusste dieser Sinclair nicht, dass Doktor Tod wieder aufgetaucht war. Wenn er es merkte, war es zu spät, dann hatte die Hölle schon triumphiert. Noch einmal würde der Inspektor nicht gewinnen.

Doktor Tod wusste, dass in den Tiefen des Loch Awe seit Jahrtausenden ein finsterer Dämon schlummerte. Er hatte ihn geweckt und dafür gesorgt, dass er auch seine Opfer bekam.

Menschenopfer!

Sieben sollten es insgesamt sein. Nach dem siebenten Opfer würde der grausame Dämon den Fluten entsteigen und vereint mit Doktor Tod eine Schreckensherrschaft beginnen.

Doktor Tod lächelte, als er daran dachte. Noch fehlten zwei Menschen. Aber das würde sich bald ändern. Zum Glück war auf Tim Riordan Verlass. Wenn dieser Mann Geld sah, dann tat er alles.

Riordan war nicht der einzige Helfer in Aweshire, den Doktor Tod hatte. Es gab noch eine Reihe von Menschen, die geschworen hatten, ihm zu dienen.

Doktor Tod selbst wohnte in einem verlassenen Haus in der Nähe des Sees. Er hatte das Haus vor einigen Wochen erworben und etwas umgebaut. Außerdem war es mit den modernsten Sicherheitsanlagen versehen worden.

Eigentlich konnte ihm nichts passieren. Er musste nur noch etwas Geduld haben …

Es schellte.

Tim Riordan fuhr erschrocken hoch. Er war auf dem Bett sitzend eingenickt und hatte schrecklich geträumt.

Wieder ging die Klingel.

Riordan stand auf und warf einen Blick durch das Fenster. Die Sonne stand schon tief am Horizont, demnach musste es früher Abend sein.

Er ging zur Tür. Auf der Treppe fühlte er, wie ihm leicht schwindlig wurde.

Das ist der Kreislauf, dachte er und räusperte sich, um den schlechten Geschmack aus dem Mund zu kriegen.

Als er unten im Flur war, klingelte es zum dritten Mal.

»Ja, ja, ich bin schon da«, knurrte Riordan und schloss die Tür auf.

Auf den Treppenstufen stand Dr. McGrath.

»Nanu, was willst du denn hier?«, wunderte sich der Polizeibeamte und gab gleichzeitig die Tür frei.

McGrath stampfte an ihm vorbei. »Ich dachte, die Rettungsaktion würde beginnen.«

Riordan schloss die Tür. »Ach, ich habe es mir einfach anders überlegt. Es hat doch keinen Zweck. Der Mann ist tot und damit fertig.«

Dr. McGrath war überrascht stehen geblieben. »Hast du tatsächlich gesagt, du willst alles abblasen?«, fragte er.

Riordan lachte. »Was heißt abblasen? Ich habe noch gar nichts unternommen. Aber ehe du dich aufregst, komm rein, und wir bereden alles in Ruhe.«

»Meinetwegen.«

McGrath ging vor. Er wusste, wo Riordans Wohnzimmer lag, das gleichzeitig auch Arbeitsraum war. Das Zimmer wirkte wie immer bedrückend auf den Mediziner. Die alten dunklen Möbel, die verstaubten Tapeten, der muffige Geruch – all das trug dazu bei, sich hier nicht gerade wohlzufühlen.

»Willst du was trinken?«

»Nein, danke«, sagte McGrath und ließ sich in einen Sessel fallen. Die Sprungfedern ächzten.

Während Riordan sich einen Whisky einschenkte, gönnte sich der Arzt eine Zigarre. Schon bald schwebten graublaue Rauchschwaden durch den Raum.

»Was ist eigentlich mit dir los, Tim?«, fragte McGrath.

»Wieso? Was soll mit mir los sein? Ich verstehe dich nicht.«

»Nun – du bist zum Beispiel nicht in deinem Büro gewesen. Verschluderst die Dienstzeit, das alles passt eigentlich nicht zu dir. Mir ist aufgefallen, dass du seit einiger Zeit deinen Dienst vernachlässigst. Und zwar auf die übelste Weise. Denk an die fünf Vermissten oder Toten. Man hat nie eine Spur von ihnen gefunden. Das ist doch seltsam. Normalerweise treibt eine Leiche nach gewisser Zeit an die Oberfläche.«

»Du vergisst das Monster«, warf Riordan ein.

»Nein.« Der Arzt stäubte seine Asche ab. »Ich habe es nicht vergessen. Ich kenne auch den Fluch und glaube im Gegensatz zu vielen anderen an gewisse überirdische Dinge, aber hier kommt es mir so vor, als wäre das Auftauchen des Monsters gesteuert. Und zwar sehr bewusst. Dabei richtet sich mein Verdacht auch gegen dich, Tim. Nach deinem Benehmen in der letzten Zeit muss ich darauf schließen.«

Der Polizist hatte die Vorwürfe überraschend ruhig aufgenommen. Er sagte nur: »Was wirfst du mir konkret vor, Doc?«

Der Arzt beugte sich über den Tisch, der zwischen den beiden Männern stand. »Ich habe das Gefühl, Tim, dass du auf der falschen Seite stehst.«

In diesem Moment wurde Riordan klar, dass der Arzt mehr wusste, als er bisher gesagt hatte. Dass er zu einer Gefahr geworden war. Und darum musste er sterben.

Heute noch!

»Was ist?«, drang McGraths Stimme in Riordans Gedanken. »Was sagst du zu den Vorwürfen, die ich dir gemacht habe? Ich bin hier, um mit dir alles zu besprechen.«

Sergeant Riordan wandte dem Arzt das Gesicht zu. Er wunderte sich selbst, wie ruhig er in diesen Augenblicken blieb. »Es gibt wirklich ein Geheimnis, Doc«, sagte er leise. »Ich werde es dir sagen. Komm mit hoch in mein Schlafzimmer.«

»Gut.« Dr. McGrath stand auf.

Riordan triumphierte innerlich. Dieser ahnungslose Wicht folgte ihm tatsächlich.

Und in der Nachttischschublade lag sein Messer!

Die Männer gingen die Treppe hoch. Sie sprachen kein Wort, denn zwischen ihnen schien auf einmal eine Wand zu bestehen.

»Setz dich«, sagte Riordan oben im Schlafzimmer und deutete auf einen Stuhl.

Nichts ahnend nahm der Arzt Platz. »So, nun mal raus mit der Sprache, Tim.«

»Moment, Doc, Moment.«

Riordan trat an den kleinen Nachttisch. Er schwitzte plötzlich. Nimm dich zusammen, schrie es in ihm. Ein Stoß mit dem Messer, und er ist nicht mehr.

Riordan zog die Schublade auf. Das feststehende Messer sprang ihm förmlich ins Auge. Es hatte eine schmale, höllisch spitze Klinge. Der Griff war geriffelt und ließ sich gut fassen.

Riordans Finger umklammerten das Messer. Dann riss er die Hand mit einem Ruck aus der Schublade hervor und wirbelte gleichzeitig herum.

Dr. McGrath saß bewegungslos auf seinem Stuhl. Er begriff noch nicht, was Tim Riordan von ihm wollte.

Und als er es merkte, war es zu spät. Da stand der Polizist schon dicht vor ihm, und die Klinge zeigte auf die Brust des Arztes.

»Ja!«, zischte Riordan. »Dein Verdacht war richtig. Hier geht einiges nicht mit rechten Dingen zu. Und ich mische in diesem

Spiel gehörig mit. Verstehst du? Aber du weißt zu viel, und deshalb musst du sterben.«

Jetzt erst kam McGrath richtig zu Bewusstsein, dass dieser Mann seinen Tod wollte. Tim Riordan, den er für einen Freund gehalten hatte.

Das durfte nicht wahr sein.

»Aber, Tim«, keuchte der Arzt, »komm doch zu dir. Du bist ja verrückt. Du bist ja nicht mehr Herr deiner Sinne.«

Da packte Riordan zu. Sein linker Arm schoss vor, die Faust traf McGraths Gesicht.

Der Arzt kippte vom Stuhl und fiel zu Boden.

Breitbeinig stand Riordan vor ihm. Sein Gesicht hatte sich zu einer Grimasse verzogen.

»Ich werde dich töten!« Leidenschaftslos klang seine Stimme. »Und anschließend deine Leiche dem Monster vorwerfen. Dann braucht es nur noch ein Opfer, um wieder zurückkehren zu können. Und das wird das Mädchen sein.«

»Mensch, Tim, hör auf!«, keuchte McGrath. »Lass uns doch reden, Tim. Lass uns ...«

»Nein!«

Wie ein Pistolenschuss hallte das Wort durch den Raum. Und McGrath sah ein, dass er keine Chance mehr hatte, wenn er sich nicht wehrte.

Noch fühlte sich Riordan sicher.

McGrath war nie in seinem Leben ein Kämpfer gewesen, aber jetzt erwachte der Lebenswille in ihm.

Urplötzlich warf er sich gegen Riordans Beine. Der Sergeant fluchte und verlor das Gleichgewicht. Wild ruderte er mit den Armen. McGrath sprang auf, wollte in Richtung Tür rennen.

Auf halbem Weg traf ihn Riordans Faustschlag. Der Arzt wurde zurückgeschmettert und fiel aufs Bett. Blut schoss aus seiner getroffenen Nase.

Mit einem siegessicheren Schrei sprang Riordan vor. Das Messer hielt er in der rechten Hand. Mit aller Macht ließ er es auf McGrath heruntersausen.

Der Arzt bäumte sich auf.

Ein brennender Schmerz schien seine Brust zerreißen zu wollen. Die Wände, die Decke – alles verschwamm vor seinen Augen, löste sich in einem blutigen Nebel auf.

McGrath röchelte. Mit letzter Kraft riss er sich noch einmal zusammen und öffnete die Augen.

Keuchend stand Riordan vor ihm.

»Du – du – hast dich verrechnet, Tim. Ich habe schon längst einen Brief nach Scotland Yard geschrieben und die Polizei auf die Vorfälle hier aufmerksam gemacht. Sie – sie – werden bestimmt jemanden schicken. Und dann bist du – ahh …«

Der Körper des Schwerverletzten bäumte sich noch einmal auf. Einen Lidschlag später war Dr. McGrath tot. Seine glasigen Augen starrten gegen die fleckige Zimmerdecke.

Einige Sekunden blieb Riordan keuchend stehen. Die letzten Worte des Toten brannten in seinem Hirn. Scotland Yard wusste Bescheid. Vielleicht waren die Schnüffler sogar schon hier im Ort. Nein, dann wären sie bestimmt zu ihm gekommen.

Riordan überlegte fieberhaft. Er dachte auch daran, Doktor Tod zu benachrichtigen. Doch dann verwarf er den Gedanken wieder. Noch bestand keine akute Gefahr.

Zuerst musste die Leiche des Arztes einmal weggeschafft werden. Es würde nicht schwierig sein, in der Dunkelheit ungesehen an den See zu gelangen und sie dort ins Wasser zu werfen. Hoffentlich nahm das Monster das Opfer an.

Riordan holte eine alte Decke und wickelte den Toten darin ein. Die Leiche verstaute er im Kofferraum seines Wagens.

Anschließend verwischte er in seiner Wohnung die Spuren.

Langsam kehrte die alte Sicherheit wieder zurück. Eigentlich hatte er sich den ersten Mord schwerer vorgestellt. Und wenn alles gut lief, bekam er heute noch das Mädchen zwischen die Finger. Denn diese Shirley Adams konnte ihm als Einzige noch gefährlich werden …

Wie Riesenfinger krochen die langen Schatten der Dämmerung in das Tal. Schlagartig wurde es kühler. Die Sonne leuchtete nur noch als kleiner Zipfel über den Bergen.

Auch die Oberfläche des Sees änderte ihre Farbe. Sonst bleigrau oder silbrig hell, wurde sie jetzt dunkel, fast schwarz. Nur die glitzernden Schaumkronen der Wellen leuchteten dann und wann wie funkelnde Kristalle auf.

Längst hatten die Segel- und Motorboote die beiden am See liegenden Häfen angelaufen. Ein leichter Wind war aufgekommen und strich säuselnd über die Oberfläche des Loch Awe.

In der kleinen Bucht war es still. Unzählige Mücken hatten sich zu Schwärmen vereinigt und flirrten zwischen den Büschen.

Shirley Adams hielt die Zeit für gekommen. Sie hatte bereits ihren Taucheranzug übergestreift, die Schwimmflossen angelegt und auch die beiden Sauerstoffflaschen umgeschnallt. Das Schlauchboot dümpelte auf den Wellen, die in einem immerwährenden Rhythmus klatschend gegen das Ufer geworfen wurden. Shirley hatte das Boot an einem Baumstamm befestigt. Die Leine war zum Glück lang genug gewesen.

Sie rauchte noch eine letzte Zigarette. Eigentlich war es ja Unsinn, aber sie musste ihre Nervosität irgendwie unter Kontrolle kriegen.

Vergeblich hatte sie bisher auf die offiziellen Rettungsarbeiten gehofft. Aber das hatte Shirley irgendwie vorausgesehen, denn die Worte des Polizisten hatten nicht gerade überzeugend geklungen.

Shirley rauchte in der hohlen Hand. Der Glutpunkt einer Zigarette war oft Hunderte von Metern weit zu sehen, und das war nicht gerade in Shirleys Sinn.

Nach einigen Minuten schnippte sie die Zigarette ins Wasser, wo die Glut zischend erlosch.

Dann löste Shirley die Leine und tappte ungelenk wegen ihrer Schwimmflossen zu dem kleinen Schlauchboot hin.

Das Boot schaukelte bedrohlich, als Shirley einstieg, sodass sie Mühe hatte, ihr Gleichgewicht zu bewahren. Doch alles ging gut.

Shirley zog die Antriebsleine des Außenborders. Es klappte nach dem zweiten Zug.

Überlaut kam Shirley das Tuckern des Motors vor. Sie hatte das Gefühl, jeder könne sie hören.

Sicherheitshalber hatte sie noch ein Paddel mitgenommen. Es war am Innenwulst des Schlauchbootes befestigt.

Das Boot nahm Fahrt auf. Shirley saß hinten, wo sie steuern konnte.

Überraschend schnell stieß sie in die weite Fläche des Sees vor. Das Boot hoppelte über Wellenkämme, und Gischt spritzte auf.

Shirley sah die Berghänge mit der Dunkelheit verschmelzen und spürte den kühlen Wind, der ihr Gesicht streifte. Die Luft wurde mit einmal feucht und kühl, und es bildete sich Sommernebel.

Es ging alles so rasch, dass sich Shirley im Nu von einer Nebelwand umschlossen sah.

Jetzt konnte sie sich nicht mehr orientieren. Mit Nebel hatte sie nicht gerechnet.

Shirley stellte den Motor ab. Noch ein letztes Tuckern, und dann war es still.

Unheimlich still.

Nicht einmal das Springen der Fische war zu hören. Der Nebel schluckte jedes Geräusch.

Und er wurde noch dichter.

Shirley kam sich plötzlich wie in Watte eingepackt vor. Was sollte sie jetzt machen? Wieder zurück ans Ufer fahren? Das käme einer Aufgabe gleich.

Nein! Shirley schüttelte entschieden den Kopf. Sie würde tauchen und versuchen, dem Geheimnis auf die Spur zu kommen. Das war sie Ted Bulmer schuldig.

Shirley zog die Taucherbrille über die Augen, blies noch einmal durch das Mundstück und steckte es richtig in den Mund. Dann rollte sie sich über die wulstige Wand des Bootes.

Das Wasser war noch warm. Shirley spürte es an ihrem Gesicht, das nur zum Teil bedeckt war.

Den Unterwasserscheinwerfer hatte sie sich um den Hals gehängt. Eine Batterie sorgte dafür, dass sie maximal zwei Stunden Licht hatte. Und in dieser Zeit wollte sie es geschafft haben. Nur flüchtig dachte sie daran, dass sie keine Waffe mitgenommen hatte. Nicht einmal ein Messer.

Shirley Adams glitt tiefer, Fische glotzten sie stumm aus großen Augen an. Tang und Algen schwammen vorbei. Das Licht des Scheinwerfers verlor sich in der dunklen Tiefe.

Shirley wollte nicht zu weit vom Boot wegschwimmen, denn es würde hinterher schwierig sein, es bei diesem Nebel zu finden.

Das Mädchen hatte sich vorher über die Tiefe des Sees erkundigt. Es war zum Glück nicht so, dass sie einen Druckanzug gebraucht hätte.

Und sie hatte auch von der Stadt gehört, die vor Hunderten von Jahren in den Fluten versunken war. Überreste sollte es noch geben, davon hatten viele Taucher erzählt.

Natürlich war dieser See nicht so populär wie Loch Ness, in dem ja bekanntlich ein Ungeheuer hausen sollte, das mittlerweile zu einer Touristenattraktion geworden war. Aber wenn das stimmte, was Shirley gesehen hatte, war Loch Awe wesentlich gefährlicher.

Immer tiefer tauchte die mutige Frau. Längst war das Wasser tintenschwarz, und selbst der starke Lichtstrahl hatte Mühe, die Umgebung einigermaßen zu erhellen.

Die Stille war bedrückend. Shirleys Atem ging ruhig und regelmäßig. Sie beherrschte die Technik, hatte nichts verlernt.

Und dann sah sie den Grund.

Der Lichtschein war auf einen Hügel gefallen, der aus Schlick und Sand bestand.

Shirley schwamm näher. Fische zuckten aus dem Lichtkreis. Manche verharrten auch und glotzten neugierig auf den Ankömmling.

Shirley stoppte und wühlte mit beiden Händen in dem Sand,

der zu dichten Wolken aufquoll. Das Wasser wurde noch trüber.

Langsam drang auch die Kälte durch den Anzug. Shirley fröstelte.

Plötzlich ertasteten ihre Hände etwas Hartes. Sie wühlte weiter und hatte nach kurzer Zeit ein Stück Mauer freigelegt.

Gehörte sie zu der versunkenen Stadt?

Jagdfieber erfasste das Girl.

Mit ruhigen Bewegungen schwamm sie um den Hügel herum, der auf der Rückseite steil abfiel.

Shirley schwamm in die Tiefe, die dunkel und gefährlich vor ihr lag.

Da geschah es!

Wie aus dem Nichts war plötzlich der Sog da, erfasste Shirleys Körper und zog das Mädchen in die Tiefe.

Shirley stemmte sich verzweifelt dagegen an. Ohne Erfolg. Wie ein Spielball wurde sie hin und her geworfen und unaufhaltsam in die gähnende Tiefe gezogen.

In ihren Ohren rauschte es. Einem eisernen Ring gleich legte sich der Druck auf ihren Schädel.

Das ist das Ende!, dachte Shirley.

Auf einmal war alles vorbei. So schnell, wie sie gekommen war, war die Strömung auch wieder verschwunden. Automatisch machte Shirley einige Schwimmbewegungen.

Ihre Lampe brannte noch.

Shirley drehte sich im Kreis – und zuckte vor Überraschung zusammen.

Sie befand sich in der versunkenen Stadt, mitten zwischen den Ruinen.

Sie sah Häuser, die zum Teil sogar noch erhalten waren. Eine dicke gelbgrüne Algenschicht lag über den Mauern. Die Türen und Fensteröffnungen gähnten dem Mädchen entgegen.

Shirley schwamm langsam weiter, hielt genau auf eines der Häuser zu.

Sekunden später tauchte sie in die Türöffnung ein.

Die Atmosphäre war bedrückend. Shirley durchschwamm

die einzelnen Zimmer und dachte mit Schaudern daran, dass sie hier eventuell noch Tote finden würde.

Das war nicht der Fall.

Dafür entdeckte sie noch allerlei Gegenstände, die die Menschen damals hatten liegen gelassen, bevor die große Flut gekommen war.

Zum Teil waren die Mauern auch zerstört. Balken und Bretter lagen sperrig herum.

Shirley drehte sich. Sie wollte durch eines der Fenster hinausschwimmen.

Im selben Augenblick verhielt sie mitten in der Bewegung.

Draußen war ein Schatten am Fenster vorbeigehuscht.

Angst stieg in Shirley hoch. War sie hier unten doch nicht allein?

Ihr Herz klopfte schneller.

Shirley nahm allen Mut zusammen und schwamm auf das Fenster zu.

Es war nichts zu sehen.

War wohl eine Täuschung, dachte das Mädchen und wandte sich wieder um. Sie fühlte selbst, dass ihre Nerven nicht mehr die besten waren, und wollte so schnell wie möglich wieder an die Oberfläche.

Nur mit den Beinen bewegte sie sich vorwärts. Schon tauchte das Türrechteck im Licht des Scheinwerfers auf. Es kam Shirley vor wie der Eingang zu einer unbekannten Höhle.

Shirley schwamm durch die Tür. Mit der linken Hand fasste sie nach dem Scheinwerfer an ihrer Brust, ließ den Lichtstrahl wandern – und ...

Das nackte Entsetzen sprang Shirley Adams an.

Vor ihr schwebten fünf Leichen!

Der schnittige Bug des kleinen Motorbootes durchstieß die Nebelwand.

Dieses Wetter kam Sergeant Riordan gerade recht. Niemand würde sehen, wenn er sein grausiges Werk vollendete.

Riordan hielt das kleine Steuer mit beiden Händen fest umklammert. Auf seinem Gesicht lag ein entschlossener Zug. Dieser Mann hatte sich voll und ganz in die Dienste eines Satans gestellt.

Die Leiche des Arztes lag wohl verpackt auf der kleinen Sitzbank. Riordan hatte sie zusätzlich mit Steinen beschwert, damit auch ja nichts schiefging.

Dicht wie Watte schwebte der Nebel über dem See. Nur das Geräusch des Motors war zu hören. Niemand befand sich in Riordans Nähe, der ihn hätte beobachten können.

Der Sergeant kannte den See wie seine Westentasche. Er wusste genau, an welche Stelle er zu fahren hatte.

Nach weiteren fünf Minuten hatte er es geschafft. Hier war der See am tiefsten.

Der Polizist stellte den Motor ab. Noch von der eigenen Fahrt getrieben, schwamm das Boot ein kleines Stück weiter und kam dann zum Stillstand.

Wellen schwappten gegen die Bordwand.

Riordan wandte sich um und ging die zwei Schritte zu der Sitzbank.

Er hatte die Leiche zusätzlich mit den Steinen in einen Sack gesteckt. Der Sack war aus Jute und mehr als haltbar. Beobachtet hatte ihn niemand, und das war gut so. Schließlich genoss Riordan in Aweshire einen besonderen Ruf.

Er lächelte zynisch, als er daran dachte, und packte dann den Sack mit beiden Händen.

Teufel, war das Ding schwer.

Riordan fluchte leise vor sich hin. Er hatte genau fünf Pflastersteine mit hineingetan, und es war nicht gerade leicht, bei dem schwankenden Boot, den Sack über die Bordwand zu hieven.

Doch dann hatte er es geschafft.

Mit einem klatschenden Geräusch berührte der Sack die Wasseroberfläche und versank in der Tiefe.

Riordan blickte ihm einige Sekunden nach.

»Das sechste Opfer«, flüsterte er. Dann wandte er sich ab.

Trotz der kühlen Temperatur lag ein fester Schweißfilm auf seiner Stirn. Die Arbeit hatte ihn ganz schön angestrengt.

Riordan gönnte sich eine Zigarette und nahm einen Schluck Whisky aus der Taschenflasche.

Das scharfe Getränk wärmte ihn bis in die Zehenspitzen.

Riordan wischte sich über den Mund. Dieser verdammte Brief machte ihm doch mehr Sorgen, als er zugeben wollte. Aber vielleicht hatte der Arzt nur geblufft?

Doch Riordan verwarf diesen Gedanken wieder. Nein, McGrath hatte es ernst gemeint. Sicher würde bald jemand vom Yard antanzen und in Aweshire herumschnüffeln. Und sicher war auch, dass der Mann zu ihm kommen würde. Er würde ihm schon die richtige Antwort geben.

Riordan schnippte die Zigarette ins Wasser. Er blickte auf seine Uhr.

Noch eine Stunde bis Mitternacht. Es wurde Zeit, dass er wieder nach Hause kam.

Der Sergeant drückte den Starter. Der Motor blubberte kurz auf und kam dann aber.

Wenig später kurvte Riordan wieder auf dem See herum.

Der Nebel war nicht mehr dichter geworden. Riordan hatte auch kein Licht gesetzt, denn um diese Zeit hatte hier sowieso niemand was zu suchen.

Mit zusammengekniffenen Augen starrte Riordan in die dicken Nebelschwaden.

Plötzlich stutzte er.

Ein gelber Fleck schimmerte auf der Wasserfläche.

Riordan nahm das Gas zurück.

Der Fleck kam näher.

Sergeant Riordan fuhr einen Bogen, stellte den Motor ab und trieb jetzt dem Fleck entgegen.

Der Fluch, den Riordan ausstieß, war nicht gerade salonfähig. Was er insgeheim befürchtet hatte, war eingetreten.

Dieser gelbe Fleck war nichts anderes als ein Schlauchboot.

Aber wo war der Besitzer? Und vor allen Dingen: Wer trieb sich um diese Zeit auf dem See herum? Kein normaler Mensch.

Es sei denn, er hätte etwas zu verbergen oder wollte etwas herausfinden.

Sergeant Riordan kannte nur eine, die dafür infrage kam.

Shirley Adams!

Bei dem Gedanken an das Mädchen grinste Riordan wölfisch. Der Zufall hatte ihm das siebte Opfer in die Hand gespielt. Eigentlich brauchte er nur zu warten, bis die Kleine auftauchte, und dann …

Riordan tastete nach seinem Messer, das er sicherheitshalber mitgenommen hatte.

Ein Stoß würde reichen, dann war der Weg frei.

Er hieß John Sinclair, war Inspektor bei Scotland Yard, und wurde von seinen Kollegen scherzhaft Geisterjäger genannt.

Diesen Spitznamen hatte er sich in unzähligen Kämpfen mit den Mächten der Finsternis redlich verdient. Was dieser Mann schon erlebt hatte, ging über die Grenzen des Fassbaren.

Dass der Brief des Arztes kein Bluff gewesen war, wie Sergeant Riordan hoffte, bewies die Tatsache, dass das Schreiben momentan bei John Sinclair auf dem Schreibtisch lag.

Der Inspektor hatte es schon ein paarmal gelesen und sich seine Gedanken gemacht.

Aus dem Brief ging hervor, dass es in Aweshire, einem Touristenort in Schottland, nicht geheuer war. Menschen waren auf rätselhafte Weise verschwunden. Der Arzt schrieb von einem Seedämon, der in den Tiefen des Loch Awe lauern sollte.

Für John Sinclair war dieser Brief kein Hirngespinst wie für manch andere. Zu viel hatte er schon erlebt. Schon nach einer Viertelstunde lag der Fall klar. Er würde hinfahren.

Inspektor Sinclair griff zum Telefonhörer und ließ sich mit seinem Chef, Superintendent Powell, verbinden. Wenige Minuten später saß er ihm in dessen Büro gegenüber.

Powell war mit John Sinclairs Einsatz sofort einverstanden und gab ihm die Order, noch heute zu fahren.

John hatte eigentlich vorgehabt, einige ruhige Tage zu verleben, denn sein bester Freund, Bill Conolly, war mit seiner Frau von einer mehrmonatigen Reise aus Süd- und Mittelamerika zurückgekehrt.

Mit Bill Conolly hatte John schon manchen Strauß ausgefochten, und der Reporter hatte sich immer mit Feuereifer auf einen Fall gestürzt.

Bill Conolly konnte es sich leisten, so zu leben, wie er gerade mochte. Durch seine Heirat hatte er sich finanziell saniert und arbeitete zudem als freier Mitarbeiter für verschiedene Zeitschriften in der ganzen Welt. In den letzten zwei Jahren hatte er sich auf das Übersinnliche spezialisiert.

John seufzte auf, als er an die große Einweihungsparty dachte, die Bill und seine Frau Sheila geben wollten.

Die beiden hatten sich nach langem Hin und Her ein fantastisches Haus am Stadtrand von London gebaut. Eine Bude mit allen Schikanen, wie Bill immer zu sagen pflegte. Das Haus war während ihrer Abwesenheit fertiggestellt worden.

John griff zum Telefonhörer und wählte Bill Conollys Nummer. Zum Glück war der Reporter selbst am Apparat, denn seine Frau witterte bei Johns Anrufen sofort Unheil.

»Ich bin's, Bill«, sagte John. »Ich habe eine wirklich interessante Neuigkeit für dich. Du musst die Party heute Abend ohne mich feiern.«

Erst einmal war es ruhig. Dann prustete Bill Conolly los. »Du bist ja verrückt, Mensch! Wenn du nicht kommst, lass ich den ganzen Mist sausen. Mann, John, stell dich nicht so an. Ich habe extra 'ne Puppe für dich eingeladen. Ein Weib, sage ich dir.« Bill schnalzte mit der Zunge.

John musste grinsen, doch seine Antwort machte Bill klar, dass mit ihm nicht zu rechnen sei.

»Dann hängt dir ein Fall am Hals«, sagte der Reporter.

»Genau.«

Bill pfiff durch die Zähne. »Drei Monate ist es bestimmt her, dass ich mich zum letzten Mal mit Geistern herumgeschlagen habe. Wird Zeit, dass ich wieder mitmische, sonst roste ich noch ein. Also, wo geht es hin?«

»Und deine Party?«

»Wird verschoben. Keine Angst, ich mach das schon. Sheila hat bestimmt dafür Verständnis.«

»Da bin ich gar nicht mal so sicher.«

»Lass mich nur machen, alter Geisterjäger. Pass auf. Ich bin in spätestens einer Stunde bei dir. Und dann geht's ab. Wo fahren wir eigentlich hin?«

»Nach Schottland.«

»Aha. Ins Land der Geister und Gespenster. Also, bis später. Bin schon unterwegs.«

John Sinclair legte lächelnd den Hörer auf. Er hatte gewusst, dass Bill so reagieren würde. Dafür kannte er seinen Freund lange genug.

Er fuhr nach unten und ging in die Tiefgarage, wo sein generalüberholter metallicfarbener Bentley parkte.

Der Inspektor fühlte das gewisse Kribbeln, das ihn immer überfiel, wenn er vor einem neuen Fall stand. Er ahnte allerdings noch nicht, dass er in Aweshire mit seinem größten Feind zusammentreffen würde.

Mit Doktor Tod, dem Mann, dem John Sinclair geschworen hatte, ihn gnadenlos zu vernichten …

Shirley erlebte das perfekte Grauen!

Die fünf Gestalten hingen wie von unsichtbaren Fäden gehalten im Wasser. Sanft schwangen die Körper in einem schaurigen Rhythmus hin und her.

Schreckliche Fratzen starrten Shirley Adams an.

Die Gesichter waren zum Teil zur Unkenntlichkeit aufgedunsen. Das Wasser des Sees hatte an der Haut gefressen. Bei zwei Körpern schimmerten die blanken Wangenknochen durch die Haut.

Doch ein Gesicht erkannte Shirley ganz genau.

Es gehörte Ted Bulmer!

Ted schwang wie eine leblose Puppe vor ihr. Jede Einzelheit erkannte Shirley durch ihre Taucherbrille. Die Augen der

Wasserleiche quollen weit aus den Höhlen. Der Mund war halb geöffnet, und die Zunge hing ein Stück über die Unterlippe. Wie zwei Seile baumelten Teds Arme herab.

Einige Sekunden hatte Shirley die grässlichen Gestalten angestarrt. Doch ihr kam es so vor, als wären es Stunden gewesen.

Plötzlich kam Bewegung in die fünf Toten. Sie begannen mit den Beinen zu rudern, schwebten auf Shirley zu. In einer hilflos anmutenden Bewegung streckten sie ihre Arme aus.

Panik überflutete das Girl. Von einem Augenblick zum anderen wich die Starre.

Shirley drehte eine Rolle, schwang sich somit herum und glitt wieder zurück in das Haus.

Zum Glück war Shirley die Strecke schon einmal geschwommen und wusste, wo die größte Fensteröffnung lag.

Lautlos glitt sie in das Zimmer, schreckte einen Fischschwarm auf und drehte sich dem Fenster zu.

Verschwommen sah sie die Öffnung. Noch ein letzter Schwung mit den Beinen – und …

Der Unheimliche lauerte vor dem Fenster. Leblos glotzten seine Augen. Die Arme waren vorgestreckt. Die Finger zu Krallen gebogen.

Im letzten Augenblick drehte Shirley ab. Wie ein Pfeil glitt sie neben dem Fenster an der Wand hoch, erreichte die Decke und tauchte wieder nach unten der Türöffnung zu.

Erst jetzt kam Shirley zu Bewusstsein, dass die Horror-Gestalten sie eingekesselt hatten. Dass sie so lange in dem Haus bleiben musste, bis ihr Luftvorrat erschöpft war. Und dann …

Unwillkürlich atmete sie schneller. Sie glaubte auf einmal, ersticken zu müssen.

Luftblasen perlten hoch und zerplatzten an der Decke.

Shirley schwamm im Kreis. Es gelang ihr nur mühsam, die Panik niederzukämpfen.

Das nächste Zimmer. Es hatte ebenfalls Fenster. Shirley glitt durch das offene Türrechteck und schwang sofort herum.

Auch hier hockte eine Leiche am Fenster.

Langsam wurde das Girl verrückt. Wild und unkontrolliert schwamm Shirley in dem versunkenen Haus herum und fand keinen Ausweg aus der Falle.

Die Toten hatten sie eingekreist!

Ein Blick auf die Anzeige machte ihr bewusst, dass der Luftvorrat langsam zu Ende ging. Wenn sie bis dahin keinen Ausweg gefunden hatte, würde sie elendig ersticken. Dann hatten die Toten ihr Ziel erreicht!

Shirleys Herz hämmerte wie verrückt. Innerlich betete sie um einen Ausweg.

Sie schwamm von einem Zimmer ins andere. Es nützte nichts. Die Toten ließen sie nicht aus ihren Krallen.

Jetzt wurde es kritisch. Shirley musste sich etwas einfallen lassen.

Noch fünfzehn Minuten Sauerstoff!

Nun bedauerte sie es, keine Waffe mitgenommen zu haben. Es gab nichts, womit sie sich hätte verteidigen können. Dazu kamen noch ihre angeknacksten Nerven, die kaum einen klaren Gedanken zuließen.

Shirley wusste nicht, zum wievielten Male sie schon das Haus durchschwommen hatte, als ihr plötzlich etwas auffiel. In der Ecke des ehemaligen Hausflurs stand eine Luke offen. Sie war so schmal, dass nur ein schlanker Mensch hindurch konnte.

Shirley war schlank. Sie setzte alles auf eine Karte, wand sich durch die Öffnung.

Das Mädchen gelangte in den Keller des Hauses. Er war klein, und der Scheinwerfer leuchtete jede Ecke aus.

Auch hier waren die Wände mit Algen und Tang überzogen. Der grüngraue Schleier war mehr als fingerdick.

Langsam durchschwamm Shirley den Kellerraum. Ein paar Fische kreuzten ihren Weg und starrten den Eindringling neugierig an.

Da sah Shirley das Gerumpel. Es lag in einer Ecke des Kellers und war ebenfalls von einer dicken Algenschicht bedeckt.

Shirley tauchte hin, wühlte mit beiden Händen und fand eine mehr als armlange Stange.

Shirleys Augen blitzten hinter der Brille auf, als sie die Stange in der Hand hielt.

Das Mädchen schabte die Algenschicht ab und stellte erfreut fest, dass der Gegenstand aus Eisen war.

Jetzt fühlte sie sich nicht mehr ganz so hilflos.

Für zehn Minuten reichte der Sauerstoff noch!

Shirley verließ den Keller, schwamm wieder nach oben in das eigentliche Haus.

Es hatte sich nichts verändert. Die Gestalten lauerten noch immer vor den Fenstern.

Shirley hatte beide Hände um die Stange gekrallt, bewegte sich nur noch mit den Beinen voran. Sie nahm die Fensteröffnung, die am breitesten war, da sie dort eher ausweichen konnte.

Shirley kam es vor, als warte der Tote bereits auf sie.

Langsam schwamm sie näher. Sie hatte sich wieder einigermaßen in der Gewalt und wusste, dass sie jetzt alles geben musste.

Die starren Augen des Toten fixierten ihren Körper. Shirley kam es vor, als würde dieser Blick bis in ihre Seele dringen.

Noch einmal stieß sie sich kräftig mit den Beinen ab. Dann hatte sie das Fenster erreicht.

Zur Hälfte war ihr Oberkörper schon durch die Öffnung, als der Tote zupackte.

Seine gekrümmten Hände zielten nach Shirleys Hals.

Da schlug das Mädchen zu.

Es war klar, ein Schlag, den sie hier anbrachte, hatte nicht die gleiche Wirkung wie unter normalen Umständen. Dafür bremste das Wasser zu sehr. Aber solch ein Hieb konnte den Toten aus dem Konzept bringen.

Die Stange traf den Schädel.

Der Tote wurde zurückgetrieben, machte für einen Augenblick die Fensteröffnung frei.

Shirley glitt hindurch, verließ die verfluchte Falle.

Doch gleichzeitig sahen auch die anderen Horror-Gestalten, was geschehen war.

Es waren noch zwei, die sich auf dieser Seite des versunkenen Hauses befanden.

Sie schwammen Shirley entgegen.

Das Girl stieß sich ab!

Zwei Arme griffen nach ihr. Blitzschnell zog Shirley die Beine an, entkam der tödlichen Klammer.

Nur noch für fünf Minuten reichte ihr Sauerstoffvorrat!

Mit verzweifelten Bewegungen schwamm Shirley nach oben, ließ die Stange los, die sie jetzt behinderte. Sie warf keinen Blick zurück. Sie wollte nur weg aus dieser schrecklichen Tiefe.

Sie spürte, dass sie zu schnell auftauchte. Der Druck auf ihren Kopf wurde stärker.

Shirley musste langsamer werden und trat schließlich Wasser.

Dann erst riskierte sie einen Blick nach unten.

Niemand folgte ihr.

Noch wagte Shirley nicht aufzuatmen, denn plötzlich trudelte etwas an ihr vorbei.

Sie schrak zusammen.

Soviel sie erkennen konnte, war es ein Sack, den jemand ins Wasser geworfen haben musste. Irgendetwas befand sich darin, und Shirley meinte für einen Moment, den Umriss einer menschlichen Gestalt ausmachen zu können.

Dann war der Sack verschwunden.

Shirley setzte sich wieder in Bewegung. Immer näher kam sie der rettenden Oberfläche.

Der Sauerstoff neigte sich seinem Ende zu. Noch ein paar tiefe Atemzüge, dann …

Da durchstieß Shirley Adams die Wasseroberfläche. Sie hätte aufschreien können vor Freude.

Shirley riss sich die Maske ab, nahm das Mundstück von den Lippen und atmete die herrlich frische Nachtluft ein.

Shirley Adams war dem Tod entronnen! Sie hatte das Gefühl, zum zweiten Mal geboren worden zu sein.

Automatisch machte Shirley ein paar Schwimmbewegungen. Jetzt erst fühlte sie, wie erschöpft sie war.

Der Nebel hatte sich etwas gelichtet. Shirley hoffte, nicht zu weit von ihrem Schlauchboot aufgetaucht zu sein.

Sie trat Wasser und sah sich um.

Noch war von dem Boot nichts zu sehen. Shirley wusste ungefähr, wo das Ufer lag, von dem aus sie gestartet war. In diese Richtung bewegte sie sich fort.

Schon nach einer Minute tauchte ein gelber, verwaschener Fleck aus der Nebelbrühe auf.

Das Schlauchboot!

Shirley schwamm schneller, und schon bald rollte sie sich in das kleine Boot.

Gerettet!

Shirley nahm die Maske ab, schnallte die beiden Sauerstoffflaschen vom Rücken und ließ sich erschöpft auf die Knie sinken.

Sie griff nach der Reißleine des Außenborders.

Da röhrte ein Motor auf.

Überlaut drang das Geräusch durch die herrschende Stille.

Ein Boot!, schoss es ihr durch den Kopf. Mehr nicht, denn der Schatten raste genau auf sie zu …

Das Haus lag fernab von jeglichem Touristenrummel. Es war klein und duckte sich wie eine zu große Streichholzschachtel gegen die Bergwand.

Für Doktor Tod war es nahezu ideal.

Vorn und seitlich von Bäumen umgeben, führte nur ein schmaler Weg zu dem Haus hin, und der war auch noch teilweise zugewachsen.

Das Haus hatte in früheren Jahren mal einem Einsiedler gehört. Keiner wollte nach dem Tod des Mannes darin wohnen, und so hatte es Doktor Tod praktisch geschenkt bekommen. Bisher hatte sich auch noch kein Tourist hierher verirrt, und für die Zeit, die Doktor Tod hier verbrachte, war es eigentlich auch ausgeschlossen, dass noch jemand kam.

Im Augenblick hatte er seine Getreuen um sich versammelt. Nur Tim Riordan fehlte. Aber das war nicht schlimm, da Doktor Tod noch mit ihm allein reden wollte.

Es waren alles jüngere Leute! Rocker, die sich auch hier in Aweshire tummelten. Zuerst hatten sie aus Spaß an der Freude mitgemacht. Schließlich war es mal was anderes, als nur immer Motorradrennen zu veranstalten oder Touristen zu erschrecken. Doch nach und nach hatte Doktor Tod sie alle in seine Gewalt gebracht. Er bediente sich dazu eines einfachen Mittels.

Rauschgift!

Schon jetzt waren alle acht Rocker völlig abhängig von den harten Drogen.

Doktor Tod saß in einem kleinen Raum und beobachtete die Rocker durch ein verstecktes Guckloch. Noch waren sie nicht so weit. Noch hatte das Heroin nicht richtig gewirkt. Doch in spätestens einer halben Stunde würden sie bereit sein, das Brandmal des Teufels zu empfangen.

Doktor Tod war ein Mann, vor dem man sich fürchten konnte. Seine bleiche dünne Haut spannte sich über dem blanken Schädel, und die schwarzen, an Kohleschächte erinnernden Augen bildeten den starken Kontrast. Doktor Tod bevorzugte dunkle Kleidung, was zu seiner ganzen Art passte.

Woher der Mann kam, wusste niemand. Er war plötzlich da gewesen. Wie er selbst sagte, von Asmodis geschickt, um den Weg für den obersten aller Dämonenherrscher vorzubereiten. Denn die Erde sollte wie vor Urzeiten ein Tummelplatz für Geister und Dämonen werden, die jetzt noch in einem Schattenreich lebten.

Doktor Tod hatte seine Aufgabe, und es gab nur wenige Menschen, die davon wussten.

Die Minuten verstrichen. Doktor Tod beobachtete, wie die Rocker immer mehr den Wirkungen des Rauschgifts verfielen, wie ihre Handlungen unkontrollierter wurden und sie mehr und mehr die Beherrschung verloren.

Dann war die Zeit reif. Endlich konnte er ihnen das Brandmal aufdrücken.

Tief im Keller des Hauses war Doktor Tods Reich. Hier hatte er seinen eigentlichen Wirkungskreis, denn von dieser Stelle aus setzte er sich mit den finsteren Mächten in Verbindung.

Dunkelrot glühte das Dämonenfeuer in einem offenen Kamin. Es entwickelte keinen Rauch, denn die Flammen kamen aus der Hölle und gehorchten den finsteren Beschwörungsformeln ihres Meisters.

Der Raum war erfüllt von einem flackernden Schein.

Doktor Tod holte den ersten Rocker. Mit glänzenden Augen und schweißnassem Gesicht trat der junge Mann über die Schwelle.

Doktor Tod griff nach einem Brandeisen.

»Entblöße deine Brust!«, befahl er mit dumpfer Stimme.

Der Rocker riss sich die Lederjacke auf. Darunter trug er nichts.

Doktor Tod hob das Brandeisen, hielt es für einige Sekunden in die Flammen.

»Komm her!«

Der Rocker gehorchte. Schweiß trat plötzlich auf seine Stirn. Tief im Innern musste er wohl spüren, dass hier etwas vor sich ging, das schrecklich und grausam war.

Das kunstvoll geschmiedete Ende des Eisens glühte. Es zeigte die Fratze des Teufels mit den beiden Hörnern.

»So werde denn einer von Asmodis' Dienern!«, flüsterte Doktor Tod. »Und nimm die Satanstaufe entgegen!«

Der Rocker riss den Mund auf, wollte etwas sagen, doch in diesem Augenblick drückte ihm Doktor Tod das Eisen auf die Brust.

Der Rocker war gebrandmarkt. Mit dem Zeichen des Satans …

Das Dröhnen des Motors, das plötzliche Rauschen des Wassers, der drohende Bug des Schiffes – all dies vereinigte sich bei Shirley Adams zu einem Kaleidoskop des Schreckens.

Ihre Angst entlud sich in einem markerschütternden Schrei,

der über die Wasseroberfläche tanzte und im dichten Nebel zerflatterte.

Shirley streckte die Arme vor, spreizte in einer abwehrenden Geste die Hände, um das drohende Unglück aufzuhalten – und reagierte doch im allerletzten Augenblick instinktmäßig goldrichtig.

Sie hechtete seitlich ins Wasser. Die kalten Fluten schlugen über ihr zusammen.

Einen Herzschlag später jagte das Motorboot über das kleine Schlauchboot hinweg und zerfetzte es restlos.

Der reine Überlebenswille peitschte Shirley Adams voran. Sie wusste, wenn sie auftauchte, lauerte bereits der Mörder auf sie. Shirley machte sich keine Gedanken, weshalb man sie umbringen wollte. Sie wollte nur ihr Leben retten.

Die Luft wurde ihr knapp. Zu lange schon hatte Shirley sie angehalten.

Sie musste auftauchen.

Wie ein Pfeil schoss sie an die Oberfläche.

Das Dröhnen des Motors schmerzte ihren Ohren. Das Boot hatte eine Drehung gemacht und fuhr genau wieder auf Shirley zu.

Wie ein Ungeheuer schoss es aus der Nebelwand.

Shirley tauchte weg.

Wieder verfehlte sie der scharfe Rumpf des Bootes nur um einige Handspannen.

Diesmal hatte Shirley aufgepasst und tiefer eingeatmet. Sie schwamm doppelt so lange unter Wasser, und als sie dann auftauchte, war das Killerboot zwar noch zu hören, aber nicht zu sehen.

Tief pumpte Shirley die Lungen voll Luft. Für einige Augenblicke schöpfte sie Kraft. Jetzt kam ihr doch der Nebel sehr gelegen, denn bei einer klaren Nacht wäre ihr blasses Gesicht sofort zu sehen gewesen.

Shirley Adams legte sich auf den Rücken und schwamm dem Ufer zu. Zum Glück hatte sie sich diese Richtung genau eingeprägt.

Das Geräusch des Motors wurde leiser. Shirley atmete auf. Bestimmt hatte der Kerl aufgegeben.

Da zuckte der Strahl eines Suchscheinwerfers über die Wasseroberfläche.

Nur mühsam unterdrückte Shirley Adams einen Schrei. Noch hatte der Kegel sie nicht getroffen, doch er wanderte immer weiter auf sie zu.

Nur noch eine Frage von Sekunden, dann …

Shirley tauchte weg. Sie konnte die glitzernde Stelle sehen, wo der Kegel über sie hinwegstrich.

Unter Wasser schwamm das Girl weiter. Sie wusste selbst nicht, woher sie all die Kraft nahm, doch bei jedem Menschen gab es wohl einen Punkt, an dem der Überlebenswille stärker war als alles andere.

Shirley musste auftauchen.

Gierig schnappte sie nach Luft. Aber sie konnte auch befreit aufatmen.

Das Motorboot hatte beigedreht. Der Fahrer suchte an einer anderen Stelle.

Shirley Adams legte sich wieder auf den Rücken und schwamm langsam dem Ufer entgegen. Trotz der isolierenden Schicht des Taucheranzuges drang die Kälte immer weiter vor. Wenn sie nicht bald das Ufer erreichte, war sie nicht mehr in der Lage, Schwimmbewegungen zu machen.

Und dann hatte es Shirley Adams geschafft. Über sich sah sie die weit vorspringenden Äste der Bäume, zwischen denen die Nebelfetzen wie unheimliche Gestalten aus einer anderen Welt tanzten.

Shirley spürte Grund unter den Füßen.

Mit letzter Kraft watete sie ans Ufer. Und dort fiel sie zu Boden und blieb liegen.

Irgendwann raffte sich Shirley auf. Sie hatte den Platz, an dem ihre Kleidung lag, verfehlt. Aber das war nicht weiter schlimm. Sie würde ihn schon wiederfinden.

Shirley nahm die jetzt hinderlichen Schwimmflossen ab und lief barfuß weiter.

Sie kletterte einen mit Büschen bewachsenen Hang hoch, lief noch ein paar Schritte und stand schließlich auf der Straße, die rund um den See führte. Manchmal dicht am Ufer, dann wieder einige Meter weg.

Shirley Adams kannte sich einigermaßen aus und wusste nach kurzer Orientierung, in welche Richtung sie zu laufen hatte.

Sie lief schnell, um sich wieder aufzuwärmen.

Plötzlich tauchten vor ihr zwei Scheinwerfer auf. Shirley wollte erst zwischen den Büschen verschwinden, überlegte es sich aber dann anders.

Sie stellte sich mitten auf die Straße und winkte mit beiden Armen.

Sie wusste nicht, dass sie vom Regen in die Traufe geriet …

Feuchtes Gras benetzte das Gesicht des Rockers, holte ihn aus den unendlichen Tiefen der Bewusstlosigkeit zurück.

Er öffnete die Augen.

Dunkelheit umgab ihn. Ein kühler Wind fächerte sein Gesicht und rauschte durch die Baumwipfel.

Der Rocker lag in einem Wald.

Im Zeitlupentempo richtete er sich auf. Schwach sickerte das Mondlicht auf den Moos- und Humusteppich. Vereinzelte Nebelfetzen hingen zwischen den Ästen.

Man roch die Nähe des Wassers, demnach war der See nicht weit entfernt.

Der Rocker hielt sich seinen Kopf. Er hatte ein dumpfes Gefühl im Schädel, spürte jedoch keinen Schmerz.

Was war geschehen? Der Rocker erinnerte sich an das alte Haus, an das Heroin – und dann …

Bruchstückhaft waren ihm die weiteren Ereignisse im Gedächtnis haften geblieben.

Sie waren in einen Kellerraum gekommen, dort hatte ein Mann sie erwartet.

Der Rocker atmete gepresst aus, konzentrierte sich. Da fiel ihm das Feuer wieder ein. Das Feuer – und …

Ja, jetzt hatte er es. Das Brandmal. Sie hatten ein Brandmal bekommen. Er meinte noch, den Geruch des verbrannten Fleisches zu spüren.

Der Rocker senkte den Kopf.

Die Lederjacke stand bis zum Bauchnabel offen. Und mitten auf seiner Brust prangte rot glühend die Teufelsfratze.

Im ersten Augenblick überkam den Rocker die Panik. Hastig schloss er die Jacke wieder und sah sich gehetzt um.

Er war allein. Niemand konnte das Mal sehen.

Der Rocker suchte in seiner Tasche nach Zigaretten, fand sie und zündete sich mit zitternden Fingern ein Stäbchen an.

Der Rauch beruhigte ihn etwas.

Der Rocker dachte nach. Was hatte das alles zu bedeuten? Was hatte man mit ihm gemacht? Und plötzlich fühlte er die fremden Gedankenströme in seinem Gehirn, die stärker waren als seine eigenen und Schreckliches von ihm verlangten.

Der Rocker war programmiert auf Mord!

Die teuflische Tätowierung bestimmte sein Handeln, Denken und Fühlen. Von nun an war er ein Diener der Hölle.

Behutsam öffnete der Rocker seine Lederjacke. Es kam ihm vor, als würde die Fratze noch stärker glühen. Er tastete mit den Fingerspitzen darüber.

Die Tätowierung bestand aus einer dicken Kruste. Wie eine feste Hornhaut.

Der Rocker warf die Zigarette weg, trat sie aus. Er ging ein paar Schritte weiter, und ein freudiges Lächeln zuckte um seine Mundwinkel.

An einem Baumstamm lehnte seine Maschine. Es war eine Honda, und sie war hervorragend gepflegt. Schon fühlte sich der Rocker wesentlich besser.

Aber wie kam die Maschine hierher?

Und er selbst? Wer hatte ihn hergeschleppt?

Da hörte er hinter sich ein Geräusch.

Blitzschnell wirbelte der Rocker herum und griff nach seinem Messer, das in einer ledernen Gürtelscheide steckte.

Eine Gestalt tauchte zwischen den Büschen auf.

Es war Archie, sein Kumpan.

Beruhigt ließ der Rocker die Hand sinken.

Archie hielt sich den Schädel. »Hast du auch solch ein komisches Gefühl, Paddy?«

Paddy nickte. Starr sah er auf die Brust seines Kumpans. Der bemerkte den Blick und zog den Reißverschluss der Lederjacke herunter. »Ja, ich habe auch solch ein Ding. Mensch, ich weiß gar nicht, wie ich dazu gekommen bin. Außerdem habe ich das Gefühl, als würde die Fratze leben.«

»Mir geht's nicht anders«, erwiderte Paddy rau.

Archie sah sich um. »Weißt du, wo die anderen sind?«

»Keine Ahnung.«

»Komisch. Wir waren doch noch alle zusammen.« Archie hatte das letzte Wort kaum ausgesprochen, als er sich plötzlich vor Schmerzen krümmte.

»Hölle«, ächzte er, »dieses Brandmal – es – es frisst mich auf.«

Aus schreckgeweiteten Augen beobachtete Paddy, wie sein Freund zu Boden fiel und sich stöhnend auf der Erde herumwälzte. Dabei begann die Teufelsfratze noch stärker zu glühen, und Paddy hatte das Gefühl, als würde sie sich sogar bewegen.

Er wollte seinem Freund helfen, doch da verspürte er die gleichen verzehrenden Schmerzen in seinem Körper hochschießen. Rote Kreise tanzten auf einmal vor seinen Augen. Er hatte das Gefühl, in eine Flammenhölle getaucht worden zu sein.

In wilden Zuckungen wanden sich die beiden Rocker auf dem Boden.

Der Anfall dauerte nur wenige Minuten. Er ging genauso schnell vorbei, wie er gekommen war.

Taumelnd standen die Rocker auf. Mit herabhängenden Armen blieben sie stehen und starrten sich gegenseitig an. Knurr- und Fauchlaute drangen aus ihren halb geöffneten Mündern. In ihren Augen lag ein teuflisches Glitzern.

Satan hatte sie in der Gewalt.

Die Fratzen auf ihrer Brust begannen zu leben. Sie bewegten sich im Rhythmus der Atemzüge. Die widerlichen Mäuler öffneten und schlossen sich. Nach Schwefel riechender Rauch drang daraus hervor.

Paddy ging zu seiner Maschine und schwang sich auf den Sattel. Archie verschwand im Gebüsch, um seine Maschine zu holen.

Die Rocker spürten, dass die Teufelsfratzen auf ihrer Brust schon ein Stück von ihnen selbst waren. Dass sie ihre Handlungen leiteten. Einer Feuersbrunst gleich breitete sich das Böse in ihnen aus.

Töte!, hämmerte es in ihren Köpfen. Töte für den Dämon!

Und die Rocker gehorchten.

Sie fanden einen schmalen Weg, der sie aus dem Wald hinausführte. Geduckt hockten sie im Sattel. Lebende Mordmaschinen. Kreaturen in der Hand eines Teufels.

Der schmale Weg mündete auf die Seestraße.

Die schweren Maschinen brüllten auf. Die beiden Mordbestien jagten in Richtung Aweshire, wo nichts ahnende Menschen im tiefsten Schlaf lagen.

Die Rocker fuhren dicht nebeneinander, sodass sich die Fußrasten fast berührten. Die Lichtkegel der Scheinwerfer warfen ihre hellen Bahnen auf die Fahrbahn. Ein einzelnes Reh huschte aufgeschreckt aus dem grellweißen Schein.

Die Fratzen auf ihrer Brust brannten wie Feuer. Ununterbrochen hämmerten schreckliche Gedanken auf sie ein.

Eine weit geschwungene Kurve tauchte auf. Mit röhrenden Motoren schnitten die Rocker sie an.

Dann kam wieder eine Gerade.

Und da sahen sie plötzlich das Mädchen.

Wie ein Wesen aus einer anderen Welt stand es auf der Fahrbahn und winkte.

Die Rocker handelten synchron.

Bremsen quietschten. Die Maschinen schleuderten und standen schließlich.

Die Rocker sprangen von den Motorrädern und kickten den Ständer nach unten.

Das Mädchen lief den beiden entgegen. Noch war es ahnungslos, wusste nicht, dass es das erste Opfer der programmierten Killer werden sollte …

Shirley Adams war froh, endlich normale Menschen zu treffen, die sie in die Stadt bringen konnten.

Noch war es ihr unmöglich, die Rocker zu erkennen. Dafür blendeten sie die Scheinwerfer zu sehr.

Shirley blieb stehen. Ganz plötzlich traf sie der Hauch von Gefahr. Es war nur ein unbestimmtes Gefühl, das ihr riet, vorsichtig zu sein.

Die Rocker kamen auf sie zu, kreisten sie von zwei Seiten ein. Ihre Schritte klangen laut in der Stille.

Jetzt sah Shirley auch die schwarzen Lederjacken, die bis zur Brust offen standen – und …

Zwei glühende Augenpaare starrten sie an.

Shirley zuckte zusammen, ihre Hände ballten sich zu Fäusten. Sie sah die Gefahr auf sich zukommen und konnte doch nichts dagegen tun.

Die unheimlichen Augen!

Von ihnen ging eine dämonische Kraft aus, die Shirley lähmten.

Bewegungslos stand sie auf der Stelle. Die harten Schritte der Rocker dröhnten in ihren Ohren.

Und immer näher kamen die Augen.

Shirley erkannte jetzt auch die satanischen Fratzen mit den offenen Mäulern, aus denen schweflig gelber Rauch drang und wie Schleier auf sie zuwehte.

Shirley riss den Mund auf. Sie wollte schreien, doch ihre Kehle war wie zugewachsen.

Die Rocker blieben stehen.

Messer blitzten plötzlich in ihren Händen. Die Schneiden waren schmal und höllisch spitz. Sie würden einen Körper wie Butter durchdringen.

Die Rocker hatten Shirley in die Zange genommen. Die Fratzen veränderten sich im Rhythmus der Bewegungen.

Dann spürte Shirley die harten Griffe an ihren Oberarmen. Wie Stahlklammern schlossen sich die Finger um ihre Muskeln.

Ein Arm legte sich um ihren Hals, bog den Kopf weit in den Nacken.

Shirley stöhnte.

Schon blitzte die erste Messerklinge vor ihrer Kehle. Shirley sah das Funkeln des Stahls im Licht der Motorradscheinwerfer.

Niemand hatte bisher ein Wort gesprochen. Shirley ahnte nicht einmal, weshalb sie jetzt sterben sollte …

Irgendwie war John Sinclair sauer. Dieser ganze Fall schmeckte ihm nicht. Nur auf einen Brief hin jagten er und sein Freund Bill Conolly quer durch England.

Die schottische Grenze hatten sie noch vor dem Dunkelwerden passiert. Auf einer gut ausgebauten Straße ging es anschließend weiter in Richtung Loch Awe.

John war auf der Fahrt sehr schweigsam gewesen, während Bill ununterbrochen von seinen Erlebnissen in Südamerika geredet hatte.

Sie hatten nur einmal kurz Rast gemacht, und John verspürte Hunger und Müdigkeit.

Es ging schon auf Mitternacht zu, als sie endlich die Seestraße erreichten.

»Ich schätze, wir werden wohl kaum noch ein Zimmer kriegen«, meinte Bill leichthin.

»Mich kann gar nichts erschüttern«, brummte John.

Er ging vom Gas, da eine weit geschwungene Kurve auftauchte. Andere Wagen waren ihnen auf dieser Straße bisher noch nicht entgegengekommen. Man hatte das Gefühl, am Ende der Welt zu sein.

Der Bentley gab sein Bestes, reagierte auf jede Bewegung des Lenkrades.

Plötzlich beugte sich Bill Conolly vor. »Verdammt, John. Da vorne!«

Er deutete aufgeregt durch die Frontscheibe.

»Schon gesehen!«

John Sinclair reagierte blitzschnell. Sein Fuß nagelte die Bremse fest. Der Wagen schleuderte ein wenig, blieb aber in der Spur. Er stand noch nicht ganz, da waren John und Bill schon draußen.

Die Szene, die sich ihren Augen bot, wurde durch die Scheinwerfer der Motorräder und des Bentleys voll ausgeleuchtet.

Zwei Männer – dem ersten Eindruck nach Rocker – waren dabei, ein wehrloses Mädchen in die Büsche am Straßenrand zu ziehen.

Vergewaltigung!, schoss es John durch den Kopf.

Der Inspektor spurtete los.

Die Rocker ließen das Mädchen liegen, sprangen hoch und wandten sich John Sinclair zu.

Der Geisterjäger sah Messer in ihren Händen blitzen.

Er wollte weiterlaufen, doch eine unsichtbare Macht bannte ihn plötzlich auf die Stelle.

Wie unter einem inneren Zwang starrte John die beiden Teufelsfratzen auf den Oberkörpern der Rocker an. Riesengroß kamen John die Augen und die Mäuler vor, aus denen dicker gelber Rauch quoll.

John wollte die Hand heben, zu seiner Waffe greifen. Er schaffte es nicht.

Die andere, dämonische Kraft war größer.

Und die Rocker kamen näher.

Ihre Gesichter waren Grimassen. Hass blitzte in ihren Augen. Die Rocker kannten kein Erbarmen. Gnadenlos würden sie John Sinclair den Stahl in den Leib rammen.

Verzweifelt kämpfte der Inspektor gegen die magischen Wellen an. Er versuchte, sich zu konzentrieren, aktivierte seinen gesamten Willen, um diesen Höllenkräften die Stirn zu bieten.

Es war ein mörderisches Ringen.

Nur noch fünf Schritte, dann hatten es die Rocker geschafft. Schon streckten sie die Arme mit den gefährlichen Messern vor.

Da brach der Bann!

Johns in tausend Gefahren geschulter Wille hatte es verstanden, der dämonischen Kraft zu trotzen. John sah, wie sich die Teufelsfratzen in einer nie gekannten Wut verzerrten. John war der Erste, der sie bezwungen hatte.

Aber noch waren die Rocker da.

Gleichzeitig griffen sie an. Zwei mörderische Messerstöße zielten auf Johns Körper.

Der Inspektor drehte sich zur Seite. Es gab ein ratschendes Geräusch, als ihm eine Klinge das Jackett aufriss.

Johns Fäuste wirbelten. Er traf einen der Rocker im Nacken und den anderen dicht über der Gürtellinie.

Die Killer verdauten die Schläge. Die in ihnen sitzende dämonische Kraft trieb sie an wie Maschinen.

Wieder stürzten sie auf John zu.

Der Inspektor wich zurück, erreichte den Buschgürtel am Straßenrand.

Der erste Rocker hechtete vor.

John sprang gedankenschnell hoch und packte mit beiden Händen einen weit vorspringenden Ast. Ein kurzer Schwung, und er stieß seine gestreckten Beine vor.

Die Füße knallten gegen die Brust des Rockers.

Der Messerstecher flog zurück. Aber inzwischen hatte der andere Zeit gehabt, in Johns Rücken zu gelangen.

Der Geisterjäger ließ sich kurzerhand fallen.

Ein wuchtig geführter Stoß rasierte über seinen Rücken hinweg. Der Rocker hatte so viel Schwung, dass er über John hinwegflog.

Sofort war Sinclair wieder auf den Beinen. Ein schneller Griff, und er hatte den Messerarm des Rockers gepackt. Weit bog er ihn zurück.

Jetzt hätte eigentlich ein Schmerzensschrei ertönen müssen, doch der Rocker gab keinen Ton von sich. Er war immun gegen Schmerzen.

John trat ihn in den Rücken, dass er bis auf die Fahrbahn geschleudert wurde, und nahm sich den anderen Rocker vor, der sich wieder erholt hatte und angriff.

John blockte einen Messerstoß ab, riss sein Knie hoch und schlug gleichzeitig mit der rechten Faust gegen die Dämonenfratze.

Der Rocker segelte nach hinten, aber John hatte das Gefühl, gegen Beton geschlagen zu haben. So hart war dieses verdammte Teufelsding.

Inspektor Sinclair sah ein, dass er so gegen die Rocker nicht ankam. Er musste sich etwas anderes einfallen lassen, wenn er nicht bis morgen früh kämpfen wollte.

John hetzte zum Wagen.

Er musste an seine mit geweihten Silberkugeln geladene Pistole herankommen. Leider lag die im Handschuhfach.

John riss die Wagentür auf. Dabei sah er, dass Bill Conolly wie zu Stein erstarrt auf der Straße stand. Ihn hatte die dämonische Kraft mit voller Wucht getroffen.

John riss das Handschuhfach auf und nahm die Pistole an sich.

Im selben Augenblick hatte sich einer der Rocker an den Reporter herangeschlichen. In der nächsten Sekunde würde er Bill das Messer in die Brust stoßen.

John wirbelte um die eigene Achse. Er schoss aus der Drehung.

Mit einem peitschenden Laut verließ die Silberkugel den Pistolenlauf. Das Geschoss schlug in die Brust des programmierten Mordroboters.

Ein Schrei drang aus der Kehle des getroffenen Rockers. Eine gelbweiße Qualmwolke puffte auf und legte sich wie ein Tuch über den zusammensinkenden Körper.

John hatte keine Zeit, weiter nachzuschauen, denn schon war der andere heran. Er stieß ein heiseres Wutgebrüll aus und führte einen von unten nach oben gezielten Messerstoß gegen Johns Körper.

Der Inspektor lehnte noch an der offenen Wagentür. Er sah das Messer kommen und warf sich seitlich in den Bentley hinein.

Einen Herzschlag später zersplitterte die Scheibe. Das

Messer des Rockers war mit voller Wucht in die Seitenscheibe des Bentleys gedrungen.

John lag noch immer auf dem Vordersitz, also relativ ungünstig, aber immerhin so, dass er mit dem ausgestreckten Arm an das Handschuhfach kommen konnte, wo auch zwei Paar Handschellen lagen.

Denn diesen Rocker wollte John lebend.

Als der Rocker seinen Arm aus der Scheibe zog, schlug John zu.

Der schmerzunempfindliche Mordroboter kippte gegen die hin- und herschwingende Tür. Für einen Augenblick war er abgelenkt.

John sprang auf und riss die Messerhand des Rockers herum. Schon klickte die erste Spange um das Armgelenk.

Da geschah das Entsetzliche.

Der Rocker riss urplötzlich Johns rechten Arm herum. Ein stechender Schmerz zuckte bis in die Schulter des Inspektors. Schnell drehte der Rocker Johns Arm weiter.

Der Inspektor ließ los, bückte sich, um sich dem Griff entgegenzustemmen.

Schon sah er die Mündung der eigenen Pistole auf sich zuschwenken. Nur noch ein paar Zentimeter, und der Schuss würde aufpeitschen und ihn töten.

Mit einer verzweifelten Kraftanstrengung warf John seinen freien Arm herum, bekam die Tür zu fassen und schleuderte sie dem Rocker gegen den Körper.

Der Mordroboter flog halb in den Wagen, riss John Sinclair mit sich.

Der Inspektor kam auf dem Rocker zu liegen. Noch immer hielt der Kerl seinen Pistolenarm umklammert, doch jetzt zeigte die Mündung auf die Brust des Rockers.

Da drückte John ab.

Die Kugel fuhr genau in die Teufelsfratze.

Der Schrei dröhnte in Johns Ohren. Der Rocker zuckte, bäumte sich auf. Von einem Augenblick zum anderen war die Teufelsfratze verschwunden. Aus dem handtellergroßen Loch in der Brust quoll eine stinkende Rauchwolke.

Keuchend warf sich John zurück, zog den Rocker an den Beinen aus seinem Bentley.

Der Körper prallte auf das Pflaster.

»John, was ist geschehen?«

Der Geisterjäger wandte den Kopf. Mit dem Tod des zweiten Rockers war auch Bill Conolly aus seiner Erstarrung erwacht.

John Sinclair stützte sich mit beiden Armen am Dach des Bentley ab. Er spürte plötzlich, wie er am gesamten Körper zitterte. Dieser Kampf hatte ihn mitgenommen.

Bill legte ihm die Hand auf die Schulter. Der Reporter warf einen scheuen Blick auf den toten Rocker. Die Stelle, wo vorher die Dämonenfratze gewesen war, sah grauenhaft aus. Selbst John, der einiges gewohnt war, blickte weg.

»Komm«, sagte er, »wir müssen uns um das Mädchen kümmern. Ich erkläre dir später, was vorgefallen ist.«

Gemeinsam gingen sie zu der Stelle, wo das Mädchen lag.

John Sinclair zog scharf die Luft ein, als er die Blutlache sah, die sich unter dem Hals des Girls gebildet hatte und langsam im Boden versickerte.

John ging in die Knie, fühlte den Puls.

Er schlug noch, wenn auch nur schwach.

»Sie muss sofort ins Krankenhaus«, sagte John. Vorsichtig hob er die Verletzte hoch.

»Fällt dir nichts auf?«, fragte Bill, der die Beine des Mädchens gepackt hielt.

»Ja. Sie trägt einen Taucheranzug. Ich weiß, was du meinst, Bill. Der Brief des Doktors war doch verdammt ernst. Und ich schätze, dass das Girl uns einiges erzählen kann. Vorausgesetzt, dass es durchkommt.«

Kaltes Licht fiel auf den gefliesten Boden. Zwei weiß gestrichene Wartebänke standen verloren an der Wand. Irgendwo klappten Türen, und wenig später lief eine Krankenschwester mit eiligen Schritten durch den Flur. Ihre Absätze klapperten hohl. Es roch nach Äther und Desinfektionsmitteln. Eben nach Krankenhaus.

John Sinclair und Bill Conolly warteten. Mittlerweile schon eine Stunde. Im Operationssaal kämpften drei Ärzte um das Leben des Mädchens. Es hatte durch den Stich in den Hals sehr viel Blut verloren. John kannte nicht einmal den Namen des Girls.

Die Rocker lagen im Schauhaus. John wollte Spezialisten aus London kommen lassen, damit die sich mit den Leichen beschäftigen konnten. Auf jeden Fall waren die Rocker tot.

Der Polizeigewaltige von Aweshire, ein gewisser Sergeant Riordan, war nicht aufzutreiben gewesen. Weder in seinem Büro noch zu Hause. Sehr ungewöhnlich, fand John. Allerdings die drei Konstabler, die noch zu dem Polizeibezirk gehörten, hatte John munter gemacht. Mehr Polizisten gab es hier nicht.

Bill spazierte wie ein gereizter Tiger auf und ab. Die Echos seiner Schritte hallten an den Wänden wider.

»Willst du nicht lieber ins Hotel gehen?«, fragte John. Er hatte in der Zwischenzeit zwei Zimmer im Sea-View bestellt, einem modernen Hotel direkt am See.

Bill schüttelte den Kopf. »Kommt gar nicht infrage. Ich warte, bis die Kleine aus …«

Bill verstummte. Schritte waren aufgeklungen. Auch John erhob sich von seiner Bank.

Dann wurde die Schwingtür aufgestoßen. Einer der Ärzte, die das Mädchen operiert hatten, tauchte auf. Sein Gesicht sah bleich und übernächtigt aus.

Der Arzt sagte mit leiser Stimme: »Höchstwahrscheinlich wird sie durchkommen.«

Inspektor Sinclair und auch Bill Conolly fiel ein Stein vom Herzen. »Ein Glück«, stöhnte Bill.

»Moment.« Der Arzt dämpfte den Optimismus des Reporters. »Ich meine, falls keine Komplikationen eintreten. Das braucht nur ein Schock zu sein. Ein gewisses Erinnern an eine bestimmte Sache …« Der Arzt zuckte mit den Schultern. »Wir haben sie auf jeden Fall in ein Einzelzimmer gelegt. Außerdem steht sie unter ständiger Beobachtung.«

»Danke, Doktor«, sagte John.

»Danken Sie nicht mir, sondern dem Herrgott«, meinte der Arzt, drehte sich um und verschwand mit müden, schleppenden Schritten.

Bill Conolly stieß seinen Freund in die Rippen. »Komm, alter Junge, ab ins Bett.«

John Sinclair schüttelte den Kopf. »Ich fahre dich zum Hotel, Bill. Ich will noch unbedingt diesen Sergeant kennenlernen.«

Bill lachte. »Ich bin der Letzte, der dich daran hindert.«

Riordan bewohnte ein Haus am Ortsrand von Aweshire. John lenkte den Bentley durch die menschenleeren Straßen und hatte nach einigem Hin und Her das Haus gefunden.

Zu seinem großem Erstaunen brannte Licht.

Der Inspektor wartete noch etwas und stieg dann aus. Eine halbe Minute später legte er seinen Zeigefinger auf den Klingelknopf.

Ein Summton war zu hören. Und wenig später hasteten Schritte auf die Haustür zu.

John hatte das Gefühl, dass dieser Mann noch Besuch erwartete. Seltsam.

Die Haustür wurde aufgerissen. In dem Flur brannte genügend Licht, um Riordan erkennen zu können.

Der Sergeant war schon älter. Er hatte dichtes graues Haar und eine rötliche Gesichtshaut. Die Augen waren klein und verschwanden beinahe hinter Fettpolstern. Riordan trug ein verschwitztes Hemd, eine lange Hose, aber keine Schuhe.

John lächelte verbindlich und präsentierte seinen Ausweis. »Ich bin Inspektor Sinclair von Scotland Yard. Sergeant Riordan, wenn ich mich nicht irre?«

»Das stimmt.« Riordan schluckte, und John hatte das Gefühl, dass der Mann plötzlich Angst bekam. »Was wollen Sie denn von mir, Inspektor?«

»Können wir das nicht drinnen besser besprechen?«

»Selbstverständlich. Entschuldigen Sie.«

Riordan führte John in ein Wohnzimmer, zu dem der Ausdruck Kramladen besser gepasst hätte. Der Geruch von kaltem Zigarrenrauch hing in der Luft.

John setzte sich.

Riordan bot dem Inspektor einen Whisky an, und John sagte nicht Nein.

Während der Sergeant einschenkte, meinte er: »Es muss doch einen besonderen Grund geben, weshalb Sie mich zu dieser Stunde aufsuchen.«

John Sinclair griff nach seinem Glas. »Es gibt auch einen, Sergeant.«

Dann berichtete John von den Ereignissen der vergangenen Stunden. Mitten in seine Erzählung hinein schrillte das Telefon.

»Sie entschuldigen mich, Inspektor.«

Riordan nahm ab und hörte ein paar Minuten zu. Schließlich legte er den Hörer auf, ohne groß etwas gesagt zu haben. Sein Gesicht war schweißnass.

»Es war einer meiner Leute«, sagte er. »Er berichtete das Gleiche wie Sie, Inspektor.« Riordan fuhr sich mit dem Taschentuch über das Gesicht. »Ich kann das immer noch nicht glauben, Inspektor. In Aweshire. Mein Gott, einer Kleinstadt mit Touristenverkehr.«

John winkte ab. »Jammern hilft nichts, Sergeant. Wir müssen den Tatsachen ins Auge sehen.«

Riordan nickte verdrossen. »Sie haben recht, Inspektor.«

John wunderte sich ein wenig, dass der Sergeant gar nicht nach dem Mädchen fragte. Schließlich war sie ja der Dreh- und Angelpunkt der Geschichte.

»Sie wohnen doch sicherlich schon einige Zeit hier in Aweshire«, meinte John.

Riordan nickte. »Fast mein ganzes Leben lang.«

»Dann kennen Sie auch bestimmt einen gewissen Dr. McGrath.«

Riordan wandte den Kopf. In seinen Augen flackerte es plötzlich, und auf dem Gesicht tanzten hektische rote Flecken. »Ja, ich kenne Dr. McGrath.«

John, dem die seltsame Veränderung des Sergeants nicht entgangen war, ließ sich nichts anmerken. »Dieser Dr. McGrath hat dem Yard einen interessanten Brief geschrieben.«

Mit knappen Worten berichtete John Sinclair vom Inhalt des Schreibens. Und während John sprach, hatte er das Gefühl, dass der Mann ihm gar nicht richtig zuhörte. Immer mehr kam der Inspektor zu der Überzeugung, dass hier einiges nicht mit rechten Dingen zuging.

Schließlich meinte Tim Riordan: »Glauben Sie an die Worte des Arztes? Ich kenne McGrath. Er ist ein älterer Mann und für allerlei Geschichten zugänglich. Nein, ich kann mir nicht vorstellen, dass seine Angaben auf Tatsachen beruhen.«

»Immerhin sind einige Menschen verschwunden«, gab John zu bedenken.

»Mir liegen keine Vermisstenanzeigen vor.«

John Sinclair lächelte. »Gut. Um die Sache abzukürzen, werden wir McGrath selbst fragen. Er hat doch bestimmt Telefon?«

»Wollen Sie um diese Zeit anrufen, Inspektor?«

»Es geht immerhin um Mord«, lautete Johns Antwort. Er erhob sich. »Sie haben sicherlich ein Telefonbuch, Sergeant.«

»Es liegt neben dem Telefon.«

John suchte die Nummer des Arztes und wählte. Nach dem sechsten Klingeln wurde abgehoben. Es meldete sich eine Frauenstimme.

John verlangte Dr. McGrath zu sprechen.

»Der Doktor ist nicht da«, sagte die Frau. »Ich mache mir selbst Sorgen. Normalerweise sagt er immer Bescheid, wenn er die Nacht über wegbleibt.«

John bedankte sich und sagte, er würde später noch einmal anrufen. Dann legte er auf.

»Nun?«, fragte Riordan gespannt.

»Dr. McGrath ist nicht zu Hause«, erklärte John. »Ich hatte seine Frau am Apparat.«

»Das war seine Haushälterin«, stellte Riordan richtig. »Vielleicht ist er bei einem Kranken.«

»Nein!« Johns Stimme klang hart. »Dr. McGrath ist überhaupt noch nicht nach Hause gekommen! Was wird hier gespielt, Sergeant?«

»Wieso? Ich verstehe Sie nicht, Inspektor? Ein Mann kann doch mal eine Nacht über wegbleiben. Das ist nichts Außergewöhnliches.«

»Stimmt«, gab John zu. »Aber immerhin habe ich hier einen Hilfebrief. Und da sieht die Sache schon ganz anders aus. Langsam werde ich nämlich verdammt neugierig. Es ist zum Beispiel auch seltsam, dass Sie erst so spät nach Hause gekommen sind. Wo waren Sie denn vorher?«

Riordan sprang aus seinem Sessel hoch. »Soll das ein Verhör sein, Inspektor?«

»Nein. Ich bin nur an der Wahrheit interessiert.«

»Ich werde Ihnen sagen, wo ich war, Inspektor. Bei Freunden. Wir haben einen draufgemacht, das ist alles. Und deshalb bin ich auch jetzt müde.«

»Keine Angst, ich werde Sie nicht mehr lange aufhalten. Nur – dafür, dass Sie einen draufgemacht haben, Sergeant, sehen Sie verdammt nüchtern aus. Sie haben doch keinen Schluck Alkohol getrunken. Was also soll der Quatsch? Wo waren Sie?«

Johns Stimme hatte sich gesteigert und zeigte all die Härte und Entschlossenheit, zu der der Inspektor fähig war.

Sergeant Riordan war knallrot angelaufen vor Wut. »Gehen Sie, Inspektor. Verlassen Sie auf der Stelle mein Haus. Ich habe es nicht nötig, mich von Ihnen wie ein Verbrecher behandeln zu lassen. Ich werde mich beschweren.«

John lächelte eisig. »Ich werde gehen, Sergeant Riordan. Aber ich komme wieder. Verlassen Sie sich darauf. Und dann werde ich Ihnen unter Umständen noch unangenehmere Fragen stellen. Gute Nacht, Sergeant.«

John ging zur Tür. Riordan stand mit zu Fäusten geballten Händen in der Diele und blickte ihm nach. Sein Gesicht war hassverzerrt. In diesen Augenblicken schwor er sich, den verdammten Inspektor umzubringen.

John schlug die Tür hart hinter sich zu. Als er den Wagen aufschloss, stand sein nächstes Vorgehen schon fest. Er würde Dr. McGraths Haushälterin einen Besuch abstatten. Wahrscheinlich konnte ihm die Frau mehr sagen. Die Adresse hatte John vorhin dem Telefonbuch entnommen.

Sergeant Riordan stand noch lange hinter dem Fenster. Er hatte sein Gesicht gegen die Scheibe gepresst. Es war nur noch eine Grimasse aus Wut und Hass.

Dann wandte sich Tim Riordan ab und ging zum Telefon. Mit zitternden Fingern wählte er eine bestimmte Nummer.

Sie gehörte Doktor Tod …

Um diese Stunde glich der Zeltplatz einem Friedhof. Nur das Geräusch der Wellen war zu hören, wenn sie gegen den schmalen Sandstrand klatschten.

Die Menschen schliefen. Eine sanfte Brise säuselte über die Zelte und ließ Wimpel und Planen flattern.

Doch das friedliche Bild täuschte.

Der Tod war schon unterwegs!

In Gestalt von sechs Rockern, die alle das grässliche Teufelsmal auf der Brust trugen.

Auch sie wollten ihr Opfer für das Monster holen!

Messer blitzten in ihren Händen. Wie helle Flecke leuchteten die Gesichter der Rocker im Mondlicht.

Und auf den Oberkörpern grinsten die Teufelsfratzen. Die Rocker waren zu tätowierten Mordrobotern geworden, die unter allen Umständen ihren Auftrag ausführen wollten.

Es war bereits kurz nach Mitternacht, und sie mussten sich beeilen, denn noch in dieser Nacht sollte das Grauen über den Touristenort Aweshire kommen.

Die ersten hatten bereits die Zelte erreicht. Wie gestaltlose Schatten huschten sie durch die schmalen Gänge. Ab und zu blieben sie lauschend stehen.

Doch niemand hatte sie gehört.

Die Blicke der Rocker tasteten über den Zeltplatz. Plötzlich stieß einer von ihnen ein leises Zischen aus. In dem Holzhaus des Zeltplatzwärters war Licht aufgeflammt.

Dieser Mann war für Ruhe und Ordnung auf dem Campingplatz verantwortlich. Mehrmals in der Nacht drehte er seine Runden, und schon manches Mal hatte er einen Dieb auf frischer Tat erwischt.

Die Tür des Holzhauses wurde aufgezogen.

Die Rocker verständigten sich mit einem Blick. Dieser Mann sollte das Opfer werden. Wie Schemen huschten die Rocker zwischen den Zelten in Deckung.

Der Wärter ahnte nichts. Sorgfältig schloss er seine Tür ab und ging dann über den mit Kies bestreuten Weg hinüber zum Zeltplatz.

In der rechten Hand hielt er eine Taschenlampe, die er ab und zu kurz aufflammen ließ. Um die Hüfte trug er ein Koppel, an dem ein Schlagstock hing. Der Stock war aus Hartgummi.

Der Wärter hatte einen ruhigen Tag hinter sich. Es war nichts Außergewöhnliches geschehen, und selbst die Gruppe Jugendlicher aus London hatte sich ruhig verhalten.

Schon hatte der Wärter die ersten beiden Rocker hinter sich im Rücken. Sie hockten im Schatten einer Zeltwand und beobachteten den Mann aus funkelnden Augen.

Zwei andere schlichen indessen zum Strand. Dicht vor die auslaufenden Wellen legten sie sich auf den Boden. Unter halb geschlossenen Augen beobachteten sie, wie der Wärter näher kam.

Er musste sie entdecken!

Es geschah nach genau zwei Minuten.

Der Zeltplatzwärter stieß plötzlich einen überraschten Ruf aus und beschleunigte seine Schritte. Er hatte die Taschenlampe angeknipst. Der Lichtstrahl huschte über den Boden und blieb schließlich an den Rockern hängen.

»Verdammtes Pack!«, knurrte der Wärter. Er hatte sofort erkannt, dass die Rocker nicht zu den Campern gehörten.

»He, kommt hoch, zum Teufel! Oder soll ich euch Beine machen?« Der Wärter leuchtete mit der Lampe genau in die Gesichter der beiden Rocker.

Der eine öffnete die Augen.

»Aufstehen!«, schrie der Wärter. »Wenn du pennen willst, dann geh woanders hin!«

Der Wärter war ein relativ kräftiger Mann, und er traute sich ohne Weiteres zu, es mit zwei Rockern aufzunehmen.

Der Rocker drehte sich zur Seite. Dabei klaffte seine Jacke auf der Brust auseinander.

Die Teufelsfratze starrte den Wärter an!

»He, was soll ...«

Die weiteren Worte blieben dem Wärter im Hals stecken. Das grässliche Brandmal begann plötzlich tiefrot zu leuchten. Magische Strahlen gingen von den Augen aus und bannten den Wärter auf die Stelle.

Die beiden Rocker standen auf.

»Dreh dich um!«, zischten sie und kicherten.

Der Wärter gehorchte wie unter einem Zwang.

Dort standen sie. Vier weitere Rocker. In ihren Händen blitzten lange Messer. Die Rocker hatten sich angeschlichen, während er mit den anderen beiden gesprochen hatte.

Plötzlich wurde dem Wärter die Kehle trocken. Die Teufelsfratzen, die auch die anderen vier trugen, verschwammen vor seinen Augen, zerflossen zu einem blutroten Nebel.

Mit brutaler Deutlichkeit wurde dem Wärter bewusst, dass sein Tod eine beschlossene Sache war.

Die vier Rocker kamen näher.

Der Kies knirschte unter ihren Sohlen.

Die Hände mit den Messern hatten sie vorgestreckt.

Unwillkürlich wich der Wärter zurück. Ein, zwei Schritte.

Da bohrte sich etwas Spitzes in seinen Rücken, durchtrennte sein Hemd und ritzte die Haut.

Die anderen beiden! Er hatte sie völlig vergessen!

Stocksteif blieb der Wärter stehen.

Ein leises Lachen klang hinter ihm auf. Es war das Letzte,

was der Mann in seinem Leben hörte, denn einen Herzschlag später bohrte sich der Stahl in seinen Rücken.

Der Wärter starb im Stehen.

Sofort sprangen zwei Rocker hinzu und hielten ihn fest. Der Mörder zog die Klinge aus dem Rücken und wischte sie ab.

Dann hoben die Rocker die Leiche hoch, gingen mit ihr zum Wasser. Ein anderer hatte bereits eines der vielen Boote losgebunden. Sie legten die Leiche hinein. Die Hälfte der Rocker stieg ebenfalls zu. Sie wollten dem Dämon das letzte Opfer bringen …

Doktor Tod hatte in dieser Nacht keinen Schlaf gefunden. Zu viel stand auf dem Spiel. Heute, in wenigen Stunden, würde es sich entscheiden.

Wieder hatte Doktor Tod einen Sieg errungen. Der Mann, der die Menschheit bis aufs Blut hasste und sich der Hölle verschworen hatte, wollte endlich seinen Triumph.

Das Monster würde kommen. Und mit ihm die sieben Leichen. Aweshire würde unter Panik und Grauen ersticken. Als Erstes stand das Hotel Sea-View auf der Liste der Monster. Hier würden sie ihren grausamen Feldzug beginnen.

Mitten in Doktor Tods Überlegungen hinein schrillte das Telefon. Der Menschenhasser sprang auf und griff nach dem Hörer.

Einer seiner Diener, Sergeant Riordan, war am Apparat.

Mit hastigen Worten sprudelte der Sergeant seinen Bericht hervor. Doktor Tods Gesicht veränderte sich von Sekunde zu Sekunde. Flammender Hass loderte in seinen Augen. Was Riordan erzählte, brachte ihn an den Rand der Weißglut.

Inspektor Sinclair, sein Todfeind, war aufgetaucht!

Mit Schrecken dachte Doktor Tod an die Szene auf dem Rummelplatz, als John Sinclair ihn gedemütigt hatte.

Und jetzt war er wieder da!

»Leg ihn um, Riordan!«, zischte Doktor Tod. »Leg dieses Schwein um! Und dann bring mir seine Leiche!«

Wütend knallte Doktor Tod den Hörer auf die Gabel. Minutenlang stand er bewegungslos. Dann zischte er: »Diesmal gewinnst du nicht, John Sinclair …«

Mit taumelnden Bewegungen trudelte der tote Campingplatz-Wärter in die Tiefe. Und wie von unsichtbarer Hand gelenkt, wurde er auf die versunkene Stadt getrieben.

Die anderen sechs Opfer erwarteten ihn bereits.

Sieben Opfer mussten es sein. Jetzt war die Zahl erreicht. Der Fluch war gelöscht!

Und hier – in der Tiefe des Sees – erwachte der Wärter wieder zu schaurigem Leben, damit er dem höllischen Monster dienen konnte, das ein uralter Fluch lange Zeit zur Untätigkeit verdammt hatte. Nie hatte es diesen See verlassen können – bis heute …

Die sieben Schreckensgestalten formierten sich zu einer Reihe. Dann begannen sie zu schwimmen. Es war mehr ein Dahingleiten durch die dunkle Tiefe des Sees.

Die sieben Leichen schwammen zu einer Höhle. Dunkel und riesengroß gähnte ihnen der Eingang entgegen.

Sie schwammen in den Schlund.

Kein Lichtstrahl drang bis in diese Tiefe vor. Pechschwarz war die Finsternis, und doch fanden sich die sieben Leichen zurecht, als wäre es heller Tag.

Plötzlich geriet vor ihnen das Wasser in Bewegung. Strömungen und Strudel entstanden. Sand quirlte auf. Wie Puppen wurden die Leichen durcheinandergeworfen.

Das Monster war unterwegs!

Endlich konnte es den See verlassen. Bisher hatte es sich nur ein paarmal an die Oberfläche gewagt. Einmal war es von einer jungen Frau gesehen worden, dessen Freund es sich geholt hatte. Aber jetzt war alles anders. Jetzt konnte es an Land, in die Stadt, deren Menschen dem Tod geweiht waren …

Mrs. Kilrain, Dr. McGraths Haushälterin, war eine ältere Frau mit einer dicken Hornbrille auf der runden Nase. Die Augen hinter den Gläsern sahen besorgt aus.

»Ich verstehe das nicht, Inspektor«, sagte sie. »Der Doktor war immer pünktlich, und dann passiert so etwas.«

John lehnte sich in dem hohen Ohrensessel zurück. Es war schon weit nach Mitternacht, und Mrs. Kilrain hatte erst einmal einen starken Kaffee aufgebrüht.

»Meinen Sie, dass es sich noch lohnt zu warten?«, fragte die Haushälterin besorgt.

John nahm einen Schluck Kaffee. »Mrs. Kilrain, was ich Ihnen jetzt sage, wird ein Schock für Sie sein. Sie müssen mit dem Schlimmsten rechnen.«

Mrs. Kilrains Augen weiteten sich. »Heißt das, dass er …«

»Ja. Unter Umständen ist Dr. McGrath nicht mehr am Leben.«

»Mein Gott.« Die Haushälterin vergrub das Gesicht in den Händen. »Aber warum? Dr. McGrath hat in seinem Leben nur Gutes getan. Er hat allen geholfen, war bekannt, beliebt. Es gibt keinen Grund, ihn umzubringen.«

John zündete sich eine Zigarette an. »Doch, Mrs. Kilrain, es muss einen Grund geben. Schließlich hat uns Dr. McGrath einen Brief geschrieben.«

»Ach, den Brief.«

»Wissen Sie davon?«, fragte John schnell.

Mrs. Kilrain nahm ihre Brille ab und putzte sich die Augen mit einem Taschentuch trocken. »Der Doktor hat mir davon erzählt. Er sprach von Leuten, die verschwunden sind und nie mehr auftauchten.«

»Hat er genauere Erklärungen abgegeben, Mrs. Kilrain?«, wollte John wissen. »Überlegen Sie jetzt gut. Jedes Wort kann wichtig sein. Versuchen Sie sich zu erinnern!«

»Er brachte das Verschwinden der Leute mit einem uralten Fluch in Verbindung. Dr. McGrath interessierte sich sehr für die Geschichte der näheren Umgebung. Er setzte alles ein, um mit seinen Forschungen voranzukommen. Und dann stieß er auch auf diese Stadt, die vor langen Jahren versunken ist. Es war ein heidnisches Volk, das dort lebte. Und die Menschen brachten einem Dämon ihre Opfer. Bis es dem Herrgott zu viel wurde und er die Stadt versinken ließ. So erzählt es die Sage. Und damit das Monster nie mehr auftauchte, wurde es durch einen Fluch gebannt. Sollte dieser Bann doch je gebrochen werden, dann gibt es immer noch ein Mittel, mit dem der Gerechte dem Monster zu Leibe rücken kann. Das ist der silberne Pfeil der Armbrust.«

John Sinclair hatte konzentriert zugehört. »Dr. McGrath hat die Geschichte geglaubt?«, fragte er.

»Selbstverständlich. Es ist ja auch tatsächlich etwas dran. Diese versunkene Stadt gibt es.«

»Auch die Armbrust?«

»Ja, auch die.« Mrs. Kilrain nickte eifrig. »Der Doktor hat mal davon gesprochen, dass sie in unserem Heimatmuseum ausgestellt ist. Viele haben sie schon bewundert, aber niemand hat die wahre Symbolik dieser Waffe gekannt. Ich glaube, dass nur Dr. McGrath davon wusste.«

John Sinclair war längst klar, dass er diese Armbrust haben musste. Und zwar noch in dieser Nacht.

»Wer hat den Schlüssel zu dem Museum?«, fragte John.

»Aber, Inspektor. Sie wollen doch nicht ...«

»Doch, Mrs. Kilrain. Ich will nicht nur, ich muss sogar. Wenn ich bis morgen warte, kann es bereits zu spät sein. Also, wer hat ihn?«

»Der Museumsdiener ist der alte Flaherty.«

John stand auf. »Dann nichts wie hin.«

Der Inspektor hatte zwar seine mit Silberkugeln geladene Pistole, aber er wusste aus Erfahrung, dass es manchmal einer bestimmten Waffe bedurfte, um einen gewissen Dämon zu bekämpfen. Hier brauchte er anscheinend den geweihten silbernen Pfeil einer Armbrust.

Das Museum lag am Ende der Altstadt. Es war am Hang gebaut, inmitten kleiner verschachtelter Häuser.

John kam mit dem Wagen nicht hin. Er musste ihn unten

an der Straße stehen lassen. Eine Steintreppe führte zu dem Museum hoch. Sie war zu beiden Seiten durch ein kunstvoll geschmiedetes Eisengeländer gesichert.

Mrs. Kilrain war mitgefahren, denn sie kannte den alten Flaherty sehr gut.

Der Museumsdiener wohnte unter dem Dach des Gebäudes. Zwei kleine Zimmer reichten ihm dort.

Es gab eine alte Klingel.

»Hoffentlich ist er zu Hause«, meinte Mrs. Kilrain, als sie auf den Knopf drückte.

John zuckte mit den Schultern. »Wenn nicht, muss ich die Tür aufbrechen.« Die Haushälterin sah ihn nur an.

Flaherty war zu Hause. Schon nach kurzer Zeit wurde oben ein Fenster geöffnet.

»Verdammt noch mal«, tönte eine krächzende Stimme. »Kann man denn nicht einmal in Ruhe schlafen?«

»Mach auf, Flaherty«, rief Mrs. Kilrain, »es ist wichtig.«

»Sarah, du?« John hörte einen erstaunten Ausruf. Es folgten ein paar gemurmelte Worte, und der Kopf verschwand.

»Das ging ja gut«, sagte die Haushälterin.

John lächelte zuversichtlich. Innerlich war er nervös. Die Zeit lief ihm davon. Er ahnte, dass es in den nächsten Stunden zu einer Entscheidung kommen würde.

Schließlich tauchte der alte Flaherty auf. Der Museumsdiener war ein mickriges Männchen mit einem zerknitterten Gesicht und einer randlosen Brille. Er trug einen abgewetzten Morgenmantel, unter dem die Beine einer gestreiften Schlafanzughose hervorschauten. Seine Füße steckten in Filzlatschen.

Um das Verfahren abzukürzen, zückte John Sinclair seinen Ausweis. Flaherty bekam große Augen.

»Scotland Yard?«, murmelte er. »Ja, zum Teufel, was habe ich denn angestellt?«

»Sie gar nichts«, sagte John schnell. »Aber wir brauchen Ihre Hilfe.«

»Wüsste nicht, womit ich Ihnen helfen könnte, Inspektor. Bei mir hat sich kein Mörder versteckt.«

»Ich will auch keinen Mörder fangen«, erwiderte John und schob sich an dem Mann vorbei in das Innere des Museums. »Wo hängt die Armbrust?«

»Hehe, Inspektor«, rief der alte Flaherty und rannte John auf seinen kurzen Beinen nach.

Der Inspektor wandte sich um. »Stellen Sie jetzt keine großen Fragen, Mr. Flaherty. Ich brauche die Armbrust und den silbernen Pfeil. Erklärungen gebe ich Ihnen später.«

»Aber ich ...«

John sah den Alten an, und dieser verstummte.

»Kommen Sie mit«, sagte Flaherty.

Er schlurfte vor John durch die Räume. Es roch muffig und nach Bohnerwachs. Flaherty hatte überall Licht gemacht. John sah die vielen Zeugen der Vergangenheit. Es waren zumeist Steine und Tonwaren. Aber auch nachgebildete Urtiere und alte Häuser gab es.

Vor einem an der Wand hängenden Glaskasten blieb der alte Flaherty schließlich stehen.

»Da ist sie«, sagte er.

John blickte nachdenklich durch die Scheibe. Die Armbrust war nicht aus Silber, sondern aus Holz. Die Sehne war nicht brüchig geworden, wie John auf den ersten Blick feststellen konnte, und Schaft und Kolben glänzten matt.

Daneben hing ein aus Korb geflochtener Köcher. Und in ihm steckte ein silberner Pfeil. Das Silber war längst angelaufen und glänzte kaum noch. Trotzdem hatte es von seiner Wirkung sicher nichts verloren.

»Schließen Sie auf«, sagte John zu dem Museumsdiener.

Der alte Flaherty blickte den Inspektor aus großen Augen an. »Sie wollen die ...«

»Ich will Ihre Armbrust nicht stehlen, sondern sie mir nur ausleihen. Und das aus einem ganz bestimmten Grund, den ich Ihnen hinterher sagen werde.«

Flaherty verstand nichts mehr. Er sah Mrs. Kilrain an, die jedoch nur die Schultern hob.

»Wenn Sie meinen, Inspektor.«

Flaherty holte sein Schlüsselbund aus der Tasche des Morgenmantels und schloss den großen Glaskasten auf. Die Armbrust hing auf zwei Haken.

Behutsam nahm John sie herunter. Die Waffe war schwerer, als er angenommen hatte. An zwei Ösen war ein Lederriemen befestigt, sodass John sich die Armbrust über die Schulter hängen konnte. Den Köcher hängte er über die andere Schulter.

»Kommen Sie«, sagte der Inspektor zu Mrs. Kilrain.

John setzte sich eiligen Schrittes in Bewegung. Der Museumsdiener rannte hinter ihm her. »Wann bekomme ich sie denn zurück? Ich muss schließlich eine Meldung machen.«

»Spätestens morgen«, sagte John. »Nein, heute«, verbesserte er sich mit einem Blick auf die Uhr.

John ging nach draußen und lief die Treppe hinunter. Die Armbrust hatte ein ganz schönes Gewicht, und John dachte mit Schaudern daran, dass er wahrscheinlich tauchen musste, um dem Monster den Garaus zu machen. Der Inspektor hatte sich schon innerlich auf einen Kampf in der Tiefe des Sees eingestellt.

Der Bentley stand noch so dort, wie John ihn verlassen hatte. Der Inspektor schloss die Tür auf und legte die Armbrust auf den Rücksitz.

Er wollte sich gerade hinter das Steuer klemmen, als er zufällig einen Blick zur Treppe warf.

Dort war Mrs. Kilrain auf der vorletzten Stufe stehen geblieben. Sie sah an John vorbei und hob plötzlich den Arm, um jemandem zuzuwinken.

»Hallo, Sergeant Riordan«, rief sie. »Kommen Sie her, wir haben eine Entdeckung gemacht, die Sie bestimmt interessieren wird.«

John wandte den Kopf.

Es war tatsächlich der Sergeant. Mit schnellen Schritten kam er die enge Straße hoch.

Mrs. Kilrain hatte sich wieder in Bewegung gesetzt, um in den Wagen zu klettern.

In dem Moment passierte der Sergeant den Lichtkreis einer

Laterne. Und John sah das Metall in der Hand des Polizisten funkeln.

In Sekundenschnelle ahnte er die Zusammenhänge. Riordan war gekommen, um ihn zu töten.

Da riss der Sergeant schon den Arm mit der Waffe hoch …

John Sinclair reagierte sagenhaft schnell.

Er warf sich nach rechts und stieß im Fall Sarah Kilrain zur Seite. Die Frau schrie auf und knallte zu Boden.

Da peitschten schon die Schüsse.

Die Kugeln pfiffen über John hinweg und ratschten am Dach des Bentleys entlang.

John rollte sich um die eigene Achse.

Wieder zerrissen Schussdetonationen die Stille.

Hautnah prallten die Kugeln neben John auf das Kopfsteinpflaster des schmalen Bürgersteiges und sirrten als Querschläger davon.

Mrs. Kilrain schrie markerschütternd. Von oben rannte der Museumsdiener die Stufen herab.

John Sinclair schnellte hoch. Er rief Flaherty eine Warnung zu und tauchte in Deckung des Bentleys.

Riordan feuerte weiter. Wie ein Wahnsinniger. Dabei drangen aus seinem Mund schrille, abgehackte Schreie.

John hatte seine Pistole gezogen. Er hätte Riordan aus seiner Deckung erschießen können, aber er wollte den Mann lebend.

Mrs. Kilrain hatte aufgehört zu schreien. Auf allen vieren kroch sie auf die Treppenstufen zu.

Der Sergeant setzte sich jetzt in Bewegung. Noch immer hielt er seine Waffe in der Hand.

John sprang hinter dem Bentley hervor.

»Weg mit der Waffe!«, gellte seine Stimme.

Riordan kreiselte herum, sah den Inspektor und wollte feuern.

John schoss um den berühmten Sekundenbruchteil früher.

Seine Pistole bellte auf, und die Silberkugel fuhr dem Polizisten ins Bein.

Wie ein Sack fiel Riordan auf die Erde. Er wälzte sich auf den Rücken, zog das rechte Bein an und umklammerte die getroffene Stelle. Dabei hielt er die Waffe noch in den Händen.

John lief auf ihn zu.

Riordan sah ihn kommen und versuchte, sich aufzurichten.

»Bleiben Sie liegen«, zischte John, »und lassen Sie endlich die Pistole fallen!«

Der Sergeant dachte gar nicht daran. Er winkelte plötzlich den Arm an, und ehe John eingreifen konnte, hatte er abgedrückt.

Aber nicht auf den Inspektor, sondern er hatte sich selbst die Kugel in die Brust geschossen.

Mit einem erstickten Seufzer fiel Riordan zurück. Sein Hinterkopf schlug hart auf den Stein.

John Sinclair murmelte eine leise Verwünschung und kniete neben dem Mann nieder.

Noch lebte Riordan, aber selbst ein Laie konnte erkennen, dass es bald mit ihm zu Ende gehen würde.

»Soll ich einen Krankenwagen rufen?«, fragte hinter Johns Rücken die zittrige Stimme des Museumsdieners.

»Nein, höchstens einen Leichenwagen.«

Der Inspektor beugte sich über den Sterbenden. Blanker Hass stand in den Augen des Sergeanten. John hatte selten erlebt, dass jemand in der Sterbestunde noch seinen Hass bewahrte.

Trotzdem versuchte er es.

»Erleichtern Sie Ihr Gewissen, Riordan. Wer hat Sie zu der Tat angestiftet? Das ist doch nicht in Ihrem Kopf entstanden. Sagen Sie es mir.«

Riordan keuchte. Blutiger Schaum legte sich auf seine Lippen. »Ich – wollte es tun, aber Sie – Sie waren stärker.« Riordan machte eine Pause. Sein Körper bäumte sich unter schrecklichen Schmerzen auf. Dann öffnete der Sergeant noch einmal den Mund. »Mich haben – Sie besiegt, Inspektor. Aber – er – er – ist stärker als Sie …«

»Wer ist stärker als ich?«, drängte John. »Wer? Reden Sie, Riordan?«

Noch einmal hob der Sergeant den Kopf und nahm alle Kraft zusammen. »Es ist – es ist – Doktor Tod …!«

Mit dem letzten Wort erlosch auch das Leben in dem Körper des Sergeants.

John Sinclair aber hockte dort wie erstarrt. Die letzten Worte des Toten hämmerten in seinem Schädel.

Doktor Tod! Sein Supergegner war wieder aufgetaucht. Er hätte es sich denken können. Wo Angst und Schrecken um sich griffen, war dieser Menschenhasser nicht weit.

Aber wo sollte John ihn finden? Wussten die Menschen hier in Aweshire überhaupt von seiner Existenz? Wahrscheinlich ahnten sie nicht, in welcher Gefahr sie schwebten.

John Sinclair stand langsam auf. Als er sich umdrehte, kam Flaherty auf ihn zu.

»Der Mann wird abgeholt«, sagte er und seine Stimme zitterte.

»Gut«, sagte John. »Sie wissen ja Bescheid, Mr. Flaherty. Ich kann leider nicht hierbleiben. Sagen Sie den Beamten, dass ich später einiges erklären werde.«

Der Museumsdiener nickte nur.

John Sinclair ging zu seinem Wagen, wo Mrs. Kilrain bereits auf ihn wartete. In ihrem Gesicht stand noch der Schrecken zu lesen, den sie empfunden hatte. Ihr Knie blutete. Sie hatte es sich bei dem Sturz aufgeschrammt.

John schob die Frau behutsam in den Wagen. »Ich fahre Sie nach Hause.«

Der Inspektor setzte sich hinter das Lenkrad. Mrs. Kilrain hatte den Kopf gesenkt und starrte vor sich hin. »Warum hat er das getan?«, fragte sie mit tonloser Stimme.

»Ich weiß es nicht«, log John. »Am besten ist, Sie nehmen ein Schlafmittel und legen sich ins Bett. Ich versichere Ihnen, es geht alles in Ordnung.«

Sanft fuhr der Bentley an. Erst jetzt begegneten ihnen einige Menschen, die von den Schüssen aufgeschreckt worden waren. Hoffentlich konnte der alte Flaherty sie beruhigen.

Immer wieder musste John Sinclair an Doktor Tod denken. Dass dieser Mann wieder hinter allem steckte, machte die Sache noch schlimmer. John dachte auch an die Rocker und wusste jetzt, dass Doktor Tod es gewesen war, der diese Menschen zu Mordrobotern programmiert hatte.

Der Inspektor fragte sich, wie viele Rocker noch in Aweshire herumliefen. Je länger er über die Probleme nachdachte, umso größer kam ihm die Gefahr vor, und John Sinclair fühlte sich plötzlich dem Grauen gegenüber unsagbar hilflos.

»Wir sind da«, sagte Mrs. Kilrain. Im selben Moment stutzte sie. »In der Wohnung brennt ja Licht«, sagte sie.

Auch John wurde misstrauisch. »Haben Sie es vielleicht brennen lassen?«, fragte er vorsichtshalber.

»Nein. Ich weiß ganz bestimmt, dass ich es überall ausgeknipst habe. Aber vielleicht ist Dr. McGrath zurückgekommen.«

»Ja, das ist eine Möglichkeit«, gab John zu, obwohl er selbst daran nicht glaubte. Aber noch war nicht bewiesen, dass Dr. McGrath nicht mehr lebte.

»Ich gehe sicherheitshalber mit rein«, sagte John.

Sie stiegen aus. Der Inspektor lockerte die Waffe in seinem Holster.

Sie gingen durch den kleinen Vorgarten des Hauses, und Sarah Kilrain schloss die Tür auf.

Schon in der kleinen Diele kam ihnen der Mann entgegen.

»Dr. McGrath!«, rief die Haushälterin und blieb vor Überraschung stocksteif stehen.

Auch John war überrascht. Er wunderte sich nur, denn der Arzt sagte keinen Ton. Auch sah sein Gesicht seltsam bleich und aufgedunsen aus. Außerdem störte ihn der Geruch, der in dem Raum lag. Es roch irgendwie nach fauligen Pflanzen, nach Moder …

Da drehte sich der Arzt ein wenig zur Seite. Und da wusste John, was mit ihm los war.

In der Brust des Arztes klaffte ein Loch, eine Wunde.
Dr. McGrath war eine lebende Leiche …

Erst jetzt sah sich John Dr. McGrath genauer an. Seine Kleidung war feucht. Sie strömte den widerlichen Geruch aus. McGrath hatte die Augen verdreht. Das Gesicht war aufgedunsen und zeigte weiße Flecken. Die Finger waren zu Krallen gebogen – und, was John vollends davon überzeugte, dass er hier eine Leiche vor sich hatte: McGrath atmete nicht.

Noch hatte Sarah Kilrain nicht richtig begriffen, was mit dem Arzt los war. Sie tat einen Schritt vorwärts, wollte auf den lebenden Leichnam zugehen …

John hielt sie im letzten Augenblick zurück.

»Keinen Schritt weiter!«, zischte er.

»Aber …«

»Los, in das Zimmer!«

Rechts von sich sah John eine braun gestrichene Tür. Er zog sie auf und schob Sarah Kilrain hindurch. »Hier bleiben Sie erst mal.«

John zog die Tür wieder zu. Der lebende Leichnam drehte sich schwerfällig um, starrte John Sinclair direkt an.

Der Inspektor zog seine mit Silberkugeln geladene Pistole. Er zielte genau. Es gab keine andere Möglichkeit, diesen lebenden Toten aufzuhalten. John musste ihn erschießen. Mit der geweihten Kugel. Nur dann fand der Tote endgültig seine Ruhe.

In diesem Augenblick hörte John den Schrei.

Der Inspektor verharrte. Leicht geduckt stand er da, lauschte. Kein Zweifel, der Schrei war aus dem Zimmer gekommen, in das er Mrs. Kilrain geschickt hatte.

John Sinclair riss die Tür auf.

Zuerst sah er nichts, hörte nur wimmernde Geräusche. Johns Hand tastete nach dem Lichtschalter …

Da spürte er etwas Feuchtes, Kaltes auf seinen Fingern.

Die Hand des toten Dr. McGrath!

John Sinclair vereiste.

Die Totenfinger packten gnadenlos zu, drückten Johns Handgelenk zusammen.

Wieder hörte er die Frau wimmern.

John Sinclair kämpfte. Der Tote besaß übermenschliche Kräfte. Er war mit Faustschlägen nicht zu stoppen.

Das Wimmern der Frau endete in einem erstickten Röcheln. Das Geräusch ging John Sinclair durch Mark und Bein. Wenn er in der nächsten Sekunde nicht etwas unternahm, war die Frau verloren!

Noch einmal sammelte John alle Kräfte. Der Tote hatte ihm den Arm zurückgedreht. John stand in einer gebückten Haltung.

Noch war sein rechter Arm frei. Er bog ihn zurück, sodass die Mündung der Pistole über seine Schulter zeigte.

Inspektor Sinclair zog durch.

Er spürte den Rückschlag der Pistole und hörte, wie die Kugel gegen eine weiche Masse klatschte.

Sofort ließ der Druck an Johns linkem Arm nach. Er konnte sich wieder frei bewegen.

Der Geisterjäger kreiselte herum, berührte mit dem Handballen den Lichtschalter.

Die Lampe an der Decke glühte auf. John brauchte vielleicht eine Sekunde, um das in sich aufzunehmen, was er sah.

Mrs. Kilrain lag auf dem Boden. Über ihr hockte eine schon halb verweste Gestalt und hatte die knochigen Hände um die Kehle der Frau gelegt.

John Sinclair flog quer durch das halbe Zimmer. Seine Absätze rammten den Kopf des Toten.

Die Gestalt wurde zur Seite geworfen, ließ den Hals der Frau aber nicht los. John machte kurzen Prozess.

Blitzschnell setzte er dem Toten die Pistole gegen die Schläfe. Ein Schuss reichte.

Die Wucht des Einschlages schleuderte den schon halb skelettierten Schädel zur Seite. Die Hände lösten sich von dem Hals der Frau.

Behutsam hob John Sinclair die ohnmächtige Haushälterin hoch. Er brachte sie in ein anderes Zimmer und legte sie dort auf eine Couch.

Dann ging er zu den Toten zurück und überzeugte sich davon, dass er ihnen endgültig den Garaus gemacht hatte. Anschließend schloss John das Zimmer ab.

Aber noch etwas anderes war ihm klar geworden. Der Dämon hatte bereits seine Vorboten geschickt. Bestimmt war auch er schon aus seinem jahrhundertealten Schlaf erwacht, und der Bann des Fluches war gebrochen.

Das hieß: Für John Sinclair wurde es höchste Zeit.

Der Inspektor hastete zurück ins Wohnzimmer, in dem Mrs. Kilrain lag.

Sie kam gerade wieder zu sich.

John schilderte der Frau mit ein paar Worten das Nötigste und riet ihr, sich so lange, bis alles vorbei war, bei einer Verwandten einzuquartieren.

Sarah Kilrain wollte Johns Rat beherzigen.

John verabschiedete sich hastig und kehrte zu seinem Bentley zurück.

Eine Minute später rollte er schon in Richtung See. John Sinclair wollte sich dem Ungeheuer stellen …

Die Zeltplane riss wie billiger Stoff!

Erschreckt fuhr das Pärchen auseinander. Das Mädchen sah einen drohenden Schatten im Zelteingang stehen und schrie gellend auf. Es trug nur einen Slip und versuchte mit beiden Händen seine Brüste zu bedecken.

Der junge Mann handelte.

Er dachte sofort an einen Spanner oder einen Überfall und griff zu der kleinen Gaspistole, die unter der Luftmatratze lag.

Die lebende Leiche blieb stehen. Modergeruch erfüllte das Halbdunkel des Zeltes. Noch waren nur die Umrisse der Gestalt zu erkennen, noch wussten die beiden jungen Leute nicht, was auf sie zukam.

»Bleiben Sie stehen!«, brüllte der Mann, während seine Freundin hastig nach einem Pullover griff und ihn überstreifte.

Kein Laut drang aus dem Mund des Unheimlichen. Er glotzte die beiden Menschen nur an.

Der Junge griff mit der freien Hand nach der Taschenlampe, knipste sie an.

Wie ein Speer fuhr der Lichtstrahl durch das Halbdunkel – und …

Das nackte Entsetzen sprang die beiden Menschen an.

Der Eindringling hatte kein Gesicht mehr!

Bleiche Knochen schimmerten im Licht der Lampe. Zahnstümpfe waren in einem halb geöffneten Mund zu sehen. Die Kleidung des Unheimlichen war zerrissen. Zum Teil klebte sie an den blanken Knochen des Körpers.

Der junge Mann zog automatisch den Abzug der Pistole durch. Die Gaspatronen zerplatzten. Ätzender Qualm breitete sich aus, und dem Mann wurde plötzlich klar, dass diese Schüsse das Monster nicht abschrecken konnten.

»Lauf weg, Ginny!«, keuchte er. »Lauf weg!«

Ginny begann zu schreien und weinen. Das Gas trieb beiden die Tränen wie Sturzbäche aus den Augen. Eine graue Nebelwand lag in dem Zelt.

Da warf sich das Monster vor.

Der Junge sah auf einmal die wuchtige Gestalt auftauchen und spürte den mörderischen Schlag, mit dem ihm die Lampe aus den Fingern gefegt wurde. Sie brannte auf dem Boden weiter. Doch das bekam er nicht mehr mit.

Der Tote stürzte sich auf ihn. Knochenfinger tasteten nach seiner Kehle, drückten gnadenlos zu.

»Ginny – weggg – ahhh …« Das waren die letzten Worte, die der junge Mann herausbringen konnte.

Ginny, die der Schock bisher gelähmt hatte, sprang auf. Automatisch griff sie zu den Jeans und jagte dem Zeltausgang zu.

Eine Hand wischte durch die Luft, wollte Ginnys Fuß packen.

Da flog Ginny nach draußen. Die Hand des Toten packte

ins Leere. Für ein paar Sekunden blieb Ginny auf dem Boden liegen. Dann raffte sie sich auf.

Im nächsten Augenblick sah sie, was auf dem Zeltplatz los war. Sie wurde mit dem Chaos konfrontiert.

Markerschütternde Schreie gellten in ihren Ohren und trieben ihr einen Schauer nach dem anderen über den Rücken. Menschen flohen nur halb bekleidet in wilder Panik. Es waren noch weitere vier Ungeheuer, die mordend und plündernd über den Platz zogen.

Eine Freundin rannte auf Ginny zu. »Sie haben ihn umgebracht!«, kreischte sie. »Die Leichen, sie haben ihn ...«

»Bleib stehen!«, schrie Ginny und griff nach dem Arm der Freundin.

»Lass mich los! Lass mich los, die Bestie!« Das Mädchen hatte den Verstand verloren.

Ginny hetzte weiter. Neben ihr tauchte plötzlich eine halb verweste Gestalt auf.

Ginny fuhr erschreckt zurück.

Die Gestalt griff zu. Übergroß kamen dem Mädchen die Hände vor.

Da wurde sie von hinten gepackt. »Los, weg, Mädchen!«, zischte eine Stimme.

Ginny kannte den Mann nicht, der sie festhielt, doch er hatte sie den Klauen der Bestie entrissen.

Der Tote nahm die Verfolgung auf.

Im selben Augenblick stolperte Ginnys Retter über ein dicht am Boden gespanntes Zeltseil.

Der Mann fiel hin.

Und schon war die Bestie da. Ginny sah nicht, was der Tote mit ihrem Retter anstellte. In blinder Panik hetzte sie davon.

Überall rannten schreiend und brüllend die Menschen aus den Zelten. Und die grässlichen Toten verfolgten sie. Es war wie in einem Horrorfilm. Nur war dies hier schreckliche Wirklichkeit.

»Wir müssen ins Hotel!«, hörte Ginny plötzlich eine Männerstimme brüllen.

Als sei diese Stimme ein Signal gewesen, schüttelten die Menschen plötzlich die sinnlose Panik ab und rannten in Richtung des nächstliegenden Hotels.

Es war das Sea-View, das Haus, in dem sich auch John Sinclair und Bill Conolly eingemietet hatten.

Ginny war eine der Ersten. Noch immer hatte sie es nicht geschafft, ihre Jeans anzuziehen. Barfuß, und nur mit Pulli und Slip bekleidet, hetzte sie durch die Nacht.

Aber darauf achtete jetzt niemand. Jeder hatte mit sich selbst zu tun.

Der hell erleuchtete Eingang des Hotels tauchte auf. Die ersten Menschen rüttelten schon an der Glastür.

Sie war verschlossen.

Die Schreie der Enttäuschten hallten durch die Nacht. In der Halle standen zwei Portiers. Sie schlossen die Tür nicht auf. Die ersten Gäste wurden wach. Fenster klappten auf. Wieder brüllten Menschen.

Steine flogen.

Sie knallten gegen die Scheiben. Doch das Glas hielt. Es war schlag- und schusssicher.

Die geflohenen und verzweifelten Menschen hatten keine Chance. Und die mordenden Leichen kamen immer näher …

Bill Conolly fand keinen Schlaf. Unruhig wanderte er in seinem Zimmer auf und ab. In der rechten Hand hielt er ein halb volles Whiskyglas. Hin und wieder nahm er einen Schluck des goldbraunen Getränks.

Bill machte sich Vorwürfe. Er hätte sich nicht von John überreden lassen sollen. Er hätte mitgehen sollen, mitkämpfen. Hätte, hätte, hätte …

Nahezu wütend trank Bill sein Glas leer und trat ans Fenster.

Sein Zimmer lag im vierten Stock, und er hatte von hier einen fantastischen Blick über den See, der jetzt allerdings nur zu erahnen war.

Im Hotel war es still. Ich warte noch eine Viertelstunde, nahm er sich vor, dann gehe ich John suchen.

Der Reporter wollte sich gerade vom Fenster abwenden, als er die Schreie hörte.

Lauschend blieb Bill Conolly stehen.

Kein Zweifel, das waren Schreie. Gellend, markerschütternd. So schrien nur Menschen in höchster Not.

Da war irgendetwas passiert.

Bill riss das Fenster auf. Weit lehnte er sich nach draußen. Jetzt hörte er die Schreie deutlicher. Sie kamen vom Zeltplatz her und wurden immer lauter.

Bill lief ein Schauer über den Rücken. Das waren viele Menschen, die dort angelaufen kamen. Menschen in Panik.

Bill Conolly ahnte Schreckliches. Und er nahm an, dass die Verzweifelten vor etwas Schutz suchen wollten. Schutz in diesem Hotel.

Für den Reporter gab es kein Halten mehr. Er holte sein Jackett aus dem Schrank und warf es sich über. Er nahm sich nicht erst die Zeit, das Pistolenholster umzuschnallen, sondern steckte seine Waffe – eine Beretta – kurzerhand in die Jackentasche, die durch das Gewicht nach unten gezogen wurde.

Bill lief auf den Gang.

Er war nicht der Einzige, der die Tür aufgezogen hatte. Andere Gäste hatten ebenfalls die Schreie gehört. Sie standen herum, blickten sich an und waren ratlos.

Natürlich war kein Lift oben.

Bill nahm die Treppe, sprang drei, vier Stufen auf einmal hinab.

Er raste in die Empfangshalle.

Dort standen die Portiers mit blassen Gesichtern und starrten durch die große Scheibe der Eingangstür, vor der sich halb bekleidete, Schutz suchende Menschen zusammengeballt hatten.

Bill sah angstverzerrte Gesichter. Augen, in denen das nackte Grauen und die Panik geschrieben standen.

Steine knallten gegen das Glas.

Bill riss einen der Portiers an der Schulter herum. »Warum lassen Sie die Leute nicht rein?«, schrie er.

Der Portier, ein Mann mit rotem aufgedunsenem Gesicht, zuckte die Achseln.

»Diesen Pöbel? Aber, Sir …«

Bill Conolly konnte sich nur mit Mühe beherrschen. Am liebsten hätte er dem Portier die Faust ins feiste Gesicht gesetzt. »Ich will Ihnen mal was sagen, Mann«, sagte er mit vor unterdrückter Wut bebender Stimme. »Das ist kein Pöbel, das sind Menschen, die Angst haben. Angst, verstehen Sie?«

»Dann gehen Sie doch zu denen!«, sagte eine andere Stimme.

Bill wandte den Kopf. Der zweite Portier hatte sich eingemischt. Er war ein bulliger Typ mit Armen wie ein Ringkämpfer.

Bill ging langsam auf ihn zu.

Der Portier grinste ihm frech entgegen.

Und da schlug Bill Conolly zu. All seine Wut, seine Enttäuschung über die verbohrten Typen legte er in einen Aufwärtshaken, der den Portier genau auf den Punkt traf.

Der Mann wurde wie ein Geschoss zurückgefegt und krachte gegen das Rezeptionspult, wo er einen Telefonapparat und einen Stoß Anmeldeformulare zu Boden riss.

Bill war sofort herumgewirbelt und hatte seine Pistole gezogen. »Wetten, dass Sie jetzt aufschließen?«, knarrte seine Stimme.

»Gut. Ich beuge mich der Gewalt«, sagte der Rotgesichtige. »Aber die Sache wird ein Nachspiel haben, verlassen Sie sich darauf.«

»Abwarten!«

Der Portier holte aus seiner Tasche einen Schlüssel. Betont langsam fummelte er an dem Schloss herum.

Die Menschen draußen trommelten mit den Fäusten gegen das Glas. Einige drehten die Köpfe, blickten zurück, und als sie die Gesichter wieder der Tür zuwandten, waren sie in noch wilderer Panik verzerrt.

Bill ahnte, dass dort im Rücken der Menschen das Grauen immer näher kam.

»Schneller!«, herrschte er den Portier an.

Der Rotgesichtige beeilte sich tatsächlich.

Dann war die Tür offen.

Mit einem vielstimmigen Erlösungsschrei quollen die Menschen in die Hotelhalle.

Der Portier wurde wie ein Blatt im Wind zur Seite gefegt.

»Die Tür muss wieder geschlossen werden!«, brüllte ein Mann. »Die Monster! Sie kommen!«

Bill Conolly handelte. Er bahnte sich einen Weg durch die Menschentraube und hetzte auf den schimpfenden, am Boden liegenden Portier zu.

Der Mann hielt den Schlüssel noch in der Hand, hatte ihn nicht stecken lassen.

»Gib her!«, schrie Bill.

Als der Portier nicht sofort reagierte, riss Bill ihm den Schlüssel aus den Fingern. Er passte zu dem Sicherheitsschloss, war beste Feinmechanikerarbeit.

Der Reporter rannte zur Eingangstür, die jetzt vollständig von den Menschen geräumt worden war.

Sie stand sperrangelweit offen!

John packte den linken Glasflügel, stieß ihn gegen die Metallhalterung am Boden.

Dann griff er nach dem rechten Flügel.

Im selben Augenblick sah er den ersten Toten! Drei Schritte war er noch von der Tür entfernt.

Bill starrte in das aufgedunsene, völlig entstellte Gesicht einer Wasserleiche und war für ein, zwei Herzschläge wie gelähmt.

Die Leiche warf sich vor.

Gleichzeitig knallte Bill den Glasflügel zu. Der schwere Türflügel schmetterte gegen das Gesicht der Bestie, trieb sie zurück.

Aber Bill hatte nicht genügend Schwung hinter seinen Stoß gelegt, oder die Bestie hatte zu viel Kraft.

Auf jeden Fall klemmte der rechte Arm der Bestie zwischen dem Türspalt.

Bill sah, wie sich die Finger bewegten, wie die langen Nägel versuchten, sich in seiner Anzugsjacke zu verhaken.

Da riss der Reporter die Tür wieder auf.

Gleichzeitig fiel ihm der Tote entgegen. Bill verhakte die Hände ineinander und schmetterte sie der lebenden Leiche in das teigige Gesicht.

Die Bestie flog zurück.

Blitzschnell knallte Bill Conolly die Tür zu. Aufatmend lehnte er sich mit dem Rücken gegen das Glas. Für einige Sekunden schloss er die Augen.

Sein Herzschlag raste. Dieser Kampf war ihm an die Substanz gegangen. Aber er hatte einen ersten Sieg errungen.

Die Geflohenen hatten sich in eine Ecke zusammengedrängt. Viele Frauen weinten. Und auch den Männern stand das Grauen ins Gesicht geschrieben.

Bill Conolly versuchte zu lächeln, aber es wurde nur eine Grimasse daraus.

»Das hätten wir geschafft«, sagte er nicht gerade überzeugend und mit heiserer Stimme.

»Sie kommen wieder!«, meinte ein Mann resignierend.

»Dann werden wir vielleicht eine Möglichkeit gefunden haben, um sie abzuwehren«, erwiderte Bill.

»Das kann ich nicht glauben!« Der Mann deutete plötzlich an Bill vorbei. »Da, sehen Sie doch!«

Bill Conolly wandte den Kopf.

Fünf Leichen drängten sich vor der großen Eingangstür. Nicht alle waren verwest und aufgedunsen. Ein Mann sah sogar ziemlich normal aus.

»Das ist der Wärter vom Campingplatz!«, schrie ein blondhaariges Mädchen und schlug die Hände vors Gesicht.

Eine Zeit lang sprach niemand ein Wort. Dann geschah das Unfassbare. Die Bestien verschwanden wie ein Spuk in der Nacht.

»Sie sind weg!«, stöhnte jemand. »Himmel, sie sind weg! Sie haben aufgegeben!«

Die Menschen atmeten auf. Doch Bill Conolly teilte ihren Optimismus nicht. So leicht waren die lebenden Leichen nicht von ihren Opfern abzubringen.

Inzwischen waren auch die Gäste aufgeschreckt worden. Ratlos standen sie auf der Treppe und in der Halle.

»Was machen wir denn jetzt?«, fragte einer der Männer vom Campingplatz.

»Das beste ist, sie verteilen sich auf die Zimmer«, sagte Bill Conolly. »Denn wenn Sie hier alle zusammen stehen, ist es für die Bestien leicht, sich ihre Opfer zu holen. Gehen Sie in die Zimmer im ersten und zweiten Stock.«

»Und Sie?«

»Ich?« Bill grinste schmal. »Ich versuche, die Toten aufzuhalten.«

»Das schaffen Sie doch nie, Mann.«

»Lassen Sie das mal meine Sorge sein.« Bill gab sich optimistisch. »Aber jetzt gehen Sie schon. Je länger Sie warten, umso ...«

Das Klirren einer Scheibe unterbrach Bills Redefluss. »Verdammt!«, rief er. »Jetzt haben wir den Salat. Weg! Los, weg!«

Schreiend rannten die Menschen zu den Liften und der Treppe.

Bill jagte auf das Fenster zu.

Da zerklirrte die zweite Scheibe!

Kühle Nachtluft drang in die Halle. Schon tauchten die ersten grässlichen Gesichter in der Fensteröffnung auf. Die spitzen, noch im Rahmen sitzenden Scherben schnitten in die Haut der Toten. Doch kein Tropfen Blut quoll hervor.

Gelenkig flankten die Bestien in die Halle. Noch längst waren nicht alle Menschen geflohen.

Die, die in der Halle standen, spritzten schreiend auseinander, suchten irgendwelche spärlichen Deckungen, um den Mörderhänden der lebenden Leichen zu entkommen.

Es war ein verzweifeltes, von Angst und Panik bestimmtes Unterfangen.

Und Bill Conolly stellte sich zu einem aussichtslosen Kampf …

Eingebettet zwischen den waldreichen Hängen des schottischen Hügellandes lag Loch Awe.

Säuselnd strich der Wind von den Kuppen der Hänge und trieb kleine Wellenkämme auf der Oberfläche des Sees vor sich her. Ab und zu schnellte ein Fisch aus dem Wasser und tauchte in einem eleganten Bogen wieder ein.

Der Nebel des Abends hatte sich längst verflüchtigt. Nur noch eine Stunde, dann würde die Morgendämmerung mit ihren rotgoldenen Sonnenstrahlen alles verzaubern.

So war es bisher immer gewesen.

Doch in dieser Nacht hatte die Hölle zugeschlagen. Sieben Leichen waren dem See entstiegen. Sie waren die Vorboten für das schreckliche Monster.

Noch lauerte es in der Tiefe …

Doch auf einmal geriet das Wasser des Sees an einer bestimmten Stelle in Bewegung. Wellen schwappten hoch, und plötzlich bildete sich ein Strudel.

Immer schneller begann das Wasser zu wirbeln. Der Trichter wurde tiefer, größer.

Kalter Wind pfiff über den See. Wolken jagten auf einmal am Nachthimmel. Sie sahen aus wie unheimliche Gebilde aus einer anderen, fernen Welt.

Und dann kam das Monster!

Aus den Tiefen des Trichters tauchte es auf, ein Geschöpf, das der Teufel selbst erschaffen zu haben schien.

Drohend erhob sich das Monster in der Mitte des Sees. Ein wildes Fauchen drang aus seinem Mund.

Und dann setzte es sich in Bewegung, näherte sich mit weiten Schritten dem Ufer, um das zu vollenden, was seine Diener schon vorbereitet hatten …

John Sinclair hatte für seinen Bentley unten am See einen guten Parkplatz gefunden. Dann hatte er sich die Armbrust über die Schulter gehängt und war losgezogen, um sich eine Taucherausrüstung zu besorgen.

Um diese Zeit ein fast aussichtsloses Unterfangen. So hatte John auch kein Glück. Die Verleiher hatten ihre Geschäfte geschlossen. Sie selbst wohnten woanders. Sie aus dem Bett zu klingeln hätte zu viel Zeit gekostet.

Ehe John jedoch eine Entscheidung treffen konnte, hörte er die Schreie.

Spitz und grell stachen sie über den See. Trotz der großen Entfernung rann John ein kalter Schauer über den Rücken. So schrien nur Menschen in größter Not und Panik.

Die Schreie kamen vom Zeltplatz her, und John Sinclair, der nur eins und eins zusammenzuzählen brauchte, konnte sich vorstellen, dass das Monster seine Todesboten ausgeschickt hatte.

Im ersten Moment war der Inspektor versucht, zum Zeltplatz hinüberzulaufen, um dort zu helfen.

Dann ließ er es bleiben. Seine Aufgabe war wichtiger, so sehr das andere auch drängte.

Und so entfernte sich der Geisterjäger mehr und mehr von Aweshire. Er wollte an einer gewissen Stelle warten, um das Monster dann zu packen, wenn es aus dem Wasser stieg.

Noch tat sich nichts. Schwarz und irgendwie regungslos lag der See vor Johns Augen.

Der Geisterjäger tauchte in ein Gebüsch. Es wuchs auf einer kleinen Landzunge, die in das Wasser hineinragte. Sie war nur zur Hälfte bewachsen. Nach vorne hin war sie frei.

Von hier hatte John Sinclair einen fantastischen Ausblick über den See.

Der Geisterjäger wollte noch warten. Er hatte sich eine Stunde als Frist gesetzt. War das Monster dann noch nicht aufgetaucht, wollte John Sinclair selbst den Ausflug in die Tiefe unternehmen. Erst einmal ohne Taucherausrüstung.

Die Armbrust hatte er neben sich auf den Boden gelegt. John

hatte die Sehne geprüft und mit Erstaunen festgestellt, dass sie im Laufe der Jahrhunderte nichts von ihrer Spannkraft eingebüßt hatte. Auch der Pfeil, dessen Oberfläche oxidiert war, lag fest auf dem langen Schaft.

John Sinclair duckte sich in ein Gebüsch.

Die Panikschreie der Menschen hatten aufgehört. John hoffte inständig, dass die Leute Schutz gefunden hatten.

Die Zeit verrann. Zweimal fuhr ein Wagen die Uferstraße entlang. Nur schwach hörte John das Brummen des Motors.

Doch auf einmal – ganz ohne Übergang – schien sich die Natur zu verändern.

Zuerst war es nur der auffrischende Wind, der über das Wasser strich und am Ufer die Zweige der Büsche gegeneinanderrieb. Doch dann begann die Oberfläche des Sees in Bewegung zu geraten. Auslaufende Wellen klatschten gegen die kleine Landzunge.

John Sinclair verließ sein Versteck.

Der Wind jaulte über den See. Gischt spritzte.

Und dann begann das Wasser zu kreisen, wurde zu einem wirbelnden Strudel, der alles in eine unauslotbare dunkle Tiefe riss.

John Sinclair war fasziniert. Er spürte, dass etwas in der Luft lag, dass gleich, in den nächsten Sekunden, etwas geschehen würde, was über den Verstand eines Menschen ging.

Dann tauchte das Monster auf!

Jahrhundertelang hatte es in den Fluten des Sees dahingedämmert. Jetzt war der Fluch gelöscht, und es konnte sein eigentliches Werk vollenden.

Zuerst sah John zwei riesige Arme, die sich langsam aus den Fluten hoben. Die Arme, die Hände, alles war von einem silbrig grünen Lichtschimmer umgeben, der die Umrisse des unheimlichen Monsters haarscharf nachzeichnete.

Es folgte der Kopf. Ein Ungetüm von Schädel, mit riesigen grüngelb schimmernden Augen, die weit aus der Fratze hervorquollen und in rastloser Bewegung waren. Das Monster hatte strähnige lange Haare, die mit Tang und Schlick zu einem undurchdringlichen Filz verwoben waren. Das Maul klaffte weit auseinander. Ein riesiger Schlund, der alles in sich hineinzog.

Der Körper war über und über mit einer Schuppenhaut bedeckt, die selbst Maschinengewehrkugeln standhielt.

Es war ein Grauen erregender Anblick. Turmhoch kam John diese grässliche Kreatur vor. Die Beine des Monsters peitschten das Wasser, und plötzlich drang aus dem offenen Maul des Höllenwesens ein schauriger Siegesschrei, der einem Menschen das Blut in den Adern gefrieren ließ.

Weit hallte der Schrei über den See und verlor sich in den Bergen als rollendes Echo.

Schwer stapfte das Monster durch das Wasser. Die Arme wirbelten wie Dreschflegel, durchpflügten die Oberfläche des Sees.

Das Wasser schien zu kochen. Welle auf Welle klatschte gegen das Ufer.

Für einige Zeit hatte der Geisterjäger ganz im Bann dieser Horrorgestalt gestanden, doch dann siegte Johns Wille.

Er musste das Monster vernichten! Koste es, was es wolle.

Mit Schrecken dachte er an die Folgen, wenn es dem Untier gelang, in die Stadt einzudringen. Die Menschen waren alle dem Tod geweiht. John kam sich beinahe lächerlich mit seiner Armbrust vor, wenn er davon ausging, dass ein einziger Pfeil diese Kreatur töten sollte.

Doch er musste es versuchen.

John Sinclair packte die Armbrust, drückte den Kolben fest gegen die Schulter.

Noch nie hatte er mit solch einer Waffe geschossen. Er hatte es zwar auf vielen Abbildungen gesehen, aber selbst …

Johns Arme zitterten. Breitbeinig stand der Geisterjäger auf der schmalen Landzunge, seine Hacken hatten sich in den weichen Boden eingegraben, suchten den besten Stand. Mit dem Mittel- und Zeigefinger der rechten Hand zog John die Sehne zurück. Er spürte die Spannung, die ungeheure Kraft, die hinter der Sehne lag, und geriet für einen kurzen Augenblick in Panik. Er hatte Angst, dass er es diesmal nicht schaffen konnte.

Jetzt erst hatte das Monster den Inspektor entdeckt. Der Kopf wandte sich John Sinclair zu, ein unmenschliches Brüllen drang aus dem Maul des Monsters. Es war ein Siegesgeheul, denn für das Monster war das erste Opfer schon so gut wie sicher.

Schwer stapfte es auf den Geisterjäger zu. Die grünliche dicke Schuppenhaut glänzte.

Gewaltsam unterdrückte John die aufkeimende Panik. Er kam sich vor wie eine Fliege, die in den nächsten Sekunden von einem Elefanten zerquetscht werden soll.

Noch zögerte John, holte alle Kraft aus seinem rechten Arm und zog die Sehne bis zum Anschlag zurück.

Schon brüllte das Monster wieder siegessicher, da ließ John Sinclair die Sehne los.

Mit einem pfeifenden Geräusch sirrte sie zurück in ihre alte Lage.

Weit riss John die Augen auf, verfolgte die Flugbahn des Pfeils.

Wie ein silberner Blitz flirrte der Pfeil durch die Luft. Er war mit den Augen kaum zu verfolgen.

Und dann bohrte sich der geweihte Pfeil in die Brust des Monsters, durchdrang die dicke Schuppenhaut wie Butter.

Der Vorwärtsdrang des Monsters wurde gestoppt. Als wäre es vor eine Wand gelaufen, so plötzlich blieb es stehen. Fast augenblicklich war es still. Der Wind legte sich, die Wellen liefen aus. Die gesamte Natur schien den Atem anzuhalten. Sie hoffte auf das Sterben der Höllenkreatur.

Auch John wagte kaum zu atmen. Mit fiebernden Nerven wartete er auf eine Reaktion des Monsters.

Vier, fünf Sekunden vergingen.

Und dann drang ein Todesschrei aus dem Maul des Monsters. Die riesigen Arme fuhren zur Brust, versuchten, den Pfeil zu packen und ihn herauszureißen.

Das Monster schaffte es nicht.

Schon brach es in die Knie. Der Körper schien auf einmal von innen her zu brennen. Ein roter Schein leuchtete aus der Gestalt des Untiers, fraß sich blitzschnell weiter.

Haut platzte weg.

Flämmchen schlugen aus den offenen Stellen. Es war das Feuer der Reinheit, das das Böse fraß und vernichtete.

Die Flammen züngelten weiter. Selbst das Wasser vermochte sie nicht zu löschen.

Das Monster kippte nach vorn.

Unwillkürlich sprang John Sinclair zurück, als der schreckliche Schädel dicht vor seinen Füßen auf den Strand klatschte.

Die Schädeldecke wurde spröde, und Sekunden danach schossen Flammen daraus hervor.

Noch war das Monster nicht tot. Es warf sich herum, gequält von unsagbaren Todeskrämpfen. Wasser, Dreck und Sand wurden aufgepeitscht. Und in den Todeskampf mischte sich das schreckliche Geheul der Höllenkreatur.

Eine volle Viertelstunde dauerte der Kampf des Ungeheuers. Dann lag es still.

Wellen schäumten heran und spülten die Überreste des Monsters weg. Nichts blieb mehr von diesem grauenhaften Dämon übrig.

Plötzlich sah John etwas im Uferschlick blitzen.

Der silberne Pfeil.

John Sinclair hob ihn auf. Der Pfeil lag warm und irgendwie beruhigend in seiner Handfläche.

Der Geisterjäger steckte ihn wieder in den Köcher. Dann nahm er die Armbrust auf und machte sich auf den Rückweg. Er wollte zum Hotel.

Trotz der Vernichtung des Monsters empfand der Inspektor keinen Triumph. Denn noch lebte der Anstifter dieser Höllenorgie: Doktor Tod. Und John Sinclair war sicher, dass dieser Menschenhasser schon zu einem neuen Schlag ausholte.

Breitbeinig stand Bill Conolly in der Hotelhalle. Er hatte den rechten Arm mit der Pistole vorgestreckt, jagte Kugel auf Kugel aus dem Lauf.

Die Geschosse klatschten in die Körper der Toten, warfen sie zurück.

Eine Leiche, die noch auf der Fensterbank hockte, wurde wieder nach draußen geschleudert, doch die anderen verdauten die Kugeln wie stählerne Roboter. Es hatte sogar den Anschein, als würde durch Bills Gegenwehr ihre Wut noch mehr angestachelt.

Schnell waren sie wieder auf den Beinen.

Mit pendelnden Armbewegungen gingen sie gegen die in Angst und Schrecken erstarrten Menschen vor.

Schreie gellten durch die Halle.

Plötzlich löste sich ein kleines Mädchen aus dem Pulk, rannte direkt auf eines der Monster zu.

Bill Conolly sah das Unheil kommen. Wenn das Kind in die Klauen der Monster geriet, dann …

Der Reporter überlegte nicht eine Sekunde. Mit Riesensätzen jagte er durch die Halle, stieß sich dann plötzlich ab und flog dem kleinen Mädchen entgegen.

Das Kind schrie, als Bills Hände sich in seine Kleidung krallten. Gemeinsam mit dem Kind fiel der Reporter zu Boden.

Schon sah er den Schatten des Toten über sich.

Bill riss das Kind hoch und stieß es mit einer schnellen Bewegung einem Mann zu, der Mut gefasst hatte und Bill zu Hilfe eilen wollte.

Ob seine Bemühungen von Erfolg gekrönt waren, bekam der Reporter nicht mehr mit.

Der lebende Tote stürzte sich auf ihn. Ekliger Modergeruch drang in Bills Nase. Und dieser Modergeruch war es, der Bills Kräfte mobilisierte.

Er zog seine Beine an den Körper und schnellte dann kraftvoll vor.

Der Tote – schon in der Bewegung – bekam die Füße voll

gegen die Brust. Er wurde zurückgeschleudert und schlitterte über den Boden.

Bill sprang auf.

Da drang ein gellender Angstschrei an sein Trommelfell. Eine der Leichen hielt den rotgesichtigen Portier gepackt. Der Mann wand sich in dem Griff des Untoten und hatte doch keine Chance. Er starb Sekunden später.

Inzwischen waren die meisten Menschen die Treppe hochgerannt. Sie waren durch ihre Reaktionsschnelligkeit dem Zugriff der Untoten entkommen. Viele waren auch aus den Fenstern gesprungen. In der Halle standen jetzt praktisch nur noch drei Männer. Bill und zwei weitere Beherzte.

»Laufen Sie auch weg!«, schrie der Reporter.

»Und Sie?«, kam die Antwort.

Bill zuckte mit den Schultern. Dann glitt er blitzschnell zur Seite und schnappte sich einen der Stühle, die in der Halle herumstanden.

Zwei Leichen griffen Bill an. Der Stuhl fegte durch die Luft. Er krachte gegen die Schädel der Untoten. Für Sekunden wurde der Angriff gestoppt.

Da peitschten Schüsse.

Einer der Männer hatte unter der Anmeldungstheke einen Revolver entdeckt.

Der Mann stand hinter dem Tresen und hielt die Revolvermündung dicht vor den Kopf des Untoten.

»Stirb endlich, du Bastard!«, brüllte der Mann und leerte in rasender Folge die Trommel des Revolvers.

Sämtliche Kugeln trafen, zerfetzten Gesicht und Oberkörper der lebenden Leiche.

Und doch konnten die Geschosse sie nicht töten!

Der Tote stand wieder auf, startete einen neuen Angriff.

Der Mann hinter der Rezeption verlor die Nerven.

Da packte der Untote zu. Mit einem gewaltigen Ruck zog er sein Opfer über den Tresen.

Der Mann brüllte auf. Harte Klauennägel zerrissen sein Hemd. Schon zielte die Hand nach seinem Hals.

Bill Conolly, der alles aus den Augenwinkeln mitbekam, konnte dem Mann nicht helfen. Er hatte selbst mit zwei Leichen zu kämpfen.

Dann geschah das Unfassbare.

Mitten in ihren Bewegungen brachen die Toten zusammen. Sie krachten auf den Boden, zuckten noch einmal und blieben dann still liegen.

Im ersten Augenblick konnte es keiner der Männer begreifen. Es dauerte wirklich lange, bis sie erfasst hatten, dass ihnen keine Gefahr mehr drohte.

Ein weiterer, nun endlich Toter rollte sich überschlagend die Treppe herab.

Mitten in der Halle blieb er liegen.

»Mein Gott!«, stöhnte einer der Männer, schlug die Hände vors Gesicht und weinte wie ein kleines Kind.

Auch Bill war schockiert. Er fand einfach keine Erklärung. Und doch gab es eine.

In dem Moment, als die Toten zusammenbrachen, hatte John Sinclair das Monster besiegt. Und so hatte er es indirekt geschafft, auch diese Menschenleben hier zu retten.

Es war wirklich eine Fügung des Schicksals und in allerletzter Sekunde gewesen.

Die ersten Gäste, gemischt mit den Zeltplatzflüchtlingen trauten sich wieder in die Halle. Noch immer stand in ihren Augen der Schrecken zu lesen.

»Gehen Sie bitte in Ihre Zimmer«, sagte Bill Conolly und griff zum Telefon.

Die Menschen verschwanden nur zögernd, nachdem sie angstvolle Blicke auf die Leichen geworfen hatten.

Bill wählte die Nummer der Polizei. Eine aufgeregte Stimme meldete sich.

In drei Sätzen schilderte der Reporter die Lage.

Der Polizist am anderen Ende der Leitung stöhnte auf. »Nein, nicht schon wieder«, schrie er. »Erst ein toter Sergeant, dann zwei weitere Leichen, die schon tot waren. Herr im Himmel, ich verstehe das nicht. Ich drehe noch durch.«

»Kommen Sie ins Sea-View«, sagte Bill knapp. »Ich glaube, ich kann Ihnen einiges erklären.«

»Und die Panik am Zeltplatz? Auch dort liegen vier Tote!«

»Es hängt alles zusammen. Mehr kann ich Ihnen jetzt nicht sagen«, erwiderte Bill. »Und behalten Sie um Himmels willen die Nerven. Es ist alles vorbei.«

Damit legte Bill auf.

Er trat an eines der zerstörten Fenster und merkte erst jetzt, wie sehr ihm die Knie zitterten.

Im Osten zog schon die Morgendämmerung über die Berge. Langsam wurde die Nacht verdrängt. Es war eine Nacht, die Bill Conolly nie in seinem Leben vergessen würde.

Wenige Minuten später sah er einen Mann auf den Hoteleingang zustreben.

John Sinclair!

Der Inspektor hatte die Armbrust wieder in seinen Bentley gelegt und den Wagen auf den Hotel-Parkplatz gefahren.

Bill lief zur Tür und schloss sie auf. Er sagte nur zwei Worte: »Endlich, John ...«

Urplötzlich verlosch das magische Feuer.

Doktor Tod zuckte herum. Wie ein Blitzstrahl traf ihn die Erkenntnis.

Das Monster war vernichtet!

Doktor Tod stöhnte auf. Unbeschreiblicher Hass durchflutete ihn. Hass auf John Sinclair. Denn nur dieser Mann hatte die Kraft, das Monster zu besiegen.

Aber noch war er da! Und seine Diener.

Die Rocker hatten sich im Moment zurückgezogen, um den Leichen freie Bahn zu lassen. Sie würden das Werk der Vernichtung später fortsetzen. Doch vorher wollte Doktor Tod alle Kräfte nur auf ein Ziel konzentrieren.

Auf John Sinclairs Vernichtung! Dieser Mann musste endlich weg. Und dabei sollten ihm die Rocker helfen.

Doktor Tod zündete seine Lampe an. Der zuckende Schein

erhellte das Verlies, das mehr einer finsteren Gruft glich, als einem Kellerraum.

Doktor Tod begann sich zu konzentrieren. Er streckte beide Arme aus und murmelte dumpfe Beschwörungsformeln. Es waren Sprüche, die im Buch der schwarzen Magie standen und nur wenigen bekannt waren. Doktor Tod zählte zu den Auserwählten.

Wie Wellen pflanzten sich die Formeln fort und erreichten ihr Ziel.

Die zu Mordrobotern programmierten Rocker gehorchten prompt ihrem Meister …

John Sinclair blieb auf der Türschwelle stehen. Sein Blick erfasste die auf dem Boden liegenden fünf Leichen. Er sah die schrecklich entstellten Körper und fragte sich wieder einmal, wie so etwas möglich war.

»John, ich erkläre dir alles«, sagte Bill Conolly. »Komm erst mal rein.«

Der Inspektor betrat die Halle. Da sah er den Portier. Fragend blickte er Bill an.

»Eines der Opfer.«

Mit langsamen Schritten durchmaß John Sinclair die Hotelhalle. Dabei sprach er mehr zu sich selbst als zu Bill Conolly. »Es waren sieben, die das Monster begleiteten. Zwei habe ich erledigt, und fünf sind hier getötet worden. Hattet ihr Silberkugeln, Bill?«

»Nein. Das Ende kam so abrupt, dass ich es selbst noch nicht fassen kann. Plötzlich fielen die Toten um, und es war aus. Vorbei.«

»Ja«, sagte John, »ich kann mir denken, weshalb das geschah.«

Er berichtete in knappen Sätzen von seinem Kampf mit dem Monster.

Bill Conolly atmete auf. »Dann ist ja alles in Ordnung.«

»Leider nicht.«

»Wieso?«

»Das Monster ist zwar tot, Bill. Aber noch lebt der Mann, der es durch finstere Beschwörungen aus dem Reich der Hölle geholt hat.«

Bill Conolly war blass geworden. »Du meinst, das alles wurde gesteuert?«

»Ja.«

»Aber, um alles in der Welt, wer ist denn dieser Kerl?«, rief Bill Conolly wild.

»Doktor Tod!«

»Nein!« Bill Conolly flüsterte das Wort und ließ sich dann auf einen Stuhl fallen. »Ist es der Mann, von dem du mir erzählt hast, der dir damals entkommen ist?«

»Genau.«

Bill hatte die Überraschung langsam verdaut. »Was willst du jetzt tun?«

»Versuchen, ihn zu packen. Ist doch klar. Leider weiß ich nicht, wo er sich aufhält, und wie ich meinen speziellen Freund kenne, ist er bestimmt schon von meiner Anwesenheit informiert. Die Rocker mit den Teufelsfratzen, das sieht ganz nach Doktor Tod aus. Er sucht sich immer Diener, die für ihn die Dreckarbeit ausführen. Wie er an diese Leute kommt, ist meistens ein schmutziges Geschäft. Außerdem holt er sich fast immer Menschen aus der Unter- und Halbwelt. Sie kann er am leichtesten beeinflussen.«

Bill stand auf. »Kannst du dir denn nicht denken, wo dieser Doktor Tod haust?«

»Nein. So gut kenne ich die Gegend hier um Aweshire herum nicht.«

»Tja, dann weiß ich auch nicht mehr weiter.« Der Reporter sah nach draußen, wo der Tag langsam, aber sicher die Nacht verdrängte.

Ein Polizeiwagen hielt Sekunden später vor dem Hotel. Zwei Beamte sprangen heraus.

»Jetzt kommen sie«, sagte Bill.

Ehe die Polizisten groß fragen konnten, präsentierte John

seinen Ausweis und sagte: »Ich bin der Mann, der Sergeant Riordan erschossen hat.«

Die Polizisten schluckten. »Wir haben es bereits gehört«, sagte einer. »Aber Mrs. Kilrain erzählt viel, wenn der Tag lang ist …«

»Diesmal stimmt es«, sagte John. Dann zog er die beiden Beamten zur Seite und sprach fünf Minuten auf sie ein. Als er fertig war, stand in den Augen der Polizisten nur ungläubiges Staunen. Wer hätte es ihnen auch verdenken können.

Danach sorgten die Polizisten für den Abtransport der Leichen. Auf dem Zeltplatz hatte es ebenfalls Tote gegeben, und die Leichenhalle des Ortes war überfüllt. So etwas hatte es noch nie gegeben.

»Was hältst du von einem Frühstück?«, fragte Bill Conolly plötzlich.

John schüttelte den Kopf. »Danke, Bill, aber ich habe keinen Appetit. Dieser Doktor Tod liegt mir zu sehr im Magen. Eine Tasse Kaffee könnte ich aber vertragen.«

»Okay, alter Junge, ich werde sehen, was sich machen lässt.«

Bill verschwand.

John Sinclair holte sich inzwischen den älteren der beiden Polizisten heran.

»Ja, Sir?«, fragte der Mann diensteifrig.

»Sie kennen sich doch bestimmt in dieser Gegend rund um Aweshire aus.«

»Und wie, Sir. Ich bin hier groß geworden.«

»Dann lassen Sie das Sir mal weg«, sagte John.

»Ja, Sir.«

Der Polizist bekam einen roten Kopf, und John musste lachen.

»Es geht um Folgendes, Konstabler. Wenn Sie hier ungestört leben wollen, wohin würden Sie dann zurückziehen?«

»Das ist eine schwere Frage, Inspektor.« Der Beamte kratzte sich am Kopf. »Also ich für meinen Teil wohne ja schon in der alten Stadt, um dem Touristenrummel zu entgehen.«

»Nein, Konstabler, das meine ich nicht. Ich denke mehr an ein einsam gelegenes Haus. Gibt es so etwas hier?«

»Selbstverständlich.« Der Polizist nickte eifrig. »Nur sind die Häuser alle verfallen. Vor vielen Jahren waren es die Jagdschlösser der Herzöge und Grafen. Sie sind aber zerstört worden.«

»Demnach gibt es also kein bewohnbares Haus hier in der näheren Umgebung. Überlegen Sie genau, Konstabler.«

Der Polizist legte seine Stirn in Falten. »Ich weiß nicht so recht. Aber ich kann ja mal meinen Kollegen fragen. Der weiß auch ganz gut Bescheid.«

Während die beiden Beamten miteinander redeten, rief John in dem Krankenhaus an, in dem Shirley Adams untergebracht war.

Auch im Krankenhaus war der Teufel los. Viele Verletzte – Opfer der lebenden Leichen – mussten behandelt werden. John bekam schließlich eine Schwester an den Apparat. Sie gab ihm eine positive Auskunft.

»Der Patientin geht es besser«, sagte sie. »Allerdings kann sie noch keinen Besuch empfangen.«

John fiel der berühmte Stein vom Herzen. Wenigstens ein Lichtblick in diesem schrecklichen Fall.

Als der Inspektor sich umwandte, stand der zweite Polizist neben ihm.

»Ich glaube, ich weiß, was Sie meinen, Sir«, sagte er, und man sah ihm direkt an, dass er sich freute, John behilflich sein zu können.

»Reden Sie, Konstabler.«

»Da gibt es eine alte Bude, die mal einem Einsiedler gehört hat. Das Haus liegt so abgelegen, dass es nicht einmal ein Erholung suchender Tourist kaufen würde.«

»Ist es denn jetzt wieder bewohnt?«, wollte John wissen. Instinktiv spürte er, dass er auf der richtigen Spur war.

»Das kann sein.«

»Erklären Sie das genauer.«

»Uns ist zu Ohren gekommen, dass man in der Umgebung

des Hauses eine Rockerbande gesehen hat. Das kann natürlich Zufall sein, aber ich sage mir immer, solch ein Haus ist für wilde Rockerorgien geradezu ideal.«

Das dachte auch John Sinclair. Aber nicht nur für Rockerbanden war es ideal, sondern auch für Doktor Tod.

»Beschreiben Sie mir den Weg«, sagte der Geisterjäger.

Der Konstabler blickte ihn für einen Moment erstaunt an, stellte jedoch keine weiteren Fragen.

Der Weg, der zu dem Haus führte, war so schwierig zu beschreiben, dass der Konstabler John schließlich eine Skizze anfertigte. Auch sie war ziemlich ungenau, aber besser als gar nichts.

»Wollen Sie diesem Haus etwa einen Besuch abstatten?«, fragte der Beamte erstaunt.

»Ja, Konstabler. Aber ich möchte Sie bitten, das nicht weiterzuerzählen.«

»Selbstverständlich, Inspektor.«

Bill Conolly kam zurück. Auf einem Tablett trug er vier Tassen Kaffee. Außerdem hatte er noch einige Milchbrötchen mitgebracht. »Das wird uns allen guttun«, sagte Bill und stellte das Tablett an der Rezeption ab.

John Sinclair, Bill Conolly und die beiden Polizisten langten zu. Erst jetzt fühlte John, wie müde er war. Diese einzige Nacht hatte an seinen Energien gezehrt. Auch Bill Conolly ging es nicht besser. Unter seinen Augen lagen tiefe Ränder, und dunkle Bartschatten zogen sich von den Wangen bis zum Kinn hin.

Der Kaffee kurbelte die Lebensgeister an. Bill hatte in jede Tasse noch einen Schuss Cognac gegeben, was die Wirkung noch steigerte.

John Sinclair schlürfte schweigend das heiße Getränk. Er war mit seinen Gedanken schon ganz woanders. Er dachte an die Auseinandersetzung mit Doktor Tod.

Die Polizisten verabschiedeten sich nach zehn Minuten. Sie wurden woanders gebraucht, denn noch immer herrschte auf dem Zeltplatz ein Chaos.

»Und du?«, sagte Bill. »Ich sehe dir doch an, dass du etwas auf Lager hast.«

»Ja, Adlerauge«, erwiderte John grinsend. »Ich weiß mit großer Wahrscheinlichkeit, wo sich Doktor Tod versteckt hält.«

»Na, wenn das kein Ding ist.« Bill rieb sich die Hände. »Dann lerne ich ja diesen sauberen Gentleman auch mal kennen.«

John wollte schon zu einer Antwort ansetzen, als Bill ihm gegen die Brust tippte. »Hör auf, ich weiß, was du sagen willst. Aber ich bleibe nicht hier. Ich stecke genauso in dem Fall drin wie du.«

»Ja, ist ja gut. Bei dir redet man ja sowieso gegen eine Wand. Dann wollen wir mal.«

»Jetzt schon?«

»Denkst du, ich warte, bis der Winter kommt?«

Der Reporter schüttete noch schnell den Rest des Kaffees in die Kehle, verbrannte sich prompt den Gaumen und lief dann fluchend hinter John Sinclair her.

Diesmal sollte Doktor Tod nicht entkommen!

Der Rocker kauerte hinter einem Baum!

Er war einer der Vorposten, die Doktor Tod rings um das Haus verteilt hatte. Denn der Menschenhasser wusste, dass John Sinclair seine Spur finden würde. Und dann lief er in die Falle.

Die Teufelsfratze auf der Brust des Rockers glühte tiefrot. Unaufhörlich strömten die bösen Gedanken in das Gehirn des willfährigen Werkzeugs.

Der Rocker war kein Mensch mehr. Er war zu einer Kreatur der Hölle umfunktioniert worden.

Dicht vor ihm befand sich der schmale Weg, der zu dem alten Haus führte. Mit einem Wagen kam man nicht bis an das Haus heran. Der Inspektor musste also zu Fuß gehen. Und darauf baute Doktor Tod seinen Plan auf.

Langsam stahl sich die Morgendämmerung in den Wald.

Die ersten Vögel begannen zu zwitschern, und vereinzelte Sonnenstrahlen fielen wie glitzernde Speere durch das Blätterdach.

Der Rocker hockte völlig regungslos in seinem Versteck. Wenn es ein musste, würde er bis zum anderen Tag warten.

Seine übrigen fünf Kumpane waren an anderen Stellen gut verteilt. Es würde schwer sein, überhaupt einen Zipfel von ihnen zu entdecken.

Die Zeit verstrich.

Mittlerweile war es hell geworden, und die Sonne hatte schon Kraft.

Der Rocker begann zu schwitzen, doch seiner Aufmerksamkeit tat das keinen Abbruch.

Plötzlich horchte er auf.

Schritte waren an seine Ohren gedrungen.

Der Rocker zog sich unhörbar ein Stück zurück, legte sich auf den Boden und peilte zwischen den Zweigen eines Strauches hindurch.

Die Schritte kamen näher. Kleinere Äste knackten unter den Sohlen der Person.

Und dann sah der Rocker den Mann auftauchen. Er hob ein wenig den Kopf, um ihn genau erkennen zu können.

Im selben Augenblick zuckte er zusammen.

Das war nicht John Sinclair, der dort kam. Es war ein Mann, den er nie gesehen hatte.

Der Rocker wurde nervös. Was sollte er machen? Doktor Tod hatte nur immer von John Sinclair gesprochen.

Trotzdem, er musste diesen Ankömmling melden.

In der rechten Hand hielt der Rocker ein Sprechfunkgerät. Er vollte es gerade einschalten, als plötzlich etwas Kaltes gegen nen Nacken drückte. Und eine leise, gefährlich klingende me sagte: »Ich würde es lieber lassen, mein Freund …«

er erstarrte. Unendlich langsam drehte er den Kopf. ir, dieser verhasste Polizist, starrte ihn an.

Unhörbar hatte sich der Inspektor angeschlichen. Und er war durch den anderen abgelenkt worden.

»Steh vorsichtig auf«, sagte der Inspektor, »und lass dein Sprechgerät liegen!«

Der Rocker gehorchte. Er hatte höllische Angst vor der mit Silberkugeln geladenen Pistole. Zwei seiner Kumpane waren durch diese Waffe schon getötet worden.

Der Rocker trat hinter dem Baum hervor. Auf dem Weg wurde er von Bill Conolly in Empfang genommen. Der Reporter drehte dem Mann blitzschnell die Arme auf den Rücken und ließ Handschellen – John führte immer welche mit sich – um seine Handgelenke schnappen.

Der Geisterjäger hatte das Sprechfunkgerät aufgenommen und trat ebenfalls auf den Weg. Mit einem Ruck zog er den Reißverschluss der Lederjacke ganz herunter.

Die Teufelsfratze auf der Brust des Rockers grinste ihn an.

Bill Conolly zog scharf die Luft durch die Zähne. »Sind das überhaupt noch Menschen?«, zischte er.

»Keine Ahnung. Aber das werden wir gleich haben.« John zog seine Pistole aus dem Holster.

Der Rocker schrie plötzlich erstickt auf. Grenzenlose Angst flackerte in seinen Augen.

»Silber«, sagte John ruhig. »Geweihtes Silber. Jeder Dämon hat davor Angst.«

»Wollen Sie mich erschießen?«, keuchte der Rocker.

»Er reagiert noch ziemlich menschlich«, meinte Bill.

John nickte zustimmend. »Vielleicht ist das auch sein Vorteil.«

Der Inspektor nahm das Reservemagazin aus seiner Tasche. Die Pistole steckte er weg.

»Wir werden jetzt einen Test machen«, sagte er zu dem Rocker. Und zu dem Reporter gewandt: »Bill, halte ihn fest.«

John entnahm dem Magazin eine Silberkugel. Matt glänzend lag sie auf seinem Handteller. John nahm die Kugel zwischen Daumen und Zeigefinger und näherte die Hand der Brust des Rockers.

Der Rocker bäumte sich in dem Griff des Reporters auf. »Was haben Sie mit mir vor?«, keuchte er. »Ihr Schweine, ihr wollt mich umbringen!«

Ungerührt setzte John die Spitze der Kugel gegen die Brust des Dämonendieners.

Es schien, als würde diese Berührung des geweihten Silbers bei dem Rocker eine Kettenreaktion auslösen. Die Fratze auf seiner Brust begann sich zu verfärben, er selbst riss den Mund auf, wollte schreien, doch Bill Conolly presste ihm blitzschnell die Hand auf die Lippen.

Der Schrei erstickte in einem dumpfen Röcheln.

John Sinclair kannte kein Pardon. Er durfte kein Pardon kennen, wenn er den Rocker noch retten wollte.

Vorsichtig zeichnete John Sinclair die Konturen der Teufelsfratze mit der Silberkugel nach. Die Spitze des Silbers berührte die Hornhaut – und …

Plötzlich begann sich die Fratze zu verfärben. Das tiefe Rot verschwand, die Umrisse zerflossen. Gelblicher, nach Schwefel riechender Qualm stieg auf. Es zischte und brodelte, und auf einmal war die Teufelsfratze verschwunden.

Sie hatte sich in Nichts aufgelöst.

Die Beine des Rockers gaben nach. Bill ließ den Mann langsam zu Boden gleiten. Die Brust sah wieder völlig normal aus.

John beugte sich über den Rocker. »Er ist nur bewusstlos«, sagte der Inspektor.

»Das hätte ich nicht gedacht«, flüsterte Bill und wischte sich den Schweiß von der Stirn.

Der Geisterjäger zuckte mit den Schultern. »Wir mussten es versuchen. Der Erfolg hat uns recht gegeben. Das heißt aber auch, dass wir die übrigen Rocker auf keinen Fall töten dürfen.«

»Dann hätten wir die beiden anderen auch am Leben lassen können.«

John Sinclair nickte. »Sicher, aber da war das Leben des Mädchens in Gefahr, und wer wusste vorher schon, was alles dahintersteckt. Außerdem konnte in der letzten Nacht die hypnotische Kraft der Maske voll zur Geltung kommen. Diesmal hat uns das Silber geschützt.«

Bill deutete auf den Bewusstlosen. »Was machen wir mit ihm?«

»Wir lassen ihn liegen. Er ist keine Gefahr mehr.«

Sekunden später begann das Sprechfunkgerät zu rauschen, und dann erklang die Stimme des Mannes, den John bis aufs Blut hasste.

»Nummer fünf! Melde dich!«

Fragend sah der Reporter den Geisterjäger an. John legte einen Zeigefinger auf die Lippen, drückte auf die Taste und erwiderte flüsternd: »Alles ruhig. Er ist noch nicht da.«

Einige Sekunden lang war nur ein Rauschen zu vernehmen. Doch dann drang ein satanisches Lachen aus dem kleinen Gerät.

»Sinclair, du bist es! Hast du es also doch geschafft. Ich wusste es. Aber es wird dir nichts nützen. Diesmal gewinnst du nicht!«

Einen Herzschlag später war die Verbindung unterbrochen.

»Verdammt!«, fluchte Bill. »Er hat etwas gemerkt.«

John warf das Funkgerät weg. »Los, Bill, wir müssen uns beeilen, ehe Doktor Tod seine Leute zusammenzieht.«

Die beiden Männer liefen los. Mit langen Schritten hetzten sie den Weg entlang. Immer wieder sahen sie sich nach Verfolgern um, doch noch war nichts zu entdecken.

Zweige und kleinere Äste peitschten ihre Gesichter. Der Wald wurde noch dichter.

Und dann sahen sie das Haus. Es klebte förmlich an einem Felshang.

Blitzschnell gingen die beiden Freunde in Deckung. Der Wald reichte fast bis an die Vorderseite des Hauses. Man konnte nur einen Teil der grauen Mauer sehen. Fenster entdeckte der Inspektor keine.

»Und jetzt?«, fragte Bill.

»Ich werde in das Haus eindringen. Bleib du als Rückendeckung hier.«

»Passt mir gar nicht!«, knurrte der Reporter.

»Kann ich auch nicht ändern. Also, gib auf dich acht.«

Nach diesen Worten tauchte John Sinclair in der Deckung des Waldes unter.

Bill Conolly aber beobachtete weiter die Vorderfront des unheimlichen Hauses.

Wie Schatten schlichen die letzten fünf Rocker durch den Wald. Doktor Tods Alarmruf hatte sie aufgeschreckt. Schnell und doch vorsichtig näherten sie sich der Festung, in der ihr Meister hauste.

Sie nahmen nicht den Weg. Geschickt wichen sie sperrigem Buschwerk aus und tauchten unter starken Ästen hinweg.

Lautlos näherten sie sich Bill Conollys Deckung.

Und der Reporter war ahnungslos. Er nahm an, dass die Rocker bereits in dem Haus stecken würden. Deshalb war er mit John Sinclairs Plan nicht einverstanden. Allein war das, was John vorhatte, kaum zu schaffen.

Nur noch ein paar Meter, dann hatten die ersten Rocker den Reporter erreicht.

In den Händen der menschlichen Mordroboter blitzten Messer. Nie hatten die Teufelsfratzen so stark geglüht wie in diesen Augenblicken.

Bill Conolly wurde immer nervöser. Er machte sich Sorgen um John Sinclair, und an seine eigene Sicherheit dachte er nicht.

Schon konnten die Rocker den auf dem Boden hockenden Reporter erkennen.

Ihre Messerarme schwangen hoch. Nur noch einen winzigen Augenblick, dann würden die Klingen durch die Luft flirren und sich in den Rücken des ahnungslosen Opfers bohren.

Da war es Bill Conolly leid. Er wollte nicht länger hier hocken bleiben.

Mit zwei schnellen, gleitenden Schritten verließ er seine Deckung.

Und gleichzeitig flogen die Messer!

Bill spürte noch den Luftzug und hörte den dumpfen Aufprall, wie sich die Messer in einen Baumstamm bohrten.

Er kam nicht mehr dazu, sich irgendwelche Gedanken zu machen, denn die Rocker griffen ihn an.

Wild stürmten die lebenden Mordmaschinen vorwärts. Und Bill sah auch von der anderen Seite zwei Rocker auftauchen.

Damit war ihm der Fluchtweg abgeschnitten.

Blieb nur noch die Flucht nach vorn.

Und das war zum Haus hin …

John Sinclair fluchte unterdrückt.

Das Haus hatte vorn nicht einmal eine Tür, geschweige denn ein Fenster.

Also von der Rückseite.

Mit langen, möglichst lautlosen Schritten lief der Inspektor um das Haus herum – und blieb enttäuscht stehen.

Vor ihm erhob sich eine Felswand. Krüppelsträucher wuchsen in Spalten und Rissen. Darüber dann – etwa zwanzig Meter höher – begann kärglicher Baumwuchs, der sich mit zunehmender Höhe zu einem Wald verdichtete.

Und die Rückseite des Hauses klebte genau an der Wand. Aber irgendwie musste Doktor Tod doch auch in das Haus hineinkommen! Es musste einen Eingang geben.

John sah sich um.

Die Büsche wuchsen bis dicht an die Wand. Moos schimmerte grünlich feucht. Der Inspektor schob ein paar Zweige zur Seite und ging wieder einige Schritte zurück.

Da sah er die Tür!

Sie wurde von einem mannshohen Ginsterbusch verdeckt. Der Inspektor grinste grimmig. Jetzt würde ihm Doktor Tod nicht mehr entkommen.

Die Tür war verschlossen. Doch das Schloss war ziemlich primitiv, und John Sinclair, der gewisse Gegenstände immer bei sich trug, hatte es schnell geknackt.

Die Angeln waren verrostet, und sie quietschten hässlich, als John die Tür aufzog.

Kalte, muffig riechende Luft wehte um seine Nase.

Längst schon hatte der Geisterjäger seine Waffe in der Hand. So war er gerüstet, denn auch ein Doktor Tod konnte gegen Silberkugeln nicht bestehen.

Ein dunkles Loch tat sich vor John auf. Der Inspektor ließ seine Bleistiftlampe aufblitzen.

Zwei kahle Mauern, ein Gang, eine Tür.

John schob sich vorwärts. Alle Sinne waren bis aufs Äußerste gespannt. Er rechnete jeden Moment mit einem Angriff seines Erzfeindes.

Doch alles blieb ruhig. Unbehelligt erreichte der Inspektor die Tür.

»Kommen Sie ruhig herein, John Sinclair«, hörte der Geisterjäger eine höhnische Stimme.

Unter Tausenden hätte er sie wiedererkannt. Sie gehörte Doktor Tod.

Tief atmete John Sinclair durch. Er fühlte plötzlich ein Prickeln im Nacken, das sich immer dann einstellte, wenn Gefahr drohte.

John griff nach der Klinke, drückte sie herunter, stieß mit einem Ruck die Tür auf und tauchte nach rechts weg in Deckung.

Nichts geschah.

Der Raum oder das Verlies, das John betreten hatte, war leer.

Sekundenlang blieb der Geisterjäger wie festgenagelt auf der Stelle stehen.

Nichts regte sich.

Doch plötzlich vernahm er ein schleifendes Geräusch. Es hörte sich an, als liefe etwas durch ein Rad oder eine Spule.

Spule? Johns Gedanken stockten. Er riskierte es und schaltete die Bleistiftleuchte ein.

Wie ein leuchtender langer Finger fuhr der Strahl durch die Dunkelheit.

John trat noch zwei Schritte nach vorn, um alles genau erkennen zu können.

Er befand sich tatsächlich in einem Verlies. An den Wänden hingen grässliche Folterwerkzeuge, und John sah auch das Eisen, mit dem die Brandmale in die Haut der Rocker gedrückt worden waren.

Der Inspektor schauderte, wenn er daran dachte.

Er schwenkte den Arm.

Ein Kamin wurde aus der Dunkelheit gerissen, und vor dem Kamin stand ein kleines Tischchen, auf dem sich die Spulen in einem Tonband drehten.

»Warum denn so ängstlich, John Sinclair?«, vernahm er wieder Doktor Tods Stimme.

John fuhr herum. Obwohl er wusste, dass die Stimme von dem Tonband kam, rechnete er dennoch jeden Moment mit einer Gemeinheit seines größten Widersachers. Vielleicht lauerte er in seinem Rücken.

Nichts.

Langsam wurde John die Sache unheimlich. Wurde er nicht schon längst beobachtet? Lauerten nicht unzählige Augen auf ihn …?

John begann zu schwitzen.

Und wieder hörte er die höhnische Stimme, die in seinen Ohren schmerzte.

»John Sinclair, der berühmte Geisterjäger, hier wirst du deinen letzten Fall gehabt haben. Ich bin zwar nicht mehr anwesend, und doch werde ich dich töten.«

John ahnte nicht die tödliche Gefahr, in der er schwebte, denn die Mächte der Hölle waren noch einmal mobilisiert worden.

Plötzlich schlugen Flammen aus dem Kamin.

Augenblicklich war das Verlies von einer rotgelben, flackernden Helligkeit erfüllt.

Instinktiv war John zurückgewichen, hatte mit der Hand seine Augen abgeschirmt, doch da geschah das Unheimliche.

Feuerfingern gleich leckten die Flammen aus dem Kamin hervor, griffen nach dem Inspektor. Alles geschah so schnell und überraschend für ihn, dass er kaum reagieren konnte.

Die langen Feuerzungen kamen ihm vor wie Geisterwesen aus einer anderen Welt. Fratzen entstanden, Arme, Hände.

Die Feuersbrunst leckte über Johns Kleidung. Schon stand sein Jackett in Flammen.

John warf sich auf den Boden, rollte sich um die eigene Achse.

Die Flammen erloschen nicht. Wie zum Hohn brannten sie weiter.

Der Geisterjäger riss sich die Jacke vom Leib, warf sie in die Ecke.

Doch schon schossen die nächsten Flammenfinger auf ihn zu.

John sprang zur Seite. Jetzt leckten sie von allen Seiten nach ihm.

Er musste die Tür erreichen!

Er hetzte in Richtung Ausgang. Der Boden schien unter seinen Füßen zu lodern.

Der Geisterjäger riss die Tür auf. Während er aus dem Verlies in den Gang hechtete, warf er für Sekundenbruchteile einen Blick über die Schulter zurück.

So knapp die Zeit auch war, das Bild, was er sah, prägte sich unauslöschlich in sein Gedächtnis ein.

Doktor Tod stand inmitten dieser Flammenhölle!

Er hatte beide Arme erhoben und das Gesicht zu einem grausamen, triumphierenden Lachen verzogen. Er bewegte die Hände, und seine Finger ringelten sich wie Schlangen.

Doktor Tod schien die Feuersbrunst zu dirigieren. Er war der Herrscher über das Flammenmeer, das ihm nichts anhaben konnte.

Dann war John Sinclair draußen. Er schleuderte seinen Körper auf den Gang, prallte hart auf und wirbelte um die eigene Achse.

Doch sofort war er wieder auf den Beinen. Mit Riesensätzen hetzte John den Gang hinab, riss die Tür auf, die nach draußen führte, und in derselben Sekunde vernahm er einen Angstschrei.

Bill Conolly! Er war in Gefahr …

Die Rocker waren unheimlich schnell.

Die beiden, die von der Seite kamen, schnitten dem Reporter den Weg ab.

Bill Conolly flog förmlich auf das Haus zu. Er wollte die Mauer im Rücken haben, damit die Mörder nicht von hinten kommen konnten.

Der Reporter schaffte es.

Breitbeinig und wild keuchend stand er da. In der rechten Hand hielt er die Pistole.

Die Rocker blieben stehen.

Aus blutunterlaufenen, hasserfüllten Augen starrten sie ihren Feind an. Die Messer in ihren Händen blitzten gefährlich.

Da zog Bill durch.

Es gab einen trockenen Knall, und die Kugel schlug einem der Rocker in den Arm.

Doch zwei andere schleuderten die Messer. Während ihr Kumpan zusammenbrach, sirrten die blitzenden Klingen auf Bill zu.

Einem Messer konnte der Reporter ausweichen, doch das zweite fuhr mit unheimlicher Wucht in seine Hüfte.

Im ersten Augenblick nahm Bill Conolly an, man hätte ihm die linke Körperhälfte weggerissen. Der Schmerz flutete wie glühende Lava in ihm hoch. Ob Bill wollte oder nicht, er musste einfach schreien. Und während ihm der gellende Schmerzensschrei über die Lippen drang, brach der Reporter zusammen.

Vier Rocker waren noch übrig geblieben. Und diese vier stürzten sich mit heiserem Wutgeheul auf den wehrlosen Reporter …

John Sinclair räumte mit der verdammten Rockerbrut auf.

Doch John tötete sie nicht. Er schoss auf Arme und Beine der Mordmaschinen.

Schreiend brachen die Rocker zusammen. Dicht vor Bill Conolly knallten sie zu Boden und wälzten sich auf der Erde.

John ließ die Waffe sinken. Um seine Mundwinkel hatten sich zwei harte Kerben gegraben.

Bill Conolly stützte sich auf. Mit schmerzverzerrtem Gesicht sah er seinem Freund entgegen.

»Bist du okay, Bill?«, fragte John.

»Ja, verdammt. Es geht schon. Hätte auch nicht gedacht, dass solch ein dämlicher Ritzer so wehtut. Und du? Hast du Doktor Tod geschafft?«

»Nein.« John schüttelte den Kopf. »Dieser Höllenhund ist mir wieder entkommen.«

John Sinclair half seinem Freund auf die Beine.

»Erzähl«, bat Bill.

»Später.«

John Sinclair besah sich die Rocker, mit denen eine seltsame Veränderung vorgegangen war. Die Teufelsfratzen auf ihrer Brust waren verschwunden, hatten sich in Nichts aufgelöst. Genau wie Doktor Tod, der der Gerechtigkeit wieder einmal entgangen war.

Die Rocker blickten den Inspektor ängstlich an. John beruhigte sie mit ein paar Worten. Die Verletzungen waren nicht so schwer, dass die Rocker daran gestorben wären.

Mit Schaudern dachte John daran, was passiert wäre, wenn er seine Pistole nicht festgehalten hätte.

»Ich gehe zum Wagen«, sagte John zu seinem Freund, »und hole Hilfe.«

Bill Conolly nickte nur.

Der Geisterjäger lief so schnell es ging den Weg zurück. Von seinem Bentley aus telefonierte er mit dem Revier in Aweshire. Man versprach, einen Krankenwagen mit mehreren Helfern zu schicken, denn die Verletzten mussten erst noch durch den Wald getragen werden.

John Sinclair aber dachte an Doktor Tod und war sich sicher, dass er ihm bald wieder gegenüberstehen würde.

Eine Schlacht hatte John Sinclair gewonnen, doch der Krieg ging weiter …

ENDE

IN SATANS DIENSTEN

»Endlich!«

Mit einem befreiten Seufzer ließ sich Ramona Navarra auf den Garderobenstuhl fallen.

Noch schwach war der Beifall aus dem Zuschauerraum zu vernehmen, und ein schmerzliches Lächeln umspielte Ramonas Lippen. Sie überlegte ernsthaft, ob sie noch mal hinausgehen sollte, um den Applaus einzufangen, ließ es dann aber bleiben. Zu kindisch kam es ihr vor.

Ein Jahr Pause! Zwölf Monate keine Proben, keine Auftritte – nichts mehr.

Der Star verschwand von der Bildfläche, breitete für 365 Tage den Mantel des Vergessens über sich.

Ob sie das durchhalten würde? Und was würde das Publikum sagen? Wie würde es reagieren?

Abermals seufzte Ramona Navarra auf. Dann hob sie den Kopf und blickte in den Spiegel.

Sie war noch immer schön. Trotz ihrer sechsunddreißig Jahre. Aber sie wusste auch, dass unter der dicken Schminkschicht die ersten Falten lauerten. Eine Tatsache, die in ihrem Beruf doppelt so schwer wog wie bei einer normalen Frau.

Ramona Navarra – die Königin des Chansons, so wurde sie genannt. Sie hatte die ganze Welt gesehen, in fast allen Ländern große Triumphe gefeiert und ein Vermögen verdient.

Geld, mit dem sie sich jetzt ihre Schönheit und Jugend zurückkaufen wollte.

Mit einer automatischen Bewegung griff Ramona zu einem Plastikumhang und legte ihn sich um die makellosen Schultern. Dann nahm sie die Abschminkdose und verteilte die geleeartige Masse in einer dicken Schicht über ihr Gesicht.

Die Tür wurde geöffnet.

Ramona wandte sich ärgerlich um, sie wollte niemanden sehen. Aber es war nur die Garderobenfrau. Sie trug zwei wundervolle Rosensträuße in den Händen, hinter denen ein Teil ihres Oberkörpers fast verschwand.

»Die letzten Sträuße, Señora«, sagte die Frau. »Sind sie nicht wunderbar?«

»Legen Sie sie auf den Tisch«, erwiderte Ramona gleichgültig und wandte ihr Gesicht wieder dem Spiegel zu.

Die Garderobiere trat an ihre Seite. Es war eine etwas füllige Person, knapp über fünfzig, und Ramona kannte sie schon lange.

»Sie waren großartig, Señora«, schwärmte die Frau. »So habe ich Sie noch nie erlebt. Von diesem Auftritt wird man in Madrid noch lange sprechen.«

»Hoffentlich, Alva, hoffentlich.«

»Aber Señora. Sie haben doch keine Angst, dass man Sie vergisst. Eine Frau wie Sie. Nein, das kann ich mir nicht vorstellen.«

Ramona lachte auf. »Haben Sie eine Ahnung, wie das Publikum reagiert, Alva. Die Leute vergessen so schnell. Eine andere kommt, eine Jüngere …«

»Was können diese Hüpfer schon gegen Sie ausrichten? Nein, ich bleibe bei meiner Meinung. Aber warum machen Sie ein Jahr Pause? Ich habe mich nie getraut zu fragen. Wo werden Sie hingehen?«

Ramona drehte sich auf ihrem Stuhl. »Das, meine liebe Alva, werde ich Ihnen nicht verraten. Es muss ein Geheimnis bleiben. Meinetwegen könnte es jeder wissen, aber ›ER‹ will es nicht.«

»Wer ist dieser …«

»Keine weiteren Fragen mehr, Alva«, sagte Ramona. »So, und nun reichen Sie mir bitte das Abschminktuch.«

»Bitte, Señora.«

Die Sängerin wischte sich die Schminke aus dem Gesicht. Jetzt sah sie ihre Haut, wie sie wirklich war. Die kleinen Falten um die Augen und Mundwinkel. Und trotzdem – Ramona Navarra war noch immer eine berückend schöne Frau. Ihre Haare waren lackschwarz und fielen wie ein Vorhang bis auf die Schultern. Die Augen waren groß und dunkel, und wer tief in sie hineinblickte, hatte das Gefühl, in einem unendlich tiefen See zu ertrinken. Aber aus diesen Augen sprach auch die Leidenschaft und das Temperament, das in ihr schlummerte.

Ramona wischte nun den Rest der Abschminke von ihrem Nasenrücken, stand dann auf und schlüpfte aus dem engen, langen Kleid. Sie trug nur noch BH und Slip.

Während sie sich wieder hinsetzte und ein leichtes Make-up auflegte, kämmte die Garderobiere die langen Haare aus. Sie erzählte dabei von ihrer Familie, aber Ramona hörte gar nicht zu. Sie war mit ihren Gedanken weit in der Zukunft.

Schließlich war Alva fertig. Sie ging zum Schrank und reichte Ramona einen hellroten Pullover und einen flaschengrünen Wildlederhosenanzug. Ramona schlüpfte in die Sachen, die wie eine zweite Haut ihren Körper umschmiegten. Mit einer raschen Kopfbewegung schüttelte sie die langen Haare in den Nacken.

Alva sah ihr dabei zu, und plötzlich stahlen sich Tränen in ihre Augen. Sie wusste, dass es ein Abschied war.

»Aber Alva«, sagte die Sängerin. »Sie brauchen doch nicht zu weinen. Sie tun gerade so, als wären sie auf meiner Beerdigung.«

Ramona Navarra ahnte nicht, wie nah sie damit der Wahrheit schon war …

Alva zog die Nase hoch und holte dann erst ein Taschentuch aus ihrem Kittel.

»Es ist die reine Gewöhnung, Señora.«

»Ist ja schon gut.« Ramona fasste die Frau an beiden Schultern und hauchte ihr einen Kuss rechts und links auf die Wangen. »Jetzt müssen Sie aber wirklich gehen, Alva.«

»Ja, Señora. Adios.«

Die Garderobiere ging zur Tür, sah sich noch einmal um und verschwand dann nach draußen.

Ramona Navarra ließ sich in einen Sessel fallen. Mit verlorenem Lächeln betrachtete sie die beiden Rosensträuße.

Ein unbekannter Verehrer hatte ihr diese Blumen geschickt.

Ramona hatte noch Zeit. Erst in einer Stunde wollte sie die Männer treffen.

Schließlich war es so weit. Ramona Navarra musste sich auf den Weg machen.

Das Theater hatte sich inzwischen geleert. Auch das Personal war gegangen.

Ramonas Absätze klapperten laut, als sie über den langen Gang dem Notausgang zustrebte.

Die Sängerin besaß einen Schlüssel und schloss auf. Schnell huschte Ramona durch den Türspalt.

Kühle Nachtluft traf ihr Gesicht. Am Tag war es ziemlich heiß gewesen, aber jetzt hatte es sich zum Glück abgekühlt.

Ramona war in einem Hof gelandet. Sie musste den Theaterbau umgehen, damit sie zu ihrem Wagen gelangte.

Die Sängerin kannte Schleichwege. Schließlich stand sie auf dem Parkplatz. Ihr gelber Lamborghini stand direkt neben einer Mauer. Die Autoschlüssel hielt Ramona schon in der Hand.

Plötzlich löste sich eine Gestalt von der Mauer.

Erschreckt fuhr die Sängerin herum.

»Ramona«, zischte eine Stimme.

Die Frau schlug beide Hände vor die Brust. »Himmel, Carlos, hast du mich erschreckt.«

»Verzeihung, aber das wollte ich nicht.«

Carlos Ortega war einer ihrer hartnäckigsten Verehrer. Der vierzigjährige, gut aussehende Mann besaß eine Anzahl Hotels an der Costa Brava, die es ihm ermöglichten, ein Playboy-Leben zu führen. Carlos Ortega hatte eigentlich schon alles mitgemacht, bis er Ramona kennenlernte und sich hoffnungslos in sie verliebte. Die Heiratsanträge konnte er schon gar nicht mehr zählen, aber die Sängerin hatte immer abgelehnt. Trotzdem gab Ortega nicht auf.

»Ich muss mit dir reden, Ramona.«

Die Frau schüttelte den Kopf. »Nein, Carlos. Ich weiß, was du sagen willst, aber es hat keinen Zweck. Du bringst mich von meinem Entschluss nicht ab. Tut mir leid für dich.«

Ramona schloss den Wagen auf und wollte sich hinter das Lenkrad setzen.

»Moment.« Carlos Ortega sprang vor. Er fasste Ramona an der Schulter und zog sie zurück. »So haben wir nun doch nicht gewettet.«

»Lass los!«, fauchte die Sängerin. »Du tust mir weh.«

»Gut.« Carlos senkte die Hand. »Aber ich will eine Erklärung. Glaubst du denn, du kannst so mir nichts, dir nichts für ein Jahr verschwinden? Ich habe ein Recht darauf, zu erfahren …«

»Ein Recht?«, rief Ramona. »Dass ich nicht lache! Ich habe keinem gesagt, wo ich hingehe, und auch dir werde ich es nicht unter die Nase binden. Und jetzt lass mich in Frieden.«

Ortega war unwillkürlich einen Schritt zurückgetreten. Diese Chance nutzte die Sängerin aus.

Ehe Ortega sich versah, hatte sie sich in den Sitz geworfen, die Tür zugeknallt und verriegelt.

Ortega stieß einen leisen Fluch durch die Zähne, trommelte gegen die Scheibe.

Doch da sprang der Motor schon an. Mit einem Kavalierstart rauschte Ramona davon.

Ortega musste zurückspringen, um nicht von dem Wagen erfasst zu werden.

»Na warte!«, knurrte der Mann. »So leicht kommst du mir nicht davon.«

Carlos Ortega war verrückt nach dieser Frau. Er musste sie haben. Bisher hatte ihm noch keine widerstehen können. Und bei Ramona Navarra sollte es nicht anders sein.

Aber Ortega wusste auch, dass diese Frau ihren Stolz hatte. Und gerade das machte ihn wütend. Er nahm sich fest vor, noch in dieser Nacht mit Ramona Navarra zu schlafen.

Sein Mercedes-Coupé parkte auf der Straße. Jetzt ärgerte sich Ortega, dass er den Wagen nicht auf dem Parkplatz abgestellt hatte. Mit einem wütenden Fluch wandte er sich um und hetzte mit Riesenschritten zu seinem Flitzer.

Schon bald saß er hinter dem Steuer, startete und rauschte davon. Er wusste, wohin Ramona fahren würde. Zu ihrer Wohnung. Und dort wollte er sie abfangen.

Carlos Ortega ahnte nicht, dass ihn dort das Grauen erwartete …

Immer wieder blickte Ramona Navarra in den Innenspiegel. Sie wusste, dass Carlos Ortega hartnäckig war, und sie konnte sich auch gut vorstellen, dass er sie nicht so einfach fahren ließ. Sicher würde er die Verfolgung aufnehmen. Und was noch schlimmer war, er kannte ihre Adresse.

Ramona biss sich auf die Lippen.

Ihre langen Finger hielten das Lenkrad fest umklammert. Die Sängerin saß längst nicht so gelöst wie sonst in dem Schalensitz. Man merkte ihr an, wie nervös sie war.

Sie lenkte den Wagen auf die Madrider Altstadt zu. Sicher nahm sie die zahlreichen Kurven. Der Lamborghini lag wie ein Brett auf der Straße, und nach zehn Minuten wilder Kurverei war Ramona überzeugt, einen etwaigen Verfolger abgeschüttelt zu haben.

Wenn er ihr aber nun vor dem Haus auflauerte?

Ramona kapierte, dass diese ganze Jagerei sinnlos gewesen war. Sie hätte sofort zu ihrer Wohnung fahren sollen.

Das Haus, in dem sie wohnte, wenn sie in Madrid war, lag in einer stillen Seitenstraße. Das Gebäude stammte noch aus dem 19. Jahrhundert, war aber außen renoviert und innen modernisiert worden.

Ein kunstvoll geschmiedeter Zaun grenzte Haus und Grundstück ein. Ramona stieg aus. Scheu blickte sie sich um.

Sie wohnte in einer stillen Gegend, und die Menschen, die hier lebten, gehörten nicht gerade zu den unteren Gehaltsklassen. In die Garage wollte Ramona den Lamborghini nicht bringen. Das hätte nur Zeit gekostet.

Die Tür des teuren Autos schnappte ins Schloss. Noch einmal blickte Ramona die Straße hinauf.

Kein weißer Mercedes zu sehen. Vielleicht hatte Carlos Ortega die Nase jetzt endgültig von ihr voll. Ein wenig tat er ihr schon leid.

Ramona schloss das Tor auf.

Über den Steinplattenweg ging sie zu der breiten Treppe, die zur Haustür hochführte.

Im Vorgarten duftete es nach unzähligen Blumen. Grillen

zirpten ihre schrille Melodie. Der Himmel war dunkelblau, fast schwarz, und die Sterne glitzerten, ein Meer von hellen Punkten.

Ramona schloss die Haustür auf. Das Personal hatte sie schon entlassen, und sie kam sich in dem großen Haus plötzlich unsagbar allein vor.

Zwölf Zimmer hatte die Villa. Dabei benötigte Ramona höchstens vier. Alles andere war Luxus, Repräsentation.

Sie machte überall Licht.

Kostbare Leuchter flammten auf. Auf dem Marmorboden lagen dicke Teppiche. Die Möbel waren kostbar und handgearbeitet. Die Räume waren hoch.

Ramona seufzte, blickte auf ihre Uhr und erschrak.

Nur noch eine halbe Stunde, dann würden die Männer erscheinen, und sie wollte noch ein Bad nehmen und sich umziehen.

Die Sängerin betrat ihr geräumiges Wohnbadezimmer. Es war ein Luxusbad der ersten Klasse. Die Feuchtigkeit abstoßenden Tapeten waren in Himmelblau gehalten und umrahmten die ovalförmige Badewanne mit den echt goldenen Kränen. Die Einrichtung des Badezimmers hatte Ramona keine Peseta gekostet. Es war ein Geschenk eines Verehrers gewesen.

Außerdem gab es eine Liege, mehrere Waschbecken, einen Schrank, Fernseher und Stereoanlage.

Ramona Navarra zog die Tür zum Badezimmer auf, schlüpfte aus ihrer Jacke und blieb wie festgenagelt auf der Schwelle stehen.

Die beiden Männer waren schon da!

Sie saßen auf der Liege und blickten Ramona stumm entgegen. Das Licht an der Decke verlieh ihren maskenhaft starren Gesichtern einen rötlichen Schein.

Es dauerte einige Zeit, bis Ramona ihren Schrecken überwunden hatte. Nur zögernd betrat sie das Badezimmer.

»Ich habe Sie noch nicht so früh erwartet, Señores«, sagte sie und hob mit einer hilflosen Gebärde beide Arme. »Außerdem möchte ich noch ein Bad nehmen.«

Die Männer blickten sie an. Trotz der dunklen Brillen, die sie trugen, glaubte Ramona, hinter dem Glas helle Augen funkeln zu sehen. Unwillkürlich zuckte sie zusammen. Auf einmal waren ihr die Männer unheimlich, und sie sehnte sich direkt Carlos Ortega herbei.

Ihre beiden Besucher trugen helle Anzüge und gemusterte Hemden ohne Krawatten. Man hätte sie bei flüchtigem Hinsehen für Zwillinge halten können.

Nur keine Angst zeigen, hämmerte sich Ramona ein. Betont forsch trat sie vor und tippte dem rechten der Männer auf die Schulter. »Wie gesagt, ich möchte gerne baden, und deshalb wäre ich Ihnen sehr verbunden, wenn Sie mich allein ließen.«

Noch immer hatten die Männer kein Wort gesprochen.

Plötzlich schoss der Arm des einen Kerls vor. Wie ein Schraubstock klammerten sich die Finger um Ramonas Handgelenk.

»Was fällt Ihnen ein?«, schrie die Frau. »Sie tun mir weh. Ich werde mich beschweren. Ich werde …«

Ein harter Stoß ließ sie zurücktaumeln.

Mit den Kniekehlen berührte Ramona den Rand der ovalen Badewanne, bekam das Übergewicht und kippte nach hinten. Sie hatte Glück, dass sie sich noch mit dem Arm abstützen konnte. Trotzdem befand sie sich wie ein gefangenes Tier in der Falle.

Die Männer hatten sich rechts und links der Badewanne aufgebaut. Noch immer trugen sie ihre Sonnenbrillen. Die Gläser waren starr auf die hilflose Sängerin gerichtet.

Jetzt erst wurde Ramona klar, dass sie sich auf ein Spiel eingelassen hatte, das sie nicht gewinnen konnte, und eine heiße, nie gekannte Angst stieg in ihr hoch.

Die Körper der Männer verschwammen vor ihren Augen. Instinktiv wollte sich Ramona aufrichten, aus der Wanne klettern, doch ein harter Schlag warf sie wieder zurück.

Ramona stöhnte.

Die beiden Männer kümmerten sich nicht darum. Einer griff in die Tasche und brachte ein Rasiermesser zum Vorschein.

Langsam klappte er es auf.

Die scharfe Klinge funkelte. Übergroß kam Ramona die Hand mit dem Rasiermesser vor. All die Schauergeschichten, die sie gelesen hatte, fielen ihr wieder ein. Sie dachte an einen Rasiermessermörder, der vor Jahren für eine lange Zeit Madrid in Atem gehalten hatte. Der Killer hatte damals seinen Opfern die Kehle aufgeschlitzt …

»Nein«, ächzte Ramona, »das könnt ihr doch nicht machen. Ich habe euch doch nichts getan. Ich …«

Die Sängerin sprach gegen eine Wand. Diese beiden Kerle kannten keine Gefühle.

Ungerührt beugte sich der Mann mit dem Rasiermesser nieder. Der Schaft verschwand völlig in seiner nervigen Faust. Nur die Klinge blitzte und näherte sich immer mehr dem Gesicht der Frau.

Ramona rutschte zurück. Sie hielt den rechten angewinkelten Arm vor das Gesicht und stützte sich mit der linken Hand ab.

Bis sie das Kopfende der Wanne im Rücken spürte.

Ramona vereiste.

Vorbei! Es gab keine Chance mehr.

Aus weit aufgerissenen Augen starrte die Sängerin dem Mann entgegen, der das Rasiermesser hielt.

Und plötzlich war der andere Kerl in ihrem Rücken!

Ramona sah noch die Bewegung, und dann presste sich eine Hand auf ihren zum Schrei geöffneten Mund.

Augenblicklich wurde ihr die Luft knapp.

Mit Todesverachtung stemmte sich Ramona gegen den Griff an, doch der Mann war stärker.

Die Sängerin strampelte mit den Beinen. Jedes Mal, wenn sie den Rand der Wanne traf, dröhnte es wie bei einem Glockenschlag.

Der Kerl mit dem Messer beugte sich noch weiter zu ihr herunter.

Jetzt würde er zustoßen. Jetzt …

Ramona schloss mit ihrem Leben ab.

Doch da geschah das Unwahrscheinliche. Der Mann stieß einen freien Arm vor und packte Ramonas rechtes Handgelenk. Gleichzeitig vollführte das Messer eine kreisende Bewegung.

Einen Herzschlag später spürte die Sängerin einen brennenden Schmerz auf ihrem Handrücken. Sie versuchte, den Kopf zu drehen, wollte mitbekommen, was mit ihrer Hand geschah, doch im selben Augenblick ließ der Luftmangel sie bewusstlos werden.

Haltlos sackte Ramona zusammen. So brauchte sie das Schreckliche nicht zu sehen.

Der Mann schnitt ein quadratisches Stück Haut von ihrem Handrücken ab. Wie ein Blatt Papier hob er die blutende Haut hoch und verstaute sie in einer Plastiktüte, die er aus der Außentasche seines Jacketts zog.

Sein Kumpan hievte inzwischen die bewusstlose Ramona aus der Wanne. Blut tropfte auf den flauschigen Teppich. Die Männer, die bisher noch kein Wort miteinander gewechselt hatten, nickten sich zu.

Jetzt begann Teil zwei ihrer Aufgabe.

Die Sängerin musste verschwinden! Und sie wussten auch schon wie. Nicht umsonst war ihr Plan bis ins Kleinste ausgeklügelt worden. Von einem Mann, dessen Diener sie waren, und den sie nur unter einem Namen kannten.

Doktor Tod!

Nachdenklich stand Carlos Ortega vor dem kanariengelben Lamborghini. Seine Augen blickten über das flache Dach des Sportwagens hinweg und tasteten die Fassade des prunkvollen Hauses ab.

Überall in den Räumen brannte Licht. Demnach war Ramona zu Hause.

Er hatte es ja geahnt.

Ortega war wütend. Noch nie war eine Frau so mit ihm umgesprungen. Und er war nicht der Mann, der sich das gefallen ließ. Ortega ballte die Hände. Nein, Ramona war ihm eine Antwort schuldig. Und das noch heute.

Entschlossen stieß Carlos Ortega das Tor auf. Schon auf dem Weg zum Haus holte er die Schlüssel aus seiner Hosentasche. Ramona hatte sie ihm mal gegeben. Nie hätte er gedacht, sie doch noch gebrauchen zu müssen.

Aber vorher wollte er schellen. Sie sollte ihn einlassen. Wenn nicht, dann allerdings …

Seine Gedanken stockten. Beinahe zögernd schritt er die Treppenstufen hoch. Fast kam er sich wie ein Einbrecher vor.

Unsinn …

Die Klingel befand sich neben der Tür in einer kleinen Vertiefung der Hausfassade. Der Perlmuttknopf glänzte matt.

Ortega legte entschlossen seinen Zeigefinger auf den Knopf.

In mehreren Zimmern des Hauses ertönte ein melodisches Läuten. So konnte die Sängerin die Klingel immer hören, sogar im Bad.

Innen rührte sich nichts.

Nach einer Minute drückte Ortega noch mal auf den Knopf.

Wieder wartete er.

Schließlich wurde es ihm zu viel.

»Na warte«, knurrte er. »Das Spielchen kannst du mit Carlos Ortega nicht machen.«

Der Spanier bückte sich und stocherte nach dem Schlüsselloch. Er fand es nach zweimaligem Probieren.

Leicht drehte sich der Schlüssel im Schloss.

Die Tür sprang auf.

Carlos Ortega betrat das Haus …

Die beiden Männer kannten sich in der Villa aus, als würden sie hier wohnen.

Mit der bewusstlosen Ramona verließen sie das Badezimmer, durchquerten den luxuriös eingerichteten Schlafraum und standen schließlich in der großen Halle.

Der Mann, der beide Arme frei hatte, deutete auf eine braun lackierte Tür.

Sein Kumpan nickte. Dort ging es zum Keller.

Die Männer setzten sich wieder in Bewegung. Der erste hatte schon die Hand auf der Türklinke, da schlug die Klingel an.

Das melodische Läuten klang in der herrschenden Stille überlaut.

Die Männer blieben stehen, tauschten Blicke. Dann hatten sie sich verstanden.

Der eine von ihnen huschte mit der bewusstlosen Ramona durch die Tür, die zu den Kellerräumen führte.

Er hatte sie kaum hinter sich geschlossen, da schellte es zum zweiten Mal.

Der in der Halle Zurückgebliebene sah sich blitzschnell nach einem Versteck um.

Er fand es zwischen einer hohen Standuhr und einem Mauervorsprung.

Hastig klemmte er sich in die Nische. Mit einer nahezu andächtigen Bewegung nahm er die Sonnenbrille ab.

Ramona Navarra konnte froh sein, dass ihr dieser Anblick erspart geblieben war, denn …

Die Haustür öffnete sich.

Der Mann in dem Versteck hielt den Atem an. Schritte klangen auf. Der nächtliche Besucher schob sich in die Diele und schloss die Tür.

Der Kerl neben der Standuhr lächelte. Der Ankömmling war schon so gut wie tot.

Er wusste es nur noch nicht …

»Ramona?«

Carlos Ortegas Stimme füllte die gesamte Halle.

Der Spanier erhielt keine Antwort. Seltsam leer und unwirklich kam ihm das Haus auf einmal vor.

Aber es brannte doch Licht. Ramona musste zu Hause sein.

Ortega fühlte, wie ihm eine Gänsehaut über den Rücken

lief. Er war kein Feigling, beileibe nicht, aber hier war etwas faul. Das spürte er.

Behutsam ging er einige Schritte vor. Der dicke Teppich dämpfte seine Schritte bis zur Geräuschlosigkeit. Die Tür zum Schlafzimmer stand offen.

Sollte Ramona dort sein? Aber dann hätte sie geantwortet.

Schweiß bildete sich auf Ortegas Stirn. Er sammelte sich zu Tropfen und lief in die buschigen Augenbrauen.

Carlos Ortega drehte den Kopf, tastete jeden Winkel der Halle mit den Augen ab.

Sein Blick glitt über die handgeschnitzte Garderobe, an der ein grüner Schweinsledermantel hing. Daneben hatte Ramona eine Standuhr hingestellt, direkt an einem Vorsprung – und …

Plötzlich erfasste den Mann ein heißer Schrecken. Sein Mund öffnete sich entsetzt zu einem Schrei, doch seine Kehle war wie zugeschnürt.

In der Nische stand ein Mann! Ein Fremder!

Ortega schauderte beim Anblick dieses Typen zusammen. Das musste ein Irrer sein!

Carlos Ortega konnte seinen Blick nicht von dem Gesicht des Unbekannten wenden. Das Gesicht wirkte wie aus Fels gehauen, hart, kantig, brutal.

Doch schlimm waren die Augen. Völlig verdreht hingen sie in den Höhlen. Ortega sah nur die weißen, von kleinen Äderchen durchzogenen Augäpfel. Ihm war es unbegreiflich, dass dieser Mann überhaupt sehen konnte.

»Wer – wer sind Sie?«, stammelte der Spanier.

Der Fremde gab keine Antwort. Er setzte sich plötzlich in Bewegung. Mit zwei gleitenden, pantherhaften Schritten, die man ihm wegen seiner Figur gar nicht zugetraut hätte, hatte er sein Versteck verlassen.

Unwillkürlich sprang Ortega zurück.

Obwohl der Mann keine Waffe in der Hand hielt, ahnte der Spanier doch instinktiv, dass er diesem Fremden im Kampf unterlegen war.

Noch immer hatte der Mann kein Wort gesprochen. Dafür trieb er Ortega immer mehr in die Enge.

Der Spanier lief einen Halbkreis, versuchte, in ein anderes Zimmer zu gelangen. Er huschte ins Schlafzimmer.

Das breite Bett war unberührt. Wie ein hellroter Himmel spannte sich der Baldachin darüber.

Vor dem großen Spiegel stand ein Hocker. Ortega schnappte sich das leichte Möbel.

Da betrat der Fremde das Zimmer.

»Bleiben Sie stehen!«, keuchte Carlos Ortega.

Der Unheimliche ging weiter.

Da schlug Ortega zu. Er drosch dem Mann den Hocker voll vor die Brust.

Der Kerl nahm den Schlag hin, ohne einen Ton von sich zu geben. Er wankte nicht einmal.

Noch einmal schlug der Spanier zu, legte alle Kraft in den Hieb.

Wieder traf er voll.

Es gab ein splitterndes Geräusch, und der leichte Hocker löste sich in seine Einzelteile auf. Ortega hielt nur noch ein Bein in der Hand.

Er begann langsam durchzudrehen. Was dieser Kerl verdauen konnte, war unheimlich. Das grenzte schon an …

Ortegas Gedanken stockten. War dieser Mann überhaupt ein Mensch?

Himmel, wenn er es hier mit einem Roboter zu tun hatte? Siedend heiß fiel ihm diese Vision ein.

»Wer bist du?«, brüllte Ortega. »Stell dich doch, du verfluchte Bestie!«

Während er die Sätze hinausschrie, warf er sich zurück, wollte dann in Richtung Fenster rennen.

Ortega übersah den kleinen Teppich. Als hätte er auf Schmierseife getreten, wurden ihm plötzlich die Beine unter dem Körper weggerissen.

Carlos Ortega sah den Boden auf sich zurasen. Verzweifelt ruderte er mit den Armen.

Ohne Erfolg.

Hart knallte der Spanier auf die Erde. Der Schmerz lähmte für Sekunden seine rechte Schulter.

Dann stand der Unheimliche vor ihm, beugte sich nieder.

Noch einmal holte Ortega aus, wollte das Holzbein in das maskenhaft starrte Gesicht dreschen.

Da schoss der Arm des Unheimlichen vor. Der Knüppel knallte gegen das Handgelenk des Mannes, federte zurück und traf den liegenden Ortega am Kopf.

Der Unheimliche lachte kehlig, ballte die rechte Hand und holte aus.

Ortega brüllte auf.

Mitten in sein Gebrüll hinein traf ihn die Faust mit der Wucht eines Dampfhammers.

Carlos Ortega sah unzählige Sterne blitzen und versank dann in den unendlich tiefen Schacht der Bewusstlosigkeit.

Die Treppe zum Keller war lang und schmal. Man hatte hier mit Platz gespart, im Gegensatz zu den übrigen Räumen des Hauses.

Wie eine leblose Puppe lag Ramona Navarra auf den Armen des Mannes. Sicher, als sei er hier zu Hause, stieg der Kerl die Treppe hinab.

Der Keller war wieder etwas großzügiger angelegt. Es war feucht und kühl hier unten. An den dicken Steinwänden glänzte die Nässe. Irgendwo tropfte Wasser.

Verschiedene Türen zweigten zu kleineren Verschlägen ab. Weinflaschen und Konserven lagerten hier unten. An der rechten Wand des großen Kellerraumes stand ein Ungetüm von Ofen. Es war ein matt glänzender Kessel mit Schiebern, Türen und Ventilen.

Der Mann legte die bewusstlose Ramona auf den kalten Boden. Dann sah er sich um.

Vom Kessel aus liefen Rohre durch die Decke bis zu den Heizkörpern oben in der Villa. Die Rohre waren hell angestrichen, und man konnte es der Anlage ansehen, dass sie neu war.

Der Unheimliche lächelte schmal, als er die größte Klappe öffnete. Dazu musste er erst zwei Eisenriegel beiseiteschieben.

Er steckte den Kopf in die Heizkammer des Kessels. Ölgeruch kitzelte seine Nase. Der Mann hatte sich vorher genau informiert, kannte sich mit der Bedienung des Kessels ausgezeichnet aus.

Er drehte an einigen Ventilen und öffnete eine Luftklappe. Nun war der Umlauf frei.

Der Mann ging in die Knie, betätigte nochmals einen Hebel und wartete ab.

Nach einigen Minuten war es so weit.

Jetzt wurde ein Teil des Öls aufgeheizt, und schon bald musste es brennen.

Der Mann lächelte. Niemand würde Ramona Navarra vermissen. Er zog jetzt die große Klappe des Heizkessels auf.

Eine Hitzewelle fuhr durch den Raum. Flammenzungen leckten aus der Öffnung.

Mit einem Ruck hob der Mann Ramona hoch.

Er zeigte keinerlei Regung. Unbewegt näherte er sich der Öffnung.

Da wurde oben an der Treppe die Tür aufgezogen.

Der Mann stoppte.

Sein Kumpan kam die Stufen herunter. Er hatte sich einen Bewusstlosen über die Schulter geworfen.

»Er muss ebenfalls rein«, sagte der Neuankömmling.

Der andere nickte.

Den Kopf voran, näherte sich der erbarmungslose Mörder mit dem Bewusstlosen dem Feuerofen.

Schon leckten die ersten Flammen nach seinem Gesicht. Unerträglich wurde die Hitze.

»Jetzt die Frau«, sagte der andere Killer nach einer Weile.

Sie verfuhren mit ihr wie mit Ortega.

Die Klappe wurde geschlossen. Die beiden Mordbestien hatten ihre Aufgabe erfüllt.

Zwei Zeugen existierten nicht mehr. Nur noch ein Stück Haut war vorhanden. Das Wichtigste in diesem höllischen Spiel.

Das Haus lag an der Küste. Dort, wo die Costa Brava am wildesten und urwüchsigsten war. Seit Urzeiten schon schäumte die Brandung gegen die scharfen Klippen und warf meterhohe Schaumkronen in die hitzeflirrende Luft.

Der Tourismus hatte diesen Fleck gemieden. Zu unwirtlich war das Gelände. Außerdem gab es im näheren Umkreis kaum ein Dorf, in dem sich die Touristen hätten amüsieren können.

Umso erstaunlicher war es, dass sich vor Jahren ein Mann auf einem Felsplateau einen Bungalow gebaut hatte. Das Haus stand erst lange Zeit unbewohnt, bis vor einigen Wochen mehrere Männer dort eingezogen waren. Unter unsäglichen Mühen hatten sie Kisten und Kästen den schmalen Weg hinaufgeschleppt. Handwerker hatten eine Steintreppe in den Fels gehauen, damit die Bewohner bequem zum Wasser gelangen konnten. Doch die Treppe wurde bewacht. Tag und Nacht.

Gerüchte entstanden. Bewohner des nächstliegenden Ortes stahlen sich ab und zu in die Nähe des Gebäudes. Sie wurden schnell wieder verscheucht.

Niemand wusste, dass hier an der wilden Küste Spaniens der größte Feind der Menschheit sein neues Hauptquartier errichtet hatte.

Doktor Tod war der Besitzer des Bungalows.

Von hier aus wollte er die Fäden spinnen, um wieder groß ins Geschäft einzusteigen.

Diesmal sollte es der entscheidende Schlag werden!

Das Haus lag nachts völlig im Dunkeln. Doktor Tod verzichtete auf jede Art von Beleuchtung. Wenn Licht in den Zimmern brannte, dann wurden die Vorhänge zugezogen.

An diesem späten Abend näherte sich ein dunkler Mercedes dem Felsbungalow.

Der Wagen kam aus Richtung Barcelona und fuhr die prächtige Küstenstraße entlang.

Die Insassen waren zwei Männer. Sie trugen dunkle Brillen, und niemand ahnte, dass es zwei gefährliche Mordbestien waren.

Der Fahrer lenkte den Wagen ruhig und sicher. Es war Hochsaison in Spanien und die Straßen dementsprechend belebt.

Irgendwann bogen die beiden Männer dann von der Küstenstraße ab. Jetzt fuhren sie über einen holprigen Feldweg, der die Stoßdämpfer des Wagens stark beanspruchte.

Die Scheinwerfer des Mercedes durchbrachen die Dunkelheit. Die Männer hatten die Fenster geöffnet. Kühler Wind umspielte ihre erhitzten Gesichter.

Immer tiefer ging es in den Felswirrwarr. Der Weg wurde noch schmaler. Hierher verirrten sich nicht einmal Liebespaare.

Bald mussten sie auch in der Nähe des Hauses sein.

Vom Bungalow aus wurden sie bereits beobachtet. Doktor Tod stand am Fenster und blickte auf das tanzenden Scheinwerferpaar. In seinem Gesicht zuckte kein Muskel. Nur die Augen glühten in einem höllischen Feuer.

Doktor Tod war ein Typ, vor dem man sich fürchten konnte. Auf einem beinahe schmächtigen Körper thronte ein haarloser Schädel, in dem die dunklen Augen besonders hervorstachen. Auch hatte dieser Mann keine Augenbrauen, und die Haut war blass, beinahe durchscheinend.

War Doktor Tod ein Mensch oder ein Monster? Niemand konnte es sagen. Auf jeden Fall stand er mit dem Satan im Bunde. Er war Asmodis' erster Diener.

Doktor Tod wandte sich ab. Seine schmalen Lippen hatten sich zu einem zynischen Lächeln verzogen. Auf seine Männer war Verlass. Er hatte sie sich sorgfältig ausgesucht und für seine Zwecke präpariert. Ihre Augen mussten die Männer als Pfand lassen. Sicher, sie konnten sehen. Das verdankten sie allerdings Doktor Tods chirurgischem Können. Er hatte ihnen zwei Ersatzaugen eingesetzt, die die gleichen Funktionen erfüllten wie die eigenen. Nur mussten diese Augen nach gewisser Zeit wieder präpariert werden. Und das konnte nur Doktor Tod. Deshalb waren seine Leute auf ihn angewiesen.

Doch heute Nacht wollte er sein größtes Experiment starten. Aus einem Stück Haut sollte ein neuer Mensch entstehen!

Unvorstellbar grausam war dieses Experiment, aber die Hölle, mit der Doktor Tod paktierte, kannte kein Erbarmen. Er bediente sich ihrer Kräfte, um seine teuflische Aufgabe durchzuführen.

Ramona Navarra! Sie war die erste Person in einer langen Kette. Für die Welt war sie verschwunden. Auf einer der zahlreichen Schönheitsfarmen. Aber sie würde schon bald wieder auftauchen. Wenn das Experiment klappte …

Der Wagen hatte jetzt das Haus erreicht. Neben dem Bungalow hatte Doktor Tod eine Garage bauen lassen, die einen direkten Zugang zum Haus hatte.

Im Bungalow selbst war es still. Nicht einmal Doktor Tods Schritte waren zu hören, als er durch die Räume ging und die Tür zur Garage öffnete.

Soeben schwang das Tor automatisch in die Höhe. Die Scheinwerfer des Mercedes erfassten für einem Moment Doktor Tods Gestalt. Die beiden Männer stiegen aus. Ihre Schritte klangen laut auf dem Betonboden.

Doktor Tod erwartete seine Helfer auf der Türschwelle.

»Habt ihr es?« Seine Stimme klang hart und spröde.

»Ja.« Einer der Männer griff in die Tasche und brachte eine Plastiktüte zum Vorschein.

Doktor Tod nahm sie ihm aus der Hand. Er ging damit ins Haus und hielt sie gegen das Licht.

Das Stück Haut schimmerte weißrosa. An der Innenseite der Tüte befanden sich Blutspritzer.

»Es ist alles so erledigt worden, wie Sie es befohlen haben«, sagte einer der Männer. »Nur mussten wir noch jemanden töten.«

Doktor Tod kreiselte herum. »Wie war das?«

Der Mann begann zu erzählen. In Doktor Tods Gesicht

zuckte kein Muskel, aber ein unbestimmtes Gefühl sagte ihm, dass es Ärger geben konnte. Dieser zweite Mord war nicht geplant. Nicht dass Doktor Tod Gewissensbisse gekannt hätte. So etwas gab es bei ihm nicht, aber das Verschwinden des Mannes könnte unter Umständen Aufsehen erregen. Aufsehen, das er im Augenblick nicht brauchen konnte. Er sah jedoch auch ein, dass seine Männer das einzig Richtige getan hatten. Wenigstens aus seiner teuflischen Sicht.

Seine Gehilfen blickten ihn mit ihren starren weißen Augäpfeln an. Sie rechneten mit Bestrafung, doch Doktor Tod wandte sich ab.

»Wartet auf mich«, sagte er. Dann wandte er sich um und verschwand im Innern des geräumigen Bungalows.

Über die Hälfte der Räume bestand aus Labors. Doch selbst ein Laie hätte erkannt, dass sie eher Schreckenskammern glichen. Auf langen Tischen lagen Glasbehälter. Sie waren mit Nährlösung gefüllt. In mancher Lösung schwammen Körperteile. Sogar ein menschliches Gehirn hatte Doktor Tod in einem der Glasbehälter liegen. Damit wollte er sich jedoch später beschäftigen.

Er betrat den Kühlraum. Grelles Licht flackerte auf. Die Wände waren bis zur Decke gekachelt. Auf einem Metalltisch lag eine nackte Frauenleiche.

Es war eine junge Frau aus Barcelona. Eine Liebesdienerin, die niemand vermissen würde. Doktor Tod hatte die Leiche mit einer Konservierungssalbe eingerieben, damit sie nicht verweste.

Jetzt hob er die Leiche hoch. Die Arme der Toten baumelten zu beiden Seiten herab. Immer wenn Doktor Tod einen Schritt machte, schwangen sie hin und her.

Er brachte die Leiche in sein Labor und legte sie dort in eine mit roter Nährlösung gefüllte Wanne.

Die Tote tauchte unter.

Doktor Tod knipste das Licht aus. Nur noch die Instrumentenskalen waren beleuchtet. Sie gaben gerade so viel Licht ab, um alles einigermaßen erkennen zu können.

Jetzt begann der schwierigste Teil seiner Aufgabe.

Aus der Toten sollte ein neuer Mensch entstehen.

Doktor Tod konzentrierte sich. Dumpfe Beschwörungen drangen aus seinem Mund und füllten das geheimnisvolle Labor.

Doktor Tod rief den Satan an!

Er musste ihm in dieser Stunde beistehen.

Es waren Worte, wie es sie in keiner Sprache der Welt gab, die aus Doktor Tods Mund drangen. Kehlige Laute, die nur den großen Magiern und Satansdienern bekannt gewesen waren. Seit Urzeiten existierte die Sprache schon, und doch wusste man nichts über sie.

Die Luft in dem Labor begann sich plötzlich zu verdichten. Blitze zuckten. Schwefelgeruch erfüllte den Raum.

Der Satan war da!

Eine Rauchwolke puffte auf. Schemenhaft darin zu erkennen eine schreckliche Fratze.

Für Sekunden nur, dann verschwand sie wieder.

Hier wurde die Hölle beschworen. Mit all ihren Gräueln und Schrecken.

Doktor Tod begann am gesamten Körper zu zittern. Seine Stimme steigerte sich, wurde zu einer grässlichen Disharmonie.

Und der Satan erhörte seinen Diener.

»Ich werde dir die Kraft geben!«, drang plötzlich eine Stimme aus dem Nichts an Doktor Tods Ohren.

Und dann war alles vorbei. Weggefegt war der Schwefelgeruch. Die Luft wurde kalt und war wieder zu atmen.

Doktor Tod keuchte. Solch eine Satansbeschwörung ging an die Substanz. Aber er tat es gern, denn er hatte sich dem Teufel verkauft.

Langsam fuhr seine Hand in die Tasche, und als sie wieder hervorkam, hielt sie die Plastiktüte mit dem Stück Haut.

Doktor Tod zog die Tüte auf.

Jetzt war der Augenblick gekommen. Das Gesicht des Höllendieners blieb unbewegt. Niemand hätte ihm die innere Spannung ansehen können.

Mit einer Pinzette zog er die Haut aus der Tüte. Vorsichtig tunkte er sie in die Flüssigkeit, in der die Leiche der Prostituierten schwamm.

Mit der freien Hand hob er den Kopf der Leiche aus der Flüssigkeit.

Die glasigen Augen starrten ihm entgegen.

Dann presste Doktor Tod das Stück Haut auf den Hals der Toten. Gleichzeitig ließ er die Leiche wieder in die Flüssigkeit zurücksinken.

Jetzt hieß es abwarten.

Zuerst geschah nichts.

Doch dann begann die Nährlösung zu brodeln, fing an, Blasen zu werfen. Dampfschwaden stiegen auf.

Doktor Tod trat zurück. Schon bald konnte er von der Wanne nichts mehr erkennen und sah auch nicht, welch grausame Verwandlung mit der Leiche vor sich ging.

Die alte Haut löste sich wie Papier. Es war ein grässlicher Anblick. Ein Körper ohne Haut. Nur das Stückchen am Halsansatz blieb kleben.

Und es dehnte sich aus!

Die Zellen vermehrten sich. Unheimlich schnell und nach einem mathematischen Rhythmus.

Schon war der gesamte Hals der Frau von einer neuen Hautschicht bedeckt.

Und die Haut pflanzte sich weiter fort.

Die Verwandlung dauerte fast eine Stunde. Dann war alles vorbei.

Doktor Tod, der mit vibrierenden Nerven gewartet hatte, trat an den Rand der Wanne.

In der Nährflüssigkeit lag wieder eine nackte Frau. Aber nicht die Dirne aus Barcelona.

Es war Ramona Navarra!

Doktor Tod atmete auf. Sein Experiment hatte geklappt. Und das schon beim ersten Versuch.

Ramona Navarra war der Anfang. Weitere würden folgen. Politiker, Wirtschaftskapitäne, Männer, die Einfluss und Macht besaßen und die Doktor Tod zu seinen willenlosen Marionetten machen konnte.

Der Satan würde seine Herrschaft über die Erde antreten.

Doch bevor all dies geschah, musste noch ein Mann erledigt werden. Inspektor John Sinclair. Diesmal war er fällig. Doktor Tod wollte ihn nicht einfach töten – nein, er hatte etwas anderes mit ihm vor.

Ramona begann sich plötzlich zu bewegen. Ihre Arme fuhren hoch, und die Hände umfassten den Rand der Wanne.

Dann stieg sie aus der Flüssigkeit.

Jeder Zentimeter ihres Körper war vollkommen. Niemand wäre auf den Gedanken gekommen, hier eine Tote vor sich zu haben. Der Satan selbst hatte ihr das teuflische Leben eingehaucht.

»Komm her, Ramona«, sagte Doktor Tod.

Die Frau gehorchte. Sie ging mit den gleichen Bewegungen wie die echte Navarra. Ihre Stimme, ihr Aussehen – alles war eine perfekte Nachbildung.

Niemand hätte sie von der echten unterscheiden können.

»Was hast du für Befehle, Meister?«, fragte sie.

»Du wirst dieses Haus hier verlassen«, sagte Doktor Tod. »Du fliegst nach England. Genauer gesagt nach London.«

Ramona nickte. »Was soll ich dort, Meister?«

»Einen Mann treffen und ihn hierherbringen …«

Zwei Tage nach Ramona Navarras Verschwinden hielt der Lieferwagen einer Ölfirma vor ihrem Haus.

Drei Männer sprangen aus dem Führerhaus und luden ihre Arbeitsgeräte ab.

Die Leute hatten den Auftrag, die Heizung zu überholen. Es war eine Wartung, wie sie regelmäßig vorgenommen wurde.

Der Vorarbeiter hieß Franco Lagusta. Er war Spezialist in Sachen Heizungsbau.

»Mensch, in solch einer Bude möchte ich auch mal wohnen«, meinte einer seiner Helfer. »Aber unsereins wird wohl ewig schuften können.«

Lagusta zuckte mit den Schultern. »Was soll's? Ändern kannst du doch nichts.«

Lagusta war nicht der Typ, der wegen politischer Ansichten auf die Barrikaden ging. Er verdiente für spanische Verhältnisse relativ viel und konnte sich sogar ein Auto leisten. Dass andere mehr hatten, nun, das würde immer der Fall sein. Aber es gab ja auch viele, die mit weniger Geld auskommen mussten.

Lagusta war verheiratet und Vater eines Kindes. Seine Frau arbeitete als Sekretärin in derselben Firma, und wenn die Arbeit weiter so gut lief, konnten sie sich bald ein Haus kaufen.

Die beiden Mechaniker hatten inzwischen alles abgeladen. Sie steckten sich Zigaretten an und warteten auf den Hausverwalter, der noch als Einziger einen Schlüssel hatte.

Der Verwalter kam nach zehn Minuten. Er war ein mürrischer Mann, der laufend mit der Leber Ärger hatte.

»Machen Sie nur nichts dreckig«, meinte er zur Begrüßung.

»Keine Angst. Ihrer Villa geschieht schon nichts«, erwiderte Lagusta.

»Ihrer ist gut«, knurrte der Verwalter und ging voraus. Er gehörte zu den wenigen, die Ramonas Vertrauen besaßen. Er achtete auf das Haus, wenn sie auf Reisen war.

Die Arbeiter schnappten sich ihre Geräte und folgten dem Mann.

Der Verwalter verschwand als Erster im Haus. Er hatte kaum die Türschwelle überschritten, als er abrupt stehen blieb.

»Verdammt, die Heizung ist ja an!«, schimpfte er. »Waren Sie etwa schon hier?«, wandte er sich an den Vorarbeiter.

Lagusta platzte bald der Kragen. »Wenn Sie noch einmal solche komischen Verdächtigungen aussprechen, können Sie Ihren Kram allein machen. Verstanden, Señor?«

»Schon erledigt. Komisch ist es nur, dass die Heizung brennt. Hier ist eine Hitze in den Räumen, das gibt es gar nicht.«

»Señorita Navarra wird schon einen Grund gehabt haben, weshalb sie die Heizung aufgedreht hat«, meinte einer der Männer.

»Aber sie wusste doch, dass sie nachgesehen wird«, sagte Lagusta.

»Kenn einer die Weiber.«

Der Verwalter steuerte direkt die Kellertür an. Auch hier drang ihnen ein Schwall warmer Luft entgegen.

»Und das im Sommer!«, stöhnte Lagusta. Schon jetzt war er in Schweiß gebadet.

Der Verwalter machte Licht, und die Männer schleppten ihre Geräte die Kellertreppe hinunter.

Als Erstes drehte Lagusta die Heizung ab. »So, jetzt sieht die Sache schon anders aus.«

»Anfangen können wir doch noch nicht«, sagte einer der Mechaniker. »Der Kessel muss erst kalt werden.«

»Dann warten wir eben«, entschied Lagusta.

»Wird ganz schön dauern. Na, mir soll's recht sein.« Der Mechaniker hockte sich auf seinen Werkzeugkasten.

Der Verwalter rang die Hände. »Wie lange wollen Sie sich denn hier aufhalten? Ich habe meine Zeit auch nicht gestohlen.«

»Sie können ja gehen«, schlug Lagusta vor.

»Und Sie hier allein lassen? Nein, das ist unmöglich.«

»Warum reden Sie dann?« Der Verwalter ging Franco Lagusta auf den Wecker. Zum Glück hatte er nicht jeden Tag mit so einem mickrigen Typ zu tun.

Lagusta drehte sich um und peilte ins Innere des Ofens. Die Flammen waren zusammengesunken, trotzdem strahlten die Kessel noch eine große Hitze ab.

Lagusta überlegte bereits, wo sie zuerst anfangen sollten, als er stutzte.

Etwas blitzte auf dem Boden des Ofens.

Die Männer hatten vorhin das meiste Öl in einen Auffangbehälter abgelassen. Was dann noch verbrannt war, war nur noch der Rest.

Lagusta kniff die Augen zusammen und sah genauer hin.
»Ist was, Franco?«, fragte einer der Männer.
»Ich glaube schon, Pedro. Komm doch mal her.«
Pedro erhob sich ächzend von seiner Kiste. Der Vorarbeiter machte Platz.
Jetzt blickte Pedro durch das Sichtfenster.
»Tatsächlich«, meinte er nach einer Weile. »Da liegt wirklich was drin. Ein Ring oder so.«
»Ja, ein Ring«, bestätigte der Vorarbeiter.
Jetzt wurde der Verwalter ebenfalls aufmerksam. »Lassen Sie mich doch mal sehen.«
Der Mechaniker trat zur Seite, und der Verwalter starrte durch die Scheibe.
Die Männer sahen, wie er plötzlich anfing zu zittern. Als der Mann sich umdrehte, war sein Gesicht kalkweiß.
»Der Ring«, stotterte er, »gehört Ramona Navarra. Ich erkenne ihn genau. Mein Gott, aber wie kommt er in den Ofen?«
Die Männer sahen sich an. Jeder hatte plötzlich ein ungutes Gefühl. Man merkte es ihnen an, dass sie nach irgendeiner Ausrede suchten.
»Da wird doch nichts passiert sein?«, flüsterte der Verwalter.
Er erhielt keine Antwort.
Nach einer halben Stunde öffneten die Männer schließlich den Kessel.
Franco Lagusta sah es als Erster.
Er spürte, wie ihm schlecht wurde. »Wir – wir – müssen die Polizei holen«, würgte er hervor. »Da drin ist jemand verbrannt worden.«

Selbst die abgebrühten Beamten der Mordkommission waren schockiert von dem grauenhaften Anblick.
Kommissar Cello leitete die Untersuchungen. Er war ein hagerer Mann mit einer dicken Hornbrille auf der schmalen Nase. Sein Anzug schlotterte ihm um den Körper. Nichts-

destoweniger war Cello einer der fähigsten Madrider Polizeioffiziere.

Der Arzt ließ die Überreste in Kunststoffbeutel packen. Die Sachen würden noch im Polizeilabor untersucht werden.

Vorerst beschäftigte man sich mit den Funden. Da war der Ring. Ein kostbares Schmuckstück aus Gold und Brillanten. Das Gold war geschmolzen, hatte sich verformt, doch den Brillanten hatte das Feuer nichts anhaben können.

Ferner hatte man eine Uhr gefunden. Eine Herrenuhr. Von einem der teuersten Juweliere Madrids. Es gab nicht sehr viele Menschen in der Stadt, die dort kaufen konnten.

»Zwei Leichen also«, sagte Kommissar Cello zu seinem Assistenten. »Aber wer ist die zweite? Der Ring gehörte Ramona Navarra, das steht fest.«

»Entschuldigen Sie, wenn ich mich einmische, Kommissar«, sagte der Verwalter. »Aber Señorita Navarra befindet sich auf einer Schönheitsfarm. Für ein Jahr will sie nicht mehr auftreten. Sie will sich sozusagen generalüberholen lassen, wenn mir diese Bemerkung gestattet ist.«

»Sie ist«, sagte Cello. »Und die Adresse?«

»Welche Adresse?« Der Verwalter machte ein ungläubiges Gesicht.

»Himmel«, stöhnte Kommissar Cello, »sind Sie wirklich so naiv? Die Adresse der Schönheitsfarm.«

»Die habe ich nicht.«

Jetzt machte der Kommissar ein dummes Gesicht. »Und wer hat sie dann?«

»Niemand, soviel ich weiß. Kein Mensch soll wissen, wo Señorita Navarra hinfährt. Das ist ja der Trick. Sie will Ruhe haben, nichts als Ruhe. Und für das Haus hier sorge ich.«

»Das ist 'n Ding.« Der Kommissar dachte nach. Dann meinte er: »Wann genau ist sie denn gefahren?«

»Vor zwei Tagen.«

»Waren Sie dabei?«

Der Hausverwalter schüttelte den Kopf. »Nein, natürlich nicht. Wieso auch?«

»Ja, wieso auch«, erwiderte Cello leise. Er trat ein paar Schritte zur Seite. Er spürte bereits das berühmte Kribbeln in den Fingerspitzen, das immer dann einsetzte, wenn Ärger in der Luft lag. Und danach sah es hier verdammt aus.

Lopez, sein Assistent, stellte sich neben ihn. »Tja, Alfredo, das ist ein ganz schöner Mist.«

Lopez konnte sich diese lockere Anrede erlauben, weil er inzwischen mit Cellos Tochter verlobt war.

»Mist hin – Mist her«, knurrte der Kommissar, »wir werden nicht in die Betten kommen. Wenn ich nur wüsste, wer diese beiden Personen sind, die man hier in den Ofen gesteckt hat.«

»Ich denke, die Navarra.«

»Das steht noch längst nicht fest. Wenn sie dich in den Ofen schmeißen und werfen den Ring meiner Alten hinterher, denkt auch alle Welt, mein süßes Eheweib wäre verbrannt. Und dabei keift sie immer noch. Eins sage ich dir, Junge«, der Kommissar stieß seinem Assistenten zwei Finger gegen die Brust, »lass du dich nur nicht von den Weibern fertigmachen. Aber wir kommen vom Thema ab. Also: Es ist nicht sicher, dass Ramona Navarra verbrannt ist. Erst wenn wir die Anschrift dieses Schönheitsinstituts haben, dann wissen wir mehr. Aber das ist eine Aufgabe für dich, mein Sohn. So viele Schönheitsfarmen gibt es in Spanien ja nicht.«

»Und wenn sie ins Ausland gegangen ist?«, fragte Lopez.

Der Kommissar fletschte die Zähne. »Dann nimmst du auch die unter die Lupe.«

»Wir sehen uns dann im nächsten Jahr«, sagte Lopez.

»Wieso?«

»Dann bin ich vielleicht fertig«, grinste der zukünftige Schwiegersohn des Kommissars.

Ehe der Alte etwas erwidern konnte, hörte er draußen Männer herumbrüllen. Dann stürmte einer der Polizisten die Treppe zum Keller hinunter.

»Kommissar, Kommissar«, rief er atemlos. »Oben sind Reporter. Sie haben Blut gerochen, umlagern das Haus.«

»Keine Angst, mein Freund«, sagte der Kommissar. »Ich gehe rauf. Die Kameraden werden sich freuen.«

Mit bullig vorgerecktem Kinn zog der Kommissar los. Der Polizist wischte sich inzwischen den Schweiß von der Stirn und wandte sich an Lopez. »Mein Beileid.«

»Wofür?«

»Für Ihren Schwiegervater. Wenn die Tochter genauso ist – por Dios ...«

Lopez gab keine Antwort.

Draußen hatte sich der Kommissar bereits mit den Reportern angelegt. Wie ein Fels in der Brandung stand er da.

»Was ist mit Ramona? Weshalb sind Sie hier? Bitte eine Erklärung! Ist Ramona Navarra ermordet worden? Wenn ja, welches Motiv?«

Die Fragen schwirrten nur so um den Kommissar herum. Er wagte immer nur einen Satz: »Kein Kommentar. Warten Sie die Pressekonferenz ab.«

Und dann ließ er den Platz räumen. Es gab Geschrei, einige lockere Zähne und ein paar zerstörte Kameras.

Schließlich hielten sich die Pressehaie doch in respektabler Entfernung auf.

»Das wäre geschafft«, schnaufte der Kommissar. Er wollte sich umdrehen und wieder in das Haus gehen, da fiel sein Blick auf den Boden.

Eine Zeitung lag dort. Sie war von heute und musste wohl irgendeinem Reporter aus der Manteltasche gerutscht sein.

Der Kommissar hob die Zeitung auf. Die Schlagzeile sprang ihm förmlich ins Auge.

PLAYBOY CARLOS ORTEGA SPURLOS VERSCHWUNDEN!

Der Kommissar las die Zeile einmal, zweimal, und dann machte es in seinem Gehirn klick.

Carlos Ortega gehörte zu den bevorzugten Begleitern der Sängerin. Und man hatte in dem Ofen eine Herrenarmbanduhr gefunden.

Ein schrecklicher Verdacht keimte in dem Kommissar auf …

Der Anblick der Frau traf John Sinclair mit der Wucht eines Keulenschlags. Teufel, war das ein Weib!

Pechschwarze Haare, bis auf die Schulter hinabfallend. Augen, die tief wie Seen waren und alles versprachen. Ein Mund, der zum Küssen einlud – und eine Figur – so etwas gab es nur alle hundert Jahre einmal.

Sie trug einen kostbaren Nerzmantel, aus dem sie sich mit den geschmeidigen Bewegungen eines Raubtieres herausschälte. Zwei Ober sprangen hinzu und nahmen der Frau den Mantel ab. Sie nickte mit einem huldvollen Lächeln.

John Sinclair trank hastig sein Glas leer. Selten war ihm der Anblick einer Frau so unter die Haut gegangen.

John Sinclair hatte sich an diesem Abend eine Bummeltour vorgenommen. Er wollte in einem der exquisitesten Londoner Restaurants speisen und dann mal sehen …

John Sinclair räusperte sich. Er konnte seine Augen nicht von der Frau lassen, und plötzlich überkam ihn die Erkenntnis.

Er kannte die Frau. Sie war niemand anderes als Ramona Navarra, eine Sängerin, die John sehr verehrte und von der er einige Platten zu Hause hatte.

Ein Autogramm war das Mindeste, was sie ihm geben musste, nahm er sich vor.

Ramona Navarra sah sich um. Die vielen Männeraugen, die sich an ihr festsaugten, schien sie nicht zu bemerken. Der Geschäftsführer wieselte heran und flüsterte ihr etwas zu, worauf die Frau den Kopf schüttelte. Dann deutete sie auf einen freien Tisch, direkt neben dem John Sinclairs.

Der Geschäftsführer nickte eifrig und geleitete die Sängerin an den gewünschten Platz.

Ein Ober brachte sofort Champagner.

»Geht auf Kosten des Hauses«, hörte John den Geschäftsführer flüstern.

Die Diva nickte huldvoll.

Sie trug ein mit Perlen besetztes Kleid, das tief ausgeschnitten war und die Ansätze ihres Busens freigab.

Ramona Navarra nahm einen Schluck Champagner, ließ ihren Blick kurz durch das Lokal schweifen und lächelte John flüchtig zu.

Der Inspektor kriegte abermals eine trockene Kehle.

Ein Ober reichte der Diva die Speisekarte. Ramona suchte lange und bestellte dann erstmal eine Kleinigkeit.

John, der ebenfalls essen wollte, war der Anblick der Schönen so auf den Magen geschlagen, dass ihm der Appetit vergangen war. Vorerst hielt er sich an seinem Whisky fest.

Das Lokal war nur wenigen Eingeweihten bekannt. Es war als Club deklariert, und man suchte sich hier seine Gäste aus. Die Einrichtung war vornehm und teuer. Es herrschte der gewisse Grad an Eleganz, den sich nur der leisten konnte, der genügend Geld hatte.

John Sinclair allerdings kaum. Doch das machte nichts, denn er war ja eingeladen worden.

Bill Conolly, sein Freund, wollte – wie er selbst sagte – einen in die Kolonne schmeißen. Deshalb hatten sie sich hier verabredet. Für zwanzig Uhr. Und bis dahin war es noch eine halbe Stunde. Sheila, Bills Frau, hatte mal wieder ein weibliches Wesen für den Junggesellen John aufgetan. Sie wollte den Inspektor unbedingt unter die Haube bringen. John ließ ihr diese kleine Freude. Manchmal hatte sie tatsächlich süße Täubchen mitgebracht.

Aber sie waren alle nichts gegen Ramona Navarra. Diese Frau stellte Johns bisherige Bekanntschaften völlig in den Schatten.

John rückte seinen Stuhl so zurecht, dass er Ramona beobachten konnte, ohne dass es groß auffiel.

Die Sängerin lehnte sich zurück und schlug die makellosen Beine übereinander. Dabei rutschte das Kleid in jugendgefährdende Höhen.

Ramona merkte es wohl. Sie versuchte jedoch vergeblich,

das Kleid weiter nach unten zu ziehen. Schließlich gab sie es auf und griff nach ihrer Handtasche. Sie holte ein goldenes Zigarettenetui hervor, klappte es auf und steckte sich ein Stäbchen zwischen die kirschrot geschminkten Lippen.

Zwei Ober spritzten hinzu, um ihr Feuer zu geben.

Doch John Sinclair war am schnellsten. Sein Feuerzeug klickte, und die Gasflamme sprang aus der kleinen Düse.

Ramona neigte sich ein wenig vor.

»Danke«, sagte sie und stieß den Rauch durch die Nase aus.

John lehnte sich wieder zurück. Für einen Augenblick nur hatte er ihr Parfüm gerochen. Diesen schweren, sinnlichen Duft. John hatte ihn wie Balsam aufgesaugt.

Ramona Navarra stäubte die Asche ab. Dann drehte sie ihren Kopf zur Seite und wandte sich direkt an John.

»Entschuldigen Sie, Mister ...«

»Sinclair«, stellte sich John vor. »John Sinclair.«

Ramona lächelte. »Ich möchte nicht aufdringlich erscheinen, aber erwarten Sie noch jemanden?«

John war im ersten Augenblick perplex. Dann sagte er schnell: »Nein, nein.«

»Würden Sie mir dann Gesellschaft leisten?«

»Aber, Señorita Navarra, ich wüsste nicht, was ich lieber täte.«

»Sie kennen mich?«, fragte sie. Ihre Stimme klang dunkel und voller Verheißung.

»Wer kennt Ramona Navarra nicht! Sie gestatten?«

»Selbstverständlich.«

John setzte sich zu ihr an den Tisch.

»Sind Sie beruflich hier in England?«, wollte er wissen.

»Nein. Privat. Sehr privat sogar«, gab die Frau zurück, und in ihre Augen trat ein seltsamer Ausdruck.

»Na dann. Auf einen gelungenen Abend.« John hob sein Glas.

Sie tranken sich zu. Dabei ließ die Sängerin keinen Blick von Johns Gesicht.

Dem Inspektor wurde es langsam heiß unter dem Kragen.

Ramonas Essen kam. Sie hatte sich einen Langusten-Cocktail bestellt.

»Sie entschuldigen«, sagte sie zu John und begann zu essen.

Der Inspektor drückte seine Zigarette aus. Das lief ja besser, als er gedacht hatte. Jetzt musste er nur noch eine Möglichkeit finden, mit der Frau von hier zu verschwinden. Man saß in diesem Lokal wie auf dem Präsentierteller. Eine kleine Bar war wesentlich gemütlicher.

»Sie kommen aus London, Mr. Sinclair?«, fragte Ramona. Ihr Englisch hatte einen etwas harten Akzent.

»Ja. Ich kenne diese Stadt wie meine Westentasche.«

»Macht es Ihnen dann etwas aus, mir London bei Nacht zu zeigen? Ich meine, nur wenn Sie Zeit haben.«

»Aber, Señorita Navarra«, sagte John. »Wie könnte ich solch einen Vorschlag ablehnen.«

Die Sängerin lächelte. John stellte fest, dass sie makellose Zähne hatte.

»Sagen Sie Ramona zu mir.«

»Nur, wenn Sie John sagen.«

»Cheerio, John.«

Sie tranken sich zu, und John Sinclair vergaß zum ersten Mal seit Langem seinen Job. Er wollte nicht mehr an Geister und Dämonen denken. Dieser Abend sollte endlich mal nur ihm gehören.

Er dachte auch nicht mehr an seine Verabredung, zum Teufel auch, man musste die Gunst der Stunde nutzen.

Ramona schlug die Hände zusammen. »Tja, John. Eigentlich hält uns hier nichts mehr. Meinetwegen können wir gehen.«

Der Inspektor stand auf, und Ramona erhob sich ebenfalls.

Ein Ober brachte den Mantel. John hatte seinen Burberry im Wagen gelassen. Es war schließlich Sommer, wenn die Nacht auch ein wenig kühl war.

John übernahm die Rechnung. Ein Ober hielt ihnen die Tür auf. Er vollführte einige Verbeugungen.

Als sie draußen standen, streckte Ramona beide Arme weit aus. »Herrlich, diese Luft.« Dann hakte sie sich bei John unter. »Kommen Sie, ich möchte heute einmal richtig Mensch sein. Und kein Wort von meinem Beruf. Einverstanden?«

»Mir soll es recht sein.«

Sie nahmen den Wagen des Inspektors. Als John losfuhr, war er in einer euphorischen Stimmung.

Er ahnte nicht, dass neben ihm eine Tote saß …

Die letzte Bar, die sie verließen, hieß »Spotlight«. Es war ein schummriger Club mit heißem Programm.

»Und jetzt?«, fragte John.

Ramona lachte silberhell. »Jetzt fahren wir irgendwohin. Am besten«, sie überlegte einen Moment und legte den Zeigefinger gegen die Stirn, »am besten zu mir. Ja?« Ramonas Stimme klang schon leicht angeschlagen.

Auch John hatte einiges getrunken und traute sich nicht mehr zu fahren.

»Ich rufe uns ein Taxi«, sagte er.

»Du bist ein Schatz«, erwiderte Ramona und hauchte John einen Kuss auf die Wange.

Die beiden waren im Laufe des Abends zu dem vertraulichen Du übergegangen. Sie hatten dabei mehrmals Brüderschaft getrunken, und John spürte jetzt noch den Nachgeschmack des Lippenstiftes.

»Und wohin soll die Reise gehen?«

»Park Lane Hotel.«

John nickte anerkennend. »Teurer Laden.«

Das war das Hotel in der Tat. Es lag nicht weit vom Piccadilly Circus und grenzte an den Green Park.

Ein Taxi war schnell gefunden.

Ramona lachte, als sie einstiegen. »Ich kann mich an diese komischen Monstren nicht gewöhnen«, kicherte sie. »Aber irgendwie finde ich sie irre.«

John konnte ein Schmunzeln nicht unterdrücken. Die Sängerin war während der vergangenen Stunden richtig aufgetaut. Hier konnte sie endlich mal tun und lassen, was sie wollte, und war nicht die Navarra.

Zehn Minuten dauerte die Fahrt, und Mitternacht war schon vorüber, als John den Fahrer entlohnte.

Die Hotelhalle war gähnend leer.

»Versteck dich hinter einer Säule«, flüsterte Ramona. »Der Portier braucht nicht zu sehen, dass ich noch Besuch mitbringe. Sonst steht es morgen in allen Klatschspalten.«

John zwinkerte der Sängerin zu und ging in Deckung.

Sie holte sich den Zimmerschlüssel und erkundigte sich, ob die Hotelbar noch geöffnet sei.

Sie war es.

John Sinclair betrat mit seiner neuesten Eroberung die Bar. Sie setzten sich jedoch nicht in eine der zahlreichen Nischen, sondern nahmen von hier aus direkt den Lift.

Ramona wohnte im vierten Stock. Es war eine kleine Suite, die sie gemietet hatte.

Livingroom, Schlafzimmer und Bad. Alles war großzügig angelegt.

Ramona schloss die Tür und schleuderte beide Schuhe von den Füßen. Dann fiel sie John um den Hals.

Es war ein heißer Kuss, der dem Inspektor beinahe den Atem raubte. John fühlte, dass Ramona nicht einmal einen BH trug, und spürte, wie Ramonas Körper unter der Seide des Kleides zitterte.

Nach einigen Minuten löste sich die Frau von dem Inspektor.

»Warte hier«, flüsterte sie John zu. »Ich gehe nur noch ins Bad und ziehe mich um.«

»Aber bleib nicht zu lange.«

»Keine Angst, du wirst zufrieden sein.«

Ramona verschwand.

John ließ sich in einen Sessel sinken.

War das eine Nacht gewesen – und sie war noch nicht zu Ende. Das Beste lag noch vor ihm.

Schon bald rauschte die Dusche. John malte sich aus, wie Ramona unter den heißen Wasserstrahlen stand – und ...

»John!« Ramonas Stimme übertönte das Rauschen der Dusche.

»Ja?«

»Bring mir doch bitte das Badetuch, John! Es liegt auf dem Bett im Schlafzimmer.«

»Wüsste nicht, was ich lieber täte«, erwiderte der Inspektor.

Er ging ins Schlafzimmer. Das grünrot gesprenkelte Tuch lag tatsächlich dort.

Der Inspektor legte es sich über den Arm und öffnete die Tür zum Bad.

Heiße Schwaden nahmen ihm für einen Augenblick die Sicht. John wischte sich über die Augen. Dann sah er klarer.

Es gab eine Wanne und davon getrennt eine Duschkabine. Ein nackter Arm kam hinter dem Plastikvorhang hervor.

»Das Tuch, John.«

Der Inspektor trat vor, stieß die Tür ganz auf.

Genau drei Schritte schaffte er. Plötzlich bemerkte er links von sich eine Bewegung.

Seine Reflexe waren durch den getrunkenen Alkohol längst nicht mehr so schnell und sicher. Er sah nur noch etwas auf sich zusausen, hörte ein Zischen, und dann traf etwas mit elementarer Wucht seinen ungeschützten Nacken.

Einen Herzschlag später war sein Bewusstsein ausgelöscht. Hart knallte der Inspektor auf die Fliesen.

Die Dusche wurde abgedreht.

Ramona tauchte auf und schlüpfte wieder in ihr Kleid. Sie hatte neben den Wasserstrahlen gestanden, und nicht einmal ihr Haar war nass geworden.

Der Mann, der John niedergeschlagen hatte, trat aus seinem Versteck hinter der Tür hervor.

Weiß schimmerten seine Augäpfel in den Höhlen. Lässig steckte er den Totschläger weg. Mit dem rechten Fuß drehte er den bewusstlosen Inspektor auf den Rücken.

Mit eiskaltem Blick sah Ramona Navarra auf John Sinclair nieder. Nichts war mehr von ihrem Charme und der Fröhlichkeit vorhanden. Sie war nur noch die Dienerin eines brutalen Verbrechers.

»Erledigt«, sagte Ramona Navarra kalt und stieg über John Sinclair hinweg.

»Ich verstehe das nicht«, sagte Bill Conolly. »John ist doch sonst immer pünktlich.«

Der Reporter war verärgert, und auch Sheila und ihre Bekannte zogen lange Gesichter.

Über eine halbe Stunde warteten sie schon. Selbst die Drinks stießen Bill sauer auf.

Sheila Conolly hatte Pamela Gordon vor zwei Tagen getroffen. Die beiden Frauen kannten sich aus ihrer Studienzeit. Pamela lebte schon lange in Frankreich und war quasi hier nur zu Besuch. Sie arbeitete in Paris bei einem Public-Relations-Unternehmen und verdiente recht gut.

Pamela hatte eine schlanke, biegsame Figur und trug ihr dunkelbraunes Haar im modernen Locken-Look. Ihr Gesicht war etwas blass, und der kirschrot geschminkte Mund stach wie ein Blutfleck hervor.

Pamela wollte seit Jahren mal wieder richtig in London ausgehen, und ausgerechnet jetzt kam John Sinclair nicht. Sie war gespannt auf diesen Mann, von dem ihr Sheila erzählt hatte.

Sheila Conolly trug an diesem Abend einen eleganten Hosenanzug und eine schlichte, aber echte Perlenkette um den Hals. Ihr Haar hatte sie hochgesteckt und leicht rötlich gefärbt.

Auf den Strähnen tanzten flirrende Lichtreflexe.

»Frag doch einen von den Kellnern«, sagte Sheila zu ihrem Mann. »Vielleicht war John schon hier und hat eine Nachricht für uns hinterlassen.«

Bill zuckte mit den Schultern. »Versuchen kann ich es ja mal.«

Der Reporter stand auf. Sein dunkelblauer Samtanzug spannte sich um die breiten Schultern.

Der Ober sah dem Reporter fragend entgegen.

»Es geht um einen Bekannten von uns«, begann Bill Conolly. »Sein Name ist John Sinclair. War er vielleicht heute Abend hier und hat uns eine Nachricht hinterlassen?«

»Nein, Sir. Mir ist nichts bekannt.«

»Hm.« Bill biss sich auf die Lippe. »Fangen wir mal anders herum an. Dieser Gentleman, nach dem ich fragte, sieht folgendermaßen aus.«

Bill Conolly beschrieb John Sinclair haargenau, und was der Reporter nicht für möglich gehalten hatte, geschah. Das Gesicht des Obers hellte sich auf.

»Dieser Gentleman war allerdings hier. Er ist allein gekommen und hat sich dann zu einer Dame an den Tisch gesetzt.« Der Ober hatte bei dem letzten Satz seine Stimme ein wenig gesenkt.

John, du alter Schwerenöter, dachte Bill.

»Wissen Sie, Sir, diese Dame …« Der Ober räusperte sich, und seine Augen bekamen einen gewissen Glanz.

Bill verstand und steckte ihm einen mittleren Schein zu.

»Aber so war das doch nicht gemeint, Sir.« Mit erstaunlicher Geschwindigkeit ließ der Ober jedoch das Geld verschwinden. »Also, diese Dame ist eine sehr bekannte Persönlichkeit. Sie ist eine Sängerin. Ramona Navarra heißt sie.«

Der Ober blickte Bill an und machte ein Gesicht, als wolle er sagen: Da bist du platt, was?

Bill war auch in der Tat überrascht. »Und es war wirklich die Navarra?«, vergewisserte er sich.

»Wenn ich es Ihnen doch sage, Sir.«

»Sicher, sicher. Sie wissen nicht zufällig, wo die beiden hinwollten?«

»Nein, da kann ich Ihnen beim besten Willen nicht helfen. Aber wenn ich mal aus der Erfahrung sprechen darf. Unsere Gäste gehen meistens noch nach einem gelungenen Essen bummeln. Sie haben wahrscheinlich eine intime Bar besucht. So hätte ich es wenigstens gemacht, Sir.«

»Ich auch«, murmelte Bill in Gedanken versunken, er

bedankte sich noch mal bei dem Ober und ging dann zum Tisch zurück.

Die beiden Frauen sahen ihm gespannt entgegen. »Nun? Erfolg gehabt?«, fragte Sheila.

»Ja und nein.«

»Was heißt das?«

Bill berichtete in kurzen Sätzen.

Sheila pfiff ganz undamenhaft durch die Zähne. »John und die Navarra? Kaum vorzustellen. Das ist doch eine von denen, die nur auf aalglatte Playboys fliegt und nicht auf richtige Männer. Nein, der Ober wird sich vertan haben. Ganz bestimmt sogar.« Sheila legte nachdenklich ihre Hand auf die Stirn. »Natürlich, jetzt fällt es mir wieder ein. Von der Navarra stand neulich etwas in der Zeitung. Sie wollte doch für ein Jahr aussetzen oder so ähnlich. Bill, der Ober hat die Frau bestimmt mit einer anderen verwechselt.«

Der Reporter schüttelte den Kopf. Besorgnis stahl sich in seine Züge. »Ich kenne John. Er fällt nicht auf irgendeine Biene herein. Bestimmt war die Navarra echt. Außerdem hat John einige Platten von ihr.«

Sheila stöhnte auf. »Aber die Zeitungen ...«

»Hör doch mit den Zeitungen auf«, knurrte ihr Mann. »Die schreiben viel, wenn der Tag lang ist.«

»Du musst es ja wissen«, entgegnete Sheila spitz. »Bist ja selbst Journalist.«

Bill warf ihr einen undefinierbaren Blick zu.

»Also, ich verstehe nur Bahnhof«, sagte Pamela Gordon. »Ich weiß nur, dass euer lieber John Sinclair verschwunden ist und der Abend langsam, aber sicher in die Binsen geht.«

Bill hob die Schultern. »Tut mir leid, Pam. Das habe ich nicht gewollt.«

»Und wie hast du dir den weiteren Verlauf gedacht?«, fragte Sheila.

»Das ist eben das Problem, meine liebe Mrs. Conolly. Ich für meinen Teil möchte John gern suchen gehen.«

»Das heißt, wir müssen alle möglichen Bars abklappern.«

»Nicht alle. Überleg doch mal. Wo geht man mit einer Frau wie der Navarra hin? Doch nicht nach Soho.«

»Hast du eine Ahnung.« Sheila lachte leise. »Frauen wie die sind zu allem fähig. Vielleicht will sie mal die Unterwelt von London kennenlernen. Ist doch drin. Was meinst du, Pam?«

»Ich halte mich da raus.«

»Und ich bezahle jetzt die Rechnung«, sagte Bill.

Fünf Minuten später hatten die drei das Restaurant verlassen. Die Suche begann.

Bar für Bar nahmen sie unter die Lupe, und es wurde beileibe kein billiger Abend. Oft mussten sie etwas trinken, und auch Orangenflips haben ihre Preise.

Schließlich gerieten sie auch in die Nähe des »Spotlight«.

Sheila sah Johns Wagen zuerst. »Da steht ein Bentley«, sagte sie.

Bill drehte den Kopf. »Tatsächlich. Wartet einen Moment.« Er lief ein paar Schritte vor, um das Nummernschild besser erkennen zu können.

»Es stimmt!«, rief er. »Das ist Johns Wagen. Na, dann wird er ja noch drin sein.«

Aber John Sinclair befand sich nicht mehr in der Bar. Und hier erst fragte Bill Conolly auch konkret nach den beiden.

»Die waren hier«, sagte ein Mixer. »Mein Gott, hatte der Typ ein Weib bei sich. Da lief sogar mir das Wasser unter der Zunge zusammen. Und das soll schon was heißen.«

Ehe er jedoch ins Schwärmen geriet, stoppte Bill seinen Redefluss.

»Wann sind die beiden denn gegangen?«

»Vielleicht vor einer Stunde. So genau kann ich das auch nicht mehr sagen.«

Bill ließ sich das Telefon reichen.

»Wen willst du denn jetzt anrufen?«, fragte Sheila.

»John natürlich«, erwiderte Bill, ohne von der Wählscheibe aufzusehen.

»Der ist verrückt«, hörte er in seinem Rücken Sheila flüstern.

Bei John meldete sich niemand. Resignierend ließ Bill den Hörer zurückfallen.

»Und nun?« Sheila lächelte spöttisch. »Jetzt schweigt der große Meister, wie?«

»Im Augenblick ja«, gab Bill zu. »John und die Navarra«, meinte er leise. »Da stimmt was nicht. Irgendetwas ist faul an der ganzen Sache.«

Sheila furchte die Stirn. »Sag nur nicht, du witterst ein Verbrechen.«

»Kann schon sein«, entgegnete Bill und rutschte langsam vom Barhocker.

Die Dunkelheit um ihn herum war absolut.

John Sinclair wusste nicht, wie lange er bewusstlos gewesen war. Auf jeden Fall hatte er mörderische Kopfschmerzen. Außerdem taten ihm sein Nacken und ein Teil der Schulter weh.

Unendlich langsam öffnete John die Augen. Kein Lichtschimmer drang durch die verdammte Schwärze.

John wollte sich bewegen, doch er konnte kein Glied rühren.

Man hatte ihn an Händen und Füßen gefesselt!

Auch fühlte er etwas Hartes zwischen seinen Zähnen. Ähnlich wie ein Mundstück.

Mundstück?

John bewegte seine Lippen. Tatsächlich, da hatte ihm jemand ein Mundstück zwischen die Zähne gepresst. Jetzt spürte er auch den Druck im Rücken.

Kein Zweifel, das konnten nur Sauerstoffflaschen sein. Deshalb lag er auch auf der Seite.

Aber wo? Vielleicht in einer Kiste? John winkelte die Beine an. Er stieß mit den Knien gegen etwas Hartes.

Holz oder Metall …

Sollten sie ihn womöglich in einen Sarg verfrachtet haben?

Der Inspektor blieb ganz ruhig liegen, konzentrierte sich.

Nun merkte er auch die schaukelnden Bewegungen, hörte das brummende Geräusch.

Ein Wagen. Du liegst auf der Ladefläche eines Wagens, sagte sich John.

Gleichzeitig setzte auch die Erinnerung wieder bei ihm ein.

Ramona Navarra kam ihm in den Sinn. Der Abend, der Barbummel, dann das Hotelzimmer – und dann …

Die Nachwirkungen des Schlages spürte er jetzt noch.

Aber wo schafften sie ihn jetzt hin, und was sollte diese Entführung bezwecken?

Egal, es würde sich herausstellen. Erst einmal in aller Ruhe abwarten. Dass man etwas von ihm wollte, war ihm klar, sonst hätten sie ihn sofort umgelegt.

Die Zeit verging, und plötzlich wurde die Straße oder der Weg schlechter. John wurde in der Kiste ganz schön durcheinandergeschüttelt.

Er fluchte innerlich wie ein Maultiertreiber und nannte sich selbst den größten Esel.

Irgendwann stoppte der Wagen.

Türen klappten, dann klangen Schritte auf. John hörte Männerstimmen, und jemand zog an der Kiste.

Anschließend wurde sie getragen. Der Geisterjäger merkte es an den schaukelnden Bewegungen.

Schließlich wurde die Kiste abgesetzt. Die Schritte entfernten sich wieder.

John blieb weiterhin in seinem Gefängnis liegen. Er war direkt froh, als die Schritte wieder aufklangen und sich jemand an dem Kistendeckel zu schaffen machte.

Wenig später wurde er hochgeklappt.

Licht blendete den Inspektor. Unwillkürlich kniff er die Augen zusammen und öffnete sie auch nur intervallweise.

Was er sah, erstaunte ihn.

Eine weiße Decke mit einer runden Leuchtstoffröhre darunter. Er sah auch den Ausschnitt einer gekachelten Wand. Mehr konnte John aus seiner Perspektive nicht erkennen.

Zwei Männer tauchten auf. Einer am Kopf – der andere am Fußende.

Die Männer packten zu, hoben John aus der Kiste. Sie trugen Sonnenbrillen. John hatte die beiden noch nie gesehen.

Einer nahm ihm die Sauerstoffflasche ab und zog auch das Mundstück zwischen den Zähnen hervor.

Tief pumpte John die Lungen voll Luft. Sie schmeckte doch ganz anders.

Gefesselt blieb er allerdings weiterhin. John wollte etwas fragen, doch seine Stimme versagte. Sein Hals war trocken wie Sandpapier.

Die Männer legten ihn auf eine Trage oder ein Bett. Dann traten sie zurück.

John drehte den Kopf.

Er lag in einem Labor. Dies erkannte er an den zahlreichen Messgeräten.

Und dann weiteten sich seine Augen.

Neben einem der Tische stand Ramona Navarra.

Das Lächeln, das John so geschätzt hatte, war verflogen. Langsam näherte sich die Frau der Trage.

Jetzt wollte John Klarheit haben. »Was ist geschehen?«, krächzte er mühsam. »Und wo bin ich hier?«

»Wir mussten dich leider etwas unsanft behandeln«, erwiderte Ramona. »Erst einen Schlag in den Nacken und dann die Spritze. Aber du hast es überstanden. Wo du bist, kann ich dir auch sagen, mein Freund. Du befindest dich in Spanien.«

»Spanien?«, echote John.

»Ja. Du warst fast einen Tag lang bewusstlos.«

Der Geisterjäger schloss erst einmal die Augen. Die Überraschung hatte ihn wie ein Tiefschlag getroffen. Nun ja, er musste sich mit dieser Tatsache abfinden. Wahrscheinlich hatte man ihn erst in ein Flugzeug und danach in einen Wagen geschafft.

»Und was ist der Grund dieser Entführung, wenn ich mal fragen darf?«

»Der Meister wollte es so.«

»Wer ist denn der Meister?«

»Du wirst ihn sofort kennenlernen.«

Ramona hatte den Satz kaum ausgesprochen, da öffnete sich eine Tür.

John wandte den Kopf, und im selben Augenblick war ihm, als träfe ihn der Schlag.

In dem Labor stand niemand anderes als sein größter Feind.

Doktor Tod!

»Überrascht, Inspektor?«, fragte Doktor Tod. Ein siegessicheres, zynisches Lächeln umspielte seine strichdünnen Lippen.

John Sinclair riss sich zusammen. Dieser Anblick hatte ihn tatsächlich geschockt. Aber sein Gegner sollte nicht merken, wie ihm zumute war.

»Ein wenig schon«, erwiderte John. Noch immer klang seine Stimme kratzig.

Wieder lächelte Doktor Tod. Er trat ein paar Schritte vor bis dicht an die Trage, auf der sein Gefangener lag. John sah den Ring an Doktor Tods Finger schimmern.

Dieser Ring war sozusagen sein Markenzeichen. Er hatte eine rubinrote Oberfläche, in die ein weißer Totenkopf eingraviert war. Der Totenkopf änderte je nach Körpertemperatur des Ringträgers seine Farbe.

Selbstverständlich hatte John gewusst, dass er irgendwann wieder mit Doktor Tod zusammentreffen würde. Aber dass es so schnell ging, schockierte ihn doch. Ihr letztes Aufeinandertreffen lag erst einige Wochen zurück.

Doktor Tod blickte triumphierend auf sein gefesseltes Opfer hinab.

»Inspektor Sinclair, der Mann, der es beinahe geschafft hätte, mich zu schlagen. Nun befinden Sie sich in meiner Gewalt, Inspektor. Gefesselt. Ihre Grenzen sind gesteckt, und mein Plan hat reibungslos funktioniert.«

»Ja, das sieht man«, entgegnete John sarkastisch. Trotz seiner miesen Lage behielt er die Übersicht. »Man erzählte mir, ich sei hier in Spanien?«

Doktor Tod lachte überheblich.

»Das ist richtig. Ich habe mir mit Asmodis' Hilfe überall in der Welt Stützpunkte geschaffen. Und ich brauche keine langen Vorbereitungen, Inspektor, wenn ich im Namen der Hölle erneut zuschlagen will. In Ihrem Fall habe ich das Netz so raffiniert gespannt, dass Sie sich zwangsläufig darin verstricken mussten.«

»Mit Ramona Navarra als Lockvogel war es nicht schwer.«

Doktor Tod winkte ab. »Ramona Navarra ist tot. Sie sind auf eine Doppelgängerin reingefallen, Inspektor!«

John hatte das Gefühl, als träfe ihn ein Hammerschlag. »Eine Doppelgängerin?« Der Geisterjäger schluckte. »Das müssen Sie mir näher erklären. Ich wüsste nicht, wie man …«

»Eine Erklärung erhalten Sie schon noch, Inspektor. Aber keine theoretische, sondern eine praktische. Doch ich will Ihnen meinen Plan weiter erzählen. Ich bin in der Lage, von jedem Menschen auf dieser Erde einen Doppelgänger zu schaffen. Keinen Roboter – nein, einen echten Menschen. Denken Sie mal nach, Inspektor. Heute ist es eine Sängerin, morgen ein Polizist und übermorgen vielleicht ein Politiker und Wirtschaftsmagnat. Ich kann die Welt in die Tasche stecken. Jeder tanzt nach meiner Pfeife.«

John Sinclair glaubte diesem Mann aufs Wort. Er wusste, dass Doktor Tod mit der Hölle im Bunde stand und dass er kein Mittel scheute, die Welt in ein Chaos zu stürzen. Nur dann konnte der Teufel triumphieren.

War das schon der Anfang des Weltuntergangs, von dem in der Bibel gesprochen wurde?

John fühlte, wie ihn die Worte erregt hatten. Das Blut hämmerte in seinen Adern, sein Körper war schweißnass. Hier untätig herumzuliegen und diesem Satan kein Paroli bieten zu können brachte John dem Wahnsinn nahe.

»Ich sehe Ihnen an, Sie haben sich meine Worte durch den

Kopf gehen lassen«, sagte Doktor Tod. »Nun gut, dann komme ich zum zweiten Teil meiner Ausführungen. Aber Sie müssen sich einen Moment gedulden, meine Männer sind noch nicht so weit. Ramona leistet Ihnen so lange Gesellschaft.«

Doktor Tod verschwand durch eine weiß lackierte Tür.

Ramona Navarra, die sich bisher im Hintergrund des Labors aufgehalten hatte, nahm Doktor Tods Platz ein. Die Sängerin trug noch immer dasselbe Kleid wie in London.

Doch die erotische Ausstrahlung, die John bei ihrem ersten Auftreten gespürt hatte, war verschwunden. Der Geisterjäger betrachtete die Frau nur noch als reines Studienobjekt – und als Gegner!

Trotzdem versuchte er es auf die weiche Tour. »Ramona«, sagte er leise, »was hat das alles hier zu bedeuten? Warum bin ich gefesselt? Komm, nimm mir die Stricke ab. Denk an unsere Zeit in London.«

John, der die Sängerin genau anblickte, sah mit Entsetzen, dass sich deren Gesicht zu einer Grimasse verzerrte.

»Nichts werde ich tun!«, zischte Ramona Navarra böse. »Ich werde dich höchstens umbringen, denn du bist ein Feind unseres Meisters. Seine Feinde sind auch meine Feinde.«

Sie hatte ihre Finger zu Krallen gebogen. Die rot lackierten Nägel erschienen John wie dicke Blutstropfen.

»Ich kratze dir die Augen aus!«, keuchte Ramona. »Du brauchst sie doch nicht mehr …«

Mit gefletschten Zähnen warf sie sich vorwärts. Wie eine Furie.

John wusste, dass er jetzt alles aufbieten musste, um dem Teufelsweib zu entgehen.

Er passte den richtigen Sekundenbruchteil ab.

Mit einer blitzschnellen Drehung rollte er sich von der Trage. Die gekrümmten Nägel fuhren in das Laken.

John krachte zu Boden.

Er spürte den Aufprall bis in die letzten Haarspitzen. Sterne blitzten vor seinen Augen.

Über sich hörte er das enttäuschte Kreischen der Frau. Er

sah, wie sie um die Trage herumrannte, um sich auf ihn zu werfen.

John zog die Beine an. Zum Glück erlaubte es die Fesselung.

Ramona war mitten im Sprung, als Johns Füße sie trafen. Ihr Körper wurde zurückgeschleudert.

Hinter dem Tritt saß so viel Wucht, dass die Sängerin gegen einen Schrank krachte, dessen Glasscheiben unter dem Aufprall in tausend Stücke zerbrachen.

Einige im Rahmen stecken gebliebenen Scherben drangen Ramona in die Arme.

John, der von seiner Froschperspektive alles gut erkennen konnte, hatte auf einmal das Gefühl, sein Verstand würde streiken.

Aus den Wunden quoll nicht ein Tropfen Blut!

Jetzt wurde es John mit aller Deutlichkeit klar: Ramona Navarra war kein Mensch mehr.

Sie war ein Monster, eine Untote ...

Und sie hielt eine lange spitze Scherbe in der Hand.

Wie ein Raubtier schlich die Frau auf den am Boden liegenden Inspektor zu. Ihr Gesicht war nur noch eine Grimasse. Das Kleid war durch die Scherben zerschnitten worden. In Fetzen hing es ihr vom Körper.

Sie flüsterte unverständliche Worte. Worte, die vom Hass und vom Mordwillen diktiert wurden.

John Sinclair rollte sich ein paarmal um die eigene Achse. Er schaffte es, unter die Trage zu gelangen.

Die Sängerin lachte schrill.

Mit einem Fußtritt fegte sie die Trage zur Seite. Das Gestell kippte um.

Jetzt hatte die Frau freie Bahn.

Wieder traten Johns Füße in Aktion. Doch diesmal hatte Ramona aufgepasst. Ja, sie ging sogar zum Gegenangriff über.

Mit einer geschickten Drehung wich sie den Füßen aus und rammte gleichzeitig ihren rechten Arm vor.

Johns Hosenbein zerriss ratschend. Wie ein glühendes Stück Eisen fuhr die Spitze der Scherbe über Johns Wade.

Der Inspektor biss die Zähne zusammen. Blut lief an seinem Bein entlang.

Ramona riss ihre Hand wieder zurück. Jetzt wollte sie noch mal zustoßen. Sie hatte gesehen, dass der verhasste Geisterjäger doch nicht unverwundbar war.

Da wurde die Tür aufgerissen.

Doktor Tod stürmte in den Raum.

»Ramona!«, gellte seine Stimme.

Die Sängerin zuckte herum. Geduckt blieb sie stehen.

Ihr Atem ging schnell und flach. Die Augen hatte sie weit aufgerissen.

Mit schnellen Schritten war Doktor Tod bei ihr, packte sie an der Schulter und schleuderte sie durch den Raum.

Ramona fiel kreischend in eine Ecke.

John Sinclair atmete auf. Die Gefahr war gebannt. Vorerst jedenfalls.

Doktor Tod lachte, als er Johns blutendes Bein sah. »Ich sehe, Sie haben sich nicht gerade freundschaftlich unterhalten. Na ja, verständlich ist es schon. Am liebsten hätte ich Ramona den Spaß gelassen, aber ich brauche Sie noch, Sinclair.«

»Wie freundlich von Ihnen«, quälte John zwischen zusammengepressten Lippen hervor.

»Ihr Humor wird Ihnen noch vergehen«, prophezeite Doktor Tod. Er wandte sich um und stieß einen Pfiff aus.

Die beiden Männer mit den Sonnenbrillen betraten wieder den Raum.

»Hebt ihn auf!«, befahl Doktor Tod.

Die Kreaturen gehorchten. Sie trugen John in einen Nebenraum, wo schon alles bereitgestellt war.

Diesmal wurde John Sinclair auf einer anderen Trage festgeschnallt. Die breiten Lederriemen spannten sich wie Stahlseile um seinen Körper. Die Luft wurde ihm knapp. John konnte nur den Kopf drehen.

Er sah lange, schmale Tische, auf denen große, mit Nährlösung gefüllte Glasbehälter standen. Körperteile schwammen darin herum. Es war ein makabrer Anblick.

John schluckte. Hier wurde mit Menschen experimentiert. Und zwar in der grausamsten Weise.

Doch der Mittelpunkt der Schreckenskammer war eine Wanne. Auch sie war mit einer Lösung gefüllt. Und in der Lösung schwamm ein Mensch. Ein Toter.

Die Leiche musste noch frisch sein, denn sie zeigte keinerlei Verwesungsmerkmale.

»Na, alles gut angesehen?«, drang Doktor Tods Stimme in Johns Gedanken.

»Es geht«, krächzte John Sinclair. Er konnte nicht verhindern, dass seine Stimme flatterte.

Doktor Tod lachte wieder. Dann deutete er auf die nackte Männerleiche in der Wanne.

»Das wird der neue John Sinclair«, sagte er.

Obwohl John so etwas bereits geahnt hatte, traf ihn diese Erklärung doch bis ins Mark. Und zum ersten Mal spürte er die heißen Angstschauer in sich hochjagen. Ihm war mit erschreckender Deutlichkeit bewusst, dass er diesmal verloren hatte. Endgültig.

Tief atmete John die Luft ein. Sein Herz hämmerte gegen die Rippen. In seinen Ohren rauschte das Blut, und sein Magen hatte sich zusammengekrampft.

»Es geht ganz einfach«, erklärte Doktor Tod. Er sprach wie ein Dozent zu seinen Studenten. »Sie wissen selbst, dass in einem Stück Haut sämtliche genetische Informationen enthalten sind, um ein neues Leben zu schaffen. Was noch fehlt, wird mir durch Asmodis' Hilfe gegeben. Deshalb bin ich auch in der Lage, das durchzuführen, was schon viele versucht haben und bisher niemandem gelungen ist.«

Doktor Tod griff in die Tasche eines weißen Kittels und holte ein Skalpell hervor.

»Ein Stück Haut nur, Inspektor. Ein kleines Stückchen, herausgeschnitten aus Ihrer Wange, und alles ist erledigt.«

John fühlte, wie ihm der Angstschweiß auf die Stirn trat. Er dachte an die vielen Opfer, die dieser Mann schon auf dem Gewissen hatte, und ihm war bewusst, dass Doktor Tod seinem Triumph jetzt die Krone aufsetzen wollte.

Sein größter Feind befand sich in seiner Hand. Wehrlos – ohne eine Chance zu entkommen.

Doktor Tod hielt das Skalpell gegen das Licht. Die Schneide warf funkelnde Reflexe. Gleichzeitig sah John, dass sich die Farbe des Totenkopfes auf Doktor Tods Ring veränderte.

Der Totenkopf wurde tiefschwarz, ein Zeichen, dass auch Doktor Tod unter einer starken Erregung stand.

Der Menschenhasser trat dicht an die Trage. Langsam beugte er sich über den wehrlosen John Sinclair.

Das Skalpell näherte sich Johns Gesicht.

Doktor Tods Augen funkelten. Endlich hatte er seinen Sieg errungen.

Die höllisch scharfe Schneide des Skalpells berührte Johns Wange.

Ein kurzer Druck – und …

John Sinclair schloss die Augen.

Dann kam der Schmerz …

Alles dauerte nur Sekunden. Sekunden, die John Sinclair jedoch wie Ewigkeiten erschienen.

Tränen traten in seine Augen, doch kein Laut des Schmerzes drang über seine zusammengepressten Lippen.

Dann hatte Doktor Tod seine grausame Arbeit beendet. Zwischen den Spitzen einer Pinzette hielt er das Stückchen Haut. Es war nicht größer als ein Daumennagel – und doch war es ein Teil von ihm. Von John Sinclair.

Die rechte Seite der Wange brannte wie Feuer. John fühlte, wie das Blut über sein Gesicht lief. Er atmete mit offenem Mund. Gnadenlos spannten sich die Lederriemen um seinen Körper. Nicht einmal den kleinen Finger konnte er rühren. Außerdem hatte sich in seinen Armen und Beinen durch die lange Fesselung das Blut gestaunt. Der Kreislauf war schwer angegriffen.

Triumphierend hielt Doktor Tod das Hautstück hoch, schwenkte es vor John Sinclairs Augen hin und her.

»Das ist der endgültige Sieg«, verkündete er mit lauter Stimme.

John erwiderte nichts.

Er wollte seine Kräfte schonen, denn sogar das Sprechen bereitete ihm Mühe.

Doktor Tod trat zu der Leiche in der Wanne. Der Tote schwamm auf der Oberfläche, seine gebrochenen Augen starrten gegen die Decke.

Noch einmal wandte Doktor Tod den Kopf. »Die Hölle hat mir Kraft gegeben«, flüsterte er. »Kraft, die ich für viele weitere Versuche brauchen werde.«

Er hatte sich während dieser Worte hingekniet und griff mit der linken Hand in die Flüssigkeit.

Doktor Tod hob den Kopf der Leiche an.

Vorsichtig nahm er das Stück Haut und legte es der Leiche auf das feucht glänzende Kinn.

Die Haut verband sich auf der Stelle mit dem Körper der fremden Leiche.

Doktor Tod ließ den Toten wieder zurücksinken.

Die Flüssigkeit schwappte ein paarmal, beruhigte sich wieder.

Der Menschenhasser erhob sich und trat zurück.

»Gleich geschieht es«, sagte er rau. »Gleich, Sinclair, werden Sie das größte Wunder der Menschheit erleben.«

Der Moment dauerte wenige Minuten.

Dann begann die Flüssigkeit zu brodeln. Blasen bildeten sich und zerplatzten an der Oberfläche. Und aus den unzähligen Blasenkratern stiegen dicke Dampfschwaden, die die Wanne im Nu einnebelten.

Niemand der beiden Männer konnte genau erkennen, was im Innern der Wanne vor sich ging.

John wollte es auch gar nicht sehen, ihm reichte es, wenn das Endprodukt vor ihm stand.

Die Dampfwolke wurde dünner, löste sich in feine Schleier auf, die sich schnell verflüchtigten.

Schon konnte John die Umrisse der Wanne erkennen, sah wieder die brodelnde Flüssigkeit – und die Leiche, die darin schwamm.

Da traf ihn der Schock.

Der Tote hatte sein Gesicht!

John Sinclair stöhnte unter dieser ungeheuren Erkenntnis auf. Das war mehr, als ein Mann ertragen konnte. An die Folgen durfte er gar nicht denken.

Doktor Tod war fasziniert. Er kniete vor der Wanne nieder und hob den neuen ›John Sinclair‹ hoch.

»Fantastisch«, flüsterte er. »Einfach genial. Asmodis hat wieder einmal gezeigt, wer der eigentliche Herrscher der Welt ist.«

Doktor Tod zog ›John Sinclair‹ aus der Wanne und legte ihn auf den Boden. Dann wandte er sich dem echten Sinclair zu. »Ich hätte Sie auch sofort umbringen lassen können, doch diesen Triumph sollten Sie noch miterleben. Ich wünsche Ihnen eine angenehme Reise in die Hölle!«

Danach begann er schaurig zu lachen. Das Gelächter dröhnte noch in Johns Ohren, als Doktor Tod bereits verschwunden war.

Stille senkte sich über den Raum. Die Stille des Todes.

John versuchte verzweifelt, sich zu bewegen, doch die Lederriemen saßen zu fest. Er hatte sogar das Gefühl, dass die Riemen, je mehr er sich bewegte, umso härter gespannt wurden.

Es war ein Teufelskreis.

Plötzlich unterbrach John seine Bemühungen. Ein Geräusch hatte ihn aufgeschreckt.

Der neue ›John Sinclair‹ begann sich zu bewegen!

Mit Entsetzen sah der Inspektor, wie sein Doppelgänger aufstand. Er tat es mit ruckartigen, roboterhaften Bewegungen. Die Kräfte der Hölle, die Doktor Tod schon bei der Erschaffung einer Ramona Navarra beschworen hatte, waren nun voll aktiv.

Der untote John Sinclair nahm keine Notiz von seinem Doppelgänger. Mit eckigen Bewegungen ging er auf eine Tür zu, zog sie auf und verschwand in einen anderen Raum.

Dumpf fiel die Tür wieder ins Schloss.

Der Inspektor ahnte, was Doktor Tod vorhatte. Er würde den falschen Sinclair nach London schicken, und niemandem würde etwas auffallen.

Nicht einmal seinem Chef, Superintendent Powell. Der untote Sinclair konnte im Yard schalten und walten, wie er wollte.

Und Bill und Sheila Conolly? Würden sie auch auf die Person hereinfallen?

John wagte sich die Folgen gar nicht auszumalen.

Was aber geschah mit ihm? Er sollte umgebracht werden. Aber wo? Und von wem?

John erhielt schnell die Antwort auf diese Fragen. Die beiden Männer mit den Sonnenbrillen tauchten wieder auf.

Wortlos traten sie an die Trage und lösten die Lederriemen. Endlich konnte John wieder richtig Luft in die Lungen pumpen.

»Was – was habt ihr mit mir vor?«, krächzte er.

Zuerst gaben sie ihm keine Antwort, doch schließlich sagte einer: »Du wirst verbrannt, bis nur noch Asche von dir übrig bleibt.«

»John Sinclair meldet sich nicht!«

Mit diesen Worten stürmte Bill Conolly in das Büro von Superintendent Powell, John Sinclairs Chef. »Ich habe überall herumtelefoniert. Nichts. John ist wie vom Erdboden verschwunden!«

Ein wenig außer Atem ließ sich Bill auf den Besucherstuhl fallen. Er hob die Schultern und blickte Superintendent Powell resignierend an.

»Sie erzählen mir keine Neuigkeiten«, sagte der Yard-Beamte. Er hockte wie ein brütender Pavian hinter seinem Schreibtisch. Vor sich auf der Platte hatte er Tablettenröhrchen aufgebaut, die von einigen Mineralwasserflaschen überragt wurden. Zwei Gläser standen in Reichweite.

Powells Augen hinter den dicken Brillengläsern zwinkerten nervös. Seine Hängebacken zuckten. Der Mann war in wenigen Stunden um Jahre gealtert.

Bill blickte aus dem Fenster. Der Himmel über London war postkartenblau. Ein seltenes Bild. Nur in der Ferne erkannte Bill einige Wolken.

Im Büro summte die Klimaanlage und sorgte für eine normale Temperatur. Eine dicke Fliege kreiste brummend an der Decke. Im Nebenraum klapperte eine Schreibmaschine.

»Und was soll jetzt werden?«, fragte Bill. »Sie können mir doch nicht erzählen, dass Sie Ihren besten Mann seinem Schicksal überlassen.«

»Natürlich nicht«, entgegnete Superintendent Powell. »Selbstverständlich haben wir alle Hebel in Bewegung gesetzt. Aber bis jetzt ist nichts Positives dabei herausgekommen.«

»Wie sieht es denn mit der Fahndung nach der Navarra aus?«

»Schlecht oder auch gut, ganz, wie Sie wünschen. Wir haben herausgefunden, dass sie von London nach Barcelona geflogen ist. Mehr nicht.«

»Haben Sie denn die spanische Polizei nicht eingeschaltet?«

»Was dachten Sie denn«, gab Powell gereizt zurück. »Aber die Navarra ist einfach nicht mehr aufzutreiben. Bekanntlich wollte sie ja für ein Jahr in der Versenkung verschwinden.«

Bill Conolly lachte bitter. »Es ist also alles glatt gelaufen. Zu glatt für meinen Geschmack.« Der Reporter beugte sich ein wenig vor und schlug mit der flachen Hand auf den Schreibtisch. Dadurch fielen einige Tablettenröhrchen um. »Wenn ich mal meine Meinung sagen darf, Sir, dann kann man der Navarra nicht über den Weg trauen. Ihr allein gebe ich die Schuld an Johns Verschwinden.«

Powell nahm seine Brille ab und putzte voller Hingabe die starken Gläser. »Es ist doch nicht alles so glatt verlaufen«, meinte er. »Man hat in der Madrider Wohnung der Navarra die Überreste von zwei verbrannten Leichen gefunden. Und unter anderem einen Ring, welcher der Sängerin gehört hat.«

»Machen Sie Scherze?«, fragte der Reporter und schluckte vor Aufregung einen Kloß im Hals herunter.

Powell setzte sich seine Brille wieder auf. »Ich scherze selten, Mr. Conolly.«

»Ja, ich weiß. Aber Augenblick mal, wenn man in der Wohnung verbrannte Leichen gefunden hat …«

»In einem Heizkessel«, verbesserte Powell den Reporter.

»Auch gut«, erwiderte Bill. »Wenn man also die Leichen gefunden hat, dann bedeutet das, dass Ramona Navarra tot ist. Die echte, meine ich. Dann ist John unter Umständen auf eine Doppelgängerin hereingefallen.«

»Eine sehr gewagte Theorie, finden Sie nicht auch, Mr. Conolly?«

»Das gebe ich zu, Sir. Aber ich habe mit John Sinclair schon so manchen Strauß ausgefochten und kann Ihnen aus eigener Erfahrung sagen, dass nichts unmöglich ist. Man hat John eine ganz raffinierte Falle gestellt. Eine Falle, wie sie sich eigentlich nur ein Mann ausdenken kann.«

»Sie meinen Doktor Tod?«

»Ja.« Bills Stimme klang sehr ernst. »Wenn John tatsächlich in Doktor Tods Klauen steckt, müssen wir damit rechnen, dass er nicht mehr am Leben ist. Dieser Verbrecher hat ihm gnadenlose Rache geschworen.« Bill Conolly sprang erregt auf. »Wissen Sie was, Sir? Lassen Sie mich nach Spanien fliegen. Das heißt, ich fliege noch heute, sofort. Ich werde in Barcelona und Madrid die Spur aufnehmen. Und dann werden sich gewisse Leute wundern, wenn …«

Das Summen des Telefons unterbrach Bills Ausführungen.

Superintendent Powell schnappte sich den Hörer, lauschte kurz und sagte dann: »Stellen Sie durch.«

Bill Conolly hatte sich auf die Fensterbank gehockt. Er war so in Gedanken versunken, dass er auf das Telefongespräch nicht achtete.

Er merkte nicht einmal, dass sich Superintendent Powell an seinem Mineralwasser verschluckte.

»Ja, ist gut«, sagte der Beamte schließlich. »Kommen Sie her.

Die nächste Maschine. Ich glaube, Sie haben uns eine Menge zu erklären, Inspektor.«

Jetzt ruckte Bills Kopf herum. Im selben Moment legte der Superintendent auf.

Mit einem Taschentuch wischte er sich den Schweiß von der Stirn.

Bill sprang von der Fensterbank. Ehe er eine Frage stellen konnte, sagte Superintendent Powell: »Sie können sich die Reise nach Spanien sparen. Inspektor Sinclair hat soeben angerufen. Er kommt mit der nächsten Maschine.«

»Na, Gott sei Dank.« Bill stieß erleichtert den Atem aus. »Und? Hat er irgendetwas gesagt, eine Erklärung abgegeben?«

»Nein! Aber dass er nicht mehr so einfach verschwinden kann, werde ich ihm schon klarmachen, und wenn er tausendmal John Sinclair heißt.«

Dass Superintendent Powell mit dem falschen John Sinclair gesprochen hatte, ahnten beide Männer nicht. Und so nahm das Verhängnis seinen Lauf …

Sie schleiften John Sinclair zwischen die Felsen!

Es war eine herrliche Nacht. Die Luft fühlte sich an wie Samt, sie kühlte Johns erhitztes Gesicht. Am Himmel funkelten unzählige Sterne, dazwischen – sozusagen als Mittelpunkt – ein heller Vollmond. Unten am Strand hörte man die Brandung gegen die Klippen rauschen. Bestimmt lagen dort Liebespaare im Sand oder wurden Partys gefeiert – und John Sinclair sollte sterben.

Die Männer hatten die Brillen abgenommen. Mit Schaudern dachte John an die verdrehten Augen, in denen nur das Weiße schimmerte. Der Inspektor war noch immer gefesselt. Mit dem Mut der Verzweiflung hatte er an den Nylonstricken gearbeitet, hatte versucht, sie zu dehnen, doch einen Erfolg hatte er nicht erzielt.

Immer tiefer ging es hinein in die unwirtliche Felslandschaft. Immer mehr entfernten sie sich vom Meer.

Bald vernahm John kaum noch das Rauschen der Brandung. Still wurde es.

Die Kerle hatten John an den Armgelenken gepackt. Seine Hacken schleiften über den harten Steinboden. John hatte überhaupt kein Gefühl mehr in den Gliedern. Alles war abgestorben, völlig taub.

Die Fußfesseln hatten sich zum Glück ein wenig gelockert. John konnte sogar seine Knöchel etwas bewegen. Das gab ihm wieder Auftrieb.

Man wollte ihn verbrennen. Wie ein Stück Holz oder Papier sollte er den Flammen zum Opfer fallen, den Weg gehen, den viele seiner gespenstischen Gegner schon vor ihm gegangen waren.

Endlich hatten die Männer ihr Ziel erreicht. Sie ließen John kurzerhand zu Boden fallen.

Es war eine kleine Mulde, umgeben von hohen Felsblöcken und somit gut abgeschirmt.

Die Männer verständigten sich flüsternd. Dann verschwanden sie zwischen den Felsen.

Eine kurze Galgenfrist für John Sinclair.

Der Inspektor rollte sich ein paarmal um die eigene Achse, bis er neben einem Felsen zu liegen kam.

Jetzt begann der schwierigste Teil der Aufgabe. Er musste sich hinsetzen.

Es gelang ihm unter unsäglichen Mühen. Da seine Hände auf dem Rücken gefesselt waren, war es kaum möglich, das Gleichgewicht zu halten.

John spürte hinter sich die raue, rissige Felswand. Es gab Vertiefungen, Kanten und winzige Vorsprünge.

Wenn es für John noch eine Chance gab, die Fesseln zu lösen, dann musste es jetzt und schnell geschehen.

John begann seine Arme zu bewegen. Sein Körper pendelte hin und her. Immer wieder presste der Inspektor die gefesselten Handgelenke gegen die raue Felswand.

Er riss sich die Haut auf. Blut lief an seinen Fingern hinab.

Nur nicht aufgeben!, hämmerte er sich ein.

Sein Atem ging schnell und keuchend. Der Inspektor betete, die Männer mögen lange wegbleiben.

Es war eine schweißtreibende Arbeit, immer wieder von kleinen Atempausen unterbrochen.

John zerrte an den Handfesseln wie ein Verrückter.

Und plötzlich riss der erste Faden.

John hätte fast vor Freude fast aufgeschrien. Mit doppelter Energie machte er weiter.

Da hörte er die Schritte.

Die Kerle kamen zurück.

John Sinclair vereiste. Jetzt war alles vorbei. Wenn sie entdeckten, dass es ihm gelungen war, einen Teil der Fesseln zu lösen, dann …

Der erste tauchte auf, sah John Sinclair, stutzte und zischte einen Fluch zwischen den Zähnen hervor.

Mit zwei Schritten war er neben dem Geisterjäger und riss ihn brutal von der Felswand weg.

John fiel auf die Seite, und die Wunde an seiner Wange begann wieder zu bluten.

Inzwischen war auch der andere Mann eingetroffen. Er hielt einen kastenförmigen Gegenstand in der Hand.

John erkannte mit Entsetzen, dass es ein Benzinkanister war. In der anderen Hand hatte der Mann eine Decke. Er musste die Dinge hier irgendwo zwischen den Felsen versteckt gehabt haben.

Die Männer schleiften John genau in die Mitte der kleinen Mulde. Noch hatten sie von seinem Befreiungsversuch nichts bemerkt.

Einer griff in die Tasche und zog ein Pflaster hervor. »Damit du nicht schreist«, sagte er und klebte John das Pflaster blitzschnell auf den Mund.

Augenblicklich wurde John die Luft knapp.

Die Decke wurde auf den Boden gelegt und mit Benzin übergossen. Das Gluckern der herauslaufenden Flüssigkeit war für John Sinclair wie eine Todesmelodie.

Bald war die Decke nur noch ein Benzinlappen.

Sie legten John darauf, wickelten ihn ein wie in einen Teppich. Die Benzingase drangen in Johns Nase, erschwerten das Atmen.

Verzweifelt spannte John Sinclair seine gefesselten Arme. Er merkte, dass er die Handgelenke besser bewegen konnte.

Die Männer flüsterten noch miteinander, dann zog einer eine Streichholzschachtel aus der Hosentasche.

John stockte der Atem. Gleichzeitig begann er mit verzweifelter Kraft an den Fesseln zu zerren, warf sich hin und her. Ihm war es jetzt egal, ob die Kerle etwas merkten.

Sie lachten und ahnten nicht im Entferntesten, dass John versuchte, die Fesseln zu lösen. Sie schrieben die Bewegungen seiner Todesangst zu.

Das Streichholz ratschte über die Fläche. Einen Herzschlag später flammte es auf.

Der Mann hielt das Holz in der hohlen Hand, ließ die Flamme etwas größer werden.

Dann bückte er sich.

John sah sein grinsendes Gesicht, die schrecklichen Augen und spannte zum letzten Mal seine Muskeln an.

Da warf der Mann das Streichholz …

Um 17 Uhr 40 sollte die Maschine aus Barcelona auf dem Flughafen Heathrow landen.

Bill Conolly war schon eine halbe Stunde früher dort.

Der Reporter war nervös. Er wusste auch nicht so recht, warum, aber die innere Unruhe ließ sich nicht wegleugnen.

Seine nervigen Finger spielten mit dem Whiskyglas. Immer wieder blickte er auf seine Uhr. Das ewige Brausen in der Flughalle nahm er nur im Unterbewusstsein wahr.

Schließlich landete die Maschine, und schon bald tauchten die ersten Passagiere an der Abfertigung auf.

Bill entdeckte seinen Freund sofort.

»John!«, rief er und winkte mit beiden Armen.

Der Inspektor schien ihn nicht gehört zu haben. Ungerührt ließ er die Kontrolle über sich ergehen.

Bill konnte ihn von seinem Standpunkt aus beobachten. Das Gesicht seines Freundes war ernst, wenn nicht sogar verkniffen. Wie weggewischt war das ewige spöttische Lächeln um seine Mundwinkel.

Schließlich konnte ›John‹ gehen. Jetzt erst entdeckte er den Reporter.

»Bill, alter Junge«, sagte er und boxte seinem Freund in die Seite.

Sie gingen zu Bills Wagen, einem Porsche Targa. »Deinen Bentley hat man zum Yard gebracht«, sagte der Reporter. »Du hattest ihn ja einfach stehen lassen. Auch etwas, was ich nicht verstehe.«

Bill startete. Er lenkte den Porsche von dem Flughafenareal hinunter und nahm Kurs auf die Londoner City. »Du kannst heute Abend zu uns kommen, John. Ich glaube, wir haben uns allerlei zu erzählen.«

»Das hätte ich sowieso gemacht.«

Der Rest der Fahrt verlief schweigend. Bill, der noch viele Fragen auf dem Herzen hatte, verkniff sie sich.

Nach fünfundvierzig Minuten stoppte der Reporter vor dem Gebäude von New Scotland Yard.

»Danke, Bill.«

»John?«

»Ja.«

»Ich drücke dir die Daumen. Es wird sich bestimmt alles aufklären. Jeder flippt mal aus.« Aber nicht John Sinclair. Das dachte Bill allerdings nur.

›John‹ verschwand mit schnellen Schritten hinter der breiten Eingangstür. Er fuhr sofort zu seinem Büro hoch. Es lag in derselben Etage wie das von Superintendent Powell.

Der Superintendent hatte gewartet. Wie ein wütender Stier hockte er hinter seinem Schreibtisch. Das Gesicht war rot angelaufen, und sein Magen spielte wieder verrückt. Trotzdem bezwang er sich, so gut es ging.

»Nett, Sie auch mal wieder zu sehen, Inspektor. Wie geht es Ihnen?« Powells Stimme troff vor Hohn.

»Danke der Nachfrage. Eigentlich recht gut.«

»Und Sie waren im sonnigen Spanien. Haben bestimmt während der Dienstzeit mit irgendwelchen Weibern geflirtet und mal so richtig einen draufgemacht.«

›John‹ grinste und lehnte sich zurück. »Wenn Sie das meinen, muss es ja stimmen.«

Powell blieb der Mund vor Überraschung offen stehen. »Das ist alles, was Sie mir zu erklären haben, Inspektor?«

›Sinclair‹ behielt sein Grinsen bei. »Da wäre noch etwas, Sir«, sagte er und betonte das Wort Sir ganz besonders. Gleichzeitig griff er in die Tasche seiner Jacke und holte eine Pistole hervor.

»Reicht Ihnen diese Erklärung?«, fragte er schleppend …

Wie ein leuchtender Komet flackerte das Streichholz zu Boden. In einem Halbkreis senkte es sich auf den gefesselten John Sinclair zu.

Die beiden Männer sprangen zurück. Sie wollten nicht von den Flammen erfasst werden.

Aber auch John reagierte.

Er rollte sich blitzschnell um die eigene Achse. Einmal, zweimal, weg aus der unmittelbaren Gefahrenzone.

Das Streichholz fiel zu Boden – und verlöschte!

Die Männer brüllten vor Wut und Hass auf. Damit hätten sie nie gerechnet. Sie hatten John Sinclair schon für erledigt gehalten.

Jetzt setzte der Geisterjäger alles auf eine Karte. Er hatte schon in den letzten Minuten die letzten Reserven mobilisiert. Mit einer nahezu unmenschlichen Anstrengung riss er die Arme auseinander.

Die Fesseln platzten!

Der Inspektor schrie vor Schmerzen auf, während er sich das Pflaster vom Mund riss.

Doch er konnte sich nicht darum kümmern, denn schon flog der erste Angreifer auf ihn zu. In seiner Hand blitzte ein Messer.

John stieß ihm die Beine entgegen.

Mitten im Flug wurde der Kerl zurückgeschleudert. In einer Reflexbewegung ließ er das Messer fallen, bevor er gegen einen Felsen krachte.

John hechtete nach dem Messer.

Seine Finger umfassten schon den Griff, da raste ein Fuß auf ihn zu.

Der Inspektor konnte nicht mehr ausweichen. Ein mörderischer Tritt traf seinen Hals. Eine Schmerzwoge flammte in John Sinclair auf. Tränen schossen ihm in die Augen, sein Schädel schien zu platzen.

Doch instinktiv rollte John weiter, versuchte, aus der Gefahrenzone zu gelangen.

Der nächste gemeine Tritt ging daneben.

Aber noch war John nicht aus dem Schneider. Noch waren seine Beine gefesselt.

Der Geisterjäger lag auf dem Rücken. Das Messer hatte er festgehalten. Die Klinge zeigte nach oben.

Und der Killer kam. Er hechtete einfach auf John zu, kümmerte sich einen Dreck um das Messer.

Er hielt keine Waffe in der Hand, hatte jedoch die Arme weit vorgestreckt und die Finger zu Klauen gekrümmt. Er wollte dem Inspektor die Kehle zudrücken.

John blieb keine Wahl.

Der Mann fiel genau in das Messer. Tief bohrte sich die Klinge in seine Brust.

Jetzt musste er zusammensacken, jetzt …

Nichts geschah.

Wie ein Raubtier rollte sich der Mann zur Seite und sprang wieder auf die Füße.

Auf seiner Brust klaffte die Wunde, doch nicht ein Tropfen Blut quoll daraus hervor.

Das nackte Grauen sprang den Inspektor an. Wie sollte er diesen Kampf jemals gewinnen?

Auch der andere Mann hatte sich erholt. Wieder sah John die vier schrecklichen Augen auf sich gerichtet. In einer blitzschnellen Bewegung schoss sein Arm mit dem Messer nach unten. Die Schneide säbelte an den Fesseln.

Sie fielen zur Hälfte. Weiter kam John nicht, denn er wurde wieder angegriffen.

Der Inspektor riss die Beine auseinander, und auch der Rest der Fesseln wurde gesprengt.

Da wurde er hochgezerrt. Jemand packte seine Arme.

John stöhnte, beugte seinen Oberkörper nach vorn und stieß mit dem Kopf zu.

Er traf etwas Weiches, und einer seiner Gegner kippte zurück.

John wirbelte um die eigene Achse, riss mit einer blitzschnellen Bewegung seinen linken Arm aus der Umklammerung.

Er schmetterte die Faust ins Gesicht des Killers.

Der Kerl schnaubte nur, ließ John aber nicht los.

Noch einmal schlug der Inspektor zu.

Diesmal löste sich der Griff.

John Sinclair hatte freie Bahn. Er stürzte förmlich auf die mit Benzin getränkte Decke zu.

Der zweite griff ihn von der Seite her an.

John schleuderte die Decke. Der Mann reagierte zu spät. Die Decke segelte auf ihn zu, schlang sich um seinen Körper.

John sprang vor. Ein mit beiden Fäusten geführter Schlag schmetterte den lebenden Toten zu Boden.

Man hatte John sein Feuerzeug gelassen!

Blitzschnell holte er es aus der Tasche, während der Mordroboter versuchte, sich von der Decke zu befreien.

Jetzt kam es auf Sekunden an.

John sah den zweiten Killer plötzlich zwischen den Felsen auftauchen. Er hielt einen riesigen Stein über dem Kopf. Es gab keinen Zweifel, er wollte John den Schädel zertrümmern.

Der Inspektor ging in die Knie.

Das Feuerzeug klickte auf.

Es gab ein pfeifendes Geräusch, und dann stand die Decke in Flammen.

Im selben Augenblick fing auch Johns Anzug Feuer. Durch die Decke war er mit Benzin getränkt worden.

John hechtete zur Seite.

Schon kam der Stein angeflogen. Hautnah fegte er über Johns Kopf hinweg und polterte gegen einen Felsblock.

Der Inspektor wälzte sich über den Boden. Im Liegen riss er sich das Jackett vom Leib. Es verbrannte neben ihm. Mit beiden Händen schlug er die Flammen an seiner Hose aus.

Da schallte ein grauenhaftes Gebrüll durch die Nacht.

Der eine Mordroboter sprang plötzlich auf und rannte als lebende Fackel zwischen die Felsen. Sein Todesschrei hallte noch lange in Johns Ohren nach.

Der Inspektor wandte sich dem zweiten Gegner zu.

Aber der war verschwunden. Er hatte aus Furcht vor dem Feuer die Flucht ergriffen.

John Sinclair atmete tief ein, machte er ein paar torkelnde Schritte – und brach zusammen.

Irgendwann stand er wieder auf. Es dauerte etwas, bis er sich wieder an alles erinnern konnte.

Zwei Gegner hatte er geschlagen, doch die Auseinandersetzung stand erst am Anfang.

Er musste zurück zum Bungalow, denn dort wartete noch jemand, dem er etwas schuldig war …

»Sind Sie verrückt, Inspektor?«, zischte Superintendent Powell. »Nehmen Sie sofort die Waffe weg!«

›John‹ schüttelte den Kopf.

»Das ist ein Befehl!«, schrie Powell. Gleichzeitig tastete seine rechte Hand zu dem Alarmknopf unter der Schreibtischplatte.

›Sinclair‹ sprang auf. Blitzschnell schlug er mit der Pistole zu.

Powell stöhnte und hielt sich sein Handgelenk. »Was bezwecken Sie damit?«, keuchte er. Seine Brille war ihm weit auf die Nase gerutscht, und über seinen Augen lag ein trüber Schleier. »Sie – Sie werden nicht weit kommen, Inspektor. Noch einmal, stecken Sie die Waffe weg, dann reden wir vernünftig miteinander.«

›John Sinclair‹ gab keine Antwort. Er ging um den Schreibtisch herum und stieß Powell die Waffe in den Rücken.

»Los jetzt, Alter! Aber keine überflüssige Bewegung.«

Powell setzte sich in Bewegung. Er ging, als hätte er einen Ladestock verschluckt.

Sie erreichten die Tür.

»Öffnen!«, befahl der ›Inspektor‹.

»Und wohin wollen Sie mich bringen?«, knurrte Powell.

»Das werden Sie schon sehen.«

Die Männer betraten den Gang. Er war um diese Zeit leer. Die offiziellen Bürostunden waren vorbei, und die Bereitschaft saß im Keller.

»Zum Fahrstuhl!«

›Sinclair‹ drückte Superintendent Powell die Pistole hart ins Kreuz und zog mit der anderen Hand die Tür auf.

Dann verschwanden die Männer in der Kabine.

Der Fahrstuhl stoppte.

»Wenn Sie Ärger machen, Powell, schieße ich sofort«, drohte ›Sinclair‹.

Seine Stimme klang sanft, aber Powell überhörte nicht den metallischen Unterton. Dieser Mann meinte es verdammt ernst. Und er, Superintendent Powell, würde sich strikt an die Anordnungen halten.

Powell öffnete die Tür, trat aus der Kabine.

›Sinclair‹ ging jetzt schräg neben ihm und hielt die Waffe unter seinem Jackett verborgen. So konnte sie auch von dem diensttuenden Auskunftsbeamten nicht gesehen werden.

Die Halle war riesig. Die Kabine des Auskunftsbeamten bestand zum Großteil aus schusssicherem Glas.

Der Mann stand auf und grüßte, als Powell und der Inspektor an ihm vorbeigingen.

Er schöpfte keinen Verdacht.

Unbehelligt gelangten die beiden Männer nach draußen.

»Wo steht Ihr Wagen?«, fragte ›Sinclair‹.

»Auf dem Parkplatz, wie immer.«

»Gehen Sie vor.«

Powell setzte sich in Bewegung.

»Schneller!«, forderte ›Sinclair‹.

Superintendent Powell fuhr einen Bentley, genau wie sein direkter Untergebener, Inspektor John Sinclair. Nur war der von Powell schwarz.

Der Superintendent schloss die Tür auf, drückte sich hinter das Lenkrad.

»Weiterrutschen!«, befahl ›Sinclair‹. »Los, auf den Beifahrersitz!«

Der Superintendent gehorchte.

Er hatte kaum Platz genommen, als auch ›Sinclair‹ in den Wagen stieg.

»Die Schlüssel!«

Powell gab sie ihm.

›John Sinclair‹ drehte sich zu dem Superintendenten um. Ein zynisches Grinsen lag auf den Lippen des ›Inspektors‹. Dann hob er blitzschnell den rechten Arm und ließ ihn in derselben Sekunde wieder hinuntersausen.

Der Pistolenlauf traf Superintendent Powell seitlich hinter dem Ohr.

Dann startete ›Sinclair‹ den Wagen. Bis jetzt war alles gut verlaufen. Die erste Probe hatte er bestanden. Nun waren Bill und Sheila Conolly an der Reihe …

Der Bungalow lag im Dunkeln.

Der echte John Sinclair hatte sich bis auf wenige Schritte an das Haus herangeschlichen.

Man hatte John alles genommen. Seine Brieftasche mit Ausweis und den Papieren. Auf eine Waffe hatte er an dem bewussten Abend verzichtet. Der Inspektor sah aus wie der letzte Tramp. Das Jackett war verbrannt, sein Hemd zerfetzt, und die Hose war auch zum Teil eingerissen. Das Gesicht war blutig und mit Dreck verschmiert. Es gab kaum eine Stelle an seinem Körper, die nicht schmerzte. Aber John biss die Zähne zusammen. Er mobilisierte seinen eisernen Willen.

Wichtig war, dass er lebte. Über alles andere machte er sich im Augenblick keine Gedanken.

John dachte an den Killer, der geflohen war. Er war bestimmt zum Bungalow gelaufen und hatte seinen Boss gewarnt. Aber so schnell gab Doktor Tod nicht auf. Bestimmt heckte er eine neue Teufelei aus.

John wusste nicht, wie spät es war. Seine Uhr war zersplittert. Sie hatte den Kampf nicht überstanden. Er nahm aber an, dass es nicht mehr lange bis zur Morgendämmerung war.

John huschte zur Eingangstür.

Sie war verschlossen. Daneben sah er ein kleines Fenster mit einer Rauchglasscheibe. Es war gerade so groß, dass sich ein Mann hindurchzwängen konnte.

John schlich zurück und suchte nach einem passenden Stein. Er fand ihn und wickelte ihn in sein Taschentuch.

Dann huschte er wieder neben das Fenster. John zögerte noch einen Moment und schlug dann zu.

Die Scheibe zerbrach. John hatte das Gefühl, als würde man das klirrende Geräusch meilenweit hören.

Er hielt den Atem an. Nichts geschah. Anscheinend war das Haus wirklich leer.

Kein Geräusch drang an seine Ohren. Nur das ewige Raunen des Windes war zu hören.

John drehte sich, streckte die Arme vor und fand die Zimmerwand. Er suchte nach einem Lichtschalter.

Mittlerweile hatten sich seine Augen an die herrschende Dunkelheit gewöhnt, und er konnte die Umrisse der einzelnen Gegenstände erkennen.

Aus diesem Grund ließ John es auch bleiben, das Licht anzuschalten.

Die hell gestrichene Tür schimmerte in der Dunkelheit. John legte eine Hand auf die Klinke, atmete noch einmal tief durch und zog dann behutsam die Tür auf.

Sie quietschte kein bisschen.

John schlüpfte durch den Spalt und stand in dem Raum, in den man ihn zuerst hineingebracht hatte. Er sah die Trage, die verschiedenen Geräte und Schalttafeln.

Auch hier konnte er niemanden entdecken.

John ging weiter. Seine Augen suchten jeden Winkel des Raumes ab. Plötzlich stutzte er.

Da lag etwas auf dem Boden.

Der Inspektor ging in die Knie. Seine vorgestreckten Hände berührten etwas Weiches.

Einen Körper!

John drehte den Kopf ein wenig nach links, und plötzlich streifte ihn das Entsetzen wie ein eiskalter Hauch.

Der Kopf lag ein Stück weiter, geradewegs unter einem Labortisch. Weiße Augen stachen aus dem Gesicht.

Der Geisterjäger atmete gepresst. Jetzt wusste er, wie Doktor Tod mit Versagern verfuhr, und er erkannte gleichzeitig, wie man diese lebenden Toten endgültig vernichten konnte.

Man musste ihnen den Kopf abschlagen!

Eine grauenhafte Vorstellung.

John presste die Lippen zusammen. Er spürte, dass er am gesamten Körper zitterte.

Langsam erhob er sich.

John war noch mitten in der Bewegung, als er hinter sich ein Geräusch hörte.

Geduckt wirbelte der Inspektor herum.

Die Tür zu dem Versuchsraum war aufgestoßen worden. Gleichzeitig flammte Licht auf.

Wieder bekam John Sinclair einen Schock.

Auf der Türschwelle stand niemand anderes als Ramona Navarra.

Sie hatte die Arme erhoben, und ihre Hände umklammerten den Griff eines Schwertes.

Schlagartig wurde John alles klar. Sie war die Mörderin des Mannes, den John gefunden hatte, und er brauchte kein Hellseher sein, um zu wissen, dass ihm das gleiche Schicksal widerfahren sollte.

»Jetzt hilft dir niemand mehr, John Sinclair«, sagte Ramona Navarra …

Das neue Haus der Conollys lag im Londoner Süden. Es war ein fantastischer Bau. Holz, Glas und Beton ergänzten sich zu einer prächtigen Einheit. Der Architekt hatte hier sein Meisterwerk vollbracht.

Bill saß an diesem Abend in der großen Wohnhalle und hatte die Füße hochgelegt. In der Hand hielt er ein Glas mit Mineralwasser.

»Jetzt bin ich schon bald so weit wie Powell«, knurrte er und stand auf.

»Er kommt bestimmt noch«, hörte Bill in seinem Rücken Sheilas Stimme.

Der Reporter wandte sich um.

Bill bestaunte seine Frau immer wieder aufs Neue. Er hatte tatsächlich Glück gehabt, Sheila kennenzulernen. Und unter welchen Umständen! Sheilas Vater, ein mehrfacher Millionär und Besitzer eines Chemiekonzerns, war damals unter schrecklichen Umständen ums Leben gekommen. Bill und John hatten Sheila retten können.

Bill und Sheila hatten geheiratet und die Leitung des Konzerns in gute Managerhände gelegt.

Doch Bill konnte sich nicht auf die faule Haut legen. Er war mit Leib und Seele Reporter. Allerdings konnte er sich jetzt den Luxus erlauben, frei zu schreiben und seinem Hobby zu frönen – der Geisterjagd.

Sehr zum Ärger seiner jungen Frau. Sheila hasste es, wenn sich Bill in gefährliche Abenteuer stürzte. Wo immer es ging, hielt Sheila ihren Mann von diesen Sachen fern. Das gelang jedoch nur teilweise.

»Mach dir doch nicht so viel Sorgen, Bill. John wird aufgehalten worden sein, das ist alles. Schließlich hat er sich nicht gerade gentlemanlike benommen. Das musst du doch einsehen.«

»Selbstverständlich sehe ich das ein. Aber das ist es ja, was mir Sorgen macht. So kenne ich John nicht. Irgendetwas ist mit ihm geschehen, da kannst du sagen, was du willst. John hat sich verändert, glaub mir das. Außerdem wirst du es gleich selbst feststellen können.«

Bill trank sein Glas leer und schüttelte sich. »Wenn ich nur wüsste, was in Spanien passiert ist. Ramona Navarra – sie ist die Schlüsselfigur in diesem höllischen Spiel.«

»Was kann sie von John gewollt haben?«

»Vielleicht war es gar nicht die Navarra, mit der John losgezogen ist. Denk mal an die Zeitungen. Wenn die schreiben, dass sich Ramona Navarra zurückziehen will, dann stimmt das. Außerdem habe ich dir ja von dem Fund in der Madrider Wohnung der Sängerin erzählt«, meinte Bill.

»Das besagt nichts, Bill. Man kann ihr den Ring gestohlen haben, um ihn in den Ofen zu werfen. Möglich ist alles.«

»Und warum sollte man das getan haben? Kannst du mir ein Motiv sagen?«

Sheila hob die Schultern. »Da bin ich allerdings überfragt.«

»Na bitte.«

Er ging zum Telefon.

»Wen willst du denn jetzt anrufen?«, fragte Sheila.

»Powell.«

»Ob das richtig ist?«

»Versuchen kann ich es ja.«

Bill wählte. Falls niemand im Büro war, ging der Ruf zurück zur Anmeldung.

Nach dem vierten Klingeln wurde abgehoben. Der Beamte vom Nachtdienst meldete sich.

Bill stellte seine Fragen.

»Superintendent Powell und John Sinclair haben vor etwa zehn Minuten das Haus verlassen«, sagte der Mann. »Wohin, weiß ich leider nicht.«

»Schon gut«, erwiderte Bill. »Und vielen Dank.«

Nachdenklich legte er den Hörer auf.

Sheila kam zu ihm. »Was ist?«

»Er ist unterwegs«, sagte Bill. »Aber mit Powell.«

»Powell? Der rührt sich doch sonst nicht aus seinem Büro.« Sheila war echt erstaunt.

Unruhig wie ein Tiger lief Bill in dem großen Wohnraum auf und ab.

Auch seine Frau war jetzt besorgt. Johns Verhalten kam ihr doch sehr seltsam vor.

»Na ja«, sagte sie, »wir werden bald wissen, was eigentlich los ist. John wird es uns erzählen, sobald er hier ist.«

Es dauerte noch fünfzehn Minuten, ehe unten am Weg die Scheinwerfer eines Wagens zu sehen waren.

»Da sind sie«, sagte Bill und betätigte den Knopf. Das Tor schwang dadurch automatisch zur Seite.

Der Wagen näherte sich.

Bill ging zur Tür. »Ich gehe ihnen entgegen«, sagte er.

Wenig später stand er draußen. Er konnte erkennen, dass John hinter dem Steuer von Powells Bentley saß. Powell hockte auf dem Nebensitz.

Der Bentley stoppte. Die Fahrertür wurde aufgestoßen, und John Sinclair schraubte sich aus dem Wagen.

Bill lief seinem Freund die paar Schritte entgegen. »Mensch, John«, rief er, »wir haben uns schon Sorgen gemacht. Was ist geschehen?«

Der ›Inspektor‹ drehte Bill den Kopf zu. »Gar nichts ist geschehen. Powell wollte nur gerne mitfahren.«

»Und warum steigt er nicht aus?«

›John Sinclair‹ lachte. »Er kann nicht.«

»Wieso?«

»Powell ist bewusstlos.«

›Johns‹ Stimme hatte sich bei den letzten Worten verändert, und ehe sich Bill Conolly versah, griff der ›Inspektor‹ unter sein Jackett und zog eine Pistole hervor.

»Los, hol Powell aus dem Wagen! Aber ein bisschen plötzlich!«

›Sinclair‹ trat zwei Schritte zur Seite, damit er ein besseres Schussfeld hatte.

Bill Conolly war echt ratlos. »Himmel, John, was ist nur mit dir geschehen?«, flüsterte er.

Doch dann zog er die Tür auf. Der bewusstlose Powell kippte ihm entgegen.

»Trag ihn ins Haus!«, befahl ›John Sinclair‹. »Und keine Dummheiten, mein Freund. Ich müsste sonst schießen. Dabei würde es mir nicht einmal leid tun.«

›John Sinclair‹ lachte schallend, und Bill Conolly verstand die Welt nicht mehr.

Das kalte Licht brach sich in der Klinge des Schwertes zu funkelnden Reflexen. Ramona hielt die schwere Waffe mit einer spielerischen Leichtigkeit, und John war überzeugt davon, dass sie damit auch umgehen konnte.

Der Inspektor wich zurück.

Immer mehr drängte sie John in die Defensive, trieb ihn mit wuchtig geführten Schwerthieben bis zur Wand.

»Jetzt werde ich dich aufspießen!«, kreischte sie. »Du …«

Das Schwert zuckte vor. Die Spitze zielte auf Johns Brust und hätte ihn an die Wand genagelt, wenn Ramona getroffen hätte.

Blitzschnell steppte John zur Seite. Gleichzeitig tauchte er nach unten weg.

Klirrend bohrte sich die Schwertspitze in die Wand. Funken sprühten. Kalk und Putz rieselten John in den Nacken.

Ramona fluchte lästerlich, holte zu einem zweiten, vernichtenden Schlag aus.

John stieß sich ab, hechtete flach über den Boden und prallte gegen die Beine der Navarra.

Die Sängerin fluchte. Sie taumelte zurück, konnte sich aber noch fangen.

John setzte nach, doch ein blitzschnell geführter Hieb stoppte seine Attacke.

Johns Hemd zerriss ratschend. Die Schwertspitze zog einen blutigen Streifen über seine Brust.

Jetzt wurde Ramona Navarra munter. Ein dämonisches Lachen stieg aus ihrer Kehle. Sie sah sich schon als große Siegerin. Wild die Waffe schwingend, drang sie auf John ein.

Der Inspektor musste zurück. Mit der Hüfte prallte er gegen die Trage, auf der er schon einmal gelegen hatte.

Wieder führte die Besessene einen mörderischen Schwerthieb. Die Klinge fegte von oben auf John zu.

Der Inspektor wälzte sich, auf der Trage liegend, zur Seite. Dicht neben seiner Hüfte schlug die Klinge in den Stoff.

Ein Wutschrei gellte durch den Raum. Die Navarra hatte ihn ausgestoßen. Ehe sie das Schwert zurückziehen konnte, hatte John ihr Handgelenk gepackt und es auf den Rücken gedreht.

Die Navarra musste sich bücken. John wusste, dass sie keinen Schmerz verspürte. Wenn er den Kampf gewinnen wollte, musste er schnell handeln.

Er riss mit der freien Hand die Finger der Navarra auseinander, die das Schwert hielten.

Die Waffe klirrte zu Boden.

John gab der Sängerin einen Stoß, sodass sie quer durch den Raum taumelte.

Dann packte der Inspektor das Schwert. Schwer lag es in seiner rechten Hand.

Es war nicht einfach, diese Waffe sicher zu führen. Erst jetzt konnte John ermessen, welche Kräfte die Untote hatte.

John fühlte es warm an seiner Brust hinabrinnen. Es war sein Blut, das dort lief.

Der Geisterjäger lachte kehlig. Jetzt hatte er das Schwert. Er wollte ein für alle Mal mit dieser verdammten Brut Schluss machen.

Ramona Navarra lag in einer Ecke. Sie konnte ihren Blick nicht von der blitzenden Klinge des Schwertes lösen. Sie ahnte, was ihr bevorstand.

John ging langsam auf sie zu. In seinem blutverschmierten Hemd sah er aus wie ein Mann, der geradewegs aus der Hölle kam.

Einen Schritt vor der lebenden Leiche blieb John Sinclair stehen.

Aus weit aufgerissenen Augen blickte ihn die Navarra an.

Ihr Kleid war zum großen Teil zerrissen und gab manche Stelle ihres Körper frei. Eines Körpers, der John einmal so sehr erregt hatte.

Der Geisterjäger schüttelte diese Gedanken ab. Er durfte sich jetzt nicht von Gefühlen leiten lassen. Diese Frau war nicht Ramona Navarra. Sie war eine mordende, blutgierige Bestie.

»Steh auf!«, befahl John Sinclair.

Die Navarra stemmte sich vom Boden hoch.

»Du – du wirst mich töten?«, fragte sie flüsternd.

»Ja.«

Die Navarra begann zu lachen. »Ich würde es mir an deiner Stelle überlegen. Unter Umständen kann ich dir noch sehr wertvoll sein.«

»Was meinst du damit?«

»Nun – du willst doch wissen, wo Doktor Tod steckt. Oder?«

»Das will ich allerdings.«

»Das ist gut. Wir schließen einen Pakt. Du lässt mich am Leben, und ich sage dir, wo du Doktor Tod finden kannst. Ist das ein Geschäft?«

»Nicht für mich«, erwiderte John. »Du bist eine Untote, ein Geschöpf der Hölle. Ich kann dich nicht so ohne Weiteres laufen lassen. Du brauchst Opfer. Du würdest unter den Lebenden eine Panik auslösen. Nein, Ramona, es geht nicht. Ich muss dich töten!«

Für einen kurzen Augenblick flackerte die heiße Angst in den Augen der Sängerin auf. Doch dann hatte sie sich wieder gefangen.

»Dann interessiert dich Doktor Tod also nicht?«

»Doch. Aber ich fasse ihn auch ohne deine Hilfe.«

»Du Narr. Du hirnverbrannter Narr!« Wieder begann die Sängerin grausam zu lachen. »Doktor Tod ist für dich im Augenblick unerreichbar. Aber im fernen London ist bereits dein Doppelgänger aufgetaucht. Und deine Freunde befinden sich in seiner Gewalt. Kümmert dich nicht das Schicksal einer Sheila oder eines Bill Conolly? Auch ein gewisser Superintendent Powell befindet sich in der Gewalt des zweiten John Sinclair.«

Der Geisterjäger hatte das Gefühl, einen Tiefschlag erhalten zu haben. Für einen Moment verschwamm alles vor seinen Augen. Dann hatte er den Schock überwunden. Hart presste er seine Zähne aufeinander. Sein Gesicht wirkte wie eine Maske aus Stein. Er fühlte, wie ein Schauer über seinen Körper jagte.

»Nur ich kann dir noch helfen«, hörte er die Navarra sagen.

John atmete tief ein. Die Sängerin hatte recht. Er würde zu spät kommen. Er hatte kein Geld, keinen Ausweis – nichts. Wie sollte er dieses Land verlassen?

»Nun? Hast du es dir überlegt?«, durchbrach Ramonas Stimme seine Gedanken.

»Ich höre«, erwiderte John rau.

Ramona Navarra lächelte zynisch. »Gibst du mir dein Wort, dass ich am Leben bleibe?«

John dachte an das Schicksal seiner Freunde. Sheilas und Bills Gesichter tauchten plötzlich vor seinen Augen auf. Und da wusste John, dass er sich bereits entschieden hatte.

»Ich gebe dir mein Wort.«

»Das hatte ich mir fast gedacht, John.« Die Navarra bewegte sich auf ihn zu.

Der Geisterjäger wich zurück, gab den Weg frei.

»Und wie kann ich meinen Freunden helfen?«, fragte er.

Ramona blieb stehen. »Wir werden die Zeit überlisten. Es gibt in diesem Haus eine Stelle, ein Tor, das die Grenzen von Zeit und Raum sprengt. Folge mir.«

Die Navarra ging in Richtung Tür. John überlegte einen Augenblick und ging der Sängerin dann nach. Er wusste, dass er sich auf ein gefährliches Spiel eingelassen hatte. Aber es gab für ihn im Moment keine andere Möglichkeit.

Sie durchquerten mehrere Räume und standen schließlich vor einer Tür, die in den Keller führte.

Ramona zog die Tür auf. Sie wandte John das Gesicht zu und lächelte hintergründig.

John witterte Gefahr. Er hob das Schwert, das er als einzige Waffe noch behalten hatte.

»Solltest du mich reinlegen, werde ich dich ohne Erbarmen töten.«

Johns Worte klangen wie ein Schwur.

»Du traust mir immer noch nicht?«

John schüttelte den Kopf.

»Dein Problem.« Die Navarra hob die Schultern und öffnete die Tür.

Kühle Luft schlug John entgegen. Die Sängerin knipste das Licht an.

Eine Steintreppe wurde aus der Dunkelheit gerissen.

Die Navarra ging vor. Ihre Schritte waren auf den Stufen kaum zu hören.

Johns Haltung war gespannt. Er rechnete mit einem Trick, mit einer Falle, in die er tappen sollte.

Doch nichts passierte.

Unangefochten erreichte er einen geräumigen Kellerraum. Allerlei Gerümpel stand darin herum. Unter anderem auch ein großer Schrank.

»Hier ist es«, sagte die Navarra und deutete auf den Schrank.

Ehe John eine Antwort geben konnte, hatte sie schon die Türen aufgezogen.

Ein magischer Spiegel war zu sehen. Die Fläche erinnerte an mattes Silber, sie warf kein Bild zurück.

»Bist du nun überzeugt?«, fragte die Navarra.

John nickte. Er wusste von diesen magischen Spiegeln, die oft den Eingang zur Dämonenwelt darstellten. Man ging einfach durch sie hindurch und landete in einer anderen Dimension.

Die Entscheidung war gekommen. Noch gab es ein Zurück für John Sinclair, denn er hatte nicht die Garantie, dass er auch dort wieder auftauchen würde, wo er es sich vorgenommen hatte. Es bestand durchaus die Möglichkeit, dass er in ganz andere Dimensionen geschleudert wurde.

Doch er riskierte es!

»Lass uns gehen«, sagte er und packte blitzschnell den Arm

der Navarra. »Sollte ich merken, dass du mich hereingelegt hast, werde ich dich auch in der anderen Welt zu töten wissen. Dieses Schwert hier«, John hielt die Waffe hoch, »nehme ich mit! Denke immer daran, Ramona Navarra!«

Die Sängerin erwiderte nichts. Gemeinsam taten sie den ersten Schritt.

Johns Fuß berührte die Spiegelfläche. Er verschwand darin. Und plötzlich hörte der Inspektor ein unheimliches Brausen, und dann erfasste ihn ein mörderischer Strudel, der ihn in unendliche Tiefen riss.

John Sinclair war ein Gefangener der Zeiten …

Bill Conolly hielt den bewusstlosen Powell über den Armen. Der Nacken des Superintendent war angeschwollen. Im ersten Moment dachte Bill, der Mann wäre tot, doch dann sah er, dass sich die Brust unter flachen Atemzügen hob und senkte.

›John Sinclair‹ stand zwei Schritte hinter dem Reporter. Nach wie vor hielt er seine Waffe schussbereit in der Hand.

»Geh ins Haus!«, befahl der ›Inspektor‹.

Bill Conolly hielt alles noch für einen riesigen Irrtum. Er wandte sich halb zur Seite, wollte etwas sagen, doch ein Rammstoß mit der Pistolenmündung traf seinen Rücken.

Bill taumelte nach vorn und hatte Mühe, das Gleichgewicht zu bewahren.

Jetzt war ihm klar, dass ›John‹ es ernst meinte.

Zähneknirschend setzte er sich in Bewegung. Sein Atem klang scharf und gepresst.

Das Licht über der breiten Eingangstür brannte. Hinter der Scheibe konnte man Sheilas Umrisse erkennen.

Bill stieß die Tür mit dem Fuß auf und betrat dicht gefolgt von ›John Sinclair‹ das Haus.

Sheila lief auf die beiden zu. »John, was ist? Hast du …«

Da sah sie die Pistole in der Hand des ›Inspektors‹. Sheila stoppte abrupt und wurde kreidebleich. »Himmel, John, was ist geschehen? Du kannst doch nicht …«

Sie brach ab. Unsicher flackerte ihr Blick zwischen Bill und ›John‹ hin und her.

Sie begriff nichts. Tausend Gedanken auf einmal kreisten in ihrem Hirn.

»Geht ins Wohnzimmer!«, befahl ›John Sinclair‹. »Los, beeilt euch«, setzte er noch hinzu, als er sah, dass die beiden seiner Aufforderung nicht sofort nachkamen.

»Tu, was er sagt«, flüsterte Bill rau.

Sie betraten die große Wohnhalle. Das gedämpfte Licht verbreitete einen gemütlichen Schein. Alles wirkte ruhig, friedlich.

Bill Conolly blieb stehen. Fragend sah er ›John Sinclair‹ an.

»Leg ihn auf die Couch!«, befahl der ›Inspektor‹.

Bill gehorchte. Sein Gesicht war eine steinerne Maske. Behutsam ließ er Powell auf die Couch gleiten und legte noch ein Kissen unter dessen Hinterkopf.

Der Superintendent war noch immer bewusstlos. Manchmal drang ein schwaches Röcheln aus seinem halb geöffneten Mund.

Bill Conolly stemmte beide Fäuste in die Hüften und blickte John geradewegs ins Gesicht. »Kannst du mir jetzt mal erklären, was das eigentlich soll? Bist du wahnsinnig geworden? Was ist überhaupt in dich gefahren? Herr im Himmel, du schleppst deinen bewusstlosen Chef hier an, bedrohst uns mit der Waffe und …« Bill Conolly brach ab. »Also, ich finde einfach keine Worte mehr.«

»Das ist auch nicht nötig, Bill«, erwiderte ›John Sinclair‹ kühl. »Du und Sheila, ihr befolgt genau meine Anweisungen, dann wird euch nichts geschehen.«

»Einen Dreck werde ich tun!«, schrie der Reporter.

»Bill, ich bitte dich. Sei ruhig.« Sheila hatte gesprochen. Ihre Stimme klang rau.

»Halt du dich da raus!«, brüllte Bill Conolly wieder.

Trotz der auf ihn gerichteten Waffe stapfte er auf ›John Sinclair‹ zu.

»So, jetzt werden wir mal deutlich miteinander reden …«

Da drückte ›John Sinclair‹ ab. Eiskalt und ohne dass auch nur ein Muskel in seinem Gesicht zuckte, zog er den Stecher durch.

Hautnah jaulte die Kugel an Bills linkem Ohr vorbei und klatschte in die Wand.

Der Reporter blieb wie vom Donner gerührt stehen. Sheila unterdrückte nur mühsam einen Schrei.

Zu absurd, zu wahnsinnig war das, was ›John Sinclair‹ getan hatte.

»Ich hoffe, wir verstehen uns jetzt«, sagte der ›Inspektor‹. »Beim nächsten Mal setze ich dir die Kugel genau zwischen die Augen, Bill.«

Der Reporter schluckte nur. »Okay, John«, flüsterte er, »du hast gewonnen. Und was nun?« Bill Conolly ging zu einem Sessel und setzte sich auf die Lehne.

Sheila hatte auf der breiten Couch Platz genommen, direkt neben dem bewusstlosen Superintendenten. Sie hielt die Hände ineinander verkrampft. Man sah ihr an, dass sie sich nur mit Mühe beherrschen konnte.

›John Sinclair‹ stand so, dass er beide im Blickfeld hatte. Noch immer regte sich in seinem Gesicht kein Muskel. Die Augen blickten wie Murmeln. Leblos, kalt.

»So«, sagte ›John Sinclair‹, »nun zu meinem Plan. Einer von euch wird Powell umbringen!«

Die Worte tropften wie flüssiges Blei in die herrschende Stille.

Sheila fasste sich als Erste.

»Nein«, ächzte sie, »nein, das darf nicht wahr sein! Das ist unmöglich, das kannst du nicht verlangen!« In einer schützenden Gebärde legte sie ihren Arm um den Bewusstlosen.

›John Sinclair‹ lächelte kalt. »Von dir verlangt es auch keiner. Dein Mann soll es tun!«

Bill schüttelte stumm den Kopf. Dann sagte er mit schwerer Stimme: »Ich werde ihn nicht töten. Nur über meine Leiche.«

»Dann eben über deine Leiche«, gab ›John‹ zurück und hob die Pistole um ein winziges Stück.

Die Mündung zielte jetzt auf Bills Kopf.

»Nun?«, fragte ›John‹ gedehnt.

Die Zeit schien stillzustehen in diesen Sekunden. Beinahe körperlich spürbar lag die Spannung in der Luft.

»Ich warte nicht mehr länger«, klirrte ›Johns‹ Stimme.

Bill stützte sich vom Sessel ab. »Gut, ich tu's«, sagte er dann schleppend.

»Nein, das darfst du nicht tun!«, schrie Sheila. »Bill, um Himmels willen, denk doch an die Folgen!« Sheila sprang auf, wollte auf ihren Mann zulaufen.

»Bleib stehen!« ›John‹ machte eine halbe Körperdrehung, richtete die Waffe für einen winzigen Moment auf Sheila.

Diese Zeitspanne der Ablenkung reichte dem Reporter. Aus dem Stand hechtete er vor. Seine Handkante säbelte durch die Luft, versuchte ›John Sinclairs‹ Waffenarm zu treffen.

Doch der ›Inspektor‹ reagierte gedankenschnell. Er steppte zur Seite, gleichzeitig fuhr sein Arm mit der Pistole hoch. Und während Bills Schlag ins Leere zischte, traf ›Sinclair‹ genau.

Der Pistolenlauf dröhnte dem Reporter gegen die Schläfe. Bewusstlos sackte Bill Conolly zusammen.

Sheila hielt es nicht länger auf ihrem Platz. »Bill!«, schrie sie und rannte auf ihren Mann zu.

›Sinclairs‹ Faustschlag trieb sie wieder zurück. Zum Glück fiel Sheila in einen Sessel.

»Es hätte nicht zu sein brauchen«, sagte ›John Sinclair‹ eisig. »Du hast es dir selbst zuzuschreiben. Da dein Mann ja jetzt ausgeschaltet ist, wirst du die Sache übernehmen. Ich will, dass du Powell tötest!«

Ein heftiges Schluchzen schüttelte Sheilas Körper. Ihre Nerven spielten einfach nicht mehr mit. Zu viel war auf sie in den letzten Minuten eingestürmt.

›Sinclair‹ riss die Frau hoch. »Hör auf zu flennen!«, herrschte er sie an. »Los, pack dir den Bewusstlosen, und dann nach draußen.«

Sheila stolperte zur Couch. Sie bemühte sich, den Superintendenten hochzuwuchten, doch er war zu schwer.

»Ich schaffe es nicht«, keuchte sie.

»Dann schleif ihn raus!«, kommandierte ›Sinclair‹. »Fass ihn an den Schultern!«

Sheila nickte. Ihre Hände griffen unter Powells Achselhöhlen. Ein Ruck, und der Bewusstlose fiel von der Couch. Seine Beine knallten auf den Teppich.

›Sinclair‹ stand schon an der Tür. »Hier geht's lang«, sagte er und stieß die Tür auf.

Sheila keuchte unter der Last. Die Kleidung klebte ihr schweißnass am Körper. Einmal wäre ihr Powell bald aus den Händen gerutscht, doch im letzten Moment konnte sie ihn noch festhalten.

Sie gelangten nach draußen.

»Um das Haus herum!«, befahl ›Sinclair‹.

»Was – was sollen wir da?«, fragte Sheila keuchend.

»Wirst du schon merken!«

Ungeheuer lang kam Sheila der Weg vor. Doch schließlich hatte sie es geschafft.

Neben einer Gruppe Tannen konnte sie innehalten.

Schwer atmend richtete sich Sheila Conolly auf. Es war mittlerweile völlig dunkel geworden. Der Himmel war frei von Wolken, und die unzähligen Sterne funkelten wie Diamanten. Es war eine selten schöne Sommernacht.

»Habt ihr Gartengeräte?«, fragte ›Sinclair‹.

Sheila zögerte einen Augenblick, dann nickte sie.

»Auch einen Spaten?«

»Ja.«

»Dann hol ihn!«

»Aber was soll ich denn mit einem Spaten? Ich meine, ich …«

›Sinclair‹ schnitt ihr mit einer knappen Handbewegung das Wort ab. »Du wirst ihm ein Grab schaufeln!«

Sheila hatte das Gefühl, einen elektrischen Schlag erhalten zu haben. Ihre Augen weiteten sich entsetzt. Namenloses Grauen erfasste sie.

Das durfte nicht wahr sein! Das war unmöglich! Sie sollte

die Totengräberin von Superintendent Powell werden. Schon allein der Gedanke daran ließ ihre Nerven vibrieren.

»Das Gerät liegt im Keller«, flüsterte Sheila.

»Nicht schlimm. Wir haben Zeit.«

Sheila musste wieder vorgehen. Im Keller stand tatsächlich ein Spaten. Er war noch nicht gebraucht. Die grüne Farbe des Schaufelblatts leuchtete.

»Lass dir nur nicht irgendwelche Dummheiten einfallen«, warnte ›John‹ und deutete mit der freien Hand auf den Spaten. »Eine Revolverkugel ist auf jeden Fall schneller.«

Sheila nickte verkrampft. Sie hatte tatsächlich mit dem Gedanken gespielt.

Zehn Minuten später standen sie wieder neben dem bewusstlosen Powell.

»Los, fang an!«, befahl ›Sinclair‹.

Sheila Conolly stieß den Spaten in die weiche Erde. Während sie grub, liefen die Tränen an ihren Wangen hinunter.

›Sinclair‹ trieb sie mit knappen Worten immer wieder zur Eile an. Und Sheila gehorchte.

Es dauerte fast eine Stunde, dann war das Grab fertig. Es hatte nicht die gleiche Tiefe wie ein normales Friedhofsgrab, aber für ›Sinclairs‹ Zwecke reichte es.

»Gut!«, sagte der ›Inspektor‹.

Sheila warf den Spaten zu Boden. Sie wusste, was jetzt kam, und doch trafen sie die Worte wie ein Schock.

»Leg ihn rein!«, sagte ›Sinclair‹.

»Nein, das kannst du nicht …«

»Mach schon!«, zischte ›Sinclair‹.

Sheila zog den Bewusstlosen um den Erdhaufen herum und ließ ihn dann in das Grab rutschen.

»So ist es gut!« ›Sinclair‹ lachte. »Und jetzt brauchst du ihn nur noch zuzuschaufeln.«

Sheila bückte sich schwerfällig und griff nach dem Spaten. Die erste Schaufel Erde fiel auf Powells Körper.

Die zweite Schaufel.

Die dritte …

In diesem Augenblick öffnete Superintendent Powell die Augen …

Bill Conolly ächzte schwer. Intervallweise erlangte er das Bewusstsein wieder.

Mühsam stemmte sich der Reporter hoch, legte seine Arme auf die Sessellehnen und verharrte in kniender Stellung.

Sein Kopf fühlte sich an wie ein Ballon, der kurz vorm Platzen steht.

»Teufel, ist mir schlecht«, stöhnte Bill.

Der Reporter ruhte sich einige Minuten aus, dann machte er den Versuch, auf die Beine zu gelangen.

Er schaffte es beim dritten Anlauf.

Wie ein Betrunkener torkelte er durch den Livingroom, wankte durch die Tür und suchte den Weg zu dem luxuriös eingerichteten Bad.

Tief atmete Bill ein und aus. Das Würgegefühl verschwand. Mit zitternder Hand drehte Bill einen Wasserkran auf.

In dickem Strahl sprudelte das Wasser in das Waschbecken. Bill beugte sich nach vorn und hielt seinen Kopf unter den Wasserstrahl. Er tat es so lange, bis ihm die Luft knapp wurde.

Pfeifend atmete er ein, schloss für Sekunden die Augen und riss sie wieder auf.

Mit einem Handtuch trocknete er sich das Gesicht ab.

In diesem Augenblick fiel ihm siedend heiß ein, was eigentlich geschehen war.

»Um Himmels willen, Sheila!«

Bill lief zurück in die Wohnhalle. Auf der Türschwelle blieb er stehen.

Keine Spur von Sheila und John Sinclair!

Bill Conollys Magen zog sich zusammen. Seine Knie begannen plötzlich zu zittern.

John Sinclair hatte von ihm einen Mord verlangt. Bill hatte sich geweigert. Es war zu einem Kampf gekommen, er war bewusstlos geschlagen worden. Und in der Zwischenzeit …

Bills Gedanken stockten.

Was hatte John Sinclair mit Sheila angestellt? Wohin war er mit ihr verschwunden?

Hatte er sie schon umgebracht? Der Gedanke daran trieb Bill Conolly den Schweiß auf die Stirn. Er sah in John nicht mehr einen Freund, sondern einen Mann, den er vernichten musste.

So schnell er konnte, lief Bill ins Schlafzimmer. Dort hatte er in der Nachttischlade seine Pistole liegen. Bill steckte die Waffe in den Hosenbund, nachdem er sich davon überzeugt hatte, dass das Magazin gefüllt war.

Bill war schon in der großen Diele, als das Telefon summte.

Die Conollys hatten in mehreren Zimmern Apparate stehen, unter anderem auch in der Diele.

Bill stoppte und riss den Hörer von der Gabel.

»Conolly!«

»Ich bin's, John«, hörte er eine gehetzte Stimme …

Erst gab es einen gewaltigen Ruck. Dann fühlte John Sinclair ein nie gekanntes Schwindelgefühl, und danach dachte er, sein Körper würde auseinandergerissen.

Plötzlich war alles vorbei.

John schüttelte sich wie ein begossener Pudel.

Er merkte, dass er auf dem Rücken lag, die Augen weit aufgerissen.

Der Inspektor rappelte sich auf. Das Schwert lag nach wie vor in seiner Hand.

Verwundert blickte sich John Sinclair um.

Er lag auf einer Wiese oder einem Feld. Er trug noch immer die gleiche zerfetzte und verdreckte Kleidung wie in Spanien. Aber der Tunnel der Zeiten hatte ihn wieder losgelassen. Er war nicht in der Unendlichkeit verschwunden.

Es war Nacht. Sterne funkelten am Himmel. Eine leichte Brise wehte. Es roch nach Feld und Wald.

Irgendwie heimisch, fand John. Sollte er tatsächlich in England gelandet sein?

»Du bist in England«, hörte er in seinem Rücken eine Frauenstimme.

John wirbelte herum.

Ramona Navarra stand vor ihm. Sie lächelte, nickte John zu.

»Ich habe mein Versprechen gehalten«, sagte sie. »Tu du es jetzt auch.«

Der Geisterjäger musste sich räuspern, ehe er sprechen konnte. »Keine Angst, ich werde dich nicht umbringen. Doch wo sind wir hier?«

»In der Nähe eines kleinen Ortes. Nicht weit von London. Bevor wir in den Tunnel der Zeiten eintauchten, konnte ich noch die magischen Formeln sprechen. Sonst wären wir in der Unendlichkeit verschollen oder in eine andere Dimension geschleudert worden, in der man sehnsüchtig auf dich wartet.«

»Doktor Tod?«

»Ja.«

John gab keine Antwort. Er setzte sich kurzerhand in Bewegung. Der Inspektor ahnte, dass es auf jede Minute ankam.

Mit langen Schritten lief er über die Wiese und erreichte bald das schmale Band einer Straße.

John sah sich um. Einige Hundert Meter weiter hoben sich die Konturen eines Dorfes wie ein Scherenschnitt vor dem silbernen Mondlicht ab.

John atmete auf. Wo ein Ort ist, sind auch Menschen.

Zügig ging er los. Hinter sich hörte er die Schritte der Sängerin. Nach einer Weile war sie an seiner Seite.

»Ich kann dir jetzt nicht mehr helfen«, sagte sie. »Du musst von nun an allein weitermachen.«

»Werde es schon schaffen!«, knirschte John.

Er überlegte bereits, ob er die Untote nicht doch endgültig töten sollte.

Es war das Beste. Ein kurzer Schwerthieb, und …

Nein, John verwarf diesen Gedanken wieder. Er konnte

Ramona Navarra auch anders ausschalten. Sie würde für die Wissenschaftler ein dankbares Objekt sein.

Ein Unbeteiligter hätte das Paar auf der Landstraße für Penner halten können. Sie in einem zerfetzten Kleid und er auch nicht gerade in einem salonfähigen Aufzug.

Das Dorf tauchte auf.

Opington, las John auf einem Schild.

Der Inspektor stutzte, überlegte einen Augenblick, und dann kam ihm die Erkenntnis.

Opington lag im Süden von London, höchstens fünf Meilen von Bills und Sheilas neuer Bleibe entfernt.

Mit frischen Kräften marschierte John Sinclair weiter.

Die Dorfstraße war neu asphaltiert worden. Der Teergeruch lag noch in der Luft.

John suchte die Polizeistation. Meist lag sie in diesen Ortschaften an der Hauptstraße.

Außer dem Geisterjäger und Ramona Navarra befand sich niemand auf der Straße. Alles wirkte wie ausgestorben, fast tot. Nur vereinzelt brannte Licht hinter den Fenstern.

Plötzlich hörte John hinter sich ein unterdrücktes Stöhnen. Er blieb stehen und wandte den Kopf.

Ramona Navarra war etwas zurückgeblieben. Sie taumelte auf eine Hauswand zu und lehnte sich schwer dagegen.

»Ramona, was ist?«, rief John.

Er war mit ein paar Schritten bei ihr.

Die Sängerin starrte ihn an. »Er rächt sich«, stöhnte sie. »Doktor Tod kann niemand entkommen. Aaahhh …«

Die Frau brach zusammen. Sie hatte die Hände vor den Leib gepresst und wand sich unter unsäglichen Schmerzen.

John Sinclair sah mit Entsetzen, wie ihre Haut blasser wurde, ja, durchscheinend. Die blanken Knochen schimmerten hindurch.

Noch einmal öffnete Ramona den Mund. »Er holt mich zurück«, gurgelte sie, »zurück in sein Reich. Ich – ich sehe ihn. Nein! Nicht! Nicht!«, schrie sie schrill. »Das Feuer! Das Feuer!«

Urplötzlich spaltete ein Blitz die Dunkelheit. Die feurige Lanze fuhr in den Leib der Sängerin. Für den Bruchteil eines Augenblicks zischte eine Flamme auf, und dann war alles vorbei.

Ramona Navarra war verschwunden!

John Sinclair war unwillkürlich zurückgesprungen. Jetzt trat er wieder vor und starrte auf die Stelle, an der Ramona Navarra noch vor wenigen Sekunden gelegen hatte.

Ein kalter Schauer lief John über den Rücken. Wieder hatte Doktor Tod seine Macht demonstriert. Dieser Teufel ließ niemanden entkommen.

Ramonas Schrei war gehört worden. Irgendwo wurde ein Fenster aufgerissen.

»Was ist da los, verdammt noch mal?«, brüllte eine wütende Männerstimme.

John verschwand gedankenschnell in einen Hauseingang.

Auf der gegenüberliegenden Straßenseite beugte sich ein Mann über die Fensterbrüstung, schaute nach links und rechts und schlug das Fenster dann wieder zu.

John atmete auf.

Jetzt hieß es, die Polizeistation zu finden.

Der Geisterjäger hetzte los. Endlich – etwa zehn Minuten später – hatte er sie entdeckt.

Die Dienststelle befand sich in einem Eckhaus. Alles war dunkel.

John fand eine Klingel und legte seinen Finger auf den Knopf.

Er musste zweimal läuten, ehe sich drinnen etwas rührte. Dann wurde die Tür aufgerissen.

Ein dickbäuchiger Beamter stand vor ihm. Der Mann trug einen blauen Bademantel und sah nicht gerade aus, als wäre er über die Störung erfreut.

Ehe er etwas sagen konnte, übernahm John das Wort. »Ich bin Inspektor Sinclair von Scotland Yard. Es liegt ein Notfall vor. Bitte, lassen Sie mich telefonieren.«

»Sind Sie eigentlich wahnsinnig?«, polterte der Beamte los.

»Besoffen, was? In diesem Aufzug und mit dem Ding da in der Hand …«

John ließ den Mann gar nicht weiter ausreden. Er schob ihn kurzerhand zur Seite und tauchte in den kleinen Flur ein.

Die Tür zum Dienstraum stand offen.

John machte Licht.

Hinter sich hörte er die wütende Stimme des Beamten. Da polterte der Mann auch schon herein.

»Ihnen werde ich's zeigen!«, brüllte er und ging mit schwingenden Fäusten auf John zu.

John wollte eine Erklärung abgeben, doch ein Schlag auf die Leber raubte ihm die Luft.

Der Inspektor ließ das Schwert fallen, wich einem nächsten Faustschlag geschickt aus und ging seinerseits zum Angriff über.

John brauchte noch nicht mal fünfzehn Sekunden, dann war der Beamte ausgeknockt.

»Tut mir leid«, sagte der Geisterjäger, »aber es ging nun mal nicht anders.«

Das schwarze Telefon stand auf dem Schreibtisch.

Bill Conollys Nummer kannte John auswendig. Er hob den Hörer ab und setzte die Wählscheibe in Bewegung.

Hoffentlich war noch nicht alles zu spät …

Sheila Conolly ließ den Spaten fallen, als wäre er ein glühendes Stück Eisen. Sie sah Powells ungläubigen Blick, mit dem er sie anstarrte.

Die Frau wankte zurück. Ein trockenes Schluchzen entrang sich ihrer Kehle, und dann drehte Sheila durch.

Sie warf sich auf dem Absatz herum und hetzte los.

Nur weg hier! Weg von der Stätte des Grauens!, hämmerte es in ihrem Hirn.

In ihrem Gesicht spiegelte sich ihr Seelenzustand wider. All die Verzweiflung, die Angst ließen ihre sonst ebenmäßigen Züge zu einer Grimasse werden.

›Sinclair‹ war von Sheilas Reaktion überrascht worden. Bevor er sich in Bewegung setzte, hatte die Frau schon einigen Vorsprung. Mit langen Schritten rannte sie in Richtung Haus.

Der ›Inspektor‹ presste einen Fluch zwischen den Zähnen hervor und nahm augenblicklich die Verfolgung auf.

Sheila hatte keine Chance.

Nach zwei Sekunden befand sich ›Sinclair‹ schon dicht hinter ihr. Ein Hechtsprung, und der Mann prallte gegen ihre Beine.

Sheila Conolly wurde zu Boden geschleudert.

Sofort war ›Sinclair‹ über ihr.

»Willst du unbedingt sterben?«, zischte er. Hart drückte er die Waffenmündung gegen Sheilas Schläfe.

Unbeweglich wie eine Statue lag Sheila Conolly auf dem Boden. Sie wusste, dass sie verloren hatte. Ihr Herz hämmerte gegen die Rippen. Ihr Atem ging schnell und keuchend.

›Sinclair‹ riss sie hoch.

Er drehte ihren Kopf so, dass sie genau in sein Gesicht blicken musste. ›Sinclairs‹ Augen waren kalt und unbewegt. Nichts verriet, was in ihm vorging.

Die Pistolenmündung drückte jetzt gegen Sheilas Hals. »Du tust genau, was ich dir sage«, flüsterte ›Sinclair‹. »Du wirst Powell zuschaufeln, verstanden?«

»Aber – aber er lebt doch noch.«

»Spielt das eine Rolle?«

Sheila Conolly fehlten die Worte bei so viel Grausamkeit. Dieser Mann scheute sich nicht, einen Menschen bei lebendigem Leibe begraben zu lassen.

Sheila durfte gar nicht weiter darüber nachdenken, was in John gefahren war. Er hatte sich in eine mordgierige Bestie verwandelt. Ein Menschenleben, das für ihn früher das Höchste aller Werte gewesen war, bedeutete nun nichts mehr.

›Sinclair‹ stieß die Frau herum. »Geh jetzt!«

Mehr taumelnd setzte sich Sheila in Bewegung. Ihre Beine wollten einfach nicht mehr gehorchen, ein dumpfer Druck lastete auf ihrem Körper.

Plötzlich blieb sie wie angewurzelt stehen.

Ihre Augen weiteten sich, als sie das offene Grab vor sich sah.

Superintendent Powell war dabei, aus der Grube zu klettern.

»Verdammt!«, hörte sie hinter sich die Stimme des ›Inspektors‹.

Dann rannte ›Sinclair‹ an ihr vorbei, bückte sich und packte blitzschnell den Spaten.

Powell hatte den Kopf gedreht.

Mit einem irren Blick in den Augen starrte er auf ›John Sinclair‹.

Der ›Inspektor‹ holte aus.

Der Spaten zischte durch die Luft. Es war ein Schlag, der einem Mann glatt den Schädel gespalten hätte.

Doch Superintendent Powell, der Mann, der angeblich mit seinem Bürostuhl verwachsen war, reagierte, wie man es nie von ihm erwartet hätte.

Im letzten Moment zog er den Kopf ein.

Das Spatenblatt fegte über seinen Schädel hinweg und knallte in den Erdhaufen.

Von der Wucht des Schlages wurde ›Sinclair‹ nach vorn gerissen.

In derselben Sekunde spürte Sheila eine Hand auf ihrer Schulter.

Sie stieß einen gellenden Schrei aus!

»Nein!« Bill Conolly heulte das Wort hinaus. In diesen Augenblicken begriff er gar nichts mehr.

»John, das ist unmöglich. Verdammt, wo bist du denn?« Bills Stimme überschlug sich.

Der Geisterjäger wusste in diesen Sekunden, dass schon etwas passiert war.

»Bill, was ist geschehen?«, drang seine fordernde Stimme aus dem Hörer.

»Das fragst du noch? Ausgerechnet du?« Bill Conolly war

nicht mehr zu halten. »Los, sag schon, wo hast du Sheila hingeschleppt, du verdammtes Schwein? Ich werde dich in Fetzen reißen, wenn ich dich zwischen die Finger bekomme!«

An Powell dachte der Reporter in diesen Augenblicken nicht. Die Sorge um seine Frau machte ihn halb wahnsinnig.

»Nun mal langsam, Bill«, sagte John. »Erzähl bitte alles der Reihe nach. Ich habe keine Ahnung, was bei euch vorgefallen ist.«

»Tu doch nicht so, zum Teufel! Du hast mich doch vor zehn Minuten oder einer halben Stunde bewusstlos geschlagen. Dann bist du mit Sheila verschwunden. Und Powell lag auf der Couch. Er war bewusstlos. Ich sollte ihn töten. Ich ...«

Der Reporter brach ab. Er war völlig durcheinander, was John bereits an seinen Erklärungen festgestellt hatte.

»Ich bin in spätestens einer Viertelstunde bei euch«, sagte der Geisterjäger. »Und noch eins, Bill. Ich habe einen Doppelgänger. Doppelgänger, verstehst du?«

»Ja«, erwiderte Bill Conolly schwach.

Er wollte noch etwas hinzufügen, doch da hatte der Inspektor bereits aufgelegt.

Doppelgänger! Bill schüttelte den Kopf. Sollte es dies tatsächlich geben?

Bill verstand die Welt nicht mehr. Er hatte schon gegen Geister und Dämonen gekämpft, aber so etwas war ihm noch nicht vorgekommen.

Plötzlich erinnerte sich Bill wieder an seine eigentliche Aufgabe. Himmel, er musste Sheila finden!

Bill rannte nach draußen. Der Bentley stand noch dort. Aber hinter dem Haus hörte er Geräusche.

Bill zog seine Waffe aus dem Hosenbund. Auf Zehenspitzen ging er los, bog um die Hausecke und versteifte sich unwillkürlich, als er das Bild sah, das sich seinen Augen bot.

Zuerst entdeckte der Sheila. Sie stand unbeweglich auf ihrem Platz, vor Grauen gelähmt.

›John Sinclair‹ holte soeben mit einem Spaten aus, um Superintendent Powell den Schädel zu spalten.

Bill hetzte los. Er wusste, dass er den Schlag nicht mehr verhindern konnte, aber er konnte Sheila aus der Gefahrenzone holen.

Der Rasen dämpfte Bills Schritte. Wie ein Schatten tauchte er hinter Sheila auf und zog sie an der Schulter zurück.

Sheila schrie auf.

Da erkannte sie ihren Mann.

Ihr Schrei endete in einem befreiten Schluchzen. Sie wollte sich Bill an den Hals werfen, doch der Reporter schob sie weg.

»Lauf, Sheila! Flieh!«, zischte Bill. »Los, weg von hier!«

Bill riss seine Frau zur Seite und schubste sie auf das Haus zu.

Sheila begann zu rennen. Bill atmete auf. Wenigstens sie hatte er gerettet.

»Das nützt dir auch nichts mehr«, hörte er ›Johns‹ Stimme.

Bill wirbelte herum.

Durch sein Auftauchen war ›Sinclair‹ von Powell abgelenkt worden. Der Reporter hatte dem Superintendenten in diesen Augenblicken das Leben gerettet.

Bill hob seine Waffe. »Ich glaube, jetzt reden wir mal deutlich miteinander«, sagte er mit ätzender Stimme.

›Sinclair‹ lachte. »Was hast du vor, Bill? Auf deinen besten Freund schießen?«

›Sinclair‹ hatte den Spaten fallen gelassen. Demonstrativ hob er beide Arme.

»Nun, Bill? Was ist? Ich bin wehrlos. Ich habe keine Waffe in der Hand. Traust du dich nicht, abzudrücken? Denk doch mal an die vielen Kämpfe, die wir beide schon bestanden haben. Wie oft habe ich dir das Leben gerettet! Oder du mir. Und jetzt willst du einfach schießen, als wenn nichts gewesen wäre?«

›John‹ war während dieser Worte immer näher auf Bill zugegangen, und der Reporter wich zwangsläufig zurück.

»Bleib stehen!«, keuchte Bill. »Du bist nicht John Sinclair. Nicht der, den ich kenne.«

›Sinclair‹ lachte. »Und wer bin ich dann?«

»Ein Doppelgänger. Von einem Satan erschaffen.«

Wieder lachte der ›Inspektor‹. »Bist du dir dessen so sicher, Bill? Wer hat dir das überhaupt gesagt?«

»Der echte John Sinclair.«

»Aha. Und du weißt genau, dass es auch wirklich der echte John Sinclair war?«

»Wer denn sonst? John Sinclair käme nie auf die Idee, seinen eigenen Chef und seine besten Freunde umbringen zu wollen.«

»Da ist was dran«, sagte ›John‹. »Aber vielleicht ist alles nur ein Bluff? Eine Illusion. Komm, Bill, gib mir deine Waffe. Wir werden in Ruhe reden.«

›Sinclair‹ tat wieder einige Schritte vor und streckte seinen rechten Arm aus. Er hielt Bill die geöffnete Handfläche entgegen.

Plötzlich sah der Reporter hinter ›John‹ eine Bewegung. Powell hatte sich aus dem Grab aufgerafft.

Unsicher taumelte er auf die beiden Männer zu.

»Schießen Sie, Conolly!«, brüllte er. »Schießen Sie!«

Während die Worte des Superintendent noch in Bills Ohren gellten, hechtete ›Sinclair‹ vor.

Da drückte Bill ab …

John Sinclair war bleich wie ein Leichentuch, als er den Hörer auf die Gabel legte.

Bills wirre Erklärungen schwirrten durch seinen Schädel. Und der Geisterjäger musste sich eingestehen, dass sich seine schlimmsten Befürchtungen bewahrheitet hatten.

Sein Doppelgänger war bereits am Werk! Und er hatte sogar Powell in das grausame Spiel mit einbezogen.

In diesem Augenblick kam der Polizist zu sich.

John hörte die stöhnenden Laute in seinem Rücken.

Er wirbelte herum und beugte sich zu dem am Boden Liegenden nieder.

»Haben Sie einen Wagen?«

Der Mann war noch immer benommen. »Nein – aber ein Motorrad.«

»Wo steht es?«

»Im Hof.« Der Polizist wollte sich aufrichten, doch John drückte ihn wieder zurück.

»Wie komme ich dahin?«

»Dort. Durch die Tür.«

John Sinclair schnellte hoch. Er packte das Schwert und lief zu der bezeichneten Tür.

Der Schlüssel steckte.

John drehte ihn herum und riss die Tür auf. Eine Sekunde später stand er in dem schmalen Hof.

Das Motorrad lehnte an der Hauswand. John konnte in der Dunkelheit nicht erkennen, was für eine Marke es war. Aber das war egal. Wenn es nur ansprang …

Der Geisterjäger trat den Starter.

Es klappte beim zweiten Durchtreten.

Der Motor röhrte auf. John betätigte den Lichthebel. Das Schwert hatte er so in seinem Hosengürtel verhakt, das es mit der Scheide auf seinem linken Bein lag. So konnte er sich nicht verletzen.

Eine schmale Einfahrt wurde vom Scheinwerferlicht aus der Dunkelheit gerissen. John fuhr darauf zu und jagte schon wenige Herzschläge später die Straße entlang.

Jetzt kam es auf jede Sekunde an …

Die Kugel traf ›John Sinclair‹ mitten im Sprung. Der ›Inspektor‹ wurde gestoppt. Das Geschoss war in seine Brust gedrungen und hatte dort ein tiefes Loch gerissen.

›Sinclair‹ fiel auf den Rücken, rollte sich jedoch sofort herum und sprang wieder auf die Beine. Wieder stand er Bill Conolly frontal gegenüber.

Das nackte Entsetzen bannte den Reporter auf die Stelle. Das Kugelloch gähnte ihn an. Nicht ein Tropfen Blut quoll aus der Wunde. Das Stück Blei war in ›Sinclairs‹ Körper stecken geblieben.

›Sinclair‹ lachte schaurig. »Nun, Bill? Willst du es nicht noch mal versuchen?«

Der Reporter atmete schwer. Sein Blick flackerte. Unwillkürlich hatte er seine Rechte, die die Pistole hielt, gesenkt. Ihm kam alles völlig sinnlos vor.

Auch Superintendent Powell konnte das grausame Geschehen nicht begreifen. Fassungslos starrte er auf ›John Sinclair‹.

Totenstill war es geworden. Wie die berühmte Ruhe vor dem Sturm, dachte Bill Conolly.

›John Sinclair‹ übernahm wieder die Initiative. Er hatte die Pistole vorhin in die Jackentasche gesteckt. Jetzt zog er sie mit einer aufreizend langsamen Bewegung wieder hervor.

»Wen soll ich zuerst umlegen?«, fragte er lächelnd. »Dich, Bill? Oder Powell? Sucht es euch aus. Kostet die Sekunden aus, die ihr noch am Leben seid.«

Plötzlich trat Superintendent Powell vor. »Erschießen Sie mich, Sinclair«, sagte er mit fester Stimme.

»Oh – ein Ehrenmann.«

›Sinclair‹ schien die Situation zu genießen. Er tippte Powell mit der Waffe an. »Hau ab, Alter. Dich übernehme ich als Letzter. Du sollst wenigstens erleben, wie dein liebster Untergebener einen kleinen Mord verübt.«

Sein hämisches Lachen war bühnenreif.

›Sinclair‹ drehte sich wieder Bill Conolly zu und hob den Arm mit der Waffe.

Unwillkürlich spannte der Reporter die Bauchmuskeln an. Er, der bisher alle Gefahren gemeistert hatte, wusste nicht mehr weiter. Er war diesem Satan in Menschengestalt ausgeliefert.

Da drang das Geräusch eines fahrenden Motorrads durch die Stille.

›Sinclair‹ zuckte zusammen.

Aber Bill Conolly reagierte. Das ist John, dachte er und hechtete im gleichen Atemzug zur Seite.

›Sinclair‹ feuerte.

Das Projektil fegte an Bill vorbei und pflügte hinter ihm den Rasen auf.

Wieder stieß sich der Reporter ab, flog in einem wahren Panthersatz in ein Gebüsch.

Schüsse peitschten.

Über Bill rissen die Kugeln Laub und kleinere Zweige weg.

Bill presste sich gegen die Erde.

Das Motorengeräusch war lauter geworden, dröhnte in seinen Ohren. Bill riskierte es und hob den Kopf.

Das Motorrad war auf das Grundstück gejagt, bog jetzt um die Hausecke.

Die Lichtbahn eines Scheinwerfers übergoss die Rasenfläche.

Der falsche ›Sinclair‹ hatte sich dem Neuankömmling zugewendet. Er brüllte hasserfüllt auf, als er den Geisterjäger erkannte.

»Stirb, du Hund!«

›Sinclair‹ riss die Waffe hoch, drückte ab.

John flog förmlich aus dem Sattel. Das Motorrad raste weiter und krachte in einen Buschgürtel, wo es gestoppt wurde und mit drehenden Rädern und röhrendem Motor liegen blieb.

Die Kugel war fehlgegangen. Unbeschadet kam John auf die Beine.

Für Sekunden starrten sich die beiden Gegner an.

John Sinclair kämpfte gegen John Sinclair. So etwas hatte es noch nie gegeben.

Der Geisterjäger sah aus, als wäre er geradewegs der Hölle entsprungen, was in gewisser Weise ja auch stimmte. Aber in seinem Gesicht hatte sich eine harte Entschlossenheit eingekerbt. Die Wunde auf seiner Wange brannte. Sie erinnerte ihn an Doktor Tod und daran, dass er ihn und seine Kreatur vernichten musste.

John hatte das Schwert gezogen. Breitbeinig stand er vor seinem Gegner. Das Schwert lag ruhig und sicher in seiner rechten Hand.

Die Spitze zeigte nach oben.

Der falsche Sinclair war durch Johns Auftreten für einen Moment aus dem Konzept gebracht worden. Die Pistolenmündung zielte an dem Geisterjäger vorbei.

Nur langsam kam John Sinclair wieder zu Atem.

»Jetzt wird abgerechnet«, sagte er. Er erkannte seine Stimme kaum wieder, so rau und kratzig klang sie. »Zu lange schon hast du dein verdammtes Unwesen getrieben.« John hob den Arm mit der Klinge. »Dieses Schwert wird deinem unseligen Leben ein Ende bereiten. Ich werde dir den Kopf abschlagen!«

Für einen winzigen Augenblick flackerte die Angst in den sonst leblosen Augen des falschen Inspektors auf. Eine Kugel konnte ihm nichts anhaben – aber das Schwert …

Fieberhaft suchte der falsche Sinclair nach einem Ausweg aus dieser höllischen Situation. Glasklar war es für ihn, dass er gegen den echten John Sinclair ohne Chance war.

›Sinclair‹ duckte sich, wirbelte blitzschnell herum, hetzte mit langen Sätzen auf die Hausmauer zu und wollte an der Vorderseite entkommen.

John spurtete ebenfalls los. Er flog förmlich über den Rasen, holte alles aus seinem Körper heraus. Schon rannte sein Doppelgänger über den Weg, der hinunter zum Tor führte.

Der Geisterjäger keuchte. Noch einmal legte er einen Zahn zu.

Immer näher kam er seinem verhassten Gegner. Noch zwei, drei Schritte …

Da warf sich ›Sinclair‹ herum.

John hatte nicht mehr damit gerechnet. Er prallte gegen seinen Doppelgänger.

Die Schwertspitze bohrte sich in dessen Brust. ›Sinclair‹ wurde regelrecht aufgespießt.

Aber so konnte man ihn nicht töten. Die Wunde, die entstanden war, blutete nicht einmal. Und es schien sogar, als würde sie dem falschen Sinclair neue Kraft geben, denn urplötzlich riss er sein Knie hoch.

John wurde voll getroffen. Der Schmerz jagte wie Feuer durch seinen Körper.

John kippte zurück, hatte aber die Geistesgegenwart, die Klinge aus der Brust zu ziehen und sie festzuhalten.

Und jetzt machte der falsche Sinclair einen Fehler. Anstatt sich auf John zu werfen, rannte er weg.

Sein Ziel war das Motorrad, das immer noch mit laufendem Motor und sich drehenden Rädern in dem Gebüsch lag.

Schon hatte ›Sinclair‹ die Maschine erreicht, richtete sie auf und schwang sich in den Sattel.

Der Lichtkegel des Scheinwerfers fuhr wie ein riesiger Geisterfinger durch den Garten und blieb an dem echten John Sinclair kleben.

›Sinclair‹ gab Gas.

Die Maschine bäumte sich auf. Gras und Erdklumpen spritzten weg.

Dann gewann das Motorrad an Fahrt.

Im höllischen Tempo jagte ›Sinclair‹ die kleine Anhöhe hinab. Genau auf den Inspektor zu, den der Schmerz immer noch am Boden hielt.

John sah den grellen Scheinwerfer, der immer größer wurde, und er hörte das urwelthafte Dröhnen der schweren Maschine.

Du musst hier weg!, schrie es in ihm.

John raffte sich mit letzter Kraft auf und warf sich zur Seite.

Gerade noch rechtzeitig.

Haarscharf raste die Maschine an ihm vorbei. John spürte noch den Luftzug, dann war alles vorbei.

Der falsche Sinclair jagte durch das offene Tor des Grundstücks.

John Sinclair hätte heulen können vor Wut. Er ballte die Hände zu Fäusten und presste die Zähne zusammen. Es half alles nichts. Sein Doppelgänger war entkommen!

Da wankte eine Gestalt über den Rasen auf ihn zu.

Bill Conolly!

»John«, rief er, »nimm meinen Wagen! Du holst ihn ein. Bestimmt!«

Ehe der Inspektor eine Antwort geben konnte, warf ihm Bill schon die Wagenschlüssel zu.

John fing sie auf und lief los. Das »Danke« verschluckte er, er brauchte die Luft zum Atmen.

Zum Glück war das Garagentor offen.

John riss die Tür des Porsche auf und faltete sich hinter das Steuer.

Der Motor kam sofort.

John preschte aus der Garage, sah im Vorbeihuschen Bills Gestalt und war Sekunden später schon unten am Tor.

John riss den Porsche nach links. Er hatte vorhin noch soeben mitbekommen, in welche Richtung der falsche John Sinclair gefahren war.

John gab dem Porsche die Sporen. Die starken Scheinwerfer des Wagens machten die Nacht zum Tag.

Zum Glück war die Straße gut ausgebaut und auch die Kurven relativ übersichtlich. Dazu kam, dass John ein glänzender Fahrer war.

Fünf Minuten dauerte die Jagd.

Dann sah John das Motorrad.

Wie ein dicker, auf der Straße liegender Klumpen tauchte es plötzlich auf.

Der Geisterjäger grinste verbissen. Er dachte an sein Schwert, das er auf den Nebensitz gelegt hatte. Diesmal sollte ihm sein Doppelgänger nicht entkommen.

Unaufhaltsam holte John Sinclair auf. Zu seinem großen Glück herrschte kein Gegenverkehr.

Dreißig, zwanzig, zehn Meter noch.

Dann waren sie auf gleicher Höhe.

John ging etwas vom Gas. Er riskierte einen kurzen Blick aus dem Fenster.

›Sinclair‹ hockte wie ein sprungbereites Tier auf dem Motorrad. Sein Gesicht war verzerrt.

Langsam überholte der Geisterjäger seinen Doppelgänger. Und ebenso langsam zog er den Porsche nach links.

Die Taktik war klar. John wollte den falschen Sinclair zur Seite drücken.

Zu beiden Seiten der Straße huschten Wiesen und Gartenzäune vorbei. Die Geschwindigkeit war hoch. Siebzig Meilen. Wenn der falsche Sinclair jetzt nicht langsamer fuhr, dann …

Johns Doppelgänger dachte nicht im Traum daran.

Er tat das, was normalerweise Irrsinn war. Er riss plötzlich den Lenker nach rechts.

Sekundenbruchteile später war es dann so weit. Blech kreischte gegen Blech. Der Porsche wurde zur Seite gedrückt. Das Motorrad kickte weg, hob vom Boden ab, durchbrach einen Wiesenzaun, überschlug sich, prallte gegen eine Bodenwelle und blieb krachend liegen.

Der Tank war geplatzt. Flammenzungen züngelten daraus hervor, und im Nu fing die Maschine Feuer.

Der falsche Sinclair war durch die Luft geflogen und wie vom Katapult geschleudert über die Wiese gesegelt. Ein normaler Mensch hätte diesen Sturz nicht überlebt, doch ›Sinclair‹ war ein Teufel.

Wie eine Marionette kam er wieder auf die Beine, fest davon überzeugt, den Inspektor endgültig abgeschüttelt zu haben.

Doch das war ein Irrtum.

John konnte nicht nur schießen und kämpfen, sondern auch Auto fahren.

Er hatte nach dem Zusammenprall sofort gegengelenkt und war wieder auf die Fahrbahnmitte gerutscht. Dies war auch nur möglich gewesen, weil John so gut wie keine Schrecksekunde hatte.

Jetzt trat der Geisterjäger auf die Bremse.

Die Reifen radierten quietschend den Asphalt. John wurde in seinem Gurt nach vorn gepresst, doch er bekam den Porsche zum Stehen.

John löste den Gurt, packte das Schwert und sprang aus dem Wagen.

Er sah die lodernde Fackel, die das Motorrad einhüllte.

Wieder begann der Geisterjäger zu rennen.

Er flankte über den Straßengraben, sprang über einen Zaun und geriet auf eine Wiese.

John Sinclair lief so schnell er konnte. Und da sah er auch schon seinen Doppelgänger.

›Sinclair‹ hetzte auf ein Waldstück zu, das im Westen lag. Noch hatte er John nicht entdeckt.

Der Geisterjäger legte alles an Energie und Kondition in diesen höllischen Lauf.

Und er holte auf.

Plötzlich wandte sich der falsche Sinclair um.

Ein Wutschrei entrang sich seiner Kehle, als er John sah.

»Hund!«, brüllte er.

Schon war John heran. Noch im vollen Lauf schwang er das Schwert. Die Klinge fauchte durch die Luft, und ›Sinclair‹ konnte nur im letzten Moment wegtauchen.

Zu einem zweiten Schlag kam John nicht mehr, denn sein Doppelgänger unterlief ihn mit einer katzenhaften Bewegung. Eine Faust wie ein Dampfhammer jagte in Johns Magen.

Der Geisterjäger knickte zusammen.

Darauf hatte ›Sinclair‹ nur gewartet. Zwei zu Würgeklammern gekrümmte Hände legten sich um Johns Hals. Tief gruben sich die Fingernägel in das straffe Fleisch.

Der Geisterjäger ächzte.

Weit riss er die Augen auf – und blickte in sein eigenes Gesicht.

John setzte alles auf eine Karte, denn noch hielt er das Schwert in der Hand.

Seine Rechte beschrieb vom Boden her einen Halbkreis. Die Klinge blitzte auf – und trennte den Kopf vom Rumpf der Mordbestie.

Sofort lösten sich die würgenden Hände von Johns Kehle.

Der kopflose Torso fiel neben John Sinclair zu Boden. Aus weit aufgerissenen Augen verfolgte John, was nun geschah.

Ein Blitzstrahl zuckte vom Himmel und fraß sich in den Körper des Geköpften.

John rollte zur Seite und sprang auf.

Sekunden später war der Körper verbrannt.

Und der Kopf?

Der Mund war zu einem Schrei geöffnet, doch kein Laut drang zwischen den Lippen hervor. Für John Sinclair war es besonders grausam, denn der Kopf, der dort am Boden lag, hatte seine Gesichtszüge.

Es war ein Bild, das sich fest ins Johns Erinnerung grub. Nie würde er es aus seinem Gedächtnis streichen können.

Von einer Sekunde zur anderen zerfielen die Gesichtszüge, wurden schwammig und lösten sich zu einer zähen Flüssigkeit auf, die im Boden versickerte.

John taumelte ein paar Schritte zur Seite. Er fühlte, wie die Narbe auf seiner rechten Wange brannte. Es wurde Zeit, dass er die Wunde nähen ließ, damit er kein Andenken für alle Zeiten zurückbehielt.

Nur langsam beruhigten sich die Nerven des Inspektors. Er hob das Schwert auf und ging mit unsicheren Schritten zur Straße.

Die Scheinwerfer eines Wagens tauchten auf.

Sekunden später quietschen Bremsen. Der Wagen, der gehalten hatte, war ein roter VW. Er gehörte Sheila Conolly. Bill hatte ihn gefahren.

Der Reporter stürzte auf John zu.

»Alles in Ordnung?«, keuchte er.

Der Geisterjäger nickte schwer und stützte sich auf Bills rechte Schulter.

»Es gibt keinen zweiten John Sinclair mehr«, sagte er leise. »Er ist vernichtet.«

Bill grinste. »Ich will dir mal ehrlich was sagen, John. Zwei von deiner Sorte hätte ich auch nicht verkraften können. Einer macht schließlich schon genug Dummheiten.«

Obwohl John erschöpft war, konnte er sich ein Lachen nicht verkneifen. Er war froh, einen Mann wie Bill Conolly zum Freund zu haben. Denn Bill war jemand, auf den man sich echt verlassen konnte.

Und so etwas findet man in der heutigen Zeit äußerst selten.

ENDE

DOKTOR TODS HÖLLENFAHRT

John Sinclair und Jane Collins hatten sich bei den Conollys zum Tee eingefunden. Da die Sonne schien, hatte Sheila, Bills Frau, einen Tisch im Garten gedeckt.

Da Sheila noch in der Küche mit dem Tee zu tun hatte, konnten John, Bill und Jane Collins, die hübsche blonde Privatdetektivin, noch einmal ihr Abenteuer in Rumänien Revue passieren lassen.

Doktor Tod existierte nicht mehr!

Er war auf dem Schloss des Grafen Montesi bis zur Unkenntlichkeit verbrannt. Danach war es John gelungen, die Vampirgräfin Montesi mit seinem Silberdolch zu töten.[1]

Das Abenteuer, bei dem John und Bill die Privatdetektivin kennengelernt hatten, hatte die drei einander so nahe gebracht, dass sie beschlossen hatten, sich häufiger zu sehen, und Jane hatte den beiden Männern das Du angeboten.

Sie lächelte John und Bill zu und sagte: »Ihr habt mir ja einiges über diesen Doktor Tod erzählt. Da könnt ihr doch froh sein, dass er endlich zur Hölle gefahren ist.«

John zog ein bedenkliches Gesicht.

»Bei Kreaturen, die mit den Hölle paktieren, kann man nie wissen«, murmelte er.

»Sei nicht so pessimistisch, John«, warf Bill ein. »Schließlich haben wir den Sarg mit Doktor Tods Überresten nach London überführen lassen. Wenn doch noch etwas von ihm übrig sein sollte, werden wir auch damit fertig.«

»Dein Wort in Gottes Ohr«, murmelte John nur.

Jane Collins wollte noch etwas sagen, als Sheila auf der Terrasse erschien.

»Nichts mehr von Doktor Tod«, zischte Bill, »damit würden wir Sheila nur den schönen Tag verderben.«

John und Jane nickten.

Lächelnd schauten sie Sheila entgegen, die ein Tablett mit der Teekanne, dem Zuckertopf und dem Sahnekännchen trug. In ihren blauen Augen blitzte es.

---

1 Siehe Die Welt des John Sinclair Band 73959 »Hochzeit der Vampire«

»Ihr sitzt da wie drei Verschwörer«, sagte sie. »Habt ihr wieder was ausgeheckt?«

»Was du schon wieder denkst!«, rief Bill. »Wir sind nur gespannt, wie dein Tee schmeckt.«

Sheila lachte. »Ich glaube dir ja vieles, mein lieber Mann, aber das bestimmt nicht.«

Sie stellte das Tablett ab, und mit energischer Stimme sagte sie: »Von der Arbeit wird jetzt nicht mehr geredet, verstanden? Lasst uns den sonnigen Tag genießen und von schöneren Dingen reden als von euren Dämonen.«

»Das ist ein Wort«, sagte Bill und lud sich ein großes Stück Toter auf den Teller.

Es war ein schmuckloser Sarg. Mehr eine Totenkiste. Sie war aus rohen, ungehobelten Brettern zusammengezimmert. Billigstes Fichtenholz. Hier und da blinken die großen Nägelköpfe metallisch.

Das frische Holz des Sarges verströmte einen Geruch, der bei empfindlichen Menschen einen Niesreiz bewirkte. Auch bei den beiden Polizisten, die den Sarg bewachten.

»Mist«, brummte der eine und nieste. Da er kein Taschentuch bei sich hatte, wischte er sich die Nase am Uniformärmel ab. »Ich habe ja schon viele Aufträge erhalten, aber einen billigen Sarg bewachen – nee, ich weiß nicht so recht.«

Sein Kollege gab ihm keine Antwort. Der Mann hatte die Hände auf dem Rücken verschränkt und ging langsam auf und ab. Manchmal zuckte sein linker Arm hinter dem Körper hervor, und der Polizist warf einen Blick auf seine Uhr.

Schon sechs Minuten über die Zeit.

Langsam wurde der Beamte ungeduldig. Schließlich war der alte Schuppen im ausrangierten Teil des Londoner Hafens nicht gerade der ideale Aufenthaltsort. Es stank erbärmlich, und Ratten feierten hier ihre Feste.

Der Polizist bedachte den billigen Sarg mit einem wütenden Blick.

Die Totenkiste kam aus Rumänien, mehr wussten die Bewacher nicht. Sie wussten nicht, wer darin lag und ob es ein Mann oder eine Frau war. Ihnen war nur gesagt worden, dass jemand den Sarg zu einer bestimmten Tageszeit abholen würde. Und diese Zeit war bereits überschritten.

Durch die teilweise zerbrochenen Fenster des Schuppens fielen die Sonnenstrahlen eines Spätsommertages. Staubpartikel flirrten im hellen Licht.

Es war ruhig in der Halle. Nur der Sand unter den Sohlen des Polizisten knirschte.

Plötzlich hörte der Beamte ein klopfendes Geräusch. Es klang irgendwie dumpf und hohl.

Der Mann wandte den Kopf.

»He, Garry«, spottete er, »klopfst du neuerdings auf deinem eigenen Schädel herum?«

Doch Garry gab keine Antwort. Er stand wie zur Salzsäule erstarrt und hatte den Oberkörper leicht vorgebeugt.

»Was ist?«

Konstabler Garry Bedford stieß pfeifend die Luft aus. »Das Klopfen eben …«

»Ja, was ist damit?«

»Es ist – es ist …« Garry musste zweimal schlucken, ehe er weitersprechen konnte. »Es ist aus dem Sarg gekommen.«

Sein Kollege gab keine Antwort, konnte aber nicht vermeiden, dass ihm eine Gänsehaut über den Rücken lief.

»Sag das noch mal.«

Im selben Augenblick hörten es die beiden Beamten wieder.

Tock, tock, tock.

Dumpf klangen die Laute.

Aus schreckgeweiteten Augen starrten die Polizisten auf den billigen Sarg. Sie sahen, wie sich der Sargdeckel wölbte, wie er hochgedrückt wurde, als stemme sich jemand mit aller Macht von innen gegen die Verriegelung.

Konstabler Bedford machte den Anfang. »Hier bleibe ich nicht länger!«, schrie er. »Das geht nicht mit rechten Dingen zu! Ich hau ab. Los, Bill, komm mit.«

Bedford fasste seinen Kollegen am Arm.

Da hörten sie das Motorengeräusch. Ein Wagen war auf den Pier gefahren.

»Jetzt wird die Kiste abgeholt«, flüsterte Konstabler Bill Spencer. »So lange können wir noch warten.«

Spencer warf einen scheuen Blick auf den Sarg, der wieder so ruhig und harmlos auf dem Boden stand wie vorher.

»Und lass dir nichts anmerken«, schärfte Spencer noch seinem Kollegen ein.

»Nein, nein. Schon gut.«

Das Motorengeräusch verstummte. Wenig später klappte eine Tür. Und dann wurde das große Eingangstor der Halle zurückgezogen.

Im Gegenlicht der Sonne war die Gestalt des Ankömmlings wie ein Scherenschnitt zu erkennen.

»Guten Tag«, sagte eine dunkle, etwas heisere Stimme.

Konstabler Spencer räusperte sich. »Kommen Sie, Mister, hier steht die Kiste.«

Der Mann trat näher.

Er trug trotz des warmen Wetters einen breitkrempigen Hut, der seine Stirnpartie verdeckte. In dem roten, grobporigen Gesicht blitzten zwei kleine verschlagene Augen. Die Nase des Mannes war lang und spitz und der Mund nur ein dünner Strich. Eine Alkoholfahne wehte den Polizisten entgegen. Der Mann trug eine abgewetzte, ehemals braune Jacke und eine ausgebeulte Hose. Seine Füße steckten in unmodernen Schuhen.

»Ich heiße Doug Pender«, sagte er und deutete auf die Kiste. »Das ist also mein neuer Gast.«

»Ja«, meinte Konstabler Bedford. »Wieso eigentlich Gast?«

Pender hob den Blick. »Ja, wissen Sie das denn nicht? Ich bin Leichenbestatter. Der beste in ganz London. Ich habe die besonderen Aufgaben zu erfüllen. Ich verscharre nur Mörder und anderes Gesindel, die auf einem normalen Friedhof keinen Platz finden würden.« Doug Pender kicherte.

Konstabler Bedford zog unbehaglich die Schultern hoch. Auch seinem Kollegen war nicht wohl in seiner Haut.

»Gibt es denn so etwas auch?«, fragte Bedford.

»Und ob.« Pender schlich um den Sarg herum wie die Katze um die Maus. »Die meisten wissen nur nichts davon. Es ist kein schöner Friedhof, wo ich ihn hinbringe. Und nachts soll es dort sogar spuken.« Pender blieb stehen, breitete die Arme aus und verdrehte die Augen.

»Hören Sie auf«, schnarrte Bedford, dessen Nerven nach dem eben Erlebten nicht mehr die besten waren. »Nehmen Sie endlich die Kiste und dann weg.«

»Allein?«

»Gut, wir helfen Ihnen, Pender.«

»Danke sehr, Gentlemen.«

Der Sarg hatte keine Griffe. Die Männer mussten unter die Kiste fassen, um sie anheben zu können. Sie schafften es.

Bedford und Spencer trugen an einem Ende, Pender am anderen. Die Gesichter der beiden Polizisten waren starr wie Masken, als die seltsame Prozession dem Ausgang zustrebte. Nur Pender brabbelte unverständliches Zeug in seinen Bart.

Sie näherten sich dem Tor.

Da hörten die Männer ein schreckliches Ächzen. Es kam direkt aus dem Sarg.

Abrupt blieben die beiden Polizisten stehen. Pender reagierte gerade noch im letzten Moment, sonst wäre ihm der Sarg aus den Händen gerutscht.

»Was ist denn? Warum gehen Sie nicht weiter? Ich hab keine Zeit, muss noch ein ganzes Stück fahren.«

Spencer fing sich als Erster. »Haben Sie das gehört? Das Ächzen, es ist direkt aus dem Sarg gekommen.«

Der Leichenbestatter öffnete die Lippen. »Das hat man schon mal«, erwiderte er und senkte seine Stimme. »Vielleicht ist der da drin nur scheintot und knabbert jetzt vor Hunger an seinem eigenen Totenhemd.«

»Sie sind verrückt!«, zischte Spencer. »Damit macht man weiß Gott keine Scherze.«

Pender kicherte wieder. »Was wissen Sie denn?«

»Los, gehen wir weiter«, sagte Spencer.

Die Männer traten nach draußen. Trotz des warmen Sonnenscheins blieb die Gänsehaut auf ihren Rücken. Das Grauen hatte sie gestreift und seine Spuren hinterlassen.

Penders Wagen war ein Kombi. Die Ladefläche war mit einer Plane abgedeckt. Die Klappe hing bereits nach unten, sodass der Sarg sofort auf die Ladefläche geschoben werden konnte.

Die Männer beeilten sich. Erst als Doug Pender die Ladeklappe wieder schloss, atmeten die Polizisten auf.

Pender grinste. »Jetzt fahre ich wieder in mein Reich. Besuchen Sie mich doch mal. Einen guten Schluck habe ich immer da.«

»Man riecht es«, sagte Korporal Bedford. »Normalerweise dürften wir Sie mit dieser Fahne gar nicht fahren lassen, aber in Ihrem Fall wollen wir mal nichts gerochen haben.«

»Danke für die Großzügigkeit, Gentlemen«, sagte Pender und deutete eine linkische Verbeugung an.

Der Leichenbestatter richtete sich wieder auf und wollte zum Führerhaus gehen, doch Bedford hielt ihn zurück. »Einen Augenblick noch, Pender. Jetzt sagen Sie uns doch mal, wer in diesem Sarg liegt.«

»Ich weiß es nicht. Ich habe nur den Auftrag erhalten, ihn zu verscharren. Der Sarg ist aus Rumänien gekommen. Sie haben ihn vom Flugplatz aus hierhergeschafft, damit ich ihn ungestört abholen kann. Aber wenn Sie meine Meinung wissen wollen«, Pender machte eine kurze Kunstpause, um die Spannung zu erhöhen, »also, ich meine, in dem Sarg liegt ein Vampir. Rumänien ist ein Land, wo es auch heute noch Vampire gibt.«

»Jetzt hauen Sie aber ab«, knurrte Spencer, dem das Thema auf einmal zuwider war und der auch an die seltsamen Vorfälle dachte.

Pender zuckte mit den Schultern und schwang sich in seinen Wagen. Laut schlug er die Tür des Fahrerhauses hinter sich zu.

Bald rumpelte der Wagen davon.

Doug Pender und die beiden Polizisten ahnten nicht, welch

eine Fracht da durch London rollte. Denn in dem Sarg lagen die sterblichen Überreste von Doktor Tod …

Es ging schon auf den Abend zu, als Doug Pender sein Revier erreichte. Unter Revier verstand er den Friedhof und das Wohnhaus, das allerdings mehr einer baufälligen Steinbaracke glich.

Die ersten Schatten der Dämmerung krochen bereits über den Totenacker. Es roch nach Laub und frisch aufgeworfener Erde. Ein paar Raben zogen krächzend ihre Kreise. Diese schwarzen Todesvögel waren Penders einzige Freunde – und die Toten natürlich.

Sonst lag über dem Friedhof eine beinahe beängstigende Stille. Dieser Flecken Erde wurde gemieden. Niemand besuchte hier seine Verwandten. Wer auf diesem Totenacker landete, war für immer vergessen, ausgelöscht.

Die Gräber waren ungepflegt. Es gab keine Kreuze oder andere christliche Symbole. Nur Lehmhügel, die im Laufe der Zeit zusammenfielen. Noch nicht einmal Namensschilder waren an den Gräbern angebracht.

Und doch war die Stadt London froh, dass es diesen Ort und einen Mann wie Doug Pender gab. Denn hier wurden die Leute verscharrt, die der Moloch London ausgespuckt hatte. Pender wurde sogar besser bezahlt als die Kollegen auf den »normalen« Friedhöfen. Man tat dies, um dem Mann den Job schmackhaft zu machen. Und Pender blieb. Ihm war es noch nie so gut gegangen. Er hatte sogar einen Wagen, wenn dieser auch der Stadt gehörte.

Eine Mauer umgab den Friedhof. Die Steine waren dick, und zwischen den Ritzen und Fugen wuchs dunkelgrünes Moos. Trauerweiden schirmten einen Teil des Sonnenlichtes ab, und einige Kastanien streckten ihre knorrigen Äste aus wie übergroße Finger.

Der nächste Ort lag vier Meilen entfernt. Er gehörte schon nicht mehr zur Riesenstadt London. Die Einwohner hüteten sich, überhaupt in die Nähe des Friedhofs zu kommen. Das Gerücht, dass es dort spuken solle, hielt sich schon mit einer phänomenalen Beharrlichkeit.

Doug Pender freute es natürlich, dass sich hier kein Mensch blicken ließ. So hatte er sein Reich für sich allein. Selbst die verantwortlichen Männer in der Stadtverwaltung hatten ihn noch nicht besucht. Sein Geld wurde Pender immer pünktlich auf eine Londoner Bank überwiesen.

Der Totengräber fühlte sich pudelwohl in Gesellschaft der Toten. Außerdem hatte er nicht allzu viel zu tun und konnte seinem Hobby – dem Whisky – frönen.

Doch an diesem frühen Abend hatte es Doug Pender eilig. Er wollte das Grab noch vor dem Dunkelwerden zugeschaufelt haben.

Langsam rollte der Lieferwagen durch das verrostete, windschief in den Angeln hängende Tor. Zum Glück hatte er das Grab schon am Tag vorher ausgehoben, so brauchte er nur noch den Sarg in das Loch hinunterzulassen. Es war jedes Mal eine Quälerei für einen einzigen Mann.

Pender fuhr den Wagen quer über das Gelände. Die Reifen warfen den Dreck der eingefallenen Gräber auf, und Doug Pender wurde von der Rumpelei ganz schön durchgeschüttelt.

Schließlich stoppte er vor dem frisch ausgehobenen Grab. Er drehte den Wagen noch so, dass er mit der Ladefläche etwa einen halben Meter vor dem Grabrand stehen blieb.

Steifbeinig sprang Pender aus dem Führerhaus. Dann öffnete er die Klappe.

»So, mein Freund«, murmelte der Totengräber, »jetzt wirst du endlich deine letzte Ruhestätte finden. Hast ja einen verdammt langen Weg hinter dir.«

Pender sprach gerne mit seinen Toten, denn die gaben keine Widerworte.

Schnaufend kletterte Pender auf die Ladefläche. Der Sarg war ein wenig zur Seite gerutscht.

Pender schob ihn vor. Er ging dabei in die Knie. Sein Gesicht befand sich ziemlich nah am Sargdeckel.

Da hörte Pender das Stöhnen.

Mit einem Schrei fuhr der Totengräber zurück. Sein Herz drohte ihm aus der Kehle zu springen.

Pender hielt den Atem an.

Totenstill war es plötzlich. Das schreckliche Geräusch wiederholte sich nicht.

»Langsam werde ich auch schon verrückt«, murmelte Pender, der sich wieder einigermaßen gefangen hatte. »Wer tot ist, ist tot.«

Der Totengräber machte sich an die Arbeit, diesmal entschlossen, sich nicht mehr aufhalten zu lassen.

Er hatte Routine beim Abladen des Sarges. Unbeschädigt schaffte er die Totenkiste auf den Boden.

In dem aufgeworfenen Erdhaufen neben dem Grab steckte Penders Schaufel. Die schwieligen Hände des Totengräbers umklammerten den Holzstiel.

Pender wollte die Schaufel aus dem Erdhaufen ziehen, um sie griffbereit zu legen, da vernahm er das Knarren.

Überdeutlich drang es durch die Stille.

Pender blieb wie vom Donner gerührt stehen. Unendlich langsam wandte er den Kopf, starrte auf die hölzerne Totenkiste.

Der Deckel bewegte sich!

Doug Pender überkam das Grauen. Er spürte, wie er anfing zu zittern.

»Nein«, flüsterte der Totengräber. »Ich – ich schlag die Totenkiste kaputt. Ich ...«

Pender verstummte. Der Sarg stand wieder dort wie vorher. Harmlos und irgendwie unberührt.

Pender wischte sich über die Stirn. Er hatte doch nicht geträumt! Das Holz hatte sich tatsächlich gewellt. Als hätte der Tote versucht, die Kiste von innen aufzubrechen, und als habe er noch nicht die Kraft dazu.

Doug Pender ahnte nicht, wie nah er mit seiner Vermutung der Wahrheit kam.

Der Totengräber schwitzte vor Angst. Fieberhaft machte er

sich an die Arbeit. Er packte den billigen Sarg und warf ihn überstürzt in die Grube.

Der Sarg polterte auf den Boden des Grabes, sprang noch einmal zurück und blieb dann endgültig stehen.

Pender starrte in das Grab. Er erwartete jeden Moment, dass sich der Deckel heben würde – und …

Nichts geschah.

Doug Pender atmete erleichtert aus. Wahrscheinlich hatte er sich das doch nur alles eingebildet.

Der Totengräber packte seine Schaufel. Wild stieß er das blanke Metallblatt in das feuchte Erdreich.

Die erste Ladung klatschte auf den Sargdeckel.

Die zweite Ladung.

Pender arbeitete verbissen. Bald war nur noch die Hälfte des Sarges zu erkennen.

Der Totengräber schaute nicht mehr in das Grab hinein. Er schuftete wie ein Roboter.

Und deshalb bekam er den Beginn des grausamen Spiels gar nicht mit. Erst als das Holz knackte, wurde Pender aufmerksam.

Er trat an die Grube.

Im selben Augenblick platzte der Sargdeckel weg. Die Nägel wurden einfach aus ihrer Verankerung gerissen. Der Deckel rutschte zur Seite. Ein geringer Druck reichte, und er würde neben den Sarg fallen.

Doug Pender konnte das Grauen nicht fassen.

Schreckensstarr stand er am Rand der Grube und starrte in die Tiefe. Der Anblick war mehr, als die Nerven eines normalen Menschen vertragen konnten.

Noch ein winziges Stück wurde der Sargdeckel zur Seite gerückt. Ein Zwischenraum entstand.

Und aus diesem Spalt schob sich wie im Zeitlupentempo eine kalkig weiße Hand.

Doug Pender sah die Hand wie in Großaufnahme. Er glaubte, jeden einzelnen Knochen an den fünf Fingern zu erkennen.

Die Hand bewegte sich, wurde gedreht, sodass die Fläche nach oben zeigte.

Pender bibberte am gesamten Körper. Seine Zähne klapperten wie bei Schüttelfrost aufeinander.

Nein! Nein! Nein! Das durfte es nicht geben. Das war Wahnsinn, das war …

Penders Gedanken stockten. Und doch sah er es mit eigenen Augen. Sah, wie der Hand ein Arm folgte, dann ein Stück Schulter.

Von einem Atemzug zum anderen wich bei Doug Pender die Erstarrung.

Er warf sich auf dem Absatz herum und rannte los. Nur weg von hier. Weg von dem Ort des Grauens.

In seiner Panik dachte Pender nicht daran, sich in den Wagen zu setzen und abzufahren. Er hetzte mit keuchenden Lungen auf sein Haus zu. Nur da glaubte er sich in seiner Panik sicher.

Die Dämmerung war schon fortgeschritten. Die Konturen der Bäume verwischten, wurden zu einem undurchsichtigen Grau.

Und Doug Pender rannte. Rannte wie noch nie in seinem Leben. Ein paarmal rutschte er aus, rappelte sich jedoch sofort wieder auf die Beine und hetzte weiter.

Schon tauchte seine Wohnbaracke auf.

Pender hatte sie wie immer nicht abgeschlossen. Er riss die Tür auf und warf sie blitzschnell hinter sich zu.

Zum Glück gab es von innen einen Riegel. Er war schon verrostet und ließ sich nur schwer bewegen. Pender schaffte es trotzdem, ihn in die dafür vorgesehene Halterung zu schieben.

Jetzt war ihm wohler.

Pender taumelte in sein Zimmer. Die Flasche stand auf dem Tisch. Penders Hände umfassten den schlanken Hals. Den Korken zog der Totengräber mit den Zähnen heraus.

Dann nahm er einen tiefen Schluck. Warm rann der Alkohol durch seine Kehle und in den Magen.

Pender rülpste. Jetzt fühlte er sich besser.

Er ahnte nicht, dass das Grauen schon zu ihm unterwegs war …

Er war tot und doch noch am Leben.

Starr, kalt und steif lag er in dem stockfinsteren Sarg. Jegliches menschliches Fühlen war ausgeschaltet worden. Es gab keine speziellen Gedanken mehr, keine Ahnungen – nichts.

Er wusste nicht, wie lange er in dem Sarg gelegen hatte. Tage, Wochen, Monate?

Zeitbegriffe waren ausgeschaltet.

Doch sein Geist lebte weiter. Tief in den Dimensionen des Grauens und Wahnsinns irrte er umher. Losgelöst von einem Körper, der schrecklich entstellt war.

Unruhig wanderte der Geist durch diese unheimlichen Welten. Regionen, in denen das Böse regierte und die die Heimat der fürchterlichsten Dämonen waren.

Aber Asmodis, der Höllenfürst, hatte ein Einsehen. Er, dem Doktor Tod bis an sein Lebensende gedient hatte, knüpfte auch diesmal wieder die Fäden. Über die Zeitschranken hinweg führte er den Geist wieder dem Körper zu.

Die Regenerierung begann.

Noch dauerte es Tage, bis der Tote wieder zum Leben erweckt wurde.

Nur langsam begannen die Lebenssäfte zu kreisen, und Doktor Tod erlebte seine große Wiedergeburt …

Mit einem Knall platzte der Sargdeckel endgültig weg. Mit ungeheurer Wucht wurden die letzten Nägel aus dem Holz gerissen. Der Deckel fiel neben den Sarg.

Ein Schimmer des letzten Tageslichtes drang in das offene Grab, beschien das schrecklich entstellte Antlitz des Wiedererweckten.

Doktor Tods Gesicht war verbrannt. Genauso sah sein gesamter Körper aus. John Sinclair hatte damals in Rumänien diesen menschlichen Teufel auf diese Art und Weise vernichtet.

Doch Doktor Tod war nicht ganz verbrannt. Natürlich hatte er sich Wunden zugezogen, die bei einem normalen Menschen alles Leben ausgelöscht hätten – aber er war nicht zu Staub zerfallen.

Ächzend kniete sich Doktor Tod hin. Er hob den Kopf. Schattenhaft nur sah er die Wipfel der hohen Bäume. Sie kamen ihm vor wie ein riesiges Dach.

Doktor Tod stieg aus dem Sarg.

Von Minute zu Minute kehrte mehr Kraft in seinen Körper zurück. Er brauchte Energie, um Satan ein Dankesopfer zu bringen.

Der Unheimliche kicherte bei diesem Gedanken. Er hatte noch viel vor. Die Menschen in London würden sich wundern.

Doktor Tod stellte sich auf den Sargrand, balancierte seinen Körper aus und erreichte mit den Fingern den Rand des Grabes. Verbissen zog er sich hoch.

Es war kaum zu glauben, welche Kräfte wieder in dem Körper steckten.

Doktor Tod trug nicht einmal ein Leichenhemd. Er steckte noch in den verbrannten Sachen, die eigentlich nur noch verkohlte Fetzen waren.

Man hatte ihn, so wie er war, in den Sarg gelegt.

Wenig später stand Doktor Tod vor dem Grab, das beinahe seine letzte Ruhestätte geworden war. Verächtlich blickte er auf die Schaufel, die der Totengräber hatte fallen lassen.

Doktor Tod setzte sich in Bewegung.

Er wandte sich nach links, dem gelben Lichtpunkt zu, der aus dem Fenster eines Hauses drang.

Lautlos näherte sich der Menschenhasser dem Haus. Hier wartete sein erstes Opfer auf ihn.

Es war still auf dem kleinen Friedhof. Selbst die Tiere der Nacht hatten sich versteckt. Es war, als spürten sie genau die Gefahr, die von dem Unheimlichen ausging.

Kleinere Zweige knackten unter den Füßen des Menschenhassers. Verfaultes Laub raschelte.

Ein schmaler Weg führte zur Tür des Hauses. Er war zu beiden Seiten mit roten Backsteinen befestigt, ein minimaler

Schutz gegen Regen und Unwetter. An der Hausmauer rankte Efeu hoch bis zum Dach.

Der Unheimliche blieb stehen. Er witterte förmlich die Nähe des Menschen. Sein entstelltes Gesicht verzog sich zu einem hässlichen Grinsen.

Gleich war es so weit.

Das hellere Holz der Tür war deutlich zu erkennen. Die Klinke war verrostet und hing leicht nach unten.

Doktor Tod hob beide Arme.

Einen winzigen Moment zögerte er noch, dann dröhnten seine Fäuste gegen das Holz. Dumpf hallten die Schläge durch das Haus.

Drinnen wurde ein Stuhl zurückgeworfen. Schritte klangen auf. Unsicher, zögernd.

Wieder hämmerte Doktor Tod gegen die Tür.

Die Schritte verstummten.

Sekundenlang herrschte Stille.

Dann knarrte das Holz eines Fensterrahmens. Die Flügel wurden aufgezogen.

Ein Gesicht tauchte auf.

Doktor Tod ging einen Schritt zurück, dann zwei nach links. Er wandte dem Mann am Fenster sein Gesicht zu.

Einen Atemzug später zerschnitt ein gellender Schrei die hereinbrechende Nacht …

Doug Pender kicherte.

Fast eine halbe Flasche Whisky hatte er geleert, und sein Alkoholpegel war schon in beträchtliche Höhen gestiegen.

»Geister«, gluckste der Totengräber. »Leichen, die auferstehen. Das soll mir einer mal erzählen. Alles Mist, alles …«

Pender wischte mit der Hand über den Tisch und stieß gegen die Flasche. Sie fiel um und rollte bis zum Rand des Tisches. Der Whisky gluckerte auf den Boden.

»Mist, verdammter«, brabbelte Pender und stellte die Flasche wieder hin.

Zwei Fingerbreit Whisky hatte er noch gerettet. Er trank den Fusel schnell aus. Man konnte ja nie wissen, ob die Flasche nicht noch einmal umkippte.

Das Licht in dem Zimmer war trübe. Fliegendreck klebte auf der ehemals weißen Lampenschale. In der Bude sah es aus, als hätten Vandalen darin gehaust. Überall lagen Kleidungsstücke. Der Tisch war wacklig, und das alte Sofa hatte Pender vom Müllabladeplatz geholt.

Was soll's, er fühlte sich hier wohl.

Pender glotzte mit stierem Blick auf die leere Flasche. Wieder dachte er an die vergangene halbe Stunde. Für einen Moment spielte er mit dem Gedanken, zurückzugehen und das Grab doch noch zuzuschaufeln. Aber dann ließ er es lieber bleiben. Wer weiß, was auf dem Weg noch alles geschehen würde.

Aber jetzt hatte er keinen Whisky mehr. Und das war am schlimmsten.

Pender rülpste. »Geister«, brabbelte er. »Wenn es wirklich Geister gibt, dann sollen sie mir Whisky herzaubern.«

Der Totengräber verzog das Gesicht, vollführte mit beiden Armen ein paar unkontrollierte Bewegungen und kicherte albern.

Da schlug es gegen die Tür.

Pender zuckte zusammen.

Es waren wuchtige Schläge. Sie dröhnten durch das ganze Haus.

Pender stand auf. Wer wollte ihn denn um diese Zeit noch besuchen? Sonst kam doch keiner, und erst recht nicht bei Nacht.

Pender wischte sich über das Gesicht. Er stand auf und musste sich im nächsten Moment an der Tischkante festhalten, da das Zimmer plötzlich in Bewegung geriet.

Pender merkte nicht einmal, wie hinter ihm der Stuhl umfiel. Er hatte sich vielmehr entschlossen, zu öffnen.

Unsicher wankte er in den schmalen Korridor. Hier gab es nicht einmal Licht. Die feucht gewordenen Tapeten hingen von den Wänden.

Wieder hämmerte der Unbekannte gegen die Tür.

»Ja doch«, murmelte Pender, »ich komme. Hoffentlich hast du was zu trinken mitgebracht«, fügte er noch hinzu.

Mit beiden Händen stützte sich Doug Pender an der Flurwand ab. Wenn nur dieses blöde Schwindelgefühl nicht gewesen wäre. Er konnte die Tür gar nicht richtig erkennen.

Noch einen Schritt – dann hatte er die Haustür erreicht.

Plötzlich blieb Doug Pender stehen. Sein Gesicht nahm einen erschrockenen Ausdruck an.

Wenn nun der Tote aus dem Sarg vor der Tür stand?

Glasklar kamen Doug Pender diese Gedanken. So betrunken er auch war, er tat genau das in seiner Lage Richtige.

Er machte auf dem Absatz kehrt und wankte zurück in sein Zimmer.

Unsicher schob er sich an dem Sofa vorbei und trat ans Fenster. Der Griff befand sich etwa in Kopfhöhe.

Pender reckte den Arm.

Mit einem Ruck riss er den Riegel nach unten. Holz schabte knarrend über Holz.

Pender zog das Fenster auf. Durch den plötzlichen Ruck hatte er Mühe, das Gleichgewicht zu bewahren.

Er gab sich einen Schwung, kippte wieder nach vorn und steckte den Kopf aus dem Fenster.

Das grässliche Monstrum sehen und begreifen war eins. Noch in derselben Sekunde gellte Penders Angstschrei durch die Dunkelheit, und er wurde schlagartig nüchtern!

Verschwunden war der Whiskyrausch, das drückende Gefühl auf den Schläfen.

Er sah nur den Unheimlichen.

Dieses Gesicht, die Gestalt, die Brandwunden am Körper – es musste der Mann aus dem Sarg sein. Es gab keine andere Möglichkeit für Pender.

Der Totengräber spürte, wie sein Herzschlag sich verdreifachte, wie die Nerven immer mehr seiner Kontrolle entglitten. Und immer noch schrie er seine bohrende Angst in die anbrechende Nacht hinaus.

Doktor Tod reagierte wie ein Roboter. Er ließ keine unnütze Sekunde verstreichen.

Er machte zwei schnelle, gleitende Schritte und packte zu.

Penders Schrei endete wie abgeschnitten.

Zwei kalte Totenhände hatten sich um seinen Hals gelegt. Sofort wurde dem Mann die Luft knapp.

Er röchelte.

Doch der gnadenlose Würgegriff gab ihn nicht frei.

Das unheimliche Wesen hatte übermenschliche Kräfte. Während seine Hände noch um Penders Hals lagen, zog er den Mann aus dem offenen Fenster.

Penders Füße verloren den Kontakt mit dem Boden. Sein Körper rutschte über die Fensterbank. Dicht vor sich sah der Totengräber das schreckliche Gesicht des Ungeheuers.

Pender wünschte sich auf einmal, tot zu sein oder zumindest bewusstlos.

Seine rechte Schulter blieb am Holzrahmen des Fensters hängen.

Für einen Augenblick dachte Pender, das Monstrum würde ihn loslassen.

Doch er hatte sich geirrt.

Noch fester griffen die Klauen zu.

Das Fensterkreuz splitterte. Ein Teil der Scheibe fiel heraus und zerbrach klirrend.

Dann war Pender draußen.

Er spürte den Aufprall auf dem Boden kaum noch.

Luft! Das war sein einziger Gedanke.

Die Fratze vor ihm verschwamm zu einem dicken Nebel. Sterne zerplatzten vor seinen Augen. Nur noch Sekunden, dann hatte ihn der Unheimliche endgültig erwürgt.

Doug Pender lag auf dem Rücken. Seine Augen waren weit aus den Höhlen getreten. Doktor Tod kniete auf seinem Opfer.

Doch plötzlich lösten sich die würgenden Hände vom Hals des Totengräbers.

Pender riss den Mund auf, schnappte nach Luft wie ein Ertrinkender.

Am Anfang hatte er das Gefühl, gar nicht mehr atmen zu können, doch dann strömte der erlösende Sauerstoff in seine gepeinigten Lungen.

Das Schwindelgefühl ließ nach. In schnellen Zügen pumpte Doug Pender die Luft in sich hinein.

Dann öffnete er die Augen.

Ein dunkler Himmel spannte sich über den Baumkronen. Die Sterne wirkten wie eine unendliche Kette von Diamanten.

Doug Pender überkam ein nie gekanntes Glücksgefühl. Er hatte schon mit seinem Leben abgeschlossen gehabt. Nie hätte er gedacht, noch einmal den Himmel sehen zu können.

Er fühlte fast eine Euphorie in sich aufsteigen.

Doug Pender bewegte den Kopf.

Im selben Augenblick hatte ihn die brutale Wirklichkeit wieder. Das Gesicht des Toten starrte ihn an.

»Nein!«, schrie Pender und riss die Hände schützend vor seine Augen. Zwischen den gespreizten Fingern hindurch blickte er ängstlich auf den Unheimlichen.

Doktor Tod bewegte sich. Er hob das rechte Bein und stellte den Fuß auf Doug Penders Brust.

Wieder wurde dem Totengräber die Luft knapp. Doch er konnte wenigstens noch atmen.

»Hör zu, du Wurm«, sagte Doktor Tod. Seine Stimme klang rau, befehlend. Und dabei kalt wie Eis. »Ich hätte dich töten können. Aber ich habe darauf verzichtet. Und dafür erwarte ich deine Dankbarkeit.«

»Ja«, krächzte der Totengräber. Ihm war in dieser Sekunde alles egal. Er wollte nur weiterleben.

»Du wirst mir dienen und alles das ausführen, was ich dir befehle. Denn ich bin der Erste Diener des Satans. Und damit du weißt, mit wem du es zu tun hast: Man nennt mich Doktor Tod!«

Doug Pender schluckte. Schon allein dieser Name ließ einen kalten Schauer über seinen Rücken gleiten. Doktor Tod! Das klang nach Dämon, Geist oder Magier. Aber vielleicht war es auch der Teufel persönlich, der sich seiner Seele bemächtigen wollte.

Doktor Tod nahm den Fuß von Doug Penders Brust.

»Steh auf!«, befahl der Unheimliche.

Ächzend quälte sich Doug Pender auf die Beine. Er musste sich an der Hauswand abstützen, denn ein plötzliches Schwindelgefühl ließ ihn taumeln.

Mit halb offenem Mund und schreckgeweiteten Augen starrte Doug Pender die unheimliche Gestalt an. Noch immer weigerte sich sein Verstand, das zu glauben, was Doug mit eigenen Augen sah.

Die kalte Totenhand griff nach seinem Arm. Die Finger waren wie Stahlklammern.

»Geh ins Haus!«

Doug Pender gehorchte zitternd. Mit taumelnden Schritten ging er voraus. Der aufkommende Nachtwind kühlte sein erhitztes Gesicht. Noch immer hatte Doug Pender Angst, von einem plötzlichen Angriff überrascht zu werden.

Doch nichts geschah. Der Totengräber hörte nur in seinem Rücken die Schritte des Unheimlichen.

Vor der Haustür blieb Pender stehen. Jetzt erst fiel ihm ein, dass er sie von innen verriegelt hatte.

»Es ist zu«, sagte er, »ich habe den Riegel vorgelegt.«

»Brich die Tür auf!«, herrschte ihn Doktor Tod an. »Du brauchst das Haus sowieso nicht mehr.«

Pender warf sich gegen die Holzbohlen. Jedes Mal, wenn er gegen die Tür krachte, zuckte der Schmerz wie eine Flamme durch seinen Körper.

Beim vierten Versuch hatte er es geschafft.

Mitsamt der Tür flog Pender in den schmalen Flur. Der Totengräber verlor das Gleichgewicht und knallte auf die Erde. Mit der Stirn stieß er auf den harten Boden.

Für Sekunden blieb er liegen.

»Hoch mit dir!«, dröhnte Doktor Tods Stimme durch sein schwindendes Bewusstsein.

Doug Pender nahm alle Kraft zusammen und zog sich an der Wand hoch. Er wunderte sich selbst, dass in seinem Körper noch so viel Energie steckte.

Doktor Tod trieb ihn in das Zimmer, das einer Rumpelkammer glich. Das Fenster war zum Teil zerbrochen. Ein paar Scheibenreste hingen noch im bröckeligen Kitt.

Doug Pender fiel auf das alte Sofa. Die Springfedern quietschten erbärmlich.

Doktor Tod ließ Pender Zeit, sich wieder zu beruhigen. Dann sagte er: »Es geht mir um einen Mann hier in London. Um Inspektor Sinclair. Er hat mich damals vernichtet, doch nicht damit gerechnet, dass Satan mich zurückholen würde.« Man spürte förmlich, dass der Hass dieses Monstrum bald auffraß. »Erst wenn John Sinclair vernichtet ist, kann ich mich größeren Aufgaben zuwenden. Ich bin diesmal im Vorteil. Er weiß nicht, dass ich wieder in London bin. Wir werden ihm eine Falle stellen, aus der es kein Entrinnen mehr gibt. Und du wirst mir dabei helfen!«

Doug Pender schien ein Kloß im Hals zu sitzen. Er konnte nur noch nicken.

Für Doktor Tod war es keine Frage, dass er diesmal den Inspektor endgültig bezwingen würde …

»Doktor Tod ist wieder in London!«

»Was sagen Sie da?« John Sinclair wäre bald wie eine Rakete von seinem Stuhl hochgeschossen. Nur mit Mühe bewahrte er die Fassung.

Es war selten, dass Superintendent Powell John in seinem Büro aufsuchte. Heute war so ein Tag, und der Geisterjäger ahnte nichts Gutes.

Powell ließ sich auf den Besucherstuhl fallen und putzte umständlich seine Brillengläser.

John brannte vor Ungeduld, bezähmte sich aber. Powell setzte die Brille wieder auf und lächelte süffisant.

»Das war eine Überraschung, was, Inspektor?«, fragte Powell und lächelte immer noch. »Aber keine Angst«, fuhr er fort. »Ihr Doktor Tod lebt schließlich nicht mehr. Die Rumänen haben die Leiche überführt. Sie wollten sie nicht haben.«

»Entschuldigen Sie, wenn ich Sie unterbreche, Sir. Aber

warum hat man uns nicht in Kenntnis gesetzt? Ich meine, wir wussten doch am besten Bescheid. Und schließlich bin ich es gewesen, der Doktor Tod damals zur Hölle geschickt hat.«

»Was fragen Sie mich, Inspektor? Die Sache ist auf diplomatischem Wege bereinigt worden. Das Außenministerium hat sich eingeschaltet. Der Geheimdienst hat auch eine Rolle gespielt, und letzten Endes landete der Sarg in London, wo er dann abgeholt wurde.«

»Und wo ist er jetzt?«

»Da gibt es einen alten Friedhof in der Nähe von Skull. Dort hat man die Leiche hingeschafft.«

»Ist das nicht dieser komische Totenacker, auf dem nur Mörder und andere Verbrecher begraben werden?«

»Genau, Inspektor. Der Totengräber dieses Friedhofs hat den Sarg abgeholt. Das ist schon einige Tage her.«

John schüttelte immer wieder den Kopf. »Ich verstehe das einfach nicht. Es wird alles über unsere Köpfe hinweg gemacht. Anstatt dass man uns benachrichtigt, nein, man stellt uns vor vollendete Tatsachen.«

»Ich kann es auch nicht ändern, Inspektor«, sagte Superintendent Powell und stand auf. »Ich habe das Schreiben heute erhalten. Es war quasi nur eine Aktennotiz, mehr nicht. Und was haben Sie jetzt vor, Inspektor?«

»Ich weiß es noch nicht. Ich werde aber wahrscheinlich zum Friedhof fahren, um mir das Grab meines größten Gegners einmal anzusehen.«

»Das würde ich an Ihrer Stelle auch tun«, sagte Powell. »Und informieren Sie mich, wenn Sie zurück sind, Inspektor.«

»Selbstverständlich, Sir.«

Powell verzog das Gesicht und ging aus dem Zimmer. John wusste, dass sein Chef jetzt eine Magentablette nehmen würde. Powell ärgerte sich maßlos über diese Sache. Er konnte es einfach nicht leiden, wenn man ihn überging. Und das war sogar verständlich.

John Sinclair blieb einige Minuten hinter dem Schreibtisch sitzen und stützte das Kinn in beide Handflächen.

Er dachte an seine früheren Begegnungen mit dem Menschenhasser. Erst vor Kurzem hatte Doktor Tod sogar einen Doppelgänger des Inspektors geschaffen. Er hatte dafür von Johns Wange ein Stück Haut abgeschnitten. Mithilfe dämonischer Mächte hatte er dann den zweiten John Sinclair gefertigt.

Inspektor John Sinclair kämpfte jetzt schon einige Jahre gegen die Mächte der Finsternis. Er hatte viel Unheil verhindern können, doch manchmal fragte er sich, wann es auch ihn mal erwischen würde. Möglich war alles.

John Sinclair, der immer eine mit geweihten Silberkugeln geladene Beretta-Pistole bei sich trug, hatte erst vor Kurzem von seinem indischen Freund Mandra Korab einen Silbernagel geschickt bekommen. Der Inder hatte diesen Nagel von einem Mönch aus China geerbt. Dort hatte man mit dieser Waffe vor einigen Hundert Jahren einen Vampir erledigt. Und Mandra Korab, der wusste, welche Aufgaben sich John gestellt hatte, hatte sofort an den Inspektor gedacht und ihm den Nagel geschickt.

Der Nagel war handlang und etwa doppelt so dick wie ein normaler. In das Metall waren Dämonenbanner eingraviert. Sie gaben die Garantie, dass selbst die stärksten höllischen Kräfte an ihm abprallten.

Den Nagel trug John in einem kleinen Etui bei sich.

Der Inspektor schüttelte die düsteren Gedanken ab und stand auf. Es war später Nachmittag, und die heißen Strahlen einer Augustsonne machten die Millionenstadt London zu einem Backofen. John fuhr nach unten in die Tiefgarage des Yard, wo sein silbergrauer Bentley parkte.

Minuten später hatte sich John Sinclair bereits in den fließenden Verkehr eingeordnet.

Er fuhr in Richtung Norden. Er kam nur schlecht voran, und erst auf den Ausfallstraßen wurde es besser.

John musste sich mithilfe der Karte orientieren, doch schließlich hatte er den kleinen Friedhof gefunden.

Er lag ein paar Meilen von der nächsten Ansiedlung entfernt, inmitten eines trostlosen Gebietes. Eine Steinmauer grenzte den Totenacker ein.

Das alte Tor war geöffnet.

John fuhr den Wagen dicht an die Mauer und stieg aus.

Kein Lüftchen regte sich. Es war nahezu grabesstill. Selbst die Natur schien diesen Ort zu meiden.

John betrat das Friedhofsgelände.

Alles war verwildert und ungepflegt. Die frischen Gräber sahen aus wie große braune Maulwurfshaufen. John entdeckte kein Kreuz oder irgendein anderes christliches Symbol. Wer hier verscharrt wurde, gehörte zu den Ausgestoßenen.

Trotz der Hitze fröstelte den Inspektor. Die ganze Atmosphäre hatte etwas Unheimliches an sich.

John blieb neben einer Trauerweide stehen und blickte nach rechts. Dort stand ein Haus. Es war ziemlich verfallen und glich mehr einer Baracke.

Anscheinend das Wohnhaus des Totengräbers. Der Geisterjäger sah die Abdrücke einer Reifenspur, die zum Haus führte. Der Lehm war bröckelig, von der Sonne ausgetrocknet.

John wunderte sich ein wenig, dass der Totengräber nicht zu sehen war, aber wahrscheinlich hatte der Mann irgendwo anders zu tun.

John sah schon von Weitem, dass die Tür des Hauses fehlte. Dunkel gähnte ihm die Öffnung entgegen.

Der Inspektor beschleunigte seine Schritte. Hier stimmte etwas nicht. Er spürte es genau.

Die Haustür lag im Innern des Korridors, dessen Wände feucht waren und einen muffigen Geruch ausströmten.

John betrat das Haus.

Links führte eine Tür in ein Zimmer.

John schlich in den Raum.

Er sah mit einem Blick, was los war. Das einzige Fenster war zersplittert. Es herrschte eine Unordnung wie in einem Trödlerladen.

John untersuchte das Fenster genauer. Ein paar dunkle Flecken stachen ihm ins Auge. Sie hingen an einem Stück des Rahmens.

Blut?

John biss sich auf die Unterlippe. Welches Drama hatte sich hier abgespielt? War der Totengräber vielleicht überfallen worden? Aber wer sollte das getan haben? Rocker? Straßenräuber? Kaum, denn diese Typen beraubten nur Menschen, bei denen es etwas zu holen gab. Und dass der Totengräber kaum Geld gehabt haben konnte, davon zeugten allein schon die leeren Whiskyflaschen, die überall herumlagen. Wenn man das zusammenrechnete, was sie gekostet haben mussten, kam schon der Monatslohn eines Totengräbers dabei heraus.

Nein, John Sinclair hatte einen ganz anderen, einen schrecklichen Verdacht. Bestimmt hatte hier Doktor Tod bereits seine Hand im Spiel gehabt.

John stieß einen leisen Fluch aus. Er durchsuchte das Haus sicherheitshalber von oben bis unten, ohne jedoch einen Hinweis auf den Verbleib des Totengräbers zu entdecken.

John trat wieder nach draußen. Sein Blick glitt über den verlassenen Friedhof. Alles war ungepflegt und verlottert. Die Gräber waren zum Teil eingefallen, und Reifenspuren zeugten davon, dass der Totengräber oft quer durch das Gelände gefahren war.

John nickte. Ihm war eine Idee gekommen. Er wollte sich Doktor Tods Grab einmal ansehen. Das Grab würde bestimmt zu finden sein, es musste eins von den neueren sein.

John nahm nicht den Weg, sondern schritt kurzerhand die neuen Grabhügel ab.

In den braunen Lehmhaufen kroch allerlei Getier herum. Ameisen und Würmer fanden ihre Nahrung.

John ging weiter.

Plötzlich weiteten sich seine Augen. Der Inspektor war an ein frisch ausgehobenes Grab gekommen. Doch das war es nicht, was ihn aus der Fassung brachte.

Es war der zerstörte Sarg auf dem Boden des Grabes. Der Deckel war zersplittert und lag neben dem Unterteil. Jemand hatte schon einige Schaufeln Lehm in das Grab geworfen, denn neben dem Sarg wölbte sich ein kleiner Erdhaufen.

Hatte hier Doktor Tod gelegen?

John Sinclair sog scharf die Luft ein. Alle Anzeichen deuteten darauf hin.

Aber der Inspektor wollte Gewissheit haben. Kurz entschlossen sprang er in das Grab. Er bückte sich und untersuchte den Sarg genauer. Vielleicht hatte der Hersteller irgendein Zeichen eingebrannt. John untersuchte jedes Stück Holz. Er fand nichts.

Trotzdem war er sicher, dass Doktor Tod hier gelegen hatte und es mit Asmodis' Hilfe geschafft hatte, wieder lebendig zu werden.

Eine grauenhafte Vorstellung!

John konnte sich an den Fingern einer Hand abzählen, dass Doktor Tod jetzt nur noch eins wollte.

Rache!

Und das Ziel seiner Rache würde John Sinclair sein.

Der Inspektor konnte nicht vermeiden, dass ihm trotz der Hitze ein kalter Schauer über den Rücken glitt …

John Sinclair kletterte aus dem Grab und säuberte, so gut es ging, seine Kleidung.

Mit gemischten Gefühlen machte er sich auf den Weg zu seinem Wagen.

Der Totengräber ging ihm nicht aus dem Sinn. Hatte Doktor Tod ihn umgebracht? Möglich war es, denn eine Leiche ließ sich hier leicht verscharren. Aber wann? Wie lange trieb dieser Unhold schon sein Unwesen? Johns Laune sank auf den Nullpunkt, wenn er an die Reaktion der Behörden dachte. Sie hatten noch nicht einmal angegeben, wann der Sarg England erreicht hatte. John beschloss, sich sofort hinter die Sache zu klemmen.

Er hatte etwa die Hälfte des Weges zu seinem Bentley zurückgelegt, als das Klingeln eines Telefons die Stille unterbrach.

Der Inspektor blieb stehen.

Er erinnerte sich, im Haus des Totengräbers einen Apparat gesehen zu haben.

John lief schnell zu der Wohnbaracke.

Beim siebten Schellen hob er den Hörer ab.

»Ja?«

»Endlich erreiche ich Sie, Pender«, hörte der Inspektor eine Stimme. »Seit vier Tagen versuche ich, Sie anzurufen. Sagen Sie mal, wo haben Sie eigentlich gesteckt, zum Teufel? Es ist wieder Nachschub da, den Sie abholen können. Und eins sage ich Ihnen: Wenn Ihre Dienstauffassung nicht anders wird, müssen wir uns nach einem neuen Mann umsehen. Es gibt viele Leute, die sich um Ihren Posten reißen.«

Der Mann sprach, ohne Luft zu holen.

Schließlich unterbrach ihn John mit einem knappen »Moment mal«.

Der Mann am anderen Ende der Leitung verschluckte sich fast. Solch einen Ton war er von Pender wohl nicht gewohnt.

»Ich bin nicht Pender«, sagte John. »Ich bin Inspektor Sinclair von Scotland Yard.«

Der Unbekannte am anderen Ende der Leitung war sprachlos. »Scotland Yard?«, echote er nach einer Weile.

»Ja. Ich suche Mr. Pender ebenfalls.«

»Zum Teufel, weshalb denn? Hat er etwas ausgefressen?«

»Nein. Er ist verschwunden. Wann haben Sie zum letzten Mal mit Pender gesprochen?«, wollte John wissen.

»Lassen Sie mich nachdenken, Inspektor. Das war vor einer Woche etwa. Nein, genau vor sechs Tagen.«

»Und worum ging es da?«

»Pender sollte eine Leiche abholen. Vom Hafen. Es war ein Toter, der von Rumänien überführt worden ist. Aber davon müssten Sie doch wissen. Es sind doch extra zwei Beamte abgestellt worden, die den Sarg bewachten.«

»Aber nicht von unserer Dienststelle«, sagte John.

»Komisch. Na ja, manchmal arbeiten die Behörden ja auch gegeneinander.«

»Haben Sie die Namen der beiden Polizisten?«, fragte John.

»Da müsste ich nachsehen.«

»Tun Sie das.«

»Bleiben Sie so lange am Apparat, Inspektor.«

John wartete. Nach zwei Minuten hatte er den Mann wieder an der Strippe. »Hören Sie, Inspektor. Die beiden Polizisten waren Konstabler Bedford und Konstabler Spencer. Sie sind vom Vierten Revier. Hafenzone eins.«

»Ich danke Ihnen«, sagte John.

»Keine Ursache, Inspektor.«

John legte den Hörer auf die Gabel. Jetzt wusste er, seit wann Doktor Tod wieder sein Unwesen trieb. Fast eine Woche hielt er sich schon in London auf. Oder war er bereits nicht mehr im Land? Aber an diese Möglichkeit glaubte John nicht so recht, denn immerhin würde Doktor Tod alles daransetzen, sich an John Sinclair zu rächen. Erst wenn seine Rache befriedigt war, konnte er sich anderen Aufgaben zuwenden.

In einer Hinsicht war es sogar gut, dass John die Zielscheibe dieses Menschenhassers war, so wurden nicht noch Unschuldige in diesen Kampf mit hineingezogen.

John Sinclair hatte seinen Bentley erreicht. Das Innere des Wagens glich einem Backofen. John kurbelte während der Fahrt beide Fenster herunter, um sich wenigstens etwas Kühlung zu verschaffen.

Bis zum 4. Revier fuhr er über eine Stunde. Das Gebäude lag inmitten des Hafengeländes. Durch die Fenster hatte man einen Blick auf die Themse. Pausenlos wurden Schiffe be- und entladen. Die Männer mussten einiges aufholen, denn der letzte Streik lag noch nicht lange zurück.

Zwei Streifenwagen standen vor dem Gebäude. John parkte seinen Bentley hinter dem zweiten Wagen, stieg aus und betrat die Polizeistation.

Vier schwitzende Beamte saßen hinter ihren Schreibpulten. Ein Mann hackte auf einer altertümlichen Schreibmaschine herum. Der Ventilator unter der Decke verteilte nur die Luft, brachte aber keine Kühlung.

Der Revierleiter – ein Sergeant – kam John entgegen und fragte nach dessen Wünschen.

Der Mann von Scotland Yard stellte sich vor und verlangte die beiden Beamten zu sprechen, die vor einigen Tagen zur Bewachung des Sarges abgestellt worden waren.

Der Sergeant fuhr über seinen fast kahlen Schädel und zeigte mit dem Kopf zu dem Mann hin, der direkt neben dem Fenster saß.

»Konstabler Bedford. Kommen Sie doch mal her. Hier ist Inspektor Sinclair, der mit Ihnen reden möchte.«

Bedford war der Mann, der auf der Schreibmaschine getippt hatte.

John stellte sich noch mal vor und fragte nach dem bewussten Tag.

Bedford verzog das Gesicht. »Ich kann Ihnen sagen, Inspektor, so was mache ich auch nur einmal.«

»Wieso?«

»Nun ja!« Der Konstabler stockte. Er wusste wohl nicht so recht, wie er sich ausdrücken sollte. »Also, mein Kollege und ich, wir hatten das Gefühl, dass irgendwas mit diesem Sarg nicht geheuer war.«

»Konstabler Spencer ist übrigens auf Streifenfahrt«, erklärte der Sergeant.

»Schon gut«, sagte John. »Erzählen Sie weiter, Konstabler.«

»Also, wir haben ja einige Zeit auf den Totengräber warten müssen. Der Sarg stand in einer Halle, und man hat ziemlich geheimnisvoll getan. Das ganze Drumherum und so. Auf jeden Fall haben wir deutlich die Geräusche gehört.«

»Welche Geräusche?«, fragte John.

Konstabler Bedford blickte erst den Sergeant an und dann den Inspektor. »Die Geräusche kamen aus dem Sarg. Erst war es nur ein Klopfen, und hinterher, als wir den Sarg dann transportierten, haben wir sogar ein Ächzen gehört. Wenn Sie meinen Kollegen fragen, Inspektor, der kann es bestätigen.«

»Warum haben Sie mir denn nichts davon gesagt?«, blaffte der Sergeant.

Bedford hob die Schultern. »Hätten Sie mir geglaubt, Sergeant?«

»Hm. Wahrscheinlich nicht.«

»Das spielt ja auch keine Rolle«, mischte sich John Sinclair ein. »Tatsache ist, dass Ihr Kollege und Sie die Geräusche vernommen haben.«

»Ja.«

Der Sergeant hatte sich noch immer nicht beruhigt. »Sie waren doch nicht betrunken?«

»Auf keinen Fall, Sir.«

John hielt sich noch einige Minuten in dem Revier auf und bedankte sich dann bei dem Konstabler. Der Inspektor vergatterte die Beamten, über diesen Fall Stillschweigen zu bewahren.

Anschließend fuhr John Sinclair wieder zum Yard zurück. Er ahnte nicht, dass Doktor Tod schon längst seine Fäden gezogen hatte. Dass er es mit List und Tücke geschafft hatte, John Sinclair ständig unter Beobachtung zu halten.

Er würde zuschlagen. Aber zu einem Zeitpunkt, wo der Inspektor nicht damit rechnete …

Knarrend öffnete sich der Sargdeckel. Die beiden Kerzenflammen zu beiden Seiten des Podestes begannen zu flackern.

Mit schreckgeweiteten Augen starrte die junge, blonde Frau auf den Sarg.

Die Gestalt schraubte sich langsam aus der Totenkiste.

Die junge Frau konnte nicht schreien. Sie war unfähig, überhaupt ein Glied zu rühren.

Der Unheimliche aus dem Sarg war ein Vampir. Überdeutlich traten die spitzen Zähne zu beiden Seiten des Kiefers hervor. Die Hände waren zu Krallen gekrümmt, die Augen verrieten eine namenlose Gier.

Lautlos näherte er sich seinem Opfer.

Nadine Berger krampfte ihre Hände um die Sitzlehnen. Ihr Atem ging flach und schnell. Ein Schweißfilm hatte sich auf ihre Stirn gelegt. Das Geschehen auf der Leinwand hielt sie gefesselt. Denn die junge Frau, die die schreckliche Angst vor dem Vampir hatte, war sie selbst.

Nadine Berger, Schauspielerin in diesem grässlichen Horrorfilm. Sie durchlebte noch einmal die Angst, die sie auch schon bei den Aufnahmen gespürt hatte.

Der Vampir kam nicht mehr dazu, die blonde Frau zu seiner Sklavin zu machen. Sekunden vorher tauchte der Retter auf und erledigte den Untoten auf die klassische Art und Weise. Genüsslich wurde der Todeskampf des Vampirs gezeigt, um den Film dann anschließend mit einer Liebesszene enden zu lassen.

Alles hatte wieder seine Ordnung.

Stufenlos ging in dem großen Saal das Licht an. Und dann brach ein Beifallssturm los, wie Nadine Berger ihn selten erlebt hatte.

»Das wird ein Erfolg«, sagte neben ihr ein Mann. »Los, Nadine, Sie müssen aufstehen.«

Nadine erhob sich. Sie war noch immer etwas benommen. Auch die anderen Hauptdarsteller waren aufgestanden. Gemeinsam gingen sie zu der provisorisch aufgebauten Bühne. Als Letzter kam der Regisseur des Horror-Streifens, der ein selbstgefälliges Grinsen zur Schau trug.

Ein geringschätziges Lächeln umspielte Nadines Lippen. Sie mochte Mike Callahan nicht. Er erinnerte sie immer an einen aufgeblasenen Geier.

Trotzdem, dieser Mann hatte Einfälle. Schon allein der heutige Abend war eine Bombe.

Premiere eines Horror-Streifens an den Originalschauplätzen. Wenn das kein Reklamegag war! Gedreht hatten sie auf Darwood Castle, einem garantiert »echten« Spukschloss. Es waren zwei aufregende Monate gewesen. Geschlafen wurde oben in den Gästezimmern. Das gesamte Filmteam war in den zwei Monaten zu einer Familie geworden. Beleuchter, Kameramänner, Schauspieler – jeder war für den anderen da.

Und dann die Premiere. Mike Callahan, Regisseur und gleichzeitig Produzent, hatte seine Beziehungen spielen lassen. Die Presse war geladen, Vertreter der Filmindustrie und die Repräsentanten der großen Illustrierten.

Mike Callahan hatte eine Horror-Nacht arrangiert. Eine Horror-Nacht mit kaltem Büfett, Champagner, Musik und einigen engagierten Statisten, die die Gruselatmosphäre bringen sollten. Die Leute sollten gegen Mitternacht auftreten. Als Werwölfe oder Vampire verkleidet. Auch waren einige Monsterrollen vorgesehen. Man versprach sich von diesem Gag eine tolle Wirkung. Eingeweiht waren nur wenige. Die Gäste sollten überrascht werden.

Es dauerte eine Weile, bis sich der Lärm in der großen Vorführhalle gelegt hatte. Hier hatten in früheren Zeiten Ritter ihre Feste gefeiert.

Mike Callahan griff zum Mikrofon. Der Regisseur war ein mittelgroßer Mann mit dichtem Schnurrbart. Seine wieselflinken Augen schienen überall zu sein. Die wenigen schwarzen Haare hatte er zurückgekämmt. Der vordere Teil des Kopfes leuchtete wie eine Billardkugel. Callahan hatte schon über dreißig Filme gedreht und wollte mit diesem Horror-Streifen an die Spitze vorstoßen.

Dann hielt der Regisseur seine Rede. Er setzte sich darin selbst ein Denkmal, versäumte es aber auch nicht, die Schauspieler zu erwähnen.

»Und nun, Ladies and Gentlemen, darf ich sie zu einem kleinen Aperitif einladen. Das kalte Büfett folgt später. Schließlich haben wir noch eine lange Nacht vor uns.«

Wieder klatschten sich die Gäste die Hände wund.

Callahan genoss den Beifall wie ein Pfau seinen Federschmuck. Er gab eine ziemlich lächerliche Figur ab. Sein Smoking war um eine Nummer zu groß. Er wirkte darin wie ein Pinguin.

Der Rittersaal war groß. Die Malereien an den Wänden zeigten die großen Schlachten, die damals das Land verwüstet hatten.

Kristalllüster spendeten Licht. Der Schein brach sich auf dem üppigen Schmuck der Damen und ließ Hunderte von Lichtreflexen aufblitzen.

Man begab sich in die anderen Räume.

Diener in weinroter Livree eilten hin und her. Sie servierten

Cocktails auf silbernen Tabletts. Die Party versprach ein Riesenerfolg zu werden.

Nadine Berger stürzte das erste Glas Sekt förmlich hinunter und griff sofort nach dem zweiten.

Die Gäste standen in Gruppen beisammen und unterhielten sich. Es wurde viel gelacht, und auch an Komplimenten fehlte es nicht.

Nadine war von einigen Herren eingekreist. Die interessierte weniger der Film als die Hauptdarstellerin. Jeder versuchte, bei Nadine mit mehr oder weniger galanten Bemerkungen zu landen.

»Wenn Sie demnächst einen Beschützer brauchen, Nadine, ich bin immer für Sie da«, sagte ein schwarz gelockter Gigolo theatralisch und zeigte seine strahlenden Jacketkronen.

»Danke, aber ich suche mir meine Beschützer selbst aus.«

»Oh, die Lady ist emanzipiert«, meinte ein anderer.

»Warum auch nicht?«, erwiderte ein dunkelhaariger Zeitungsmann, »wir haben schließlich das Jahr der Frau. Was halten Sie übrigens davon, Nadine?«

»Nichts, meine Herren. Wenigstens im Augenblick nicht. Ich bin hier, um mich zu amüsieren.«

Wie auf Kommando begann die Kapelle zu spielen. Heiße Rhythmen erfüllten die ehrwürdigen Räume des Schlosses.

Die Tänzer rissen sich um Nadine. Doch ehe sie sich entschlossen hatte, durchbrach Mike Callahan den Kreis. »Den ersten Tanz hat Nadine mir versprochen.«

Das stimmte zwar nicht, aber Nadine wollte keine Spielverderberin sein.

Die Herren zogen sich leicht verärgert zurück. Aber es war ja noch genügend Weiblichkeit da.

Die Musiker spielten einen Blues. Callahan ging bei Nadine auf Tuchfühlung.

Die Schauspielerin versteifte sich. Sie mochte diesen Mann nicht.

Callahan merkte das wohl. Er lächelte überfreundlich. »Nun, Nadine, war das ein Erfolg?«

»Das muss sich erst noch herausstellen. Man weiß nie, wie das Publikum reagiert. Schließlich gibt es Horrorfilme en masse.«

»Ja, aber nicht solch einen Film. Das ist ein Top-Streifen. Und es wird nicht der letzte bleiben, verlassen Sie sich darauf.«

»Das kann ich verstehen.«

»Ich suche für meinen nächsten Film noch eine Hauptdarstellerin«, sagte Callahan. »Ich habe da an Sie gedacht, Nadine.«

»Soll das wieder ein Horrorfilm werden?«

»Ich weiß es noch nicht. Aber sprechen wir doch von Ihnen. Sie bekommen die Hauptrolle, vorausgesetzt ...«

»Ja?«

»Vorausgesetzt, Sie behandeln mich nicht so kühl und sind etwas entgegenkommender.«

Jetzt war die Katze aus dem Sack. Nadine hatte es geahnt. Callahan war schon vom ersten Drehtag an hinter ihr her gewesen. Doch sie war es gewohnt, sich ihre Männer selbst auszusuchen. Und Callahan war nicht ihr Typ.

Nadine blickte dem Regisseur in die Augen. Sie sah dort das gierige Leuchten, diesen Blick, der allen Männern zu eigen war, wenn sie unbedingt etwas von einer Frau wollten. Nadine spürte, wie Callahan sie näher an sich ziehen wollte, und stemmte sich gegen den Griff.

»Nun, wie lautet Ihre Antwort?« Callahans Stimme klang heiser vor Aufregung.

»Nein!«

Nadine sagte es so kalt und entschieden, dass Mike Callahan regelrecht zusammenzuckte. Innerhalb von Sekunden wechselte sein Gesichtsausdruck. Hass stahl sich in seine Augen. »Sie werden das bereuen, Nadine. Ich werde Sie in der Filmbranche unmöglich machen. Niemand wird Ihnen noch eine Rolle geben. Selbst in einem Pornofilm werden Sie nicht landen können. Für Sie ist die Filmkarriere beendet.«

Nadine war bleich geworden. »Danke, Mr. Callahan. Ich habe verstanden.« Mit einer schnellen Bewegung löste sie sich aus den Armen des Regisseurs. Wie ein dummer Junge blieb

Mike Callahan auf der Tanzfläche stehen. Sein Gesicht war hochrot vor Zorn und Wut.

Nadine Berger bahnte sich einen Weg durch die tanzenden Paare. Immer wieder wollte man sie auffordern, doch Nadine lehnte ab.

An der Tür stand Ross Taylor, ihr Partner in dem Horror-Streifen.

»Hallo, Nadine«, sagte er und verzog das braun gebrannte Gesicht zu einem Lächeln.

Taylor war ein Bilderbuch-Mann. Er hatte dunkles, modisch geschnittenes Haar und hellblaue Augen. Sein Gesicht strahlte die Männlichkeit aus, die Frauen immer fasziniert. Doch zu Nadines Leidwesen machte sich Taylor nichts aus Frauen. Er war ein prächtiger Kollege, doch mit einer Frau eine Liebschaft anzufangen, das hätte er nie über sich gebracht.

»Ach, du bist's, Ross«, erwiderte Nadine und legte ihren Arm auf seine Schulter.

Ross Taylor wandte den Kopf. »Hast du Kummer?«

»Ach, woher. Ich bin nur etwas müde, weißt du. Ich glaube, ich werde mich mal für ein paar Minuten zurückziehen.«

»Die Idee ist gut«, sagte Ross Taylor. Er ging einige Schritte zur Seite und deutete den Gang hinunter. »Die letzte große Tür auf der rechten Seite führt in den Gemäldesaal des Schlosses. Dort kannst du dem Trubel für ein paar Minuten entkommen.«

»Dank dir, Ross«, sagte Nadine, hauchte dem Mann einen Kuss auf die Wange und verschwand.

Die schwere Doppeltür war offen.

Nadine hatte tatsächlich Kopfschmerzen. Dieser Trubel, der Zigarettenqualm, die leeren Unterhaltungen – das war nichts für Nadine. Sie brauchte manchmal die Stille.

Nadine Berger schloss die Tür sorgfältig hinter sich zu. Der Gemäldesaal war groß. Prachtvolle Bilder hingen an den Wänden. Die Decke war kuppelförmig gebaut worden und ebenfalls bemalt. Eine Absperrung – bestehend aus einem dicken Tau – zog sich quer durch den Saal. Schilder wiesen darauf hin, dass ein Berühren der Bilder nicht gestattet war.

Der Boden war mit Parkett ausgelegt. Nadines Schritte hallten von den Wänden wider, während sie langsam durch den Saal ging und sich die Bilder betrachtete.

Von dem Lärm und Trubel war kaum etwas zu hören. Die Stille tat ihr richtig gut.

Vor einem besonders prunkvollen Schlachtgemälde blieb Nadine länger stehen. Sie betrachtete jede Einzelheit und war so darin vertieft, dass sie die Schritte erst im letzten Moment hörte.

Erschreckt kreiselte Nadine herum. Unwillkürlich presste sie ihre rechte Hand gegen den Mund.

Der Mann, der ihr gegenüberstand, war groß, breitschultrig und hatte ein gut geschnittenes Gesicht. Ein Ehering blitzte an seiner rechten Hand.

»Entschuldigen Sie, Miss Berger, wenn ich Sie erschreckt habe. Es lag bestimmt nicht in meiner Absicht. Gestatten Sie, dass ich mich vorstelle. Mein Name ist Bill Conolly.«

Nadine überwand ihre Überraschung schnell. Außerdem war ihr der Mann sympathisch. Er machte nicht den Eindruck eines Schürzenjägers.

»Sind Sie aus der Filmbranche, Mr. Conolly? Ich habe Sie noch nie gesehen.«

Bill wehrte lachend ab. »Nein, um Himmels willen. Mit dem Film habe ich nichts zu tun. Dort ist es mir zu hektisch. Ich bin freier Journalist und Reporter. Ich arbeite für verschiedene Zeitungen und Magazine.«

»Muss ein interessanter Beruf sein.«

»Das gebe ich zu. Aber man gewöhnt sich an alles.«

Bill blickte Nadine an. Sie war wirklich eine außergewöhnlich schöne Frau. Nadine trug ein hellblaues, figurbetontes Chiffonkleid mit einem raffinierten Ausschnitt, der den Ansatz ihres Busens sehen ließ. Das weizenblonde Haar fiel bis auf die nackten Schultern und war sorgfältig gekämmt. Nadine war kaum geschminkt, was die Apartheit ihres Gesichtes besonders betonte. Sie fiel irgendwie aus dem Rahmen der üblichen Filmschauspielerinnen. Es war gerade diese Natürlichkeit, die Männer so anzog.

»Zufrieden mit der Musterung, Mr. Conolly?«, fragte Nadine.

»Danke, ja.«

Nadine lachte. »Dann wollen Sie mich bestimmt interviewen.«

»Nicht unbedingt.«

Nadine hob überrascht die Augenbrauen. »Das ist ja ein neuer Zug, den ich an euch Journalisten entdecke.«

»Man darf eben nicht alle über einen Kamm scheren.«

»Und was hat Sie in diesen Saal geführt, Mr. Conolly?«

»Ich wollte dem Trubel ein wenig entgehen.«

»Dann geht es Ihnen so wie mir.«

»Außerdem interessiere ich mich für Schlösser und Burgen. Vor allen Dingen für die Kunst der vergangenen Jahrhunderte. Manchmal bekommt man direkt Ehrfurcht vor den Künstlern, finden Sie nicht auch, Miss Berger?«

»Ja. Aber für Sie bin ich Nadine.«

»Nur wenn Sie Bill sagen.«

»Abgemacht.«

Nadine Berger ging ein paar Schritte zurück. Ihr Blick schweifte durch den großen Saal. »Wissen Sie, Bill, ich freue mich immer, wenn ich noch einen normalen Menschen treffe.«

»Wie soll ich das denn verstehen?«

»Nun – einen Mann, der nicht so überkandidelt ist. Es gibt in unserer Branche Leute, ach, was erzähle ich Ihnen, das wissen Sie bestimmt selbst.«

»Und woraus entnehmen Sie, dass ich anders bin?«, fragte Bill.

»Reine Menschenkenntnis. Dazu Ihr Benehmen. Es passt einfach alles. Ihre Frau kann sich freuen. Sie sind doch verheiratet, oder?«

»Ja. Sogar sehr glücklich.«

»Das hört man selten.«

Eine kleine Pause entstand.

Nadine fiel auf, dass Bill mehrmals auf seine Uhr blickte.

»Erwarten Sie jemanden?«, fragte die Schauspielerin.

»Ja. Einen Freund. Ich habe ihn auf diese Party mitgeschleift.«

»Ist dieser Mann ein Kollege von Ihnen?« Nadine legte ihre Hand auf die Lippen. »Entschuldigen Sie, wenn ich so neugierig bin, aber ich möchte von einem Menschen immer gerne alles wissen. Es ist so eine Marotte von mir.«

»Das macht doch nichts. Mein Freund wird nichts dagegen haben, Sie kennenzulernen. Es ist kein Kollege von mir, sondern ein Polizeibeamter. Inspektor bei Scotland Yard und Junggeselle aus Prinzip«, fügte Bill lachend hinzu.

»Da kenne ich viele, die ihre Meinung hinterher geändert haben«, erwiderte Nadine Berger schmunzelnd.

Im selben Moment öffnete sich die Tür, und John Sinclair betrat den Raum.

Nadine hielt unwillkürlich den Atem an. Dieser Inspektor war ein außergewöhnlicher Mann, das sah sie auf den ersten Blick.

Der Smoking saß wie angegossen. Das blonde Haar war kurz geschnitten, und die blauen Augen in dem leicht gebräunten Gesicht strahlten Härte und Humor zugleich aus.

Bill Conolly ging John entgegen. »Darf ich miteinander bekannt machen. Nadine Berger – John Sinclair.«

Nadine reichte dem Inspektor die Hand. Sein Händedruck war fest, und Nadine war sicher, dass dieser Mann zupacken konnte, wenn es sein musste.

»Jetzt störe ich wohl«, sagte sie und blickte unsicher von einem zum anderen.

»Aber gar nicht, Miss Berger«, sagte John. »Ich wollte mich sowieso gleich wieder in den Trubel stürzen.«

Bill mischte sich ein. »Ich habe Miss Berger erzählt, dass du Junggeselle bist und für diesen Abend noch unbeweibt. Es ist doch naheliegend, wenn …«

John lachte. »Hör auf, Bill, du weißt, dass Kuppelei verboten ist.« Mit einem entschuldigenden Lächeln wandte sich der Inspektor an Nadine Berger. »Ich kann nichts machen, Bill Conolly ist so. Seit er verheiratet ist, will er auch mich dauernd unter die Haube bringen.«

»Nun hör aber auf, John«, sagte Bill und musste sich ein Lachen verkneifen. »Wissen Sie, Nadine, John Sinclair ist ein ganz Heimlicher. Der sieht nur so harmlos aus. In Wirklichkeit ist er ...«

»Finden Sie, dass Mr. Sinclair so harmlos aussieht?«, fragte Nadine kokett, der die Unterhaltung großen Spaß bereitete. »Ich meine, dass ...«

Die Schauspielerin kam nicht mehr dazu, weiterzusprechen. Abermals wurde die Tür aufgestoßen.

Jack Motta stand auf der Schwelle. Motta war einer von Nadines Partnern. Er hatte in dem Streifen den Vampir gespielt. Motta war ein verschlossener Typ mit kantigen Gesichtszügen. Der Maskenbildner hatte ihn gar nicht groß zu schminken brauchen. Ängstliche Gemüter fürchteten sich auch so schon vor ihm.

»Ach, hier bist du«, sagte Motta mit schwerer Stimme. Er war leicht angetrunken und hielt noch ein halb volles Whiskyglas in der rechten Hand. »Ich habe dich schon überall gesucht. Man will noch einige Fotos von uns machen.« Motta warf John und Bill einen verächtlichen Blick zu. »Seit wann verkehrst du mit Pressefritzen?«, fragte er anzüglich.

»Jack, ich bitte dich.« Nadines Augen sprühten vor Zorn. »Du hast schon wieder zu viel getrunken.«

Motta lachte albern. »Na und? Ist es ein Fehler? Sonst kann man dieses beschissene Leben doch gar nicht ertragen. Außerdem geht dich das einen ...«

»Ja, ja, schon gut«, sagte Nadine, ging auf ihren Kollegen zu und schob ihn aus dem Saal. An der Tür wandte sie noch einmal den Kopf und warf einen entschuldigenden Blick zurück.

»Wir sehen uns später«, sagte Bill noch, bevor sie die Tür

hinter sich schloss. Dann wandte sich der Reporter an John Sinclair. »Na, was sagst du?«

John nickte anerkennend. »Sie gefällt mir wirklich. Nicht so überdreht wie manch andere Schauspielerinnen.«

Bill schlug seinem Freund auf die Schulter. »Hab ich doch das Richtige getroffen. Übrigens, gibt es was Neues? Ich meine, du hast doch vorhin beim Yard angerufen.«

»Nein.« John schüttelte den Kopf. »Es ist nichts passiert, was auf Doktor Tod hindeutet.«

»Na, siehst du. Ich habe es ja immer gesagt, du machst die Pferde scheu. Jetzt bist du schon tagelang nicht ansprechbar, wartest förmlich darauf, dass man dir an den Kragen will, und vielleicht ist alles nur eine Täuschung. Was hat mich das für eine Überredung gekostet, dass du mitkommst. So, und jetzt wollen wir feiern.«

John und Bill hatten schon fast die Tür erreicht, als eine blecherne Lautsprecherstimme aufklang.

»Mr. Sinclair bitte zum Telefon. Mr. Sinclair bitte zum Telefon.«

John zuckte zusammen und sah seinen Freund bedeutungsvoll an.

»Das wird irgendein normaler Anruf sein«, meinte Bill und versuchte zu lachen. Dann bedachte er den Lautsprecher an der Decke mit einem bösen Blick. »Man sollte die Dinger abreißen«, knurrte er.

Diese Lautsprecher waren in allen Räumen des Schlosses installiert worden. Man wollte sie in den nächsten Tagen wieder entfernen, wenn das Filmteam abgereist war.

John war schon draußen. Mit schnellen Schritten ging er den Gang entlang.

Immer wieder musste er einigen Leuten ausweichen, die ihm lachend entgegenkamen. Die Party schien tatsächlich ein großer Erfolg zu werden.

Das Telefon war unter einer schallschluckenden Haube an der Wand des Ganges angebracht. Es gab noch mehrere Apparate wie diesen im Schloss.

Ein Bediensteter hielt den Hörer in der Hand. Er übergab ihn John und zog sich diskret zurück.

Der Inspektor duckte sich unter die Haube.

»Sinclair«, sagte er.

Zuerst hörte er nur ein Lachen. Dann fragte eine Stimme: »Inspektor Sinclair?«

»Ja.« John wurde bereits ungeduldig.

»Genießen Sie noch die letzten Stunden Ihres Lebens, Inspektor. Denn diese Party werden Sie nicht mehr lebend verlassen. Das garantiere ich Ihnen. Denken Sie daran: Doktor Tod ist da.«

Im selben Atemzug wurde die Verbindung unterbrochen.

John Sinclair hatte das Gefühl, in eiskaltes Wasser getaucht worden zu sein.

Also doch. Doktor Tod befand sich unter den Lebenden. Er war sogar auf dem Schloss. Und was das bedeutete, war kaum zu ermessen. Es bestand durchaus die Möglichkeit, dass die Party zu einem Mörderfest wurde …

Mit einer müde wirkenden Bewegung legte John Sinclair den Hörer auf. Sein Körper war schweißnass. Das kam nicht nur von der Hitze, nein, dieser Telefonanruf hatte ihn zutiefst geschockt. Doktor Tod in den Räumen des Schlosses! Unvorstellbar! Diesem Menschenhasser würde es nichts ausmachen, wahllos die Gäste zu töten, nur um für die Hölle einen Sieg zu erringen.

Aber eine Hoffnung gab es noch. Vielleicht war Doktor Tods Hass auf John Sinclair so groß, dass er sich mit seinen Angriffen nur auf ihn konzentrieren würde. Und John musste dann zusehen, dass er den Kampf gewann.

Diesmal für immer.

Der Inspektor tauchte unter der schalldichten Haube weg. Ein Bediensteter, der einen Sektkübel trug, kreuzte seinen Weg.

»Einen Augenblick«, sagte John.

Der Mann blieb stehen. »Sir?«

»Ich bin eben hier angerufen worden«, erklärte John. »Ist es möglich, dass der Anruf auch von außerhalb gekommen ist?«

»Ausgeschlossen, Sir. Dieser Apparat ist nur mit der schlossinternen Leitung gekoppelt. Sobald das Filmteam abreist, werden die Telefonapparate wieder demontiert.«

»Es muss aber doch Außenapparate geben«, sagte John.

»Selbstverständlich, Sir. Sie befinden sich im Herrenhaus. Es sind mehrere. Diese Räume liegen übrigens im Südflügel und sind von den Filmleuten nicht benutzt worden. Der Count of Darwood hat sich das ausgebeten.« Der Ober musste zur Seite treten, um einige Leute vorbeizulassen. Er sagte dann, dass es noch einen Apparat im provisorischen Büro des Regisseurs gäbe.

John bedankte sich für die Auskünfte.

Die Musikfetzen drangen nur verschwommen an seine Ohren. Er hörte auch nicht das Gelächter der Partygäste. Seine Gedanken gingen in eine ganz andere Richtung.

»Was ist dir denn für eine Laus über die Leber gelaufen?«, fragte Bill Conolly plötzlich.

John hob den Kopf und sah seinen Freund neben sich stehen. Er hatte ihn nicht kommen gehört.

»Mensch, John, diese Nadine hat schon nach dir gefragt. Komm, stell dich nicht so an.«

Der Inspektor schüttelte den Kopf. »Ich werde nicht mit euch feiern, Bill. Dieser Anruf vorhin – weißt du, wer am Apparat war?«

»Du bist gut. Wie sollte ich?«

»Es war Doktor Tod. Und er ist hier im Schloss.«

»O verdammt«, flüsterte Bill und verlor schlagartig seine Gesichtsfarbe.

John berichtete in knappen Sätzen.

»Na, dann können wir uns ja auf etwas gefasst machen«, stöhnte der Reporter. »Aber woher weiß der Kerl denn, dass du hier bist?«

»Er wird mich beobachtet haben. Wahrscheinlich schon tagelang.«

»Und warum hat er dann nicht schon früher zugeschlagen? Es widerspricht doch den Gesetzen der Logik. Hier sind viel zu viele Menschen.«

»Aber es widerspricht nicht Doktor Tods Natur«, unterbrach John seinen Freund. »Er muss Publikum haben, so schlimm es auch ist.«

»Na dann«, sagte Bill. »Aber – da fällt mir etwas ein.« Der Reporter legte zwei Finger seiner rechten Hand an die Stirn. Ein Zeichen, dass er nachdachte. »Dieser Doktor Tod ist doch damals in Rumänien verbrannt. Ich habe die Leiche schließlich selbst gesehen. Wenn er jetzt durch schwarze Magie wieder zum Leben erweckt worden ist, dann fällt er doch auf, vorausgesetzt, er hat sich nicht verändert.«

»Das stimmt«, gab John zu, »aber bisher hat Doktor Tod noch nie allein gehandelt. Er hat jedes Mal Helfer gehabt. Er selbst wird sich im Verborgenen halten. Erst wenn Angst und Schrecken regieren, tritt er in Erscheinung. Ich kenne ihn bald besser als mich selbst.«

»Und was willst du unternehmen? Die Party abbrechen lassen? Niemand würde dir glauben. Das ist eine Horrorfete, denk daran. Soviel ich weiß, will man um Mitternacht mit einigen Überraschungen aufwarten. Der Regisseur hat Statisten engagiert, die als Monster verkleidet herumlaufen. Dann wird man Doktor Tods Erscheinen ebenfalls für einen Gag halten.«

John Sinclair wusste nur zu gut, wie recht sein Freund hatte. Und es machte ihn wahnsinnig, untätig herumsitzen zu müssen und zu warten, wann Doktor Tod zum ersten Mal zuschlug.

»Sollen wir das Schloss durchsuchen?«, fragte Bill.

»Es wäre eine Möglichkeit.« John überlegte. »Wir können uns aber auch draußen umsehen.«

»Okay. Besser, als hier herumzustehen. Sag mal, John, hast du eigentlich deine Beretta mit?«

»Ja.«

»Wenigstens etwas.«

Die beiden Männer orientierten sich in Richtung Ausgang. Die Party fand im gesamten Mittelteil des Schlosses statt. Es gab kaum einen Raum mehr, in dem nicht getanzt wurde. Lautsprecher übertrugen die heiße Musik der Kapelle.

»Der Spaß hat etwas gekostet«, sagte Bill und betrat als Erster die Stufen der großen Freitreppe, die hinaus in den Schlosshof führte.

Der Schlosshof war ein großzügig angelegtes Geviert mit gepflegten Rasenflächen, sorgfältig gestutzten Bäumen und einigen Buschinseln. Die mit Kies bestreuten Wege durchkreuzten wie das Netz einer Spinne die kultivierte Landschaft.

Doch heute war der Schlosshof zweckentfremdet worden.

Bunte Girlanden verbanden die Bäume miteinander. Hunderte von Glühbirnen leuchteten in allen Farben. Scheinwerfer waren an den Bäumen befestigt. Ihre grellen Lichtbündel konzentrierten sich auf den Mittelpunkt dieser Party im Freien – das kalte Büfett.

Es war ein paar Meter lang und bestückt mit Köstlichkeiten aus aller Welt. Noch immer liefen Ober hin und her und gaben den Speisen den letzten Schliff.

Es gab Hummer, unzählige Salate, Pasteten, Fisch und vielerlei Fleischsorten. Eine Extratafel war nur für das Käsebüfett hergerichtet worden.

John und Bill blieben unter einer der alten Platanen stehen.

»Glaubst du im Ernst, dass sich hier jemand versteckt hält?«, fragte der Reporter.

John zuckte mit den Schultern. »Wohl kaum.«

Es würde wohl bald losgehen, denn die Musik wurde bereits in den Schlosshof übertragen. Es sprangen noch ein paar Scheinwerfer an und rissen zahlreiche Lichtinseln aus der Dunkelheit.

»Lass uns solange reingehen«, sagte Bill und fasste nach Johns Arm.

Im selben Augenblick hörten sie den Schrei!

»Das war im Schloss!«, rief John Sinclair und spurtete los.

Bill Conolly konnte kaum Schritt halten.

Mit Riesensätzen jagte John die Treppe hoch. Aufruhr herrschte in der Halle, aber auch Gelächter.

John drängte sich durch die Menschenmenge, die nur auf einen Punkt starrte.

Nach einigen Ellbogenstößen konnte John auch sehen, was los war.

Ein Werwolf war aufgetaucht und hatte sich einer Frau bemächtigt. Das Gebiss mit den Reißzähnen schimmerte gefährlich, und aus dem Maul drangen knurrende Laute. Was die Sache lächerlich machte, war das Kostüm des Werwolfs. Es war am Rücken geplatzt und ließ das Unterhemd des darin steckenden Mannes sehen.

Auch die Überfallene hatte sich wieder beruhigt. Der Gag war angekommen, da gab es keinen Zweifel. Am meisten freute sich Mike Callahan. Er kreischte vor Vergnügen und erzählte jedem, der es hören wollte, dass dies seine Idee gewesen sei. Und es sollte nicht die letzte sein, wie er versicherte.

Callahan sprang auf einen Stuhl. Der Regisseur war auch nicht mehr ganz nüchtern.

»Und nun, Ladies and Gentlemen«, rief er, »habe ich einen tollen Vorschlag. Nach diesem Schrecken veranstalten wir einen Generalangriff. Einen Angriff auf das kalte Büfett.«

Seine nächsten Worte gingen im Beifallsgeschrei der Gäste unter. Der Werwolf war von seinem Opfer entführt worden. John sah die beiden gemeinsam in einem Raum verschwinden.

Der Inspektor wollte sich gerade abwenden, als ihn jemand auf die Schulter tippte.

Es war Nadine Berger. Sie hatte schon einen kleinen Schwips. John sah es am Ausdruck ihrer Augen.

»Wenn Sie jetzt nicht mit mir kommen, bin ich Ihnen ernstlich böse«, sagte Nadine und lehnte sich so fest gegen John, dass er den Druck ihrer Formen deutlich spüren konnte. »Was meinen Sie, Inspektor, wie viele Männer ich schon Ihretwegen abgewiesen habe. Kommen Sie. Sie werden mir die besten Sachen am kalten Büfett aussuchen. Ja?«

John zuckte ergeben mit den Schultern. Er konnte nichts machen. Als er für einen Augenblick den Kopf drehte, sah er Bill Conolly zwischen zwei Damen eingeklemmt. Bill machte ein langes Gesicht.

Sie gingen nach draußen.

Nadine hatte sich bei John eingehängt.

»Ist diese Nacht nicht herrlich?«, flüsterte sie. »Der Mond, die Luft. Ich wünschte mir, dass dies alles nie vorbeigehen würde.«

John ging nicht auf ihren Ton ein. Seine Gedanken beschäftigten sich mit etwas anderem.

Popmusik sollte den Appetit der Gäste anregen.

Wie hungrige Löwen stürzte sich die Meute auf das kalte Büfett. John war so ziemlich einer der Letzten, der an die Reihe kam. Nadine zeigte ihm, was sie haben wollte.

John reichte ihr den gefüllten Teller. Er wollte gerade selbst nach einem Hähnchenschenkel greifen, als er die Gestalt sah.

Und da wusste John Sinclair, dass Doktor Tod zum ersten Mal zugeschlagen hatte.

Die Küchenräume lagen im westlichen Seitentrakt des Schlosses direkt über den Vorratskammern.

Hier wurde hart geschuftet. Mike Callahan hatte zusätzliches Personal eingestellt, um die leiblichen Bedürfnisse der Gäste zu befriedigen. Zwar wurde vieles schon fertig geliefert, doch es blieb noch sehr viel zu tun.

Der große Küchenraum hatte fast die Ausmaße eines Saales. An den Wänden standen mehrere wuchtige Öfen, die mit Gas beheizt wurden. Tische standen in der Mitte des Raumes. Hier gab man vielen Speisen noch den letzten dekorativen Schliff.

Über all die Arbeiten wachte der Chefkoch mit Argusaugen. Er leitete die Küche wie ein Patriarch, und manch einer der Gesellen hätte ihn am liebsten selbst zu Gulasch verarbeitet.

Die Dunstabzüge funktionierten kaum noch. Sie sollten in den nächsten Wochen erst überholt werden. Schwaden hingen wie eine Nebelwand in der Küche und trieben den fünf arbeitenden Köchen den Schweiß auf die Stirn.

Tim, der Jüngste, schnitt gerade ein Filetstück, als der Chefkoch ihn zu sich rief.

»Du weißt, wo die Weinkeller sind?«

Tim nickte. Mit der Schürze trocknete er sich den Schweiß ab.

»Nimm dir den großen Korb und hol mir zwanzig Flaschen Portwein. Die Kellner sind im Augenblick überlastet. Außerdem wissen sie in den Räumen nicht so gut Bescheid.«

Tim wollte schon gehen, als ihn der Chefkoch noch mal zurückhielt. »Schinken brauchen wir auch noch, Tim. Nimm das Messer mit.«

»Wird gemacht.«

Tim schnappte sich das scharfe Fleischmesser an der Wand. Es hatte einen massiven Holzgriff und eine lange, beidseitig geschliffene Klinge.

»Pass auf, dass du dir den Dolch nicht in die Brust rammst«, witzelte ein Kollege.

Tim zuckte mit den Schultern. Er hatte für solcherlei Späße nichts übrig. Tim war ein stiller, junger Mann, der zu allem Ja und Amen sagte.

Die Kellerräume waren von der Küche aus nicht direkt zu erreichen. Man musste erst auf den Gang gehen, und von dort aus gelangte man durch eine alte Tür in den Keller.

Tim hörte das Lachen der Menschen, und der Neid kam in ihm auf.

Wie gerne hätte er da jetzt mitgemacht. Stattdessen musste er den Leuten noch die Köstlichkeiten holen. Tim fluchte leise vor sich hin. Er wusste auch nicht, was heute in ihn gefahren war.

Den Schlüssel hatte er mitgenommen. Immer wieder warf Tim einen sehnsüchtigen Blick nach draußen. Man hatte alle Türen, die aus diesem Teil des Schlosses führten, geöffnet.

Tim schloss die Kellertür auf. Den Korb hatte er in die linke Hand genommen.

Dunkelheit gähnte Tim entgegen.

Er machte Licht.

Eine trübe Funzel beleuchtete hohe, ausgetretene Steinstufen. Das Eisengeländer hatte schon Rost angesetzt. Es war lebensgefährlich, die Treppe hinunterzugehen.

Tim war auch dementsprechend vorsichtig.

Die Treppe mündete in ein großes Gewölbe. Holzregale verdeckten die Wände. Tausende von Weinflaschen lagerten hier unten. Die Weine waren nach Herkunftsort und Jahrgang in den Regalen sortiert. Ein seltsamer Geruch lag über dem Keller.

Tim machte sich an die Arbeit. Der Portwein lagerte im letzten Fach des Regals. Vorsichtig legte Tim die Flaschen in den Korb. Nach einigen Minuten hatte er zwanzig Stück abgezählt.

Jetzt brauchte er nur noch den Schinken zu holen.

Dazu musste er in die Vorratskammer. Sie schloss sich direkt an den Weinkeller an, war aber durch eine Holztür gesichert.

Tim stutzte, als er das einfache Vorhängeschloss sah. Es war beschädigt, aus der Halterung gerissen.

Da hat es jemand vor Hunger nicht mehr ausgehalten, dachte Tim und zog die Tür auf. Den Korb hatte er vorher abgestellt.

Nichts ahnend betrat der junge Mann die Vorratskammer.

Das Messer hielt Tim in der rechten Hand. Die Klinge zeigte nach unten.

Er machte zwei Schritte – und …

Das Grauen packte ihn wie ein wildes Tier.

Vor ihm stand eine schreckliche Gestalt.

Es war ein Mensch, oder das, was von ihm übrig geblieben war. Das Gesicht war völlig entstellt. Brandwunden hatten die Haut zerstört. Nur die Augen lebten in diesem Gesicht. Sie leuchteten wie zwei helle Flecke und hielten Tim in einem dämonischen Bann.

Sekunden vertickten.

Immer noch starrte Tim den Unheimlichen an. Er hatte das Gefühl, einen Albtraum zu erleben.

»Was willst du hier?«, hörte Tim plötzlich eine Stimme. Sie kam aus dem Schädel des Unheimlichen.

Es war, als hätten diese Worte den Bann gelöst. Ein Zittern lief durch Tims Gestalt. Er warf sich auf dem Absatz herum und rannte weg. Erst jetzt löste sich der Angstschrei von seinen Lippen.

Tim hetzte durch den Keller. Das kalte Entsetzen peitschte ihn vorwärts.

Und noch immer schrie er.

Da sah er die Treppe. Die Stufen verschwammen vor seinen Augen. Tim stolperte und knallte mit dem Gesicht gegen den Stein.

Er kam wieder auf die Füße, wollte weiterlaufen.

Zu spät.

Eine kalte Hand umklammerte seinen Nacken, riss ihn herum.

Das Gesicht war genau vor ihm.

Tim hielt noch immer das Messer in der Hand. Er dachte gar nicht daran, es zu gebrauchen.

Dafür aber der Unheimliche. Mit einem blitzschnellen Griff wand er Tim das Messer aus der Hand.

Tim sah die Klinge über seinem Kopf schweben. Seine Augen weiteten sich vor Entsetzen.

In diesen schrecklichen Sekunden wurde Tim klar, dass er sterben musste, dass dieses Monster vor ihm keine Gnade kannte.

Noch einmal nahm Tim alle Kraft zusammen. Instinktiv trat er nach dem Unheimlichen, bekam für einige Augenblicke Luft, umklammerte das rostige Geländer und zog sich ein paar Stufen hoch.

Doch Doktor Tod, denn er war es, kannte kein Pardon.

Er brauchte nur zwei Schritte zu machen, hob den Arm mit dem Messer und stieß zu.

Der junge Mann spürte einen siedend heißen Schmerz und

hatte das Gefühl, als wäre er in zwei Hälften geteilt worden. Die Treppe begann sich auf einmal vor seinen Augen zu drehen. Und trotzdem, Tim stolperte weiter.

Irgendetwas hielt ihn noch aufrecht. Mit dem letzten Funken Lebenswillen zog er sich die Stufen hoch.

Sein Mund war zu einem lautlosen Schrei geöffnet. Der Schmerz wurde immer schlimmer. Er kam von innen, schien ihn aufzufressen.

Tim erreichte die Kellertür.

Mit beiden Händen klammerte er sich an dem Holz fest.

Er spürte, wie seine Knie nachgaben, und stieß sich ab.

Wie ein Betrunkener torkelte Tim durch die Tür nach draußen. Er hörte die Stimmen der Menschen wie aus weiter Ferne, sah die bunten Lichter der Lampions als zerfließende Flecke und dann die unendliche Schwärze, die ihn in die Welt des Todes zog.

Der Mann torkelte aus dem Schatten der Schlossmauer, wankte durch eine Lichtinsel und schwankte auf den letzten Tisch des kalten Büfetts zu.

John Sinclair ließ das Besteck fallen. Er wusste, dass es diesmal kein Trick war. Der Mann trug die Kleidung eines Kochs. Ein Messer steckte in seinem Körper.

John Sinclair sprang vor.

Doch auch er konnte das Unheil nicht mehr verhindern. Der Schwerverletzte hatte den Rand des Tisches erreicht, bekam das Übergewicht und fiel in die Speisen des kalten Büfetts. Mit ausgebreiteten Armen blieb er liegen. Sein Körper zuckte noch einmal, dann war es vorbei.

John Sinclair war mit ein paar Sätzen bei dem Mann und drehte ihn auf den Rücken.

Blicklose Augen starrten den Inspektor an. Da war nichts mehr zu machen.

Der Mann war tot.

John wandte den Kopf.

Im selben Augenblick gellte ein vielstimmiger Entsetzensschrei durch den Schlosspark. Erst jetzt begriffen die Leute, was eigentlich los war, dass dies kein Scherz gewesen war, sondern ein grausamer, brutaler Mord.

Frauen kreischten schrill und standen dicht vor einer Ohnmacht. Die Männer fluchten und bekamen blasse Gesichter.

Plötzlich stand Bill Conolly an Johns Seite.

Auch Bill war blass geworden. »Doktor Tod?«, fragte er leise.

»Wahrscheinlich.«

Mike Callahan bahnte sich mit rudernden Armen einen Weg durch die Menge.

»Das gehört nicht zu den Scherzen!«, brüllte er. »Was fällt dem Kerl ein, sich auf das kalte Büfett zu schmeißen.«

Da verlor John Sinclair die Geduld. Er packte den Regisseur am Kragen und schüttelte ihn wie eine Stoffpuppe hin und her.

»Dieser Mann ist tot!«, brüllte er Callahan an. »Er ist auf dieser verdammten Party umgebracht worden. Auf eine bestialische Weise. Begreifen Sie das?«

Callahans Mund klappte zu. John stieß den Mann von sich.

»Das werden Sie bereuen!«, kreischte Callahan. »Das brauche ich mir nicht gefallen zu lassen. Ich werde Sie unmöglich machen. Was stört es mich, wenn dieser Kerl ...«

Bill Conolly sprang vor. Er war kein Polizist wie John Sinclair. Er konnte auch mal zuschlagen, wenn es die Situation erforderte.

Bills flache Hand klatschte in das Gesicht des Regisseurs. Callahans Schimpftirade brach ab. Der Regisseur flog ein paar Schritte zur Seite und wurde erst durch einen Baumstamm gestoppt.

»Das musste mal sein«, sagte Bill und rieb sich die Faust.

John Sinclair gab keine Antwort. Er sah in die Richtung, aus der der Schwerverletzte vorhin gekommen war.

Bill Conolly wollte noch etwas sagen, doch in diesem Augenblick ging das Licht aus.

Wie eine riesige Glocke stülpte sich die Dunkelheit über den Park und das Schloss. Die Musik brach mit einem jaulenden Missklang ab.

Sekundenlang standen die Menschen wie festgewachsen.

Bis ein gellendes Gelächter durch die Stille schnitt. Es schien von überall her zu kommen und jagte den Gästen Angstschauer über den Rücken.

Das Lachen war so teuflisch, dass selbst der abgebrühte Inspektor spürte, wie seine Nerven vibrierten.

Doktor Tod hatte seinen ersten Sieg errungen …

Eine halbe Stunde später.

Die Gäste waren wieder in das Schloss gestürmt. Und gestürmt ist genau der richtige Ausdruck. Beinahe panikartig hatten sie den Ort des Schreckens verlassen. Ein Diener hatte festgestellt, dass ein Unbekannter – als plötzlich das Licht verlöscht war – die Hauptsicherung herausgedreht hatte.

Jetzt war aber alles wieder in Ordnung gebracht worden.

Noch immer stand der Schrecken auf den Gesichtern der Menschen. Jemand hatte mehrmals versucht, die Polizei anzurufen, doch der Ruf kam nicht durch. Irgendetwas musste mit der Leitung nicht stimmen.

Das hatte natürlich die Furcht der Gäste noch gesteigert. Man sprach wild durcheinander, machte die verrücktesten Vorschläge und verwarf sie wieder.

Schließlich suchte man einen Sündenbock. Und da kam Mike Callahan, der Regisseur, gerade recht.

Callahan hatte seinen Hemdkragen geöffnet und diskutierte wild mit einigen Pressevertretern. Sein Gesicht hatte dabei die Farbe einer überreifen Tomate angenommen.

»Niemand hindert Sie daran, abzureisen«, rief Callahan soeben, »aber Sie sind anscheinend nur Schreibmaschinenhelden. Schon ein kleiner Mord bringt Sie aus der Fassung.«

»Der kleine Mord war ein Verbrechen«, sagte der erste Kameramann des Films. Er gehörte zu dem Team, das wieder abfahren wollte. Er hatte sich unbemerkt an Callahan herangeschlichen.

Der Regisseur fuhr herum. »Dass Sie mir Schwierigkeiten machen werden, habe ich geahnt, Ballard. Hauen Sie ab, Mann, ich kann Ihre Visage nicht mehr sehen!«

Ballard grinste böse. »Das werden wir auch, Mr. Callahan. Und wir kommen mit der Polizei zurück, darauf können Sie sich verlassen.«

»Ja, ja, machen Sie doch, was Sie wollen«, rief der Regisseur ärgerlich.

Es waren insgesamt acht Leute, die abhauen wollten. Die Wagen parkten hinter dem Schloss auf einem Platz.

Ballard war der Erste in der Reihe. Er fuhr einen nagelneuen Austin.

Hart knallten die Wagentüren. Jeweils vier Personen saßen in den Fahrzeugen.

Der Kies spritzte wie Popcorn unter den Reifen weg, als die beiden Fahrzeuge Kurs auf das Tor nahmen. Sie fuhren relativ schnell, und deshalb traf sie der Schock umso überraschender.

Ballards Austin wurde plötzlich brutal abgestoppt. Da der Kameramann nicht angeschnallt war, knallte er mit dem Kopf gegen die Scheibe. Dem Mann auf dem Beifahrersitz ging es nicht besser. Auch die beiden im Fond wurden kräftig durcheinandergeschüttelt.

»Was ist? Warum fährst du nicht weiter, Jim?«

Ballard richtete sich ächzend auf. Er hatte an der Stirn eine Platzwunde. Ein dünner Blutfaden sickerte über die Wange bis zum Mundwinkel. Ballard wischte ihn mit dem Ärmel weg und warf einen Blick aus dem Fenster.

Dem anderen Wagen war es nicht anders ergangen. Auch er stand.

»Warum fährst du nicht?«, schrie Ballards Assistent vom Rücksitz her. »Denkst du, ich will hier übernachten?«

»Halt die Schnauze!«, erwiderte Ballard und startete den Motor.

Kupplung, erster Gang, Gas.

Nichts.

Der Austin blieb stehen wie ein störrisches Maultier.

Ballard fluchte.

Wütend sprang er nach draußen, lief die paar Schritte bis zur Kühlerhaube – und …

Da traf ein mörderischer Schlag seinen Körper. Ballard spürte, wie er ein Stück durch die Luft flog und gegen die Motorhaube des Austin krachte.

Langsam rutschte er daran hinab.

Die anderen waren ebenfalls aus den Autos gesprungen. Gemeinsam umringten sie den Kameramann.

»Was ist geschehen, Jim?«

Man half Ballard hoch.

»Ich weiß es nicht«, stöhnte der Kameramann. »Ich bin ein paar Schritte gegangen, und dann erhielt ich einen Schlag wie mit dem Hammer. Als wäre ich gegen eine unsichtbare Wand gelaufen.«

Unwillkürlich sahen die anderen in die von ihm gezeigte Richtung.

»Da ist aber nichts«, sagte einer.

»Das weiß ich auch, du Trottel. Aber du kannst es ja mal ausprobieren«, gab Ballard wütend zurück.

»Das werde ich auch.«

Der Mann ging los. Forsch und angriffslustig zugleich.

Sekunden später schrie er auf. Dicht neben dem Austin landete er auf dem Boden.

»Das ist Hexerei«, sagte ein Tontechniker.

Die Männer versuchten es an einer anderen Stelle. Überall das Gleiche.

»Und jetzt?«, fragte Ballard.

»Hier kommt niemand mehr raus«, erwiderte der Tontechniker. »Jemand muss ein elektrisches Feld um das Schloss gelegt haben. Das ist die einzige Erklärung, die ich für dieses unheimliche Phänomen habe.«

»Am besten, wir gehen zurück«, schlug Ballard vor.

Die anderen waren einverstanden und ahnten nicht, dass sie genau das taten, was Doktor Tod von ihnen wollte.

Es war ein magischer Ring, den Doktor Tod um das gesamte Schloss gelegt hatte. Er hatte dieses Gelände von der Außenwelt abgeschnitten.

Und Mitternacht rückte immer näher …

Von all diesen Dingen ahnten John Sinclair und Bill Conolly nichts.

Sie hatten den Weg des Toten zurückverfolgt und befanden sich jetzt im Weinkeller des Schlosses. Der Küchenchef war ebenfalls bei ihnen. John hatte sich ausgewiesen und somit die Bedenken des Kochs zerstreut.

Die Leiche des jungen Mannes hatten John und Bill in eine Abstellkammer des Schlosses getragen. Hier wurde sie bis zum Abtransport aufbewahrt.

Der Chefkoch starrte auf den Korb mit den Weinflaschen. Immer wieder schüttelte er seinen Kopf. »Ich kann es nicht glauben. Das ist so unmöglich, so …«

»Wir müssen uns aber mit den Tatsachen abfinden, Mr. Hammond«, sagte John. »Und wir müssen alles tun, um jetzt den Mörder dieses Mannes zu finden.«

»Natürlich, Inspektor. Sie haben recht.«

Der Chefkoch war entgegen der landläufigen Meinung von einem Koch überdurchschnittlich hager. Er hatte sein blondes Haar unter einer hohen Mütze verborgen und das Gesicht in nachdenkliche Falten gelegt.

»Ich kann Ihnen beim besten Willen nichts sagen, Inspektor. Der Mann ist ganz normal in den Keller gegangen, und dann dies hier.« Der Koch schüttelte sich.

Bill Conolly hatte eine Taschenlampe aufgetrieben und leuchtete den Boden ab. Fußspuren waren kaum zu sehen, nur ein paar Blutflecke auf der Treppe, die sich wie eine Kette die Stufen hinaufzogen.

John Sinclair konnte sich vorstellen, wie sich der Kampf hier unten abgespielt hatte. Dieser junge Mann musste Doktor Tod entdeckt und dann sein Wissen mit dem Leben bezahlt haben.

John Sinclair ging in die kleine Vorratskammer. An einem Holzgestell hingen Würste und Schinken. Der Geruch kitzelte in der Nase.

»Irgendwie muss Doktor Tod doch in die Kammer gelangt sein«, sagte der Inspektor.

Bill Conolly hatte die Worte aufgeschnappt. »Das Schloss war doch aufgebrochen.«

»Das schon. Nur brauchte er ja auch einen Schlüssel zum Keller. Woher hat er ihn?«

»Den wird ihm irgendjemand gegeben haben.«

»Aber wer?«

»Keine Ahnung.«

John überlegte weiter. »Vielleicht der Schlossbesitzer. Der Count of Darwood.«

»Da fragen wir ihn am besten selbst«, meinte Bill.

John ging die paar Schritte in den Weinkeller zurück.

»Was ist eigentlich mit dem Besitzer des Schlosses?«, fragte John den Chefkoch.

»Wie soll ich Ihnen das erklären, Inspektor? Der Count of Darwood residiert im Mitteltrakt des Schlosses. Er ist an den Rollstuhl gefesselt und lässt sich so gut wie nie außerhalb seiner Räume sehen. Er ist ein etwas komischer Kauz. Unterhält eine gesamte Dienerschaft für sich allein. Er lebt praktisch von seinem Vermögen. Ab und zu stellt er sein Schloss auch für irgendwelche publikumswirksamen Zwecke zur Verfügung – wie für diesen Horrorfilm.«

»Kann man den Count sprechen?«, fragte John.

Der Chefkoch verzog das Gesicht. »Das ist so gut wie unmöglich. Der Count empfängt nur sehr selten Besucher. Und schon gar nicht ohne vorherige Anmeldung.«

»Dann wird er diesmal eine Ausnahme machen«, sagte John, »schließlich geht es um einen Mordfall.«

»Ich werde am besten mit Ihnen gehen, Inspektor«, sagte der Koch, »mich kennt der Count.«

John war einverstanden. Auch Bill Conolly schloss sich an.

Zu dritt traten die Männer auf den Schlosshof. Das kalte Büfett war verwaist. Die Gäste hatten sich wieder in die Schlossräume verzogen. Es waren erregte Diskussionen im Gange. Man hörte die lauten Stimmen bis nach draußen.

John Sinclair konnte sich um diese Leute jetzt nicht kümmern. Ihm kam es darauf an, Doktor Tod so schnell wie möglich aufzuspüren und unschädlich zu machen.

Es hatte sich abgekühlt. Ein leichter Nachtwind rauschte durch die mächtigen Baumkronen.

John hatte es eilig. Mit langen Schritten überquerte er den sorgfältig gestutzten Rasen. Sie mussten den Westflügel umgehen, ehe sie sich dem Mitteltrakt des Schlosses näherten.

Der Vollmond hing wie eine große Scheibe am Himmel. Sein fahles Licht tauchte die Zinnen des Schlosses in einen ungewissen Glanz.

Wie ein Scherenschnitt wirkte der Turm von Darwood Castle. Er gehörte noch zu dem alten Schloss, das 1620 zerstört worden war. Man hatte Darwood Castle dann wieder aufgebaut und diesen Turm praktisch als Überbleibsel stehen lassen.

Ein ideales Versteck für Doktor Tod!, schoss es John durch den Kopf. Zu gegebener Zeit wollte er sich in dem Turm umsehen.

Bald standen sie vor dem wuchtigen Eingangsportal.

»Sie müssen klopfen, wenn Sie hineinwollen«, sagte der Chefkoch und zeigte auf einen gusseisernen Klopfer, der etwa in Augenhöhe an der Tür befestigt war.

Wuchtig schlug John Sinclair gegen das Holz.

Die Schläge dröhnten durch die Halle.

»Ich glaube ja kaum, dass jemand öffnet«, sagte der Koch und zog fröstelnd die Schultern hoch.

Doch der Mann sollte sich irren. Schon nach einigen Sekunden klangen Schritte auf. Dann bewegte sich die Klinke, und die Tür wurde aufgezogen.

Ein älterer Mann in der Kleidung eines Bediensteten hatte ihnen geöffnet. Er hielt einen dreiarmigen Leuchter in der

Hand. Die brennenden Kerzen übergossen sein Gesicht mit zuckenden Schatten.

»Sie wünschen?«, fragte der Mann.

John Sinclair trat vor. »Wir hätten gern den Count of Darwood gesprochen«, sagte der Inspektor.

Der Mann stutzte einen Moment, gab aber dann den Weg frei und sagte: »Bitte folgen Sie mir.«

Die Männer sahen sich bedeutungsvoll an.

»Den habe ich aber hier noch nie gesehen«, flüsterte der Chefkoch Bill Conolly zu.

Der Reporter gab keine Antwort. Die Atmosphäre dieses Schlossteils nahm ihn irgendwie gefangen. Alles wirkte düster und unheimlich.

Die Gemälde an den Wänden, der flackernde Kerzenschein, die langen Vorhänge, die hohen Räume …

Bill Conolly hatte das Gefühl, in eine Falle zu tappen. Er sagte aber nichts.

Der Bedienstete ging voraus und zog eine breite Schiebetür auseinander.

Die drei Männer gingen an dem Butler vorbei. Keiner von ihnen sah das siegessichere Lächeln auf dem Gesicht des Dieners. Denn dieser Mann war niemand anderes als Doug Pender, Doktor Tods neuer Gehilfe.

Die Tür glitt wieder ins Schloss.

John Sinclair ließ seine Blicke schweifen. Sie befanden sich in einer hohen Halle, deren Decke durch dicke Säulen gestützt wurde. An der rechten Längswand der Halle gab es kleine Nischen, in denen jeweils zwei Stühle standen.

Die Männer gingen weiter. Laut hallten ihre Schritte von den kahlen Wänden wider.

Der größte Teil der Halle lag im Schatten. Das Kerzenlicht reichte nur für einen kleinen Umkreis.

Der Diener blieb stehen. Er drehte sich halb zur Seite, wechselte den Leuchter in die linke Hand und sagte: »Der Count of Darwood.«

Zuerst sah man nichts, dann wurde plötzlich ein Rollstuhl

aus dem Dunkel der Halle gefahren. Die Speichen der Räder blitzten im Kerzenlicht.

Dicht vor John Sinclair kam der Rollstuhl zur Ruhe. Eine Gestalt saß darin.

John ging einen Schritt vor. Unwillkürlich hielt er den Atem an. Er ahnte etwas Schreckliches.

Eine Sekunde später hatte er Gewissheit. Der Kopf des Counts war seitlich auf die Kopfstütze gefallen. Blicklose Augen starrten gegen die Decke. Die Arme baumelten zu beiden Seiten des Rollstuhls hinab.

Es gab keinen Zweifel – der Count of Darwood war tot!

Noch im selben Augenblick erkannte John Sinclair die grausame und brutale Wahrheit. Doktor Tod hatte sein Netz geflochten, und sie hatten sich wie ahnungslose Fliegen darin verfangen.

John starrte in das wächserne Gesicht des Toten. Auch diesen Mann hatte der Menschenhasser auf dem Gewissen. John konnte nicht sagen, auf welche Weise der Count of Darwood umgebracht worden war. Äußerlich war jedenfalls keine Wunde zu erkennen.

»Wir müssen hier raus, John!«, zischte Bill Conolly hinter dem Rücken des Inspektors und stieß gleich darauf einen leisen Fluch aus.

Doug Pender war verschwunden. Nur noch die Kerzen brannten. Pender musste den Leuchter irgendwo abgestellt haben.

Beinahe körperlich spürte der Inspektor die Gefahr. Sie war ein Hauch, der ihn streifte, und Johns Instinkte arbeiteten wie hochempfindliche Sensoren.

Die Stille war drückend, gefährlich …

Bill Conolly und der Koch orientierten sich schon in Richtung Tür, als eine kalte Stimme die Männer stoppte.

»Flucht hat keinen Sinn. Ihr seid die Gefangenen des Herrn der Hölle!«

Die Stimme kannten die Männer. Sie gehörte dem Kerl, der sie auch in die Halle geführt hatte.

Der Koch verlor als erster die Nerven. Er riss den Mund auf und fing an zu schreien. »Lasst mich gehen. Ich will weg hier! Ich habe euch nichts getan. Ich ...«

Seine Stimme brach ab, und die Augen des Mannes weiteten sich in einem ungläubigen Entsetzen. Auch John und Bill fühlten, wie ihnen die kalte Furcht über den Rücken lief.

Lautlos hatten sich vier Gestalten aus dem Schatten der Säulen genähert.

Die Gesichter wirkten bleich und wächsern in dem grauen Halbdunkel. Gekleidet waren die Männer wie Bedienstete. Sie trugen gestreifte Westen, weiße Hemden und enge Hosen.

Doch das Schlimmste an ihnen waren die Speere, die sie in ihren Fäusten hielten ...

Blitzschnell hatten die vier Unheimlichen die Männer eingekreist. Die Spitzen der Speere waren eine stumme, tödliche Bedrohung.

Der Weg zur Tür war abgeschnitten. Jetzt gab es nur noch eine Alternative.

Kampf.

Ein Starlet drehte als Erste durch.

Das Girl war schon leicht angetrunken und schüttete auch weiterhin den Alkohol wie Wasser in sich hinein.

»Ich will hier raus!«, kreischte sie. »Ich will weg von hier! Diese verdammte Party raubt mir den letzten Nerv!«

Mit einer schnellen Bewegung hob sie ihre rechte Hand und warf ihr leeres Whiskyglas mit einem Wutschrei gegen die Wand.

Mike Callahan sprang vor. Er zog die Kleine an der Schulter zurück und schlug ihr ein paarmal ins Gesicht.

»Ich hoffe, das reicht!«, brüllte Callahan.

Das Starlet schluchzte. Sie riss beide Hände vor ihr Gesicht und ließ sich heulend in einen Sessel fallen.

Mike Callahan spürte, dass auch die anderen Gäste gegen ihn waren. Wenn er jetzt nichts unternahm, würde es wohl noch zu einer Panik kommen.

Der Regisseur sprang auf das Podest, auf dem vorher die Kapelle gespielt hatte. Mit wilden Armbewegungen verschaffte er sich die gewünschte Ruhe.

»Hört zu, Leute«, rief er. »Wir lassen uns doch nicht die Party verderben. Ich gebe zu, es sind einige unerklärliche Dinge geschehen.«

»Zählen Sie auch einen Mord dazu?«, rief jemand.

Callahan wurde durch den Zwischenruf aus dem Konzept gebracht. »Nun, sicher, das ist das Unerfreulichste an der ganzen Geschichte, aber ich bin überzeugt, dass die Polizei den Mörder finden wird.«

»Wie soll die denn herkommen, und wer will sie alarmieren?«

Darauf wusste Callahan auch keine Antwort. Aufgeregt winkte er die Musiker herbei.

Es kamen nur zwei.

»Machen Sie Musik!«, schnauzte Callahan die Männer an. »Schließlich bezahle ich Sie dafür.«

»Okay, spielen wir mal einen Horror-Pop«, sagte der Band-Leader und gab seinen Kollegen ein Zeichen.

Murrend nahmen die Musiker ihre Instrumente. Schon bald fegten die Rhythmen der Popmusik durch den Raum.

Mike Callahan wischte sich den Schweiß von der Stirn und stieg wieder nach unten.

Jack Motta, der Filmbösewicht, wartete schon auf ihn.

Motta war sturzbetrunken. Sein Blick war glasig und das Gesicht aufgedunsen. Die Finger seiner rechten Hand hatten sich um ein Whiskyglas geklammert.

»Hier – trink, du größter aller Filmemacher. Trink auf den morgigen Tag, den wir alle nicht mehr erleben.«

Motta wollte Callahan sein Glas in die Hand drücken.

Der Regisseur verzog das Gesicht. Angewidert stieß er den Schauspieler zurück.

»Hau ab, du bist ja besoffen.«

Doch Motta ließ sich nicht abwimmeln. »Ich besoffen?«, röhrte er. »Ich bin ein Vampir. Und Vampire brauchen Blut. Wusstest du das nicht, Callahan?«

Mit einem Fauchen sprang Motta vor und tat, als wolle er dem Regisseur die Zähne in den Hals bohren.

Callahan konnte nicht mehr ausweichen. Motta fiel gegen ihn, und beide krachten zu Boden.

Die Umstehenden sprangen schnell zur Seite. Fotoapparate wurden gezückt.

Wenn das keine Sensation war: Regisseur schlägt sich mit einem seiner Hauptdarsteller.

Schon zuckten die ersten Blitzlichter.

Motta hielt Callahan umklammert. Mit der Betrunkenen eigenen Sturheit wollte er Callahan tatsächlich in den Hals beißen.

Der Regisseur keuchte und wehrte sich verzweifelt. Viele gönnten ihm die Niederlage. Sie sahen tatenlos zu, ja, manche klatschten sogar noch Beifall.

Bis es Nadine Berger zu viel wurde. Mit rudernden Armbewegungen durchbrach sie den Pulk der Gaffer und riss Motta an der Schulter zurück.

Der Betrunkene verlor das Gleichgewicht und fiel auf den Rücken.

»Ich habe ihn gebissen«, kicherte er, »ich habe ihn gebissen. Ich bin ein Vampir.«

Motta wollte sich krümmen vor Lachen.

Der Regisseur quälte sich auf die Beine. Er warf Motta einen hasserfüllten Blick zu. Der Schauspieler wurde gerade von einigen Leuten hochgestemmt.

Mike Callahan wischte sich über das Gesicht. Er war aufgeregt wie selten zuvor. Sogar sein Schnurrbart vibrierte.

»Das kriegt dieses Schwein zurück«, flüsterte er heiser. »Wenn wir erst mal hier raus sind, werde ich ihm schon zeigen, wer Herr im Haus ist.«

»Können Sie sich eigentlich nur mit Drohungen Respekt verschaffen?«, fragte Nadine Berger gelassen.

Callahan hob den Blick. »Mischen Sie sich nicht auch noch ein.«

»Wenn ich nicht gewesen wäre, lägen Sie immer noch da unten«, erwiderte Nadine schlagfertig.

»Dafür werde ich mich auch revanchieren«, sagte Callahan.

»Danke. Ich bin auf eine Rolle in einem Ihrer neuen Filme nicht mehr scharf.«

»Wie Sie wollen.« Callahan wollte noch etwas hinzufügen, doch da hatte Nadine ihm schon den Rücken zugekehrt.

Die Schauspielerin machte sich Sorgen. Vor allen Dingen um John Sinclair und Bill Conolly. Dass hier nicht alles mit rechten Dingen zuging, hatte sie bemerkt, als die acht Männer zurückkehrten, die unbedingt vorher das Schloss verlassen wollten. Sie waren schweigsam und hatten sich von den anderen abgekapselt.

Nadine ging auf die Gruppe zu. Sie kannte Jim Ballard recht gut und erhoffte sich von ihm einige Auskünfte.

Ballard blickte der Schauspielerin misstrauisch entgegen.

»Warum sind Sie nicht gefahren?«, fragte Nadine.

»Weil wir es uns anders überlegt haben«, lautete die Antwort.

»So schnell?«

»Passt Ihnen das nicht?«

Nadine spürte, wie gereizt die Stimmung war. Sie wollte es deshalb nicht noch weiter auf die Spitze treiben.

»Pardon, es war ja auch nur eine Frage.«

»Schon gut«, sagte Ballard.

»Es ist übrigens jemand von der Polizei unter den Anwesenden«, sagte die Schauspielerin beiläufig.

Jim Ballard ruckte herum. »Wer?«

»Ein Inspektor von Scotland Yard. Er will sich um diese Sache kümmern.«

»Wo ist er, Nadine?« Ballard umklammerte Nadines Schultern.

»Im Augenblick nicht da.«

Ballards Hände sanken herab. Er lachte spöttisch. Genau wie die anderen.

Nadine fragte noch einmal, weshalb die Männer nicht weggefahren waren, doch eine Antwort erhielt sie nicht. Sie ahnte nur, dass diesen Männern etwas Unheimliches passiert war, etwas, das sie sich nicht erklären konnten.

Nadine spielte schon mit dem Gedanken, selbst durch den Park zu laufen, ließ es aber dann bleiben.

Die Zeit war schnell vergangen. Als Nadine einmal auf die Uhr blickte, sprang der Zeiger gerade auf Mitternacht.

In dieser Sekunde erlosch das Licht.

Und dann stand plötzlich der Unheimliche selbst auf dem Podium.

Doktor Tod war gekommen …

John Sinclair und Bill Conolly reagierten beinahe synchron.

Während Bill in die schützende Dunkelheit tauchte, hechtete John flach über den Boden.

Der Koch war als einziger der Männer starr vor Grauen. Er begriff überhaupt nicht, dass ihn nur noch Sekundenbruchteile von einem schrecklichen Tod trennten.

Da krachte John gegen die Beine des Mannes.

Der Koch schrie wild auf, ruderte mit den Armen und bekam das Übergewicht. Hart fiel er auf den Rücken. Der Schmerz lähmte seine weiteren Schreie.

John hatte keinen Augenblick zu spät reagiert. Er hörte noch das Pfeifen der Speere, die über seinen Körper hinwegzischten und mit klirrenden Geräuschen gegen die Steinwand prallten.

Der Geisterjäger rollte sich sofort aus dem Gefahrenbereich. Den Koch zog er mit. Wenn diesem Mann etwas geschah, musste er sich die bittersten Vorwürfe machen, denn schließlich war John es gewesen, der ihn in diese Lage gebracht hatte.

Der Koch wimmerte. In seiner hellen Berufskleidung gab er ein prächtiges Ziel ab.

»Hören Sie auf!«, zischte John den Mann an. »Reißen Sie sich wenigstens für ein paar Minuten zusammen.«

John deckte den Koch so gut es ging mit seinem Körper.

Die vier Mordroboter hatten sich zurückgezogen und lauerten auf ihre Chance.

John hielt den Atem an.

Von Bill Conolly war ebenfalls nichts mehr zu hören. Sogar der Koch hatte begriffen, um was es ging. Er verhielt sich ebenfalls still.

Noch immer brannten die Kerzen des Leuchters. Und John war auch davon überzeugt, dass sich der Kerl, der sie eingelassen hatte, noch hier im Raum befand.

Mit einer gleitenden Bewegung zog John seine Waffe. Die Pistole war zwar mit Silberkugeln geladen, doch auch diese Geschosse waren in der Lage, einen Menschen außer Gefecht zu setzen. Und dass sie es hier mit Menschen zu tun hatten, davon war John überzeugt. Er wusste, dass Doktor Tod über die Kraft der Hypnose verfügte und sie rücksichtslos einsetzte. Wenn es sich eben machen ließ, wollte John ohne Blutvergießen aus dieser scheußlichen Situation herauskommen.

Der Inspektor lag flach auf dem Boden. Seine Augen versuchten die Dunkelheit zu durchbohren. Mittlerweile konnte er schon mehr erkennen. Er sah die Umrisse der Nischen und die der Säulen. Auch die Tür schälte sich als grauer Schatten aus der Dunkelheit.

John tippte den Koch an.

Der Mann hob den Kopf. Trotz der Dunkelheit sah John die Angst in den Augen des Kochs leuchten.

John legte seinen Zeigefinger auf die Lippen und deutete in Richtung Tür.

Der Koch nickte. Er hatte verstanden.

Der Inspektor setzte sich in Bewegung. Wie eine Schlange kroch er über den Boden.

Er hatte gerade einen halben Meter zurückgelegt, da hörte er von der Tür her ein dumpfes Geräusch und dann einen erstickten Fluch.

Die Stimme gehörte Bill Conolly. Anscheinend hatte der Reporter das Gleiche vorgehabt wie John. Höchstwahrscheinlich war die Tür abgeschlossen. Sie musste ein Schloss haben, das, wenn man die Tür von innen zuzog, einrastete.

Aber Bill hatte mit dieser Aktion seinen Standort verraten.

Schattenhaft sah John zwei der Mordroboter in Bills Richtung hetzen. Die Spitzen der Speere blitzten gefährlich.

Für den Inspektor gab es kein Halten mehr. Gegen zwei hatte Bill kaum eine Chance. Außerdem war er unbewaffnet.

John Sinclair sprang hoch. Er sah die Umrisse der Kämpfenden und konnte doch nicht schießen. Zu leicht hätte er Bill Conolly treffen können.

Johns Angriff wurde bemerkt. Einer der Speerträger wirbelte herum. Er riss seine fürchterliche Waffe hoch.

Der Inspektor hielt noch immer seine Beretta in der Hand.

John feuerte im Laufen.

Laut brach sich der Knall an den Wänden und der Decke. Das Projektil traf die Brust des Mordroboters und stieß diesen einige Meter zurück. Mit einem Schrei brach der Mann zusammen.

Aber schon waren die anderen beiden da. Sie hatten sich die Speere wiedergeholt und drangen auf John ein.

Ein harter Schlag traf den rechten Arm des Scotland-Yard-Inspektors.

Zwangsläufig öffnete John die Finger. Die Pistole fiel zu Boden. John konnte sich nicht mehr um die Waffe kümmern, denn er konnte nur durch rasches Wegtauchen einem blitzschnell geführten Stoß entgehen.

John fiel zu Boden, rollte sich gegen die Beine eines seiner Gegner.

Der Mann verlor das Gleichgewicht.

Der Inspektor rollte weiter, versuchte, aus dem tödlichen Bereich der Speere zu gelangen.

Plötzlich spürte er etwas Hartes an seiner rechten Seite.

Es war der hölzerne Speerstiel. Die Stichwaffe war dem Mann entfallen, den Johns Kugel getroffen hatte.

Sinclair packte zu. Mit beiden Händen.

Da sah er über sich das Gesicht des Mordroboters. Es leuchtete wie ein heller Fleck. John erkannte die Umrisse der Gestalt und den zum tödlichen Stoß bereiten Speer.

John hielt seine erbeutete Waffe waagerecht zwischen den Fäusten. Die Spitze zeigte nach links.

Der Mordroboter trat noch einen Schritt vor und wollte John mit einem einzigen Stoß an den Boden festnageln.

Johns Beine schnellten vor. Es war eine blitzschnelle Bewegung, mehr aus dem Instinkt geboren.

Der Inspektor traf.

Seine Absätze knallten gegen die Schienbeine des Angreifers. Der Kerl geriet aus dem Gleichgewicht und konnte trotzdem noch werfen.

Die schwere Waffe rutschte über den Boden und blieb dicht neben Johns Kopf im Parkett stecken.

Der Inspektor spürte noch den Luftzug, so hautnah war er dem Tod entgangen. Er schnellte hoch. Sein Gegner hatte noch immer um sein Gleichgewicht zu kämpfen.

John nützte die Sekunden eiskalt aus. Er schwang den Speer herum, und der Schaft klatschte gegen den Kopf des Burschen.

Ohne einen Laut von sich zu geben, brach der Kerl zusammen.

Im selben Atemzug hörte der Inspektor Bill Conollys Schrei.

Der Reporter war getroffen worden!

John wirbelte herum. Nur undeutlich sah er die drei Gestalten, konnte aber erkennen, wie Bill zu Boden sackte.

Einer der unheimlichen Kerle wollte ihm den Rest geben.

John schleuderte den Speer praktisch aus dem Handgelenk. Es war ein Verzweiflungswurf.

Und er traf.

Die Waffe drang dem Unbekannten in die untere Rückenpartie. Röchelnd kippte er zur Seite.

Der andere wirbelte herum, ließ somit von Bill Conolly ab.

Eiskalt erwartete John Sinclair seinen Gegner.

Es wurde ein höllischer Kampf, und John Sinclair musste all seine Kunst aufbieten, um dem Gegner die Stirn zu bieten.

Immer wieder krachten die beiden Speere aufeinander. John parierte geschickt und teilte selbst aus, bis der Bursche plötzlich einen Fehler machte.

Er wagte sich zu dicht an den Inspektor heran.

John ließ ihn leerlaufen und schlug blitzschnell mit der Handkante zu. Der Schlag war genau abgezirkelt und traf den Burschen mitten im Lauf. Wie ein nasser Mehlsack ging Johns Gegner zu Boden.

Er war bewusstlos, bevor er sich auf den kalten Steinen ausstreckte.

John Sinclair wollte sich schon umwenden und zu Bill Conolly laufen, da hörte er die Schritte.

Sie hallten von den Wänden wider und näherten sich der Tür.

John rannte los.

Er sah, wie die Tür aufgerissen wurde, und erkannte gleichzeitig den fünften Mann. Es war Doug Pender, der sie eingelassen hatte.

Pender stand auf der Schwelle, als ihn Johns Stimme zurückhielt.

»Halt!«

Pender zögerte einen Sekundenbruchteil und wandte John das Gesicht zu.

Der Inspektor sah die angstverzerrten Züge und die Waffe in der Hand des Mannes.

Der Kerl riss den Arm hoch. Gleichzeitig drückte er ab.

Der Knall des Schusses riss John Sinclair die weiteren Worte von den Lippen. Er wollte sich noch zur Seite werfen, da traf ein mörderischer Schlag seinen Kopf.

John Sinclair brach zusammen.

»John!«

Bill Conolly wollte den Namen des Freundes hinausschreien, doch nur ein Krächzen drang aus seiner Kehle.

Der Reporter schluchzte auf. Er hatte gesehen, wie John zusammengebrochen war, und eine eiskalte Faust schien sein Herz zu umklammern.

Bill quälte sich auf die Beine. Er selbst hatte eine klaffende Schulterwunde. Sein Jackett war mit Blut getränkt, und er konnte den linken Arm kaum bewegen.

Bill Conolly taumelte auf den Inspektor zu.

Jetzt endlich wagte sich auch der Koch aus seiner Deckung. Vor Angst schlotternd kam er näher.

»Ist – ist er tot?«, krächzte der Mann.

Bill fiel neben John auf die Knie. »Bei Gott, hoffentlich nicht.«

Der Reporter konnte in der Dunkelheit nichts erkennen. Er sah nur das Blut auf Johns Kopf.

»Holen Sie den Leuchter!«, herrschte Bill den Koch an.

»Ja, ja, ich geh ja schon.«

Der Koch stampfte davon.

Gewaltsam musste Bill ein Würgen unterdrücken. Fast zögerte er, nach Johns Puls zu tasten. Wenn er jetzt nicht mehr schlug, wenn er jetzt …

Bill wagte nicht daran, zu denken.

Vorsichtig umfassten seine Finger Johns Handgelenk. Bill konzentrierte sich, so weit es ihm seine eigenen Schmerzen erlaubten – und …

Der Puls schlug.

Bill Conolly fiel eine Zentnerlast vom Herzen.

Der Koch kam zurück, in der rechten Hand den Leuchter, in der anderen John Sinclairs Pistole.

»Die habe ich gefunden«, sagte er und stellte den Leuchter auf den Boden.

»Danke«, sagte Bill.

Plötzlich riss der Koch die Augen auf. »Himmel«, rief er, »Sie bluten ja! Sie sind verletzt, Sie …«

Bill Conolly hörte nicht auf den Mann. Er hatte gesehen, wie sich die beiden bewusstlosen Gestalten bewegt hatten und sich jetzt langsam aufrichteten.

»Die Pistole her!«, rief Bill.

Der Reporter riss die Waffe dem Koch aus der Hand.

Bill hielt die Pistole in der gesunden Rechten. Er war bereit, sein Leben und das seines Freundes so teuer wie möglich zu verkaufen …

Wie angeklebt saßen die Musiker auf ihren Plätzen. Mit schrillen Missklängen verstummten die Instrumente.

Das blanke Entsetzen lähmte die Partygäste. Alle starrten sie zu dem Podium hoch, wo Doktor Tod seine Horror-Schau abzog.

Der Menschenhasser war eine grauenhafte Erscheinung. Er trug einen schwarzen Anzug, dessen Jackett hoch zugeknöpft war. Jeder der Gäste konnte das von Brandwunden entstellte Gesicht sehen, wie es kein Maskenbildner in einem Horrorfilm besser schminken konnte. Nur die Augen lebten noch und strahlten ein loderndes Feuer aus.

Ein Feuer des Hasses.

Ein Licht umgab die Gestalt des Menschenhassers. Es war ein grüngelb schimmerndes Leuchten, das jede Einzelheit der Spukgestalt deutlich hervorhob.

Die Menschen spürten beinahe körperlich die Bedrohung, die von dem Unheimlichen ausging. Unsichtbare Wellen des Bösen schienen die Gäste zu treffen und sie zu lähmen.

Man hörte kaum jemanden atmen. Die Gesichter waren helle, angstvoll verzerrte Flecken. Viele Augen waren stumpf und blicklos. Wie bei Verurteilten, die sich mit ihrem Schicksal abgefunden hatten.

Doktor Tod ging bis dicht an den Rand des Podiums. Es schien, als sauge er die Angst und das Entsetzen, das ihm entgegenstrahlte, in sich auf. Ja, er weidete sich an der Qual der Menschen.

Doktor Tod trat wieder zwei Schritte zurück und richtete sich auf. »Wo ist John Sinclair?«, peitschte seine Stimme.

Die Menschen schwiegen.

Doktor Tods Blick glitt über sie hinweg, und der Menschenhasser spürte, dass er diesmal verloren hatte. Der Inspektor befand sich nicht unter den Anwesenden. Er hätte sich sonst längst gemeldet. So gut kannte Doktor Tod seinen ärgsten Feind.

Doktor Tod zog die verbrannten Lippen auseinander. Es sollte ein Lächeln darstellen, wurde jedoch nur eine entstellte Grimasse.

»Ich bin der wahre Herrscher auf Schloss Darwood«, dröhnte seine Stimme. »Und ich werde diesmal meine Rache vollenden. Es sollte eine Horror-Party werden. Gut, ich habe sie erst dazu gemacht. Und nur die Kraft der Hölle hat mich dazu befähigt. Wenn ihr dieses Schloss verlasst, werdet ihr nur noch dem Satan dienen und in seinem Namen das tun, was von euch verlangt wird. Doch vorher muss ich John Sinclair haben. Ich habe einen magischen Bann um das Schloss gelegt. Niemand kann entkommen. Bringt mir John Sinclair!«

Die letzten Worte schrie Doktor Tod den Menschen ins Gesicht. Man spürte plötzlich den Hass, der in diesem Mann steckte. Und die Gäste duckten sich bei diesen Worten wie unter Peitschenschlägen.

Nur einer hatte von all dem kaum etwas mitbekommen.

Jack Motta, der Vampirdarsteller. Er hatte in einem Sessel gelegen, und sein umnebeltes Gehirn hatte die Worte kaum verstanden. Außerdem saß Motta mit dem Rücken zum Podium.

Er brauchte seine Zeit, bis er alles verdaut hatte. Und die Zeit war jetzt um.

Langsam drehte Motta den Kopf. Mit stierem Blick starrte er auf die kleine Bühne.

Es dauerte noch einige Minuten, bis er begriffen hatte. Doch dann stemmte er sich aus dem Sessel hoch.

Sein plötzliches Gelächter übertönte selbst die Stimme des Menschenhassers.

»He, Callahan!«, brüllte Motta. »Ist das wieder einer deiner neuen Scherze? Woher hast du denn die Horror-Figur aufgetrieben?«

Unsicher wankte Motta auf das kleine Podium zu.

Und niemand hielt ihn zurück.

»Ich komme gleich zu dir hoch«, lallte Motta. »Schließlich bin ich ein Vampir.«

Motta bleckte grinsend sein Gebiss.

Doktor Tod gab keine Antwort. Er ahnte, was folgen würde, und war bereit, ohne Erbarmen ein Exempel zu statuieren.

Motta torkelte auf die kleine Holztreppe zu, die zum Podium führte.

Er verfehlte die ersten Stufen und kroch auf allen vieren weiter. Dabei brabbelte er ununterbrochen vor sich hin.

Oben hatte er Schwierigkeiten, sich aufzurichten, schaffte es aber dann doch.

An den Musikern vorbei ging er auf Doktor Tod zu.

Motta grinste einfältig. Sein Geist war so umnebelt, dass er die tödliche Gefahr überhaupt nicht registrierte.

Mit einem schnellen Griff riss Motta einem Musiker ein Instrument aus den Händen.

Es war eine Trompete.

Motta schwenkte das Instrument wie eine Siegespalme. »Ich werde dir jetzt mal den Horror-Blues spielen«, kicherte Motta und versuchte, die Trompete an die Lippen zu setzen.

Es misslang.

Motta fluchte und startete einen neuen Versuch.

Die gesamte Szene erinnerte an eine makabre Komödie, jedoch ohne Happy End.

In diesem Moment trat Doktor Tod in Aktion. Bis jetzt hatte er sich zurückgehalten, hatte abgewartet. Doch nun war er an der Reihe.

Mit zwei Schritten stand er vor Jack Motta.

Und plötzlich schien Motta zu begreifen, dass er sich zu viel vorgenommen hatte. Die jähe Erkenntnis traf ihn wie ein Blitzstrahl.

Motta ließ die Trompete fallen, wollte sich herumwerfen und davonlaufen.

Zu spät. Doktor Tod hatte schon zugepackt.

Seine weiße Hand umklammerte Mottas Arm. Beinahe spielerisch zog er den Schauspieler zu sich heran.

Mottas Augen waren vor Entsetzen weit aufgerissen. Er wollte etwas sagen, sich irgendwie verständlich machen, doch seine Kehle war wie zugeschnürt.

Jack Motta begriff, dass er sterben sollte.

Wild schüttelte er den Kopf, sein gesamter Körper zuckte wie unter unsichtbaren Stromstößen. Motta hörte nicht, dass Doktor Tod einige Formeln der schwarzen Magie sprach, er spürte nur, dass ein ungeheures Brennen seinen Körper ergriff.

Es fing bei den Zehenspitzen an, drang durch die Beine hoch zur Hüfte und umklammerte seinen Brustkorb wie ein eiserner Ring.

Doktor Tod ließ Jack Motta los.

Erst jetzt löste sich aus der Kehle des Schauspielers ein Schrei. Er gellte durch den Saal, kam als vielfaches Echo zurück und erstarb in einem Wimmern.

Jack Motta drehte durch.

Immer heißer wurde das Brennen, und Motta fühlte, wie die Flammen der Hölle ihn von innen auszehrten.

Der Schauspieler warf sich herum. Seine Bewegungen waren grotesk, vom Schmerz diktiert. Er taumelte auf die wie gelähmt dasitzenden Musiker zu, riss Instrumente zu Boden und verfing sich mit den Füßen in einem Kabel.

Mottas Todestanz dauerte mehrere Minuten.

Und die Formeln der schwarzen Magie taten ihre Wirkung.

Von einer Sekunde zur anderen brach Jack Motta zusammen. Er wälzte sich noch in wilden Zuckungen auf dem Boden herum und lag dann still.

Jack Motta war tot. Das Feuer der schwarzen Magie hatte seinem Leben ein Ende gesetzt.

Doktor Tods schreckliche Rache an den Menschen war gelungen.

Jack Motta sah nun aus wie er.

Und Doktor Tod war der Sieger. Gellend und böse hallte sein Triumphgelächter durch den Saal. Schon einmal hatten die Menschen dieses Gelächter gehört, und schon einmal hatte ihnen das Grauen die Kehlen zugeschnürt.

Das Lachen des Menschenhassers endete abrupt. Doktor Tod deutete auf Mottas Leiche. »Dieser Narr. Er wollte die Hölle versuchen. Das ist der Erfolg. Und so wird es jedem ergehen, der nicht meinen Befehlen gehorcht. Mir geht es nur um einen. Um John Sinclair. Noch in dieser Nacht werde ich ihn vernichten. Er soll zu mir kommen, sagt es ihm. Ich warte auf ihn im Turm des alten Schlosses. Genau eine Stunde gebe ich ihm Zeit. Wenn er bis dann nicht erschienen ist, stirbt die erste Geisel.«

Doktor Tod ging bis zu der kleinen Treppe. Er blieb einen Augenblick stehen und kam dann die Stufen herunter.

Die Menschen wichen entsetzt zurück, als er sich ihnen näherte.

»Drei Geiseln werde ich nehmen«, sagte Doktor Tod. »Du bist die erste.«

Doktor Tods ausgestreckte Hand zeigte auf Mike Callahan.

Der Regisseur sprang auf. »Nein – ich …«

»Willst du so enden wie der oben auf der Bühne?«

Da brach Callahans Widerstand zusammen. Schluchzend schüttelte der Horror-Regisseur den Kopf.

Doktor Tods Blick streifte die anwesenden Personen. Jeden sah er an. Und jeder wünschte sich, dass es der Nachbar sein möge, den sich Doktor Tod als Geisel auserwählte.

Dann hatte er die zweite Geisel gefunden.

»Du«, sagte er und zeigte auf Ross Taylor.

Der gut aussehende Schauspieler zuckte zusammen. Sein braun gebranntes Gesicht verzerrte sich zu einer Grimasse. Er wollte etwas sagen, warf aber dann einen Blick zur Bühne hinauf und schwieg.

Ross Taylor wurde aschfahl unter seiner Sonnenbräune. Er schaute zu Callahan hinüber, doch dieser hatte den Kopf gesenkt und stierte zu Boden.

Auch Taylor hatte Mühe, die Panik niederzukämpfen. Im Innern schloss er schon mit seinem Leben ab.

Doktor Tod ging weiter. Schweigend machten ihm die Menschen Platz. Die Aura, die diesen Unheimlichen umgab, umwehte die Anwesenden wie ein Tuch. In allen Gesichtern stand der Schrecken der vergangenen Minuten zu lesen, und es gab niemanden mehr, der an den Worten des Menschenhassers gezweifelt hätte.

Doktor Tod suchte eine bestimmte Person.

Nadine Berger ahnte ihr Schicksal. Auch sie hatte das Grauen gepackt.

Sie sah die schreckliche Erscheinung immer näher kommen und hielt unbewusst den Atem an.

Jetzt musste Doktor Tod sie sehen.

Nadine hatte sich nicht geirrt.

»Du«, sagte Doktor Tod nur, und die Finger seiner Totenhand zeigten auf Nadine.

Das Mädchen stand auf.

Nadine hatte ja schon vorher geahnt, dass sie das Schicksal treffen würde. Aus diesem Grund nahm sie die Entscheidung auch gefasster entgegen.

Noch einmal wandte sich Doktor Tod den versammelten Gästen zu. »Sagt Inspektor Sinclair, dass ich ihn oben im Turm erwarte. In einer Stunde. Wenn er nicht kommt, stirbt sie!«

Damit stand Nadine Bergers Schicksal fest!

Die Schweißtropfen sammelten sich auf Bills Stirn und wurden zu kleinen Bächen, die ihm in die Augenbrauen flossen.

Bills Hand zitterte. Schweißfeucht klebte der Pistolengriff zwischen seinen Fingern.

Die beiden Killer stemmten sich auf die Füße. Sie schwankten noch etwas und schienen nicht zu begreifen, in welch einer Situation sie steckten.

Dann sah der erste den am Boden hockenden Reporter und die Pistole in dessen Hand.

Der Mann schüttelte den Kopf, riss ungläubig die Augen auf und stieß einen erschreckten Laut aus.

»Um Himmels willen, Sir. Nicht schießen. Bitte nicht.«

Bill Conolly ließ die Waffe sinken.

Der Mann kam auf ihn zu. »Was ist geschehen, Sir? Ich – ich kann mich an nichts mehr erinnern.«

»Seien Sie froh«, erwiderte Bill, atmete innerlich auf und gab einen kurzen Bericht. Auch der zweite Diener hatte sich inzwischen zu ihnen gesellt und hörte zu.

Man sah den beiden an, wie sehr sie Bills Bericht geschockt hatte. Schweigend machten sie sich anschließend daran, den toten Count of Darwood in seinem Rollstuhl hinauszufahren.

John Sinclair war noch immer bewusstlos. Bill hatte dem Freund mit einem Taschentuch das Blut vom Kopf gewischt und gesehen, dass der Inspektor einen Streifschuss abbekommen hatte.

Die beiden Diener trugen auch ihre toten Kameraden hinaus. Bill hörte, dass die Männer schluchzten.

Erst jetzt spürte er, wie sehr seine Schulter schmerzte.

Der Koch hockte noch immer wie ein Häufchen Elend am Boden.

»Sehen Sie mal zu, dass Sie Verbandszeug auftreiben«, sagte Bill Conolly. »Fragen Sie die Diener. Die haben bestimmt etwas.«

»Ja, natürlich.«

Der Koch sprang auf und lief hinaus.

In Bills Schulter schienen tausend kleine Teufel zu hämmern. Der Schmerz pochte bis in seinen Kopf. Der Reporter hatte höllische Angst vor einer Blutvergiftung. Sein linker Smokingärmel war mit Blut getränkt.

Der Koch kam zurück. Er hatte tatsächlich einen Verbandskasten aufgetrieben und öffnete ihn mit zitternden Fingern.

»Ich habe mal einen Kursus in Erster Hilfe mitgemacht«, sagte er und sah Bills Schulter an.

Bill quälte sich aus der Jacke, und der Koch legte ihm einen Notverband an.

Dann kümmerte er sich um John Sinclair. Er betupfte die Wunde an der Schläfe mit Jod und klebte ein Pflaster darauf.

Es musste wohl das Brennen gewesen sein, das John aus seiner Ohnmacht riss.

Es dauerte einige Minuten, bis der Inspektor wieder klar sah.

Bill Conolly grinste seinen Freund verzerrt an. »Noch mal Glück gehabt, alter Junge.«

»Das kann man wohl sagen«, gab John stöhnend zurück.

Er rappelte sich auf und musste sich im nächsten Moment an der Wand abstützen, um das Schwindelgefühl zu überwinden.

Dann half er Bill hoch.

»Kannst du laufen?«

»Ich will es wenigstens versuchen.«

Bill Conolly hatte eine eiserne Konstitution. Er schaffte auch dies.

Die beiden Diener warteten draußen. Noch immer waren ihre Gesichter vom Entsetzen gezeichnet. Sie schienen überhaupt noch nicht richtig begriffen zu haben, was genau vorgefallen war.

John und Bill berichteten alles.

Dann waren die Diener an der Reihe. Sie erzählten von dem Unheimlichen, der gekommen war und sie hypnotisiert hatte. Von der Ermordung des Counts hatten sie nichts mitbekommen.

»Was war mit dem anderen Mann?«, wollte John Sinclair wissen. »Oder ist Doktor Tod allein gekommen?«

»Nein, er hatte noch jemanden bei sich. Aber das war ein normaler Mensch.«

Dieser normale Mensch hatte John auch die Kugel verpasst. Er ließ sich nochmals von den beiden Männern Doktor Tods genaue Beschreibung geben.

»Wie ich es mir schon gedacht habe, Bill. Das verbrannte Gesicht. Doktor Tod muss direkt aus dem Sarg gekommen sein.«

»Eine grauenhafte Vorstellung«, erwiderte der Reporter. Dann fragte er: »Und was machen wir jetzt?«

»Du gar nichts. Wir werden zurückgehen, und ich mache mich allein auf die Suche nach Doktor Tod.«

»John, das …«

»Komm, erzähl nichts. Es wird so gemacht und damit fertig.« John wandte sich an die beiden Diener. »Kümmern Sie sich bitte um die Toten. Es wird morgen alles in Ordnung kommen.«

»Falls es ein Morgen gibt«, fügte der Koch hinzu.

John Sinclair erwiderte nichts. Er konnte dem Mann diesen Pessimismus noch nicht einmal übel nehmen.

Der alte Turm!

Drohend und düster wirkte er, ein Mahnmal aus einer blutigen Vergangenheit.

Unzählige Legenden rankten sich um das Gemäuer. Es ging die Sage um, dass man in mondhellen Nächten noch das Schreien der Gefolterten hören könne. Niemand hatte sich in den Turm hineingetraut. Einer, der es mal gewagt hatte, war gar nicht bis in die Spitze gelangt. Er war vorher ausgerutscht und hatte sich auf der steilen Wendeltreppe das Genick gebrochen.

Und ausgerechnet diesen Geisterturm hatte sich Doktor Tod als Hauptquartier ausgesucht.

Der Count of Darwood hatte nach dem tödlichen Unfall das Tor durch ein schweres Schloss sichern lassen. Es hatte im Laufe der Zeit Rost angesetzt und Doktor Tod keinen großen Widerstand geboten.

Jetzt schwang das schwere Holztor knarrend in den verrosteten Angeln.

Der Turm war aus dicken Quadern gebaut. In den Mauerritzen wucherte Moos, und Vögel hatten dort ihre Nester gebaut.

Auch in dieser Nacht goss ein silbriger Vollmond wieder

sein Licht auf das alte Gemäuer und weckte die Geister der Dahingeschiedenen.

Vier Menschen gingen in gerader Linie auf den alten Turm zu. Es war Doktor Tod mit seinen drei Geiseln.

Die Gefangenen wagten keinen Widerstand. Zu tief saß noch der Schrecken der vergangenen Minuten in ihnen. Der Schock hatte ihren Willen ausgeschaltet.

Nadine Berger konnte die Tränen nicht mehr unterdrücken. Sie hatte die Hände vor das Gesicht geschlagen und stolperte durch die Nacht.

Mike Callahan, der Regisseur, war bleich wie eine Leinwand. Er hatte die Zähne zusammengepresst und nur einen Gedanken, dass nicht gerade er als Erster an die Reihe kommen würde.

Ross Taylor ging es um keinen Deut besser. Der Leinwand-Schönling zitterte am gesamten Körper. Manchmal konnte man sogar das Klappern seiner Zähne hören.

Doktor Tod ging hinter ihnen her. Im ungewissen Mondlicht sah er noch grässlicher aus als bei normalem Licht. Es war eine Horrorgestalt, die in dieses Bild passte. Der Teufel selbst schien hier Regie zu führen.

Sie hatten etwa die Hälfte des Weges hinter sich gebracht, als die Schüsse fielen. Gedämpft klangen sie herüber.

Doktor Tod blieb stehen. Auch die anderen verharrten. Für einen winzigen Augenblick spiegelte sich Hoffnung auf ihren Gesichtern wider. Die Hoffnung auf einen Mann namens John Sinclair, der sie aus dieser schrecklichen Lage befreien konnte.

Doch Minuten später zerplatzte der Funke wie eine Seifenblase. Im Mitteltrakt des Schlosses wurde eine Tür aufgerissen, und ein Mann in der Kleidung eines Bediensteten stürmte heraus. Er blieb einmal kurz stehen, warf einen Blick zurück, lief dann weiter und entdeckte die kleine Menschengruppe.

Stampfend rannte er auf sie zu.

Sein Atem ging schnell und keuchend, als er vor Doktor Tod stehen blieb.

»Was ist geschehen, Pender?«, blaffte der Menschenhasser den Mann an.

Pender steckte seine Pistole wieder ein und rang nach Luft. Dann berichtete er stockend von der Auseinandersetzung.

»Und?«, fragte Doktor Tod gefährlich leise.

»Ich – ich glaube, dieser Sinclair lebt nicht mehr.«

Doktor Tod blieb überraschend ruhig. Er erlitt keinen Tobsuchtsanfall und wurde auch nicht wütend. Rein äußerlich zeigte er gar keine Reaktion. Er sagte nur: »Wenn John Sinclair tatsächlich schon tot ist, werde ich mit dir abrechnen.« Mehr nicht.

Pender wankte zurück. »Aber – ich sollte doch …«

»Du solltest gar nichts. Nur zusehen, dass die beiden anderen aus dem Weg geschafft wurden. Aber das ist dir ja anscheinend nicht gelungen. Ich hoffe nur in deinem Interesse, dass Sinclair noch am Leben ist.«

Mike Callahan fasste sich ein Herz. »Wenn dieser Inspektor tot ist, was geschieht dann mit uns? Bringen Sie uns wirklich um?«

Doktor Tods Gesicht verzog sich. »Ich weiß es noch nicht. Es ist aber durchaus möglich. Ich werde aber vorher noch neue Pläne machen müssen.«

Der Menschenhasser wandte sich wieder an Doug Pender. »Geh zu den anderen Gästen und warte dort auf John Sinclair. Er soll in den Turm kommen. Ein Teil der Frist ist schon abgelaufen. Und wenn er lebt und nicht kommt, werde ich die erste Geisel über die Brüstung werfen.«

Doug Pender nickte eifrig. »Ich kann ja noch mal nachsehen«, sagte er.

»Das überlasse ich dir.«

Doug Pender verschwand mit schnellen Schritten.

»Und wir gehen weiter!«, herrschte Doktor Tod die drei Geiseln an.

Aus der Ferne glich der Turm einer schmalen Röhre, ähnlich wie ein Schornstein. Doch je näher man kam, umso wuchtiger und bedrohlicher ragte das Mauerwerk in den Himmel.

Der Eingang des Turms gähnte in der mondhellen Nacht wie ein dunkler, alles verschlingender Schlund.

Nadine Berger zögerte, weiterzugehen, doch Doktor Tods brutaler Stoß in den Rücken trieb sie wieder voran.

Mike Callahan betrat als Erster den Turm. Ein Angstschauer lief über seinen Rücken, als die Dunkelheit ihn verschluckte. Er presste seine Fingernägel in die Handballen und spürte an dem Schmerz, dass es kein Albtraum war, den er erlebte, sondern brutale Wirklichkeit.

Callahan blieb stehen, sodass Nadine Berger fast auf ihn geprallt wäre.

Die Schauspielerin stieß einen Schrei aus, ging ein paar Schritte zur Seite und griff in etwas Glitschiges.

Nadine zuckte zurück. Nur mühsam unterdrückte sie ihren Ekel. Es war in der Dunkelheit nicht zu erkennen, in was sie gefasst hatte.

Ein Feuerzeug klickte.

Ross Taylor hielt es in der Hand. Die Flamme zitterte mit seinen Fingern um die Wette.

Doktor Tods Krallenhand tauchte auf. Zwischen den Fingern hielt er eine Pechfackel.

Sekunden später hatten sie Licht.

Die ersten Stufen einer schmalen Wendeltreppe wurden aus der Dunkelheit gerissen. Die Treppe war steil. Sie zog sich in engen Kehren um eine steinerne Säule nach oben.

»Die Treppe hoch!«, befahl Doktor Tod.

Diesmal machte Nadine den Anfang. Sie trug ein langes Kleid, was das Steigen noch schwieriger machte. Ein Geländer gab es auch. Doch es war alt und verrostet. Nadine fasste mit der linken Hand nach dem Handlauf und raffte mit der rechten ihr Kleid hoch.

Doktor Tod – der Letzte in der Reihe – hielt die Pechfackel. Die Schatten zuckten über die dicken Wände. Fledermäuse wurden aufgeschreckt und flogen dicht über die Köpfe der Menschen hinweg.

Immer höher ging es.

Manchmal war ein Raunen und Stöhnen zu hören, das grauenhaft klang und aus der Hölle selbst zu kommen schien.

»Das sind die Geister der Gequälten«, sagte Doktor Tod und stieß ein heiseres Lachen aus. »Wir befinden uns in bester Gesellschaft. Vielleicht werde ich euch selbst einmal mitnehmen in die Dimensionen des Wahnsinns, wo der Schrecken und das Grauen regieren. Es ist ein Land, das noch nie der Fuß eines Sterblichen betreten hat. Ihr werdet die Ersten sein, die es sehen und es auch nie vergessen können. Ihr werdet für immer gezeichnet sein, von der Hand des Satans.«

Doktor Tod redete weiter. Er steigerte sich in eine Ekstase hinein, wie er sie selten erlebt hatte. Machtrausch hatte ihn gepackt. Er, der lebende Tote, hatte Macht über die Menschen. Niemand konnte ihn jetzt noch besiegen. Jemand, der schon tot war, konnte nicht mehr sterben.

Auch ein John Sinclair würde machtlos sein …

Immer höher ging es hinauf. Ross Taylor war der Erste, der zusammenbrach. Er fiel auf Hände und Füße und blieb einfach auf den Stufen liegen.

Die anderen stoppten.

Doktor Tod trat vor. Er bückte sich und krallte seine freie Hand in Taylors Schulter.

»Steh auf, oder ich werde deine Kleidung anzünden, dass du als lebende Fackel die Treppe hinunterstürzt!«

Ross Taylor drangen die Worte wie Stromstöße ins Gehirn. Er heulte auf.

»Nun? Wird's bald?« Die Fackel näherte sich bereits Taylors Haaren. Der Schauspieler spürte die sengende Hitze und gab auf. Mühsam quälte er sich hoch. Er schnappte nach Luft, und sein Gesicht war schweißnass.

Den anderen beiden ging es nicht besser. Callahan hatte seine Hände auf die Brust gepresst. Er sah aus wie jemand, der kurz vor seinem Herzinfarkt steht.

Nadine hatte sich an der Mauer abgestützt. Auch sie war erschöpft und dicht vor dem Zustand, wo einem alles egal wird.

»Weiter!«, herrschte Doktor Tod seine Gefangenen an.

Sie quälten sich die Stufen hoch. Mehr stolpernd als gehend.

Und sie schafften es. Irgendwann hatten sie die letzte Stufe überwunden.

Callahan und Taylor ließen sich kurzerhand zu Boden fallen. Alles drehte sich vor ihren Augen.

Nadine Berger war nahe daran, sich zu übergeben. Ihre Frisur war zerzaust. Das Haar klebte schweißfeucht auf ihrer Stirn. In den blauen Augen war jeglicher Hoffnungsschimmer erloschen. Sie blickte stumpf, resignierend.

Eine verfallene Holztür, die nur noch in einer Angel hing, gab den Weg in das Turmzimmer frei.

Doktor Tod stieß seine Gefangenen hinein.

Spinnweben strichen über die erhitzten Gesichter. Niemand nahm davon Notiz.

Doktor Tod steckte die Fackel in eine Halterung an der Wand. Dann zog er Mike Callahans Smokingärmel zurück und blickte auf das Zifferblatt der Uhr.

»Er hat nicht mehr viel Zeit, der liebe Inspektor. Die Hälfte der Frist ist vorbei.«

»Und wenn er tot ist?«, warf Callahan ein.

Doktor Tod lachte. Ihm war die Anstrengung nicht anzumerken. »John Sinclair ist nicht tot. Ich spüre so etwas. Und er wird kommen. Glaubt mir.«

»Was geschieht dann?«, fragte der Regisseur, der Mühe hatte, seinen Atem unter Kontrolle zu bekommen.

»Ich werde ihn töten. Endgültig.«

Callahan stockte, bevor er die nächste Frage aussprach. »Was geschieht mit uns?«

Doktor Tod lachte blechern. »Der Satan wartet auf neue Opfer.«

Die drei Geiseln hielten den Atem an.

Und als wären die letzten Worte des Menschenhassers ein Signal für Ross Taylor gewesen, schlich er zur Seite.

Auf Zehenspitzen näherte er sich der Fackel.

Doktor Tod wandte ihm den Rücken zu.

Taylor biss die Zähne zusammen. Er kam sich plötzlich unsagbar verloren vor. Noch nie in seinem Leben hatte er vor solch einer Entscheidung gestanden.

Taylors Finger umklammerten den Griff der Fackel. Ein Ruck, und sie glitt aus der Halterung.

Vorhin wollte Doktor Tod ihn verbrennen. Jetzt war er an der Reihe. Ross Taylor hob den Arm mit der Fackel, um sie Doktor Tod in den Rücken zu schmettern …

Doug Pender huschte durch den Schlosspark. Wie ein Schatten sprang er von Busch zu Busch. Hinter einem Baum ging er schließlich in Deckung.

Er hatte kaum eine Minute dort verharrt, als aus dem Mittelpunkt des Schlosses drei Gestalten traten.

Pender triumphierte. John Sinclair lebte noch. Er lebte, um von Doktor Tod grausam hingerichtet zu werden.

Pender leckte sich die trockenen Lippen, verließ seine Deckung und rannte zu den Sälen hinüber, wo die Gäste versammelt waren. Er wollte John Sinclair die Nachricht persönlich überbringen. Obwohl der Totengräber Doug Pender diesen Mann nicht kannte, hasste er ihn bis aufs Blut. Es hatte sich wieder einmal bewahrheitet. Doktor Tod machte aus normalen Menschen Marionetten.

John Sinclair musste seinen Freund stützen, als sie den Mitteltrakt des Schlosses verließen. Die Verletzung machte Bill Conolly doch mehr zu schaffen, als er zugeben wollte.

Der Koch hatte seinen Schreck überwunden. Trotzdem schaute er sich immer vorsichtig um, als erwarte er, eine neue Horrorgestalt aus dem Dunkel des Schlossparks auftauchen zu sehen.

Die Männer hatten die Treppe hinter sich gelassen und betraten einen geharkten Kiesweg.

»Himmel, John, ich bin doch kein Baby«, knurrte Bill. »Ich kann allein gehen.«

»Red kein Blech«, gab der Inspektor zurück und zog seinen Freund weiter.

Bill fügte sich murrend.

Über dem Park lag eine seltsame Stille. Sie war irgendwie greifbar, erdrückend. Kein Lufthauch regte sich. Es schien, als halte die Natur den Atem an.

Der Kies knirschte unter den Sohlen der Männer. John versuchte die Dunkelheit mit seinen Blicken zu durchbohren. Irgendwo in dieser Schwärze lauerte Doktor Tod.

Wenn der Inspektor den Kopf wandte, konnte er zum Westflügel des Schlosses sehen. Hier hatte die Party stattgefunden. Ein Fest, das einen grauenvollen, blutigen Abschluss gefunden hatte und das unter Umständen noch gar nicht beendet war.

Lichtbahnen fielen aus den Fenstern. Die Lampionkette im Garten leuchtete wieder farbenfroh, doch niemand ließ sich dort draußen blicken. Es gab keine Musik, kein Gelächter – nichts. Unsichtbar hing Doktor Tods Drohung über dem Schloss und dem Park.

Der Koch lief ein paar Schritte vor und war dann mit John auf gleicher Höhe.

»Sie brauchen mich nicht mehr, Inspektor?«

»Nein.«

Der Koch lächelte dankbar. »Ich werde dann wieder zurück in die Küche gehen. Sollte noch etwas sein, Sie wissen, wo Sie mich finden können.«

»Schon gut.«

Der Koch entfernte sich mit schnellen Schritten. Er hatte es eilig, der Dunkelheit des Parks zu entfliehen. John konnte den Mann gut verstehen.

Der Inspektor drehte den Kopf und blickte seinen Freund an. Bills Gesicht war schweißnass. Der Reporter hatte den Mund halb geöffnet. Pfeifend drang der Atem zwischen seinen Lippen hervor. Selbst das Gehen bereitete Bill Schwierigkeiten. Er wurde von John mehr mitgeschleift.

»Gleich hast du's überstanden«, sagte der Inspektor.

Bill verzog das Gesicht zu einem Lächeln, doch es wurde nur eine Grimasse.

Sie betraten das Schloss wieder durch einen Seiteneingang. Überall brannten die Lichter. Die gleißende Helligkeit der Lüster blendete John und Bill für einige Augenblicke.

Ein Mann kam ihnen entgegen. Er stutzte für einen Moment, machte dann auf dem Absatz kehrt und rannte schreiend davon.

»Der Inspektor von Scotland Yard!«, rief er. »Sinclair ist da! Los, kommt!«

John und Bill hatten den Eingang des Partysaales eben erreicht, als ihnen schon die ersten Menschen entgegenliefen.

An der Spitze Jim Ballard.

»Sie sollen in den Turm kommen, Inspektor«, sprudelte der aufgeregte Mann hervor. »Dort wartet Doktor Tod auf Sie.«

Seine weiteren Worte gingen im Geschrei der Menschen unter, die John alle gleichzeitig von der Sache erzählen wollten.

Mit lauter Stimme verschaffte sich der Inspektor Ruhe.

»Gestatten Sie, dass ich erst mal den Verletzten zu einem Sessel bringe?«

Die Gäste schafften schweigend eine Gasse.

John ließ Bill Conolly in einen Sessel sinken. Dann fragte er nach einem Arzt. Der war natürlich nicht unter den Gästen, dafür aber ein Mann, der einiges von Medizin verstand. Er kümmerte sich um den verletzten Bill Conolly.

John, der auch nicht gerade salonfähig aussah, sagte: »So, nun mal von vorn. Was ist genau geschehen?«

Anstelle einer Antwort fasste Jim Ballard den Inspektor am Ärmel und zog John zu dem kleinen Podium. Anklagend deutete der Kameramann auf die Leiche des Schauspielers.

»Sein Werk«, sagte Ballard, und seine Stimme klang heiser. »Er hat ein Exempel statuiert, als Warnung für alle anderen hier.«

Die Partygäste hatten einen Kreis um die beiden Männer gebildet. Jeder war begierig darauf, zu erfahren, wie John sich verhalten würde.

Der Inspektor presste die Zähne zusammen. Ja, das war eindeutig Doktor Tods Werk. Und John spürte, dass er diesmal die Entscheidung wollte.

»Erzählen Sie«, bat John den Kameramann.

Und Ballard berichtete. Er formulierte kurz und präzise. Zum Schluss wiederholte er Doktor Tods Bedingungen.

John Sinclair nickte.

Jim Ballard sah den Inspektor fragend und ängstlich zugleich an. »Werden Sie auf diese Bedingungen eingehen?«, fragte er mit leiser Stimme.

John ließ seinen Blick in die Runde schweifen. Diese Menschen spürten seinen Blick, und John las in den Augen, welches Vertrauen die Leute in ihn setzten.

»Eine Stunde, sagten Sie?«

Ballard nickte.

»Dann wird es Zeit, dass ich mich auf den Weg mache.«

Ein hörbares Aufatmen ging durch die Reihe der Gäste. Geraune klang auf, erlösend, und doch schwebte über allem die bange Frage: Wird er es schaffen?

»Ich wünsche Ihnen viel Glück, Inspektor«, sagte Jim Ballard und drückte John die Hand.

»Danke, ich kann es brauchen.«

Der Inspektor hatte das letzte Wort noch nicht ganz ausgesprochen, als er Bill Conollys Schrei hörte.

»John! Da ist der Kerl von vorhin!«

Der Inspektor rannte los. Die anderen Menschen reagierten nicht so schnell. John war gezwungen, sich rücksichtslos eine Gasse zu bahnen.

Aber auch Doug Pender hatte nicht sofort reagiert. Für ihn war Bills Entdeckung ebenfalls völlig überraschend gekommen.

Wertvolle Zeit verging.

Pender stand auf der breiten Türschwelle. Hinter ihm begann ein Gang, an den sich eine Treppe in die oberen Geschosse anschloss.

Pender rannte los. Der Totengräber, der Doktor Tods Ultimatum erst dem Inspektor persönlich überbringen wollte, bekam es nun mit der Angst zu tun. Er rannte weg.

Pender war fast doppelt so alt wie der Inspektor. Auf der zweiten Treppenstufe holte John ihn ein.

Unter Sinclairs Griff flog Pender zurück. Krachend landete er auf dem Boden.

John packte blitzschnell einen Arm des Totengräbers und zog den Mann wieder hoch. Eisern hielt er ihn fest.

Mittlerweile war der Verbindungsgang mit Neugierigen verstopft. John kümmerte sich nicht darum. Was er mit Pender auszumachen hatte, war keine Geheimsache.

»So, mein Freund«, sagte der Inspektor, »jetzt werden wir beide uns mal unterhalten.«

Pender hatte inzwischen seine Fassung wiedergefunden. Er grinste John frech ins Gesicht.

»Wollen Sie mich abknallen?«, höhnte er. »Darüber wird Doktor Tod aber nicht gerade begeistert sein.«

»Wer spricht denn von abknallen?«, erwiderte John. »Nein, ich habe andere Methoden.«

Der Totengräber zuckte zusammen. Er dachte an Folterung oder noch etwas Schlimmeres.

»Weshalb wollten Sie meinen Freund und mich erschießen?«

»Das kann Ihnen Doktor Tod beantworten.«

»Ich habe aber Sie gefragt!«

Pender wandte den Kopf. Verächtlich blickte er die Partygäste an. »Stellt euch nur nicht auf seine Seite«, zischte er. »Inspektor Sinclair wird bald tot sein. Gegen Doktor Tod kommt niemand an.«

John Sinclair machte kurzen Prozess. Er zog Pender zur Seite und stieß ihn dann in Richtung Ausgang.

Der Totengräber protestierte, doch Johns Griff war überzeugend genug.

»Drei Geiseln hat Doktor Tod, nicht wahr?«, fragte John gepresst. »Nun gut, ich habe eine.«

»Sie wollen doch nicht – Sie ...«

»Was dachten Sie denn? Glauben Sie, ich hätte mit einem Mann Mitleid, der mich ermorden wollte?«

Mit einem schnellen Griff seiner freien Hand zog John dem Totengräber die Waffe aus dem Hosenbund und steckte sie ein. »Beweisstück Nummer eins.«

Pender blieb stehen. Er ahnte, dass ihm die Felle davonschwammen. Er hatte den Inspektor unterschätzt. Und das in jeder Hinsicht. Dieser Mann war nicht so ohne Weiteres aus dem Spiel zu bluffen.

John hatte noch zwanzig Minuten Zeit, um das Leben der drei Gefangenen zu retten.

Zwanzig jämmerliche Minuten.

Der Inspektor hielt Pender eisern fest, während er mit ihm durch den Park ging und sie sich dem alten Turm näherten.

Und die Zeit verrann.

Dann hatten sie den Turm erreicht. Die Tür unten stand offen. Dunkel gähnte der Eingang.

»An der Wand hängen Pechfackeln«, sagte der Totengräber. »Holen Sie eine.«

Johns Augen hatten sich inzwischen an die Dunkelheit gewöhnt. Er konnte die Umrisse erkennen.

Der Inspektor ließ Doug Pender los. Instinktiv rechnete John noch immer mit einem Angriff, und wie gut er daran tat, merkte er drei Sekunden später.

Aus dem Stand kreiselte Pender herum. Er wollte John Sinclair die Faust ins Gesicht schlagen.

Der Inspektor duckte ab, ließ Pender leerlaufen und konterte mit zwei blitzschnellen Geraden. Sie trieben dem Totengräber die Luft aus der Lunge. Ein knallharter Karateschlag schickte Pender endgültig ins Reich der Träume.

»Idiot«, sagte John.

Er holte sich eine Fackel, zündete sie an und begann, die Treppe hochzusteigen.

Es war eine Mordsarbeit. Die Anstrengung trieb John Sinclair den Schweiß auf die Stirn.

Unerbittlich rückte der Minutenzeiger weiter.

John ging schneller.

Noch fünf Minuten.

Verbissen nahm John Sinclair Stufe für Stufe. Zweimal stolperte er und stieß sich schmerzhaft das rechte Schienbein.

Dann war die Zeit um.

John Sinclair hatte erst drei Viertel des Weges geschafft.

Jetzt würde die erste Geisel sterben.

Der Inspektor nahm allen Mut zusammen. Er legte die Fackel auf eine Stufe und formte seine Hände vor dem Mund zu einem Trichter.

»Doktor Tod!«, hallte seine Stimme.

… Tod … Tod …

Schaurig klang das Echo durch die uralten Mauern.

Ein gellendes Gelächter war die Antwort.

»Komm nur her, John Sinclair«, dröhnte die Stimme des Menschenhassers. »Ich habe eine Überraschung für dich. Die erste Geisel – hahaha …«

Das Turmzimmer war voller Gerümpel. Holzlatten lagen übereinandergetürmt am Boden, bedeckt mit Staub und Spinnweben. In der Ecke stand eine vom Holzwurm zernagte Kommode und an der Stirnseite des Raumes ein hohes zerfallenes Bett.

Eine der morschen Holzlatten wurde Ross Taylor zum Verhängnis. Er hatte sich so in seinen Mordwillen gesteigert, dass er sie einfach übersah. Seine rechte Fußspitze prallte dagegen. Die Holzlatte schleifte ein Stück über den Boden.

Das Geräusch riss Doktor Tod herum. Er reagierte innerhalb eines Sekundenbruchteils.

Ross Taylor stand einen Herzschlag lang wie festgewachsen, den Arm mit der brennenden Fackel erhoben. Die Flammen zuckten über sein schweißfeuchtes, hassverzerrtes Gesicht.

Doktor Tod griff gedankenschnell zu. Seine Klauenhände umklammerten den fackelbewehrten Arm. Es war ein gnadenloser Griff, eisenhart und ohne Erbarmen.

Taylor stöhnte auf. Er wurde zurückgedrängt, ohne dass er etwas dagegen tun konnte.

Doktor Tod lachte hässlich. Er wuchtete sein Knie hoch. Der Schauspieler brüllte auf.

Immer weiter bog der Menschenhasser den Arm mit der Fackel zur Seite. Die Flamme näherte sich Taylors Kopf, versengte seine Haare.

Taylor keuchte. Er wusste, welches Schicksal ihm beschieden war, und konnte doch nichts dagegen tun. Zu gewaltig war die Kraft des Untoten.

»Nein! Nein!«, keuchte Taylor, dessen Gesicht und Oberkörper von dem roten Schein übergossen wurden. »Nein – ich – ahhhh ...«

Seine weiteren Worte verstummten in einem kläglichen Wimmern.

Ross Taylors Kleidung hatte Feuer gefangen.

Der Schmerz kam blitzschnell und ließ dem Schauspieler nicht einmal mehr Zeit zu schreien.

Die anderen beiden waren unfähig, sich zu bewegen. Das kalte Entsetzen nagelte Nadine Berger und Mike Callahan auf der Stelle fest.

Doktor Tod riss dem Schauspieler die Fackel aus den Fingern und stieß den Mann in Richtung Tür.

In diesem Augenblick hallte John Sinclairs Stimme auf. »Doktor Tod!«

Der Menschenhasser lachte irr. »Komm nur her, John Sinclair!«, schrie er. »Ich habe eine Überraschung für dich. Die erste Geisel ...«

Wieder folgte ein gellendes Gelächter.

Mit einem letzten Ruck stieß Doktor Tod den Schauspieler die ersten Stufen der Wendeltreppe hinunter. Der schaurige Schrei des Mannes brach sich als vielfaches Echo ...

John Sinclairs Nackenhaare sträubten sich, als er sah, wen Doktor Tod dort die Treppe hinuntergeworfen hatte. Der Schrei gellte noch in Johns Ohren, als der Schauspieler wenige Stufen vor dem Inspektor verkrümmt liegen blieb.

John hetzte vor.

Er riss sich die Jacke vom Körper, warf das Kleidungsstück auf den Mann und erstickte die Flammen.

Ross Taylor lebte noch. Das Feuer hatte erst seine Kleidung verbrannt, und die Haut war noch nicht allzu sehr in Mitleidenschaft gezogen worden. Es war ein Wunder, dass sich der Mann nicht das Genick gebrochen hatte.

Taylor wimmerte leise vor sich hin. Er starrte John aus weit aufgerissenen Augen an. In seinem Blick lag all der Schrecken, den er in den letzten Sekunden empfunden hatte.

John lächelte. »Es ist alles vorbei. Sie werden schon durchkommen.«

Taylor stöhnte. »Dort oben sind noch zwei. Ich – ich wollte Nadine und Mike retten. Er – er ist mir zuvorge…«

Der Schauspieler brach mitten im Wort ab, bäumte sich auf und lag still.

War er tot?

John hatte im ersten Moment das Gefühl, doch als er sein Ohr auf Taylors Brust legte, hörte er, wie dessen Herz schlug.

Beruhigt richtete John sich auf.

Er nahm wieder die Fackel an sich und stieg einige Stufen höher. Er wollte möglichst nahe an Doktor Tod herankommen, um mit ihm verhandeln zu können. Falls sich dieser Menschenhasser darauf einließ.

»Inspektor Sinclair!«, dröhnte wieder die höhnische Stimme.

John blieb stehen. »Ich bin hier.«

»Ist mein erster Gruß bei dir angelangt?«

»Ja«, knirschte John.

Doktor Tod lachte. »Gut, nicht wahr? Soll ich dir jetzt den nächsten schicken?«

Die Angst um die beiden Geiseln krampfte Johns Herz zusammen. »Weshalb? Ich habe mein Wort gehalten und bin gekommen. Halte du es nun auch.«

»Du spekulierst auf meine Ehrlichkeit, Geisterjäger? Wie

dumm sind die Menschen doch. Aber ich will dir eine Chance geben. Komm hoch und wirf deine Waffe weg, aber so, dass ich es sehen kann. Ich lasse die Geiseln dann frei.«

»Kann ich mich darauf verlassen?«

»Du musst es, John Sinclair, du musst es. Oder soll ich dir den nächsten schicken? Das Mädchen halte ich mir dann bis zum Schluss, als Krönung sozusagen.«

John biss die Zähne zusammen. Doktor Tod saß am längeren Hebel, und er wusste das auch. Er kostete seine Situation bis ins Letzte aus.

»Also gut, ich komme!«, rief John.

Er wechselte die Fackel in die linke Hand, holte mit der rechten seine Pistole hervor und stieg die nächsten Stufen hinauf.

Nach der zweiten Kehre konnte er schon den Schein von Doktor Tods Fackel sehen.

Noch eine Kehre. Und dann stand John Sinclair dem Menschenhasser von Angesicht zu Angesicht gegenüber.

Beide starrten sich sekundenlang in die Augen. Doktor Tod hatte seinen Arm um Nadines Kehle gelegt. Die Schauspielerin röchelte, bekam kaum noch Luft. John konnte nicht riskieren, einen schnellen Schuss zu landen. Er hätte bestimmt den Kürzeren gezogen.

Der Inspektor war von Doktor Tods Anblick nicht überrascht. Schließlich hatte er ihn noch so aus Rumänien in Erinnerung.

»Die Waffe weg, Sinclair!«

John warf die Pistole in den Raum. Sie rutschte fast bis unter das Bett.

Doktor Tod hatte seine Fackel in eine der Schießscharten gesteckt, die in dem Mauerwerk verteilt waren.

Johns Augen glitten tastend durch das Turmzimmer. Es musste schon seit einer halben Ewigkeit nicht mehr bewohnt sein. Alles war zerfallen und mit Staub bedeckt. John sah, dass im Hintergrund des Zimmers – und kaum zu erkennen – eine Steintreppe bis in die Spitze des Turms führte.

»Sinclair«, stöhnte der Regisseur plötzlich. »Endlich. Holen Sie uns hier raus.«

Er taumelte zwei Schritte vor, doch Doktor Tods Befehl stoppte ihn sofort wieder.

Der Inspektor breitete die Arme aus. »Hier bin ich, Doktor Tod. Halte jetzt dein Versprechen und lass die Geiseln frei!«

Der Menschenhasser lachte. »Ja, John Sinclair, ich werde sie freilassen. Sie gehören mir sowieso. Durch den magischen Bann, den ich um das Schloss gelegt habe, können sie nicht fliehen. Ich werde sie alle zu meinen Kreaturen machen, aber erst rechne ich mit dir ab. Du wirst sterben!«

Doktor Tod ließ Nadine Berger los, die damit nicht gerechnet hatte und zusammenbrach.

John sprang vor und konnte sie gerade noch auffangen. Ein Gedanke blitzte in ihm auf. Jetzt hätte er Doktor Tod vielleicht überrumpeln können, doch der Menschenhasser hatte wohl seine Absicht geahnt. Mit drei schnellen Schritten war er bei Johns Pistole und hob sie auf. Er ließ den Inspektor in die Mündung seiner eigenen Waffe blicken.

»Damit hast du wohl nicht gerechnet, was, Geisterjäger? Jetzt spielen wir mit umgekehrten Vorzeichen. Wie lange habe ich auf diese Stunde gewartet. In den Dimensionen des Wahnsinns hat mir Asmodis die Kraft gegeben, um mit dir abrechnen zu können.«

Doktor Tod schleuderte John seinen ganzen Hass ins Gesicht. Es war ein Hass, wie er nur in der Hölle geboren sein konnte.

John spürte das Fluidum des Bösen und der Gefahr, das von diesem Untoten ausging. Zwei unversöhnliche Feinde prallten aufeinander. Gut und Böse. Und es hatte den Anschein, als sollte die schwarze Magie diesmal triumphieren.

Noch immer lag Nadine Berger in Johns Armen. Die Schauspielerin schluchzte. Sie war mit ihren Nerven völlig am Ende.

John hob Nadine vorsichtig hoch. Er gab Callahan ein Zeichen mit dem Kopf.

»Gehen Sie mit ihr nach unten!«

Plötzlich schrie Nadine auf. »Und Sie, John? Wollen Sie sich opfern? Wollen Sie für uns Ihr Leben hergeben?«

Die Schauspielerin klammerte sich an den Inspektor, und John musste sie mit sanfter Gewalt von sich stoßen.

»Ich warte nicht länger!«, peitschte Doktor Tods Stimme.

Da endlich hatte auch Nadine verstanden. Mike Callahan fasste sie am Arm. John, der seine Fackel vorher auf den Boden gelegt hatte, hob sie auf und gab sie dem Regisseur. »Seien Sie vorsichtig«, sagte er noch, »und nehmen Sie Ross Taylor mit.«

Nadine Berger und Mike Callahan verschwanden. Noch lange hörte der Inspektor Nadines Schluchzen.

»So, jetzt sind wir allein«, sagte Sinclair.

»Ja«, flüsterte Doktor Tod. »Wie lange habe ich darauf gewartet.« Seine Krallenhand hatte sich um die Waffe geklammert. Das Mündungsloch der Pistole glotzte John an. Jede Sekunde konnte Doktor Tod abdrücken …

»Ich könnte dich jetzt erschießen«, flüsterte der Menschenhasser rau, »aber das wäre zu billig. Ich habe mir etwas ganz anderes ausgedacht. Wir werden oben auf die Spitze des Turms gehen. Ich werde dich mit einem magischen Bann belegen und dich anschließend über die Brüstung werfen. Du wirst alles erleben, fühlen, mitbekommen, doch es wird dir nichts nützen. Die schwarze Magie wird dich völlig wehrlos machen. Los, geh jetzt!«

John Sinclair wusste, wohin er sich zu wenden hatte, und ging auf die Steintreppe zu.

Doktor Tod hielt immer den richtigen Abstand. Nie hatte John eine Chance, ihm die Pistole aus der Hand zu schlagen.

Vielleicht sollte er ihn trotzdem angreifen. Unter Umständen war eine Kugel besser als dieser andere grässliche Tod, den sich der Menschenhasser für ihn ausgedacht hatte.

Als hätte Doktor Tod seine Gedanken erraten, sagte er: »Wenn du es versuchen willst, schieße ich dir zuerst ins Bein. Deinem Schicksal entgehst du nicht.«

Schweigend ging John die Stufen hoch.

Eine Falltür versperrte den weiteren Weg.

»Drück sie auf!«, befahl Doktor Tod.

John stemmte sich mit den Schultern gegen die Tür. Er

brauchte seine gesamte Kraft, damit sich das Holz in den rostigen Angeln bewegte.

Doktor Tod stand mit der Waffe im Anschlag auf der zweiten Stufe und beobachtete Johns Bemühungen.

Dann hatte der Inspektor es geschafft. Die Falltür krachte zurück.

Wind wirbelte durch John Sinclairs Haare und kühlte sein erhitztes Gesicht.

»Geh langsam vor, und keine dumme Bewegung«, sagte der Menschenhasser.

John gehorchte.

Beinahe im Zeitlupentempo stieg er die letzten Stufen hoch und schwang sich auf die Spitze des Turmes.

Doktor Tod hatte die letzten beiden Stufen blitzschnell genommen und betrat kurz nach John Sinclair das Dach.

Wie dunkelblauer Samt lag der Sternenhimmel über ihnen. Der bleiche Mond schickte sein silbernes Licht auf die beiden Todfeinde.

Doktor Tod hatte John Sinclair ein Stück zurückgetrieben, bis dicht vor die hüfthohe Mauer.

Trotz der relativ schlechten Sichtverhältnisse sah John Sinclair den Hass in Doktor Tods Augen blitzen. Dieser Mann erlebte den größten Triumph in seinem ruchlosen Leben.

»Ich werde jetzt die magischen Formeln sprechen, John Sinclair«, sagte Doktor Tod, »und nichts kann dich dann noch retten …«

Die magischen Formeln!

Schon seit Urzeiten existierten sie. Erfunden von den Mächten des Bösen, waren sie überliefert worden an die Diener des Satans.

Es waren schreckliche Worte. Laute aus der Dämonensprache, wie sie in fremden, grauenhaften Reichen gesprochen wurde. Diese Worte schalteten den menschlichen Willen aus, machten Individuen zu Robotern der finsteren Mächte.

Jahrhundertelang hatten auserwählte Menschen versucht, dagegen anzukämpfen, hatten sich der weißen Magie bedient, und es war ihnen gelungen, diese schrecklichen Formeln von der Menschheit fernzuhalten.

Und doch wurden diese Worte überliefert. Oft, wenn etwas Grausames, Unerklärliches auf der Welt geschah, waren magische Kräfte und Formeln im Spiel. So auch heute. Der Bann, den Doktor Tod um das Schloss gelegt hatte, beruhte auf diesen grauenhaften Sätzen und Formeln.

Und nun sollte John Sinclair ihnen zum Opfer fallen. Inspektor John Sinclair, selbst der größte Feind des Bösen, sollte ausgeschaltet werden. Sein Tod würde dem Menschenhasser den Weg zur Beherrschung der Erde ebnen. Asmodis, der Höllenfürst, würde triumphieren und all seine Register des Schreckens ziehen, um die Menschheit zu unterdrücken.

John wusste von der Existenz dieser magischen Formeln. Er kannte zwar nicht ihren genauen Wortlaut, hatte aber – da er sich mit Dämonologie beschäftigte – viel darüber gelesen.

John Sinclair hatte die Arme halb erhoben. Sprungbereit stand er da. Er schätzte die Entfernung zu seinem Gegner ab, wollte einen Moment lang alles auf eine Karte setzen.

Doch der Inspektor zögerte. Die Kugel hätte ihn unweigerlich erreicht, ihn verletzt, wenn nicht getötet. Und ein geschwächter John Sinclair war noch weniger wert.

Vielleicht konnte er aber auch den magischen Kräften entgegenwirken. Es kam auf die Konzentration an.

Doktor Tod genoss seinen Sieg! Er ahnte wohl, wie es in John Sinclairs Hirn arbeitete, wie der Inspektor verzweifelt nach einem Ausweg suchte.

»Es gibt keine Chance, Geisterjäger«, sagte der Menschenhasser. »Nicht für dich.«

Der Inspektor sagte nichts. Er blickte an Doktor Tod vorbei, hinaus in die Nacht. Längst hatte der Wind den Schweiß auf Johns Gesicht getrocknet.

Der Geisterjäger biss sich auf die Lippe, bis er Blut schmeckte. Er hatte die Hände geballt. Die Fingernägel gruben sich tief in das Fleisch der Handballen. Er spürte den Schmerz, wollte sich nur darauf konzentrieren.

Ohne Übergang begann Doktor Tod zu reden.

Urlaute drangen aus seinem Maul. Laute, die so schrecklich waren, dass sie in den Ohren schmerzten.

Eine Kälteaura streifte John. Unsichtbare Wellen glitten auf ihn zu, versuchten in sein Gehirn einzudringen.

John Sinclair keuchte.

Nur nicht aufgeben. Nur nicht aufgeben!, hämmerte er sich ein.

Doch was war das?

John konnte den Druck der magischen Ströme spüren, doch die Wellen glitten an seinem Gehirn vorbei oder prallten ab wie an einem Prellbock.

Doktor Tod merkte von alledem nichts. Unbeirrt sprach er weiter, drangen Schreckenslaute aus seiner Kehle.

Johns Gedanken rasten.

Was war geschehen? Weshalb zeigten die magischen Wellen bei ihm keine Wirkung?

Wie ein Blitzstrahl traf John die plötzliche Erkenntnis.

Der Nagel!

Der silberne Nagel des Mandra Korab. Sein Freund hatte ihn aus Indien geschickt. John trug ihn bei sich.

Der Nagel, selbst ein Relikt des Guten, absorbierte die magischen Kräfte, machte sie praktisch wirkungslos.

Und Doktor Tod hatte noch nichts davon bemerkt.

Nach wie vor sprach er weiter. Er hielt die Augen halb geschlossen. Sein von Brandwunden zerstörtes Gesicht wirkte durch das Mondlicht blass und unwirklich. Doktor Tod selbst befand sich in einer Art Trance. Er hatte die Hand mit der Waffe ein wenig gesenkt, war sich seines Erfolges vollkommen sicher.

John nutzte diese hauchdünne Chance.

Behutsam trat er einen Schritt vor.

Dann noch einen.

In diesem Augenblick schreckte Doktor Tod hoch.

Doch da war es schon zu spät.

Wie ein Rammbock flog der Inspektor dem Menschenhasser entgegen. Sein Kopf bohrte sich in den Magen der schrecklichen Gestalt. Gleichzeitig drosch John mit einer wilden Bewegung Doktor Tods Revolverhand nach oben.

Ein Schuss löste sich.

Wirkungslos pfiff die Silberkugel in den nachtdunklen Himmel.

John fightete hart und ohne Erbarmen. Seine Hände hatten Doktor Tods Waffenhand umklammert und drückten sie zur Seite.

Mit aller Macht stemmte sich Doktor Tod gegen den Griff. Der Untote konnte keine Schmerzen mehr spüren – und er besaß ungeheure Kräfte.

Höllenkräfte!

John Sinclair – noch im ersten Schwung des Angriffs – gelang es, Doktor Tod bis dicht an die Brüstung zu schleudern. Die Mauer war aus dickem Gestein und nur hüfthoch. Man brauchte nur einen winzigen Moment nicht aufzupassen, und der Sturz in die Tiefe war sicher.

Doktor Tod kämpfte verbissen. Er wusste, wenn John erst einmal in den Besitz der Waffe gelangte, war sein Schicksal besiegelt. Im normalen Kampf hatte er noch eine Chance, denn kräftemäßig waren sie gleichwertig, wenn nicht Doktor Tod dem Geisterjäger sogar überlegen war.

John riss Doktor Tods rechten Arm hoch und schmetterte ihn dann mit aller Macht auf den Rand der Brüstung.

Doch schon vorher öffneten sich Doktor Tods Finger.

Ehe John den Schachzug erfasst hatte, war die Pistole schon über die Brüstung gerutscht und trudelte der Erde entgegen.

Doktor Tods Hohngelächter drang John durch Mark und Bein. Mit einer blitzschnellen Bewegung befreite sich Doktor Tod aus Johns Griff. Schnell sprang er zwei Schritte zur Seite und streckte beide Arme aus.

»So, Geisterjäger, jetzt sind die Chancen wieder besser verteilt. Ich bin gespannt, wie lange du einen Kampf mit mir durchstehst. Ich habe Zeit. Unbegrenzt. Ich werde dich über die Brüstung stoßen und deine Leiche unten vermodern lassen.«

John wischte mit einer schnellen Bewegung den Schweiß von seiner Stirn. Okay, er hatte eine Runde verloren, aber nicht den Kampf. Noch hatte er eine Waffe, von der Doktor Tod nichts wusste.

Der Silbernagel.

John trug ihn in einem kleinen flachen Etui, das er sich in die rechte Hosentasche gesteckt hatte.

Mit einem blitzschnellen Griff holte er das Etui hervor, öffnete die Klappe und hielt im nächsten Atemzug den Silbernagel in der Hand.

Etwas Seltsames geschah.

Der Nagel begann plötzlich zu leuchten. Er strahlte ein Licht ab, das selbst John Sinclair blendete.

John musste den Kopf drehen und hörte Doktor Tods mörderischen Schrei.

Der Menschenhasser hatte beide Arme hochgerissen und versuchte, sein Gesicht zu bedecken. Die Kraft dieses Silbernagels brachte ihn an den Rand der Verzweiflung. Grässliche, kreischende Laute drangen aus Doktor Tods Mund. Der Menschenhasser wurde hin und her gerissen. Er taumelte.

John Sinclair ging vor.

»Das ist dein Ende, Doktor Tod!«, peitschte seine Stimme. »Diesmal werde ich dich endgültig vernichten. Auch Asmodis wird dir nicht mehr helfen können. Für dich wird es eine Fahrt in die tiefste Hölle!«

Der Menschenhasser winselte.

Er war in diesen Augenblicken völlig auf sich allein gestellt. Niemand kam ihm zu Hilfe. Verzweifelt versuchte er, seine letzten Reserven zu mobilisieren. Doch die Worte der schwarzen Magie blieben ihm im Hals stecken.

Nichts konnte ihn mehr retten …

Ein letzter Schritt noch, und Doktor Tod hatte die Brüstung erreicht.

Er stieß mit den Beinen dagegen – und …

John Sinclair ahnte das Vorhaben des Menschenhassers in derselben Sekunde.

Er stürzte vorwärts, wollte Doktor Tod festhalten.

Es war zu spät.

Wie ein schwerer Stein raste der Menschenhasser in die gähnende Tiefe.

Noch im Flug stieß er ein grauenhaftes Triumphgelächter aus, das John bis in die letzten Spitzen seiner Nerven erschütterte.

Urplötzlich war auch das Licht erloschen.

John Sinclair stand allein in der Dunkelheit. Noch immer hielt er den silbernen Nagel umklammert.

Wieder war Doktor Tod entkommen. Denn er konnte nicht mehr sterben. Selbst ein Sturz aus dieser Höhe würde ihn nicht umbringen. Doktor Tod war kein Mensch mehr. Er war ein Dämon.

Der Inspektor spürte, wie sein Herz gegen die Rippen hämmerte. Glasklar wurde ihm bewusst, dass die drei Geiseln wieder in höchster Gefahr schwebten und mit ihnen sämtliche Gäste der Schreckensparty.

John Sinclair verlor nicht eine Sekunde. Wenn er tatsächlich noch etwas retten wollte, musste er so schnell sein wie nie …

Es war eine Qual.

Mike Callahan schleppte sich mit dem schwer verletzten Ross Taylor ab, der immer nur kurz aus seiner Bewusstlosigkeit erwachte. Nadine half dem Regisseur, so gut sie konnte. Ein paarmal waren sie schon ausgerutscht und hatten sich nur mit Mühe wieder fangen können.

»Ich schaffe es nicht!«, keuchte Callahan. »Es ist zu viel. Ich …«

Nadine gab nicht auf. »Kommen Sie, nur noch ein paar Stufen, dann sind wir unten.«

»Das sagen Sie jedes Mal.«

Nadine schwieg. Der Mann hatte ja recht. Sie hielt inzwischen die Fackel. Ihr Arm zitterte. Immer wieder dachte sie an John Sinclair. Ob er es schaffen würde?

Und weiter ging es.

Nadine kam der Rückweg doppelt so lang vor. Stufe für Stufe schleppten sie sich nach unten.

Und dann hatten sie es geschafft.

Die Schauspielerin weinte fast vor Freude. Dann sah sie den bewusstlosen Doug Pender am Boden liegen.

Sie zuckte zurück.

Callahan sah den Mann ebenfalls.

»Kennen Sie den?«, fragte Nadine.

»Nein.« Der Regisseur schüttelte den Kopf. »Zu uns gehört er nicht. Außerdem ist es mir egal.«

Gemeinsam brachten Nadine Berger und Mike Callahan den Bewusstlosen nach draußen.

Sie legten ihn auf die Erde.

Da hörten sie das Gelächter, und Sekunden später klatschte ein Körper neben ihnen zu Boden.

Nadine Berger starrte aus schreckgeweiteten Augen in das Gesicht von Doktor Tod.

John Sinclair brach sämtliche Rekorde.

Er flog förmlich die Stufen hinunter. Seine Lungen keuchten, das Herz hämmerte. In der linken Hand hielt John die Fackel, und mit der rechten klammerte er sich an dem rostigen Eisengeländer fest.

John wusste nicht mehr, wo links oder rechts war. Er sah nur noch Stufen und die vorbeirasenden Mauersteine.

Automatisch setzte John seine Füße. Er konnte sich nur wundern, dass er bisher noch nicht einmal ausgerutscht war.

Noch drei Kehren.

Die letzten Stufen sprang der Inspektor. Er flog durch die Luft, landete hart und kippte zur Seite.

Alles drehte sich vor seinen Augen, außerdem war ihm schlecht.

John ließ die Fackel los und atmete nur durch die Nase. Schon bald ging es ihm besser.

Der Inspektor quälte sich auf die Beine. Noch immer stand er wacklig und musste sich abstützen, aber von Sekunde zu Sekunde fand er seinen Gleichgewichtssinn wieder.

Die Fackel brannte auf dem Boden weiter. Die Flamme wurde von der durch die offene Tür hereinströmenden Luft nach unten gedrückt, und John musste aufpassen, dass seine Hosenbeine kein Feuer fingen.

Johns Blick flog suchend umher. Von den drei Partygästen war nichts zu sehen. Sie hatten hoffentlich die Gunst der Stunde genutzt und waren verschwunden.

Nur der Totengräber war da. Er lag immer noch bewusstlos in der Ecke. Das würde auch noch einige Zeit so bleiben. Johns Schlag hatte dafür gesorgt.

Aber wo war Doktor Tod?

Hatte er überhaupt den Sturz überstanden oder sein verruchtes Leben längst beendet?

John fürchtete sich einen Moment davor, nach draußen zu gehen, aber schließlich hatte er das ungute Gefühl überwunden. Sollte Doktor Tod tatsächlich noch am Leben sein, dann wollte er, John Sinclair, sich eben wieder zum Kampf stellen.

Mit angespannten Sinnen verließ John den Turm. Er wandte sich nach rechts, wo seiner groben Schätzung nach Doktor Tod auf den Boden geprallt sein musste.

John ging ein halbes Dutzend Schritte.

Und dann sah er das dunkle Bündel im Gras liegen.

Augenblicklich hielt John wieder den Nagel in der Hand.

Langsam trat er näher, jeden Moment mit einem Angriff rechnend.

Es geschah nichts.

John Sinclair blieb neben dem Menschenhasser stehen. Seine Füße berührten fast den verbrannten Körper. Wieder begann der geweihte Silbernagel zu strahlen. John hatte die Faust um diese Waffe geklammert, und er spürte, wie seine Handfläche die Wärme aufnahm.

Doktor Tod lebte noch!

Doch er bot einen grauenvollen Anblick. Aus dem Mund drang ein schreckliches Stöhnen.

Was war geschehen?

Noch hatte John keine Erklärung. Normalerweise hätte Doktor Tod als Untoter »normal« weiterleben müssen. Aber jetzt?

Der Inspektor spürte beinahe körperlich den Hass, der ihm entgegenströmte, und es stand für ihn fest, dass er diesmal endgültig gewonnen hatte.

Doktor Tod war in seiner Hand!

Und das spürte auch der Menschenhasser. Ohne dass er von John aufgefordert werden musste, begann er zu reden.

»Du hast es geschafft, John Sinclair. Ich – ich kann mich nicht mehr rühren.« John merkte, wie das Sprechen dem Menschenhasser Mühe bereitete. Er stellte keine Fragen, sondern ließ Doktor Tod weiterreden.

»Der geweihte Nagel«, keuchte Doktor Tod, »er hat die Kraft aus meinem Körper gesaugt. Ich bin geschwächt, kann mich nicht einmal mehr erheben. Du hast gewonnen.«

Doktor Tod versuchte sich herumzuwälzen. Nicht einmal das schaffte er. Mit letzter Kraft wandte er John das verbrannte Gesicht zu.

»Gib mir den Nagel«, keuchte er. »Ich werde meinem Dasein selbst ein Ende bereiten. Los, John Sinclair, gib ihn mir!«

John zögerte. Konnte er dem Menschenhasser vertrauen?

»Es ist kein Trick, John Sinclair!«, drang Doktor Tods Stimme in seine Gedanken.

John öffnete die Faust. Augenblicklich umgab ihn eine silbrig flimmernde Lichtaura.

Doktor Tod brüllte.

Er musste rasende Schmerzen haben. Hier prallten zwei gegensätzliche Ströme aufeinander. Gut und Böse.

Und das Gute war stärker.

Der zerschmetterte Körper des Menschenhassers zitterte.

John Sinclair bückte sich und legte den geweihten Silbernagel in Doktor Tods Hand.

»Töte dich selbst!«, sagte John.

Er erhob sich, ging ein paar Schritte zur Seite und wandte sich ab.

John wollte den Todeskampf dieses Menschenhassers nicht mit ansehen. Irgendwie konnte er Doktor Tod sogar verstehen, dass er ihm den Triumph der Vernichtung nicht gönnen wollte.

Minutenlang hörte John hinter seinem Rücken ein schauriges Ächzen und Stöhnen. Es waren Laute, wie sie der Inspektor noch nie vernommen hatte. Doktor Tod musste alle Qualen durchleiden, die man sich nur vorstellen konnte.

Der Todeskampf war grässlich.

Die Geräusche wurden leiser, gingen in ein Röcheln und Wimmern über und verstummten.

John Sinclair wartete noch etwas, ehe er sich umdrehte.

Auch der abgeklärte und harte Inspektor musste die Zähne zusammenbeißen, als er Doktor Tod sah.

Er war bereits zu Staub verfallen, den der Nachtwind davontrieb.

Zwischen den Resten lag der silberne Nagel. John Sinclair bückte sich und nahm ihn wieder an sich. Wer weiß, vielleicht konnte er ihn noch einmal gebrauchen …

Ohne dass John es eigentlich wollte, legte sich ein befreites Lächeln um seine Lippen. Er hatte den Kampf gegen einen Dämon gewonnen. Über Monate hatte sich diese Auseinandersetzung hingezogen. Mehr als einmal hatte John Sinclair am Abgrund des Todes gestanden.

Jetzt war es endgültig vorbei.

Dreißig Minuten später.

John Sinclair hatte alle Gäste zusammentrommeln lassen und gab einige Erklärungen ab.

Der magische Bann war gebrochen. Das Tor unten stand weit offen. Ein Arzt und ein Krankenwagen waren unterwegs – und der Leichenwagen.

John hatte noch in dieser Nacht seinen Chef, Superintendent Powell, angerufen. Selbst Powell beglückwünschte John auf das Herzlichste. Und das war eine Auszeichnung, wie sie noch keinem seiner Leute zuteil geworden war. Der Superintendent versprach auch, in Johns Sinn alles mit den zuständigen Polizeibehörden zu regeln.

Die Presseleute hatten die Vorgänge gar nicht richtig begriffen. Es gab sogar noch einige, die alles für einen Scherz hielten. Sollten sie. John war das mehr als recht.

Bill Conolly ging es den Umständen entsprechend. Er hockte bleich in seinem Sessel und trank ein Glas Whisky auf Johns Sieg.

Der Inspektor aber ging in den Garten. Er wollte allein sein mit seinen Gedanken.

ENDE